I0823509

DIOSES INDOMABLES

KATEE ROBERT es una escritora de novelas románticas y eróticas que se sitúan habitualmente en las listas de libros más vendidos del *New York Times* y *USA Today*, y de las que ha vendido ya más de un millón de copias. *Dioses indomables* y el resto de títulos de la serie Dark Olympus han causado sensación en todo el mundo, en parte gracias al entusiasmo que sus lectoras han compartido en TikTok.

Katee vive con su marido, su hijo, un gato que cree que es un perro y dos grandes daneses que piensan que son perros pequeños.

KATEE ROBERT

DIOSES INDOMABLES

Traducción de Ana Robla Vicario

mr ediciones martínez roca

Obra editada en colaboración con Editorial Planeta - España

Título original: *Wicked Beauty*

Composición: Realización Planeta

Bajo el sello editorial MARTÍNEZ ROCA M.R.
Avenida Presidente Masarik núm. 111,
Piso 2, Polanco V Sección, Miguel Hidalgo
C.P. 11560, Ciudad de México
www.planetadelibros.com.mx

Primera edición impresa en España: junio de 2024
ISBN: 978-84-270-5288-8

Primera edición en formato epub: marzo de 2025
ISBN: 978-607-39-2579-2

Primera edición impresa en México: marzo de 2025
ISBN: 978-607-39-2557-0

Impreso en los talleres de Litográfica Ingramex, S.A. de C.V.
Centeno núm. 162-1, colonia Granjas Esmeralda, Ciudad de México
Impreso en México - *Printed in Mexico*

Para todo aquel
que prefiera los finales felices
a las tragedias

LAS FAMILIAS QUE GOBIERNAN

HIJOS DE LOS TRECE

LOS TRECE

AFRODITA
(nacida Eris)
Alianzas

APOLO
(nacido Linus)
Información

HERMES
Comunicación

ARES
Seguridad

HEFESTO
Inventor

ARTEMISA
Cazadora

DIONISIO
Entretenimiento

ATENEA
Fuerzas especiales

DEMÉTER
Abastecimiento

ZEUS

HERA

POSEIDÓN

HADES

AQUILES
Mano derecha de Atenea

PSIQUE
Hija de Deméter

EROS
Hijo de Afrodita

PERSÉFONE
Hija de Deméter
Colíder de la zona baja de la ciudad

EURÍDICE
Hija de Deméter

PATROCLO
Amante de Aquiles

HELENA
Hermana de Zeus

ORFEO
Hermano de Apolo

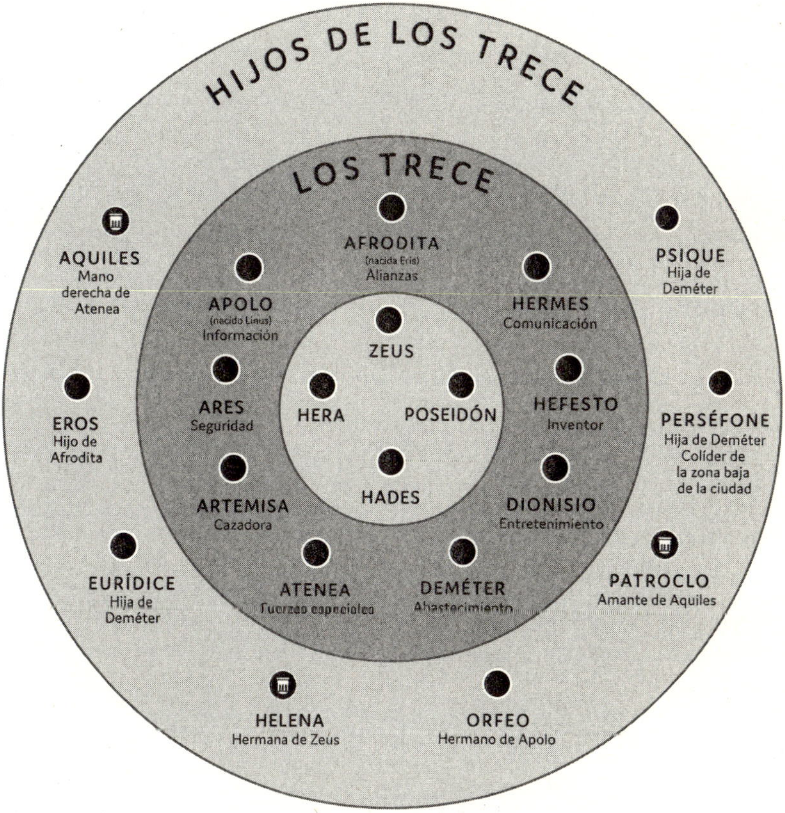

EL NÚCLEO

HADES: Líder de la zona baja

HERA (nacida Calisto): Esposa del Zeus en el poder protectora de las mujeres

POSEIDÓN: Líder del puerto al mundo exterior, importaciones y exportaciones

ZEUS (nacido Perseo): Líder de la zona alta y de los Trece

Olimpo

Zona alta
Universidad
HEFESTO
POSEIDÓN
DEMÉTER
Zona agricultura
Astillero
AFRODITA
ARTEMISA
EROS
APOLO
ATENEA
Torre Dodona
ZEUS
ARES
Puente Eléboro
Polígono zona alta
Puente Ciprés
DIONISIO
Mercado de invierno
HERMES
Río Estigia
Mercado de verano
Puente Enebro
HADES
Zona baja
JULIETTE
Polígono zona baja

1
HELENA

—Carajo, voy tardísimo —mascullo en voz baja.

Por suerte para mí, los pasillos de la torre Dodona están vacíos, pero eso no hace sino magnificar la cuenta atrás que suena en mi cabeza. Esta noche todo va a cambiar. Esta noche voy a dejar de ser un peón en manos de otras personas y voy a conseguir por fin la capacidad de actuar que he anhelado desde que era pequeña.

Y no puedo creer que esté a punto de llegar tarde.

Apuro el paso, controlando a duras penas las ansias de echarme a correr. Presentarme en una fiesta de Olimpo sin aliento y agitada es peor aún que presentarme tarde. Las apariencias importan. Ha pasado mucho tiempo desde la última vez que Olimpo vivió algo ni remotamente parecido a una guerra en el sentido estricto de la palabra, pero cada día se libran y se ganan pequeñas batallas sirviéndose de las cosas más mundanas.

Un vestido con un diseño elaborado.

Una palabra amable que oculta una puñalada en la espalda.

Un matrimonio.

Me meto a toda prisa en el elevador para subir a la planta del salón de baile y resisto el impulso de ponerme a dar saltitos por la impaciencia. En un día normal, todo esto me daría exactamente igual. Hago de las pequeñas rebeliones un arte.

Pero esta noche es diferente.

Esta noche, mi hermano Perseo —ahora Zeus— va a hacer un anuncio que lo va a cambiar todo.

Hace menos de una semana, Ares falleció. No se puede decir que nos tomó por sorpresa —el hombre era viejísimo y había estado llamando a las puertas del Inframundo durante tres meses—, pero eso ha brindado una oportunidad que no surge más que una vez por generación. De entre los Trece, tan solo el puesto de Ares está abierto a cualquier persona, con independencia de su historia, sus conexiones y su estatus económico. Ni siquiera tienes por qué ser de Olimpo.

Solo tienes que ganar.

Son tres pruebas, diseñadas para separar el grano de la paja, y el último en pie se convierte en Ares, una de las trece personas que conforman el gobierno de Olimpo. Cada una se encarga de una parte específica de la tarea global de conseguir que la ciudad funcione correctamente, pero, para mí, lo más importante es que nadie puede obligar a ninguna de ellas a hacer nada que no quiera.

Ni siquiera Zeus puede coaccionar a otro miembro de los Trece; al menos en teoría. Mi padre nunca hizo demasiado caso a esas formalidades, y dudo mucho que mi hermano lo haga ahora que ha heredado el título. Pero da igual. Si soy Ares, ya no seré solo la hija de un Zeus y la hermana de otro, una princesita mimada sin ningún valor más allá de una cara bonita y buenas conexiones familiares.

Si me convierto en Ares, seré libre.

Las puertas del elevador se abren y me apresuro en dirección al salón de baile. El largo corredor que lleva a la sala ha cambiado bastante desde la última fiesta: las adustas cortinas oscuras que colgaban del techo al suelo a cada lado de las puertas se han visto reemplazadas por una tela blanca y vaporosa con un bordado plateado atravesándola. Sigue sin ser acogedor, pero al menos no es tan sumamente opresivo.

Me da curiosidad saber quién habrá tomado esa decisión en cuanto al diseño, porque apuesto lo que sea a que no ha sido Perseo. Desde que ocupó el puesto de Zeus tras la muerte de nuestro padre, lo único que le importa a mi hermano mayor es llevar sus negocios y gobernar Olimpo con mano de hierro.

O al menos intentarlo.

—Helena.

Me paro en seco, pero al reconocer la voz se me dibuja una sonrisa de alivio en la cara.

—Hombre, Eros. ¿Qué haces aquí acechando en las sombras?

Da un paso adelante y extiende la mano, en la que sujeta una bolsita diminuta recubierta de joyas.

—Psique ha olvidado la bolsa.

La bolsita debería darle un aspecto ridículo, sobre todo en contraste con la violencia que han perpetrado esas manos, pero Eros tiene la costumbre de moverse por la vida como si fuera intocable. Nadie se atrevería ni a toserle, y lo sabe.

—Qué buen marido eres. —Salvo los pocos pasos que quedan entre nosotros y le doy un beso rápido en las mejillas.

No hemos coincidido mucho los últimos meses, pero luce bien. Eros es de las personas más hermosas del Olimpo, lo cual es mucho decir: un tipo blanco con el pelo rubio rizado y un rostro tan perfecto que haría llorar a cualquier pintor.

—El matrimonio te sienta bien.

—Y cada día mejor. —Aguza la mirada—. Tú no has olvidado nada en la recámara esta noche.

—¿Te gusta el vestido? —Me lo aliso con las manos. Es

una pieza hecha a la medida, la tela dorada se ciñe a mi cuerpo de hombros a caderas antes de llegar a una falda algo más vaporosa. El escote toma la forma de una V pronunciada entre mis pechos, y unas hombreras puntiagudas le dan a la prenda un toque militar—. Va a causar sensación, como decía mi madre.

Ignoro la punzada en el pecho que me provoca ese pensamiento, como siempre que mi mente se obceca en rememorar a esa mujer que murió siendo demasiado joven. Hace quince años que ya no está entre nosotros, desde que sufrió una misteriosa caída cuando yo tenía quince. Misteriosa. Claro. Como si no sospechara todo Olimpo que mi padre estaba detrás.

Como si yo no lo supiera con certeza.

Apartar este pensamiento de mi cabeza ya me sale natural. Ya no importan los pecados que cometiera mi padre. Está muerto, igual que mi madre. Y espero que esté sufriendo en los pozos del Tártaro desde que exhaló su último aliento. Cuando pienso en su muerte, no siento más que alivio. Murió antes de poder dar mi mano con el único fin de establecer alguna alianza ficticia, antes de poder causar aún más dolor, uno de sus pasatiempos favoritos.

No, no echo ni un poquito de menos a mi padre.

—Estaría orgullosa de ti —dice él.

—Tal vez. —Echo un vistazo a las puertas por encima de su hombro—. O quizá se enojaría conmigo por lo que estoy a punto de hacer. —¿Echar leña al fuego? Más bien causar un maldito incendio.

A Eros no se le escapa una. Alza las cejas y niega con la cabeza, con una expresión melancólica.

—Así que Ares, ¿verdad? Debería haberlo imaginado. Te has perdido un montón de fiestas últimamente. ¿Estabas entrenando?

—Sí.

Me preparo para su reacción. Somos amigos, sí, pero bajo los estándares de Olimpo. Yo confío en que Eros no me hunda un cuchillo en las costillas y él confía en que yo no le cause excesivos problemas con la prensa. Pasamos mucho rato juntos en eventos y fiestas, y de vez en cuando nos intercambiamos favores. Pero no le confío mis mayores secretos. No es nada personal: no le confío a nadie esa parte de mí.

Por otro lado, todo el mundo conocerá mis planes en breve.

Me pongo firme.

—Voy a competir para ser la próxima Ares.

—Carajo. —Suelta un silbidito—. Lo vas a tener muy complicado.

No me dice que no cree que pueda hacerlo, pero, aun así, los ánimos se me apagan un poco. Tampoco esperaba un apoyo ferviente, pero que te subestimen constantemente nunca deja de pasar factura.

—Sí, bueno... Será mejor que entre ya.

—Espera un segundo. —Me escruta de arriba abajo—. Te has despeinado un poco.

—¿En serio? —Me llevo la mano a la cabeza. No puedo hacer nada sin un espejo delante. Mierda, voy a llegar más tarde aún, pero sigue siendo mejor que presentarse en esa sala hecha un desastre.

Comienzo a girarme en dirección al cuarto de baño, cerca de los elevadores, pero Eros me agarra del hombro.

—Tranquila, yo me encargo. —Abre la bolsa de Psique y rebusca unos segundos hasta que saca una bolsita todavía más pequeña. Dentro hay un montón de prendedores. Eros suelta una carcajada al ver mi expresión de incredulidad—. No te asombres tanto. Si tú llevaras bolsa, también tendrías un buen montón de prendedores dentro. Vamos, quédate quieta y deja que te arregle este desastre.

Me quedo paralizada en el sitio por el shock mientras él me ordena el pelo, asegurándolo con unos cuantos prendedores. Se inclina hacia atrás y asiente con la cabeza.

—Así está mejor.

—Pero, Eros... —Me toco el pelo de nuevo con cuidado—. ¿Desde cuándo sabes peinar?

Él se encoge de hombros.

—No puedo hacer mucho más que control de daños pero, cuando estamos fuera, es útil para Psique que pueda ayudarla así.

Dioses, está tan enamorado que me dan ganas de vomitar. Me alegro por él, en serio, pero no puedo evitar que me invadan los celos. No por Eros —lo considero más un hermano que otra cosa—, sino por la intimidad y la confianza que comparte con su mujer. La única vez que pensé que yo tenía algo parecido, me estalló en la cara, y las heridas emocionales aún no se han cerrado del todo.

Aun así, me las arreglo para esbozar una sonrisa.

—Gracias.

—Ve con todo, Helena. —Su sonrisa es tan afilada que corta—. Estoy contigo.

Respiro hondo y me volteo hacia la puerta. Ya que llego tarde, ¿por qué no hacer una entrada triunfal? Me enderezo y empujo la puerta doble con más fuerza de la necesaria. La gente se dispersa cuando entro en la sala. Me detengo, dejando que me observen y analizándolos al mismo tiempo.

El salón ha cambiado desde que Perseo heredó el título de Zeus. Vaya, el espacio es en esencia el mismo: suelos de brillante mármol blanco que apenas se ven entre la multitud, un techo abovedado que hace que la estancia parezca aún más grande de lo que es, enormes ventanales y puertas de cristal que llevan a la terraza que hay al otro lado de la sala... Pero produce una sensación diferente. Las paredes, que antes eran de color crema, ahora son de un gris frío. Un cambio sutil, pero que se nota.

Lo que sí es más evidente es que los exuberantes retratos de los Trece que recubren las paredes tienen marcos distintos. Atrás quedaron los gruesos y dorados del agrado de mi padre, ahora reemplazados por unos negros meticulosamente tallados. Debería acercarme para comprobarlo, pero parece que a cada uno de los miembros de los Trece le corresponde un marco diferente.

Tampoco esta vez ha sido Perseo el encargado de los cambios, estoy segura. Si bien nuestro padre estaba obsesionado con la imagen que daba, a mi hermano le daba completamente igual. Aunque no estaría mal que le importara un poco.

Empiezo a abrirme paso entre la muchedumbre, manteniendo la cabeza alta.

Normalmente puedo reconocer a todas y cada una de las personas que acuden a una fiesta en la torre Dodona. La información lo es todo, y aprendí desde muy corta edad que es la única arma que se me permite usar. Algunos me sostienen la mirada, otros se quedan embobados observando mi cuerpo de una manera que hace que se me erice la piel, y el resto se limita a darme la espalda. Ninguna sorpresa. Ser una Kasios en Olimpo puede tener sus ventajas, pero también implica nacer en medio de politiqueos y rencores que se remontan a varias generaciones. Crecí aprendiendo quién era digno de mi confianza (nadie) y quién me lanzaría frente a un tren en marcha si tuviera la oportunidad (más personas de las que me gustaría).

Pero esta no es una fiesta normal, y esta noche no es una noche normal. Casi la mitad de las caras son nuevas para mí; habrán venido de los alrededores de Olimpo, o los habrá traído Poseidón en exclusiva para este acontecimiento tan importante.

No me detengo a memorizar los rostros. No todos se postularán como campeones; muchos de ellos son como la mayor parte de la gente de aquí, de Olimpo: unos lame botas. Totalmente irrelevantes.

No me apresuro, ando con un paso firme que fuerza a los demás a apartarse de mi camino. La multitud se comporta como esperaba, haciéndose a un lado para después cuchichear a mis espaldas. Estoy dando un buen espectáculo, y a la mitad de ellos les enerva, mientras que el resto me adora por ello.

Todo el mundo se ha emperifollado para el evento. En un rincón, mi hermana Eris —Afrodita, desde hace tres meses— se ríe de algo con Hermes y Dionisio. El corazón me da un vuelco. Nada me gustaría más ahora mismo que estar con ellos, como en cualquier otra fiesta. Mi hermana y sus amigos son lo único que hace tolerable vivir en Olimpo, pero en los últimos meses hemos tomado conciencia de las diferencias entre nosotros. No eran tan evidentes cuando Eris seguía siendo Eris, pero ahora que también es una de los Trece...

Me estoy quedando atrás. Ser hermana de Zeus y Afrodita, y amiga de Hermes y de Dionisio, no significa una mierda. Sigo siendo una pieza en el tablero de otra persona.

Convertirme en Ares es mi única oportunidad de cambiar eso.

Alcanzo a ver al clan de las Dimitriou en la esquina opuesta, Deméter con tres de sus cuatro hijas, así como a Hades, el marido de Perséfone. Como todos los demás, van vestidos a la perfección. El hecho de que Hades y Perséfone hayan venido no hace sino subrayar la importancia de lo que va a ocurrir. Cada uno de los miembros de los Trece está aquí para presenciar el anuncio ceremonial del torneo para reemplazar a Ares. Eros aparece al lado de su esposa, y la cara de Psique se ilumina de una forma al verlo... Aparto la mirada.

Mi destino es el trono.

Bueno, los tronos; otro de los cambios que ha conllevado el relevo en el liderazgo. La monstruosidad dorada que tanto le gustaba a mi padre se ha sustituido por una escultura de acero llamativa pero fría y distante. Un poco como el propio Perseo.

El segundo trono es una versión más refinada del primero. En él se sienta Calisto Dimitriou, una preciosa mujer blanca con el pelo muy largo y oscuro, ataviada con un elegante vestido negro. Contempla a las personas congregadas a sus pies como si quisiera echarnos a empujones por las enormes puertas de cristal que se han abierto para que entre el agradable aire de esta noche de junio. Aunque dudo que se quedara ahí; lo más probable es que deseara vernos caer uno a uno por el balcón.

Es un misterio por qué mi hermano la eligió a ella para ser su esposa, para convertirse en Hera. Ni siquiera da la sensación de que se lleven bien. El matrimonio apesta a intromisión de Deméter, pero, por mucho que indago y husmeo, nunca consigo encontrar una respuesta. Supongo que no importa por qué Perseo se casó con ella, simplemente lo hizo.

Hago una rápida reverencia que casi parece educada.

—Zeus. Hera.

Mi hermano se inclina hacia delante y me dedica una mirada ceñuda. Mientras que Eris y yo tenemos la tonalidad de piel de nuestra madre, Perseo es la viva imagen de nuestro padre. Pelo rubio, ojos azules, tez pálida y un rostro atractivamente masculino. Si pusiera un poco de su parte, sería lo bastante apuesto como para embelesar a toda la sala. Por desgracia, mi hermano nunca ha tenido talento para ese tipo de cosas, no como el resto de mi familia.

«Salvo Hércules. A él sin duda se le daba tan mal como a Perseo.»

Aparto el pensamiento de mi mente. No tiene sentido pensar en Hércules. No está aquí, y, por lo que respecta a la mayoría de los habitantes de Olimpo, es como si estuviera muerto. No, eso no es verdad. La gente habla de los muertos. En cambio, hacen como si Hércules nunca hubiera existido siquiera. Lo echo de menos casi tanto como a mi madre.

—Llegas tarde. —Perseo no levanta la voz, pero no necesita hacerlo. Todo el mundo a nuestro alrededor se ha quedado en silencio, alerta por la posibilidad de presenciar otro drama de la familia Kasios. No los culpo. Les hemos dado chismes a más no poder durante mis treinta años de vida.

—Lo siento. —Y lo digo de verdad—. He perdido la noción del tiempo. —En circunstancias normales no suelo caer en la tentación de prepararme más de lo necesario, pero esta situación no tiene nada de normal.

Perseo niega con la cabeza ligeramente, recorriendo el resto de la estancia con la mirada.

—Voy a hacer el anuncio pronto. No te alejes.

Me enfado, aunque no tiene sentido tomármelo como algo personal. Perseo le habla a todo el mundo como si estuviera dirigiéndose a un niño o a un perro; lo lleva haciendo desde que éramos pequeños. Yo puedo entender que él simplemente es así, pero su método de comunicación preferido ya le está causando resentimiento entre la élite de Olimpo.

Pero, bueno, no es problema mío. Al menos no esta noche. Le dedico una sonrisa radiante.

—No te preocupes, hermanito. No se me ocurriría hacerlo.

Después del anuncio, todos tendrán la oportunidad de postularse como campeones y así entrar en el torneo por el título de Ares. Estrictamente hablando la convocatoria se cierra hasta el alba, pero, por lo que tengo entendido, es raro que haya rezagados, así que quiero asegurarme de presentarme antes de que a alguien se le ocurra detenerme.

Me volteo para observar la sala, aunque todavía puedo sentir a mi hermano vigilándome. Debe de estar preocupado por que vaya a ponerlo aún más en evidencia. Cualquier otra noche lo habría tomado como un reto, pero en este momento no puedo perder de vista mi objetivo. No voy a tener distracciones.

Después de esta noche, todo el mundo sabrá que soy una persona de armas tomar.

El resto de los Trece no tardan en ocupar sus puestos al lado de mi hermano y Calisto; perdón, Hera. A ella hasta parece aburrirle todo el proceso, aunque es la única. Una corriente de agitación se propaga por la estancia. Sé que Perseo solo quiere estabilidad para Olimpo, pero esta simulación va a ser mucho más que eso para la ciudad. Este evento levantará los ánimos de la ciudadanía, le va a dar algo con lo que entretenerse y emocionarse.

Aunque los Trece gobiernan Olimpo, en último término no son más que unas pocas personas. Sin el apoyo de la población, ese poder solo es una fachada. Únicamente ha habido una revuelta en nuestra historia, hace unas pocas generaciones, después de que una guerra entre los Trece diezmara la ciudad, pero fue lo suficientemente cruenta como para que no deseemos que vuelva a pasar.

Cuando mejor va todo es cuando los miembros de los Trece se comportan como celebridades. En el momento en que alguien asume un nuevo título, decide qué imagen quiere dar y cómo ponerla en práctica. Algunos —como Deméter, la última Afrodita, Hermes y Dionisio— van con todo y usan la opinión pública para impulsar sus respectivas ambiciones. Poseidón y Hades, en cambio, nunca han entrado al juego. Hades, debido a que nadie en este lado del río sabía de su existencia hasta hace poco; y Poseidón, porque ya se gana suficiente simpatía al ser uno de los pocos que pueden atravesar a sus anchas la barrera que rodea Olimpo, lo cual significa que trae de fuera todo aquello que la industria de la ciudad no es capaz de producir por sí misma.

Que haya unos cuantos miembros nuevos de los Trece en un corto período de tiempo implica incertidumbre y, en tiempos de incertidumbre, todo es posible. Incluso la revolución.

Mi hermano hará lo que haga falta para asegurar que eso no ocurra.

La muchedumbre se apiña aún más, y yo procuro mantenerme al margen, acercándome a donde se encuentra Dionisio. Es un hombre blanco de mi edad, con pelo oscuro corto y un bigote muy impresionante que se ha dejado crecer lo justo para curvarlo hacia arriba a lado y lado de la boca. En cualquier persona resultaría ridículo, pero es Dionisio. Para él lo ridículo es una declaración de intenciones, desde su vivaracha actitud hasta sus llamativos trajes de colores. Me sonríe.

—¿Estás preparada?

Siento un millón de nudos en el estómago, pero le devuelvo la sonrisa.

—Claro. Seguro que va a haber drama, y ya sabes que me encanta. —Y yo estaré en el centro del drama.

Se enciende una luz que ilumina a Perseo mientras el equipo de grabación toma posiciones delante de él. Este evento se va a retransmitir a la gran ciudad, por lo que las impresiones que causen los campeones, empezando desde ya, son vitales. Ares, técnicamente, no necesita el apoyo civil para hacer su trabajo, pero ser popular entre la ciudadanía allana mucho el camino.

Mi hermano se pone en pie, muy erguido. No tiene la presencia imponente de nuestro padre, pero sí la habilidad de que parezca que te está mirando directamente al alma. Y se aprovecha de ella ahora, pasando esos ojos de hielo por todos los aquí presentes antes de detenerse en mí. Algo reluce en ellos, algo que no reconozco, pero aparta la vista antes de que pueda identificarlo.

—Todos saben por qué estamos aquí. —No alza la voz, pero no le hace falta. A mis hermanos y a mí nos enseñaron cómo hablar en público desde muy pequeños. Para ser muestras perfectas de nuestro perfecto linaje familiar—. Estamos aquí para honrar el fallecimiento de Ares. Sirvió al título durante casi sesenta años y, aun así, nos ha dejado demasiado pronto. —Bonitas palabras. Vacías, eso sí. El antiguo Ares era, para ser sinceros, un idiota.

Perseo gira la cabeza a la otra parte de la sala.

—Esta noche comenzaremos el proceso de búsqueda de nuestro próximo Ares. Según dicta la tradición, tendrán lugar tres pruebas, la primera de las cuales conocerán en un plazo de dos días. El ganador de los tres desafíos se convertirá en el próximo Ares... —Una pausa cargada. De nuevo, una expresión extraña cruza su rostro.

Es la única advertencia que recibo.

Perseo me mira, con algo similar a la compasión en sus ojos azules, mientras sella mi destino:

—... y se casará con mi hermana Helena.

AQUILES

—Te lo dije —murmura Patroclo.

No tengo ni que mirarlo para saber en qué está pensando. Siempre sé en qué está pensando. Con demasiada exactitud para mi gusto. Al menos las *groupies* que nos acechaban mientras atravesábamos la puerta se han dispersado ahora que el espectáculo ha dado comienzo. Es un alivio; puedo adoptar una personalidad encantadora cuando me conviene, pero es agotador.

El último Ares jamás se preocupó por guardar las apariencias. Era un auténtico hijo de puta, y no le importaba en lo absoluto que todo el mundo lo supiera. Desconozco si ya era así cuando obtuvo el título, pero todos acabaron odiándolo. Incluso su gente.

Atenea es todo lo contrario, y he aprendido de ella todas las cosas importantes que sé. Como que es mejor ir de buenas que de malas, y que es más fácil conseguir que alguien haga lo que tú quieras con un poco de manipulación que partiéndole la cabeza con lo primero que agarres. No le habrían caído nada mal a Ares un par de lecciones suyas, pero era el tipo de persona que se fija un camino y no se desvía en lo más mínimo.

Las cosas van a cambiar cuando yo esté al mando.

Zeus sigue hablando, diciendo no sé qué cosas de la tradición. En Olimpo no se deja de joder con la tradición. Es la excusa para todo, la lógica perfecta para, muy convenientemente, quitarte de encima la responsabilidad de todo lo que haces.

—Sí —murmuro—. Pero tampoco hacía falta que lo dijeras. Ya estaba oyendo el «Te lo dije» alto y claro.

Patroclo estaba convencido de que el título iría acompañado de una esposa. Ha pasado mucho tiempo desde la última vez que este cambió de manos, así que yo tenía mis dudas, pero uno de los muchos talentos de Patroclo es reunir toda la información disponible y analizar todas las posibilidades hasta que encuentra la más probable. Eso hace que en ocasiones resulte insoportable estar con él, pero sin duda es un genio.

Echo una mirada por la sala. Nadie parece demasiado sorprendido por el anuncio, así que o todo el mundo ha hecho su propia investigación, como Patroclo, o se les da de maravilla poner cara de póquer.

Patroclo se acerca un poco más a mí, hasta que nuestros hombros se tocan. Se ha formado una arruga en su entrecejo, señal clara de que está dale y dale con ese cerebro gigante que tiene.

—Eso sí, no pensé que fuera Helena. No pensé que Afrodita la eligiera precisamente a ella.

—Sí.

No puedo evitar dirigir la mirada a la mujer blanca que está de pie en medio de un círculo vacío, como si la gente a su alrededor se apartara de ella para evitar verse involucrada en lo que sea que vaya a pasar ahora. Solo puedo verla de perfil, pero es suficiente.

Decir de Helena que es «guapa» sería quedarse cortísimo. Es absolutamente perfecta, de esas bellezas que solo se ven una vez por generación. Toda su familia está repleta de bellezas, pero lo suyo es otro nivel. Al mismo tiempo, es una fiestera que no se deja intimidar por nada, cuyas hazañas ocupan las primeras planas de todas las revistas de chismes. No se rige por las mismas reglas que los demás. Nunca ha pasado necesidades ni ha tenido que luchar por nada.

Es una princesa en su torre, y para lo único para lo que valen las princesas es para funcionar como carnada.

Cambia de postura de manera sutil y se pone firme. Cuando se voltea hacia el resto de la sala, se ve feliz... siempre y cuando no te fijes en sus ojos ámbar. Son tan fríos como los del propio Zeus. Agita el dedo índice hacia la audiencia y dice:

—¡Vaya suerte!

Se oyen unas pocas risas. Ni Patroclo ni yo emitimos el más mínimo sonido. Volteo a verlo. Es unos centímetros más alto que yo y de constitución más delgada. Esta noche lleva esas gafas que tanto me gustan y un traje que me muero por arrugar entre mis dedos. Es insoportable lo impoluto que va siempre. Nada le perturba porque, antes de pasar a la acción, va ya varios pasos por delante. Sorprenderlo es casi imposible.

Y sin embargo...

—¿Estás seguro de esto? —susurro.

Puede que ya se esperara que se ofreciera una esposa, siguiendo con la tradición, pero que sea Helena complica las cosas. Es como meterse en la cama con una serpiente y rezar por que no te hunda los colmillos. Te va a morder. Es lo que hacen las serpientes. Y esta mujer es leal única y exclusivamente a su familia. Estar casada con ella significa que toda interacción, tanto dentro como fuera de casa, va a ser un campo de batalla. Es una Kasios. No se puede confiar en ella.

—Es la única opción.

Tiene razón. No sé ni por qué lo estoy dudando. Esto es lo que he querido desde que he tenido edad suficiente para darme cuenta de que lo único que respeta la gente de Olimpo es el poder. Y después de probar su sabor cuando ascendía puestos al mando de Atenea... Sí, estoy dispuesto a sacrificar muchas cosas para conseguir ese título.

—Pues seguimos con el plan —contesto.

Me mira con una expresión de calma en su precioso rostro y asiente sutilmente con la cabeza. Patroclo nunca ha querido ser un líder, ni mucho menos ostentar un puesto entre los Trece, pero va a postularse para ayudarme a ganar a mí. Este ha sido el plan desde que decidí ser Ares. Las dos primeras pruebas están diseñadas para recortar el número de campeones hasta que solo queden cinco para la prueba final. No es raro que se formen alianzas, pero no estoy dispuesto a dejar que mi éxito dependa del azar. Y aquí es donde entra Patroclo. Él me brindará la ayuda necesaria para asegurarnos de que llego a la prueba final. Estoy razonablemente seguro de que podría conseguirlo por mi cuenta, pero él insistió.

A decir verdad, yo tampoco protesté demasiado. Patroclo ha estado a mi lado desde que nos conocimos a los dieciocho. Desde entonces hemos pasado por todos los momentos importantes de nuestras vidas juntos. No me sentiría bien compitiendo y ganando el título de Ares sin él cubriéndome las espaldas.

—Si estás seguro... —insisto.

—Estoy seguro. Deja de darme la posibilidad de huir. Voy a competir, fin de la historia. —Se da la vuelta para estudiar a la concurrencia—. Tengo expedientes de cada uno de los posibles campeones de Olimpo. Tú eres el mejor. Conmigo a tu lado, tienes la victoria prácticamente garantizada.

La victoria. Convertirme en Ares. Casarme con Helena. Patroclo y yo tenemos una relación poco convencional, al menos según alguna gente, pero aun así espero que la idea de que me case con otra persona le moleste. A mí desde luego me molestaría muchísimo si él se casara con otra persona. Pero él está tranquilo y sereno, como siempre. Me vuelve loco.

—Casarme con Helena Kasios va a ser un fastidio tremendo —digo.

Él me dedica otra de esas miradas reprobadoras.

—Pero serás Ares.

Como si me lo tuviera que recordar. Me casaría literalmente con una puta harpía si así pudiera formar parte de los Trece. Para mi desgracia, Helena Kasios no es demasiado diferente a eso. Es una tipa mimada que siempre ha tenido todo lo que ha querido, e, incluso a pesar de su sonrisa falsa, puedo ver que está furiosa con el desarrollo de los acontecimientos. Seguro que va a hacer que quienquiera que gane se arrepienta de ello, probablemente durante el resto de su vida. Y eso por no hablar de que cualquier información que descubra por mí o sobre mí irá directamente a Zeus.

Una jugada inteligente por parte del antes conocido como Perseo, al nivel de los planes de Patroclo. Aunque, a decir verdad, en última instancia da igual. Voy a ser Ares. Ya me ocuparé de todo lo demás cuando el título sea mío.

Un movimiento al otro lado de mí atrae mi atención. Paris. Es un tipo blanco y delgado que se gasta una fortuna en su apariencia. Se nota en la suavidad de su piel, en lo perfectamente peinado que tiene el pelo rubio. Lástima que el dinero no pueda comprar una personalidad agradable: Paris es un verdadero idiota. Todos los genes de buena persona de su familia fueron a parar a su hermano mayor, Héctor.

A Héctor lo admiro y lo respeto.

Paris observa a Helena como si fuera un trozo de carne que no puede esperar a engullir. No suelo prestar demasiada atención a la prensa rosa, pero la ruptura de Paris y Helena fue lo suficientemente desastrosa como para acaparar los titulares durante semanas. Ahora el imbécil está prácticamente frotándose las manos con regocijo.

Me echa una ojeada y sonríe.

—Lo siento, amigo, pero es mía. No puede negarse si me convierto en Ares y me caso con ella.

Héctor da un paso al frente a su lado y le da un zape en la cabeza con una familiaridad que deja claro que lo ha hecho las suficientes veces como para haberse convertido en un movimiento automático.

—No seas bruto. —Me dedica un asentimiento de cabeza—. Aquiles.

—Héctor —saludo.

Fue el líder de uno de los escuadrones de Ares, pero, después de casarse y tener un bebé, acabó yéndose a trabajar para otro de los Trece, Apolo. Apenas he visto a Héctor durante los años que han transcurrido desde entonces, pero era un combatiente formidable cuando lo conocí.

—¿Cómo está la niña? —le pregunto.

—Es igualita que su madre. —Dibuja una pequeña sonrisa—. Doy gracias a los dioses cada día por que no haya heredado mi apariencia.

Héctor es atractivo en un sentido rudo, con su pelo trigueño y sus ojos amables, pero tiene razón: no está para ganar ningún concurso de belleza. Le dedico una sonrisa, ignorando por completo a Paris.

—Entiendo que no vas a participar, ¿verdad? Ya tienes mujer, y me imagino que a estas alturas ya estarás medio retirado.

Él se encoge de hombros.

—La familia.

Asiento como si entendiera lo más mínimo de qué está hablando. Mi única familia es Patroclo y el equipo que formamos juntos. Mis padres son un misterio. Se ve que no querían un hijo, así que siguieron la antigua tradición de abandonar al bebé —yo— en las escaleras del templo. Me crie en uno de los orfanatos de Hera, pero dudo mucho que ninguna Hera haya pisado alguno desde que yo nací. A los dieciocho años me dieron la opción de trabajar para Ares, para Poseidón o para Deméter. No era una elección real en absoluto. Fui un subordinado de Ares durante unos años hasta que Atenea me sacó de la oscuridad y me enseñó lo que era la grandeza.

Siempre he estado destinado para esto.

—Ahora ha llegado el momento de que aquellos que quieran ser Ares den un paso adelante.

Zeus retrocede y le hace señas a la alta mujer negra que tiene a su lado. Esta, en lugar de vestido, lleva un traje gris claro que resalta su cálida piel morena, y el cabello negro corto por los lados con los rizos más largos por arriba. Atenea.

Inspecciona la sala como si estuviera analizando las debilidades de cada persona. Conociéndola, es exactamente lo que está haciendo.

—Una vez que se ofrecieron voluntarios, la única forma de abandonar las pruebas es que los eliminen o que renuncien —anuncia ella—. Aunque estas pruebas no son a muerte... no es raro que haya accidentes. Deben estar dispuestos a sacrificarlo todo.

Paris se zafa del agarre de la mano de Héctor y da un paso adelante.

—Yo soy Paris Chloros. Estoy dispuesto a sacrificarlo todo.

No puedo evitarlo, le echo una mirada a Helena para ver su reacción. Su pálida piel ha adquirido un tono verdoso mientras fulmina con la mirada a su ex. Paris le dedica un guiño como si no pudiera ver el instinto asesino en sus ojos. Si gana el título de Ares, dudo mucho que sobreviva a la noche de bodas.

Pero no va a ser un problema, porque no considero a Paris un rival por el que deba preocuparme. El que me preocupa más es Héctor, que también da un paso adelante y repite la tradicional frase. Áyax —otro de los antiguos comandantes de Ares y a quien considero un amigo— es el siguiente. Después, una mujer negra con rastas recogidas en una coleta que deja al descubierto su rostro repleto de cicatrices. Se llama Atalanta, y tiene una constitución ligera que me indica que va a ser jodidamente ágil.

Unos tras otros van dando un paso al frente en una sucesión que no parece acabar nunca. Me doy cuenta de cuáles se esperaba Patroclo y cuáles no. Ninguno de ellos importa. Hay unos cuantos contendientes serios, pero en su mayoría son personas de familias de la élite que se mueven en los círculos de los Trece. Probarán a competir porque no pueden dejar pasar la oportunidad de conseguir, pero no son amenazas reales.

Una oleada de murmullos se extiende tras de mí. Echo una mirada por encima del hombro y veo a dos hombres abriéndose paso entre la multitud, que se amontona haciéndose a un lado para apartarse de su camino. Tienen un aspecto similar —piel canela, pelo moreno con reflejos cobre, ojos oscuros— y son ambos de constitución más fuerte aún que la mía.

—Qué grandes son los cabrones —murmuro.

El más alto de los dos me observa con unos ojos inquietantemente vacíos mientras pasan por mi lado. Toda la sala se ha quedado en silencio; me imagino que tienen una sensación parecida a la mía: que estos son verdaderos depredadores. Y, más importante aún, son forasteros.

El más bajito de los dos da un paso al frente primero con una ostentosa reverencia.

—Yo soy Teseo Vitalis, y estoy dispuesto a sacrificarlo todo.

Atenea alza una ceja.

—No son de por aquí, ¿verdad?

—Entra dentro de los requisitos de la competencia.

—Estoy informada de las reglas. —Le echa una mirada al más alto—. ¿Y tú?

—Soy el Minotauro. —Su voz suena como si alguien le hubiera cortado de un hachazo las cuerdas vocales y luego hubiera echado brasas ardiendo en la herida.

Atenea le dedica una mirada mordaz.

—¿Ese es tu nombre?

—Cumple su función. —El Minotauro apenas espera a que ella asienta con la cabeza para continuar—: Estoy dispuesto a sacrificarlo todo.

—Mala pinta —susurra Patroclo.

—Ya ves —contesto.

Espero a que se hagan a un lado para dar un paso al frente junto con Patroclo. No puedo evitar mirar a Helena de nuevo mientras Patroclo pronuncia las palabras para postularse como campeón. No se está esforzando ni en lo más mínimo en disimular su expresión, y odio la simpatía que me provoca. Es evidente que no ha elegido esto. Carajo, se ve como que ni siquiera sabía que esto iba a suceder antes de que Zeus hiciera el anuncio. Esta mujer no significa nada para mí, pero, cuando consiga el título de Ares —porque lo conseguiré—, pienso asegurarme de que esté bien cuidada. Después de la boda me da igual qué haga o a quién se tire, siempre y cuando se mantenga alejada de Patroclo y de mí. Es un trato mucho mejor que los otros que están sobre la mesa.

Entonces llega mi turno de hablar, y aparto todos los pensamientos sobre Helena sin esfuerzo.

—Soy Aquiles Kallis, y estoy dispuesto a sacrificarlo todo.

Atenea no sonríe, pero percibo un destello de aprobación en sus ojos oscuros. Es la mayor efusividad de su parte que me podría encontrar, y me hace sentir algo un poco raro. No soy el tipo de persona que necesita aprobación externa para sentirse válida, pero respeto mucho a Atenea, y su opinión me importa.

Espera un rato largo, pero nadie más da un paso al frente. Alza la voz para que se escuche desde todos los rincones de la sala:

—La hora límite para postularse como campeones es el alba. Mucha suerte.

El brillo de las luces aumenta poco a poco, anunciando el fin del espectáculo. La fiesta durará horas y horas, pero nuestra presencia aquí ya no tiene sentido. Volteo hacia Patroclo.

—Vámonos.

Por un segundo, parece como si fuera a discutírmelo, pero al final asiente con la cabeza y se da la vuelta conmigo hacia la puerta. La muchedumbre se aparta de nuestro camino. He estado en este tipo de fiestas un montón de veces en los años en los que he sido la mano derecha de Atenea, pero ella prefiere mantener a su gente alejada del nido de víboras, como lo llama ella. Yo no lo veo tan importante, pero es que tampoco soy del tipo de persona que se deja llevar por una cara bonita o palabras aún más bonitas. Conozco mi destino.

Mantengo la puerta abierta para que pase Patroclo, y salimos al largo corredor que lleva al elevador. Tiene una expresión que ya le conozco en el rostro, y pongo los ojos en blanco en mi interior.

—Dime que no estás preocupado por la princesita.

—Me siento mal por ella. Se encoge de hombros, sin sentir ninguna vergüenza por tener un corazón que palpita—. No debe de ser muy agradable estar tan cerca de tantos miembros de los Trece. Su vida no ha sido nunca del todo suya, ni siquiera al nacer.

Esta vez no puedo evitar poner los ojos en blanco de verdad.

—Sí, claro. Pobre princesita, que ha nacido en el seno de la familia más rica de la ciudad y ha tenido todo lo que podría desear al alcance de su mano. Nunca ha tenido que luchar por nada en la vida. Al contrario que yo. Y al contrario que tú.

—Eso no es del todo cierto, al menos en lo que a mí respecta. Si las cosas hubieran sido un poco distintas, sería el hijo de Afrodita.

—Pero eso es diferente.

—Si tú lo dices... —Se encoge de hombros de nuevo—. No tengo tanta ambición como tú, Aquiles. Trabajar para Atenea no es más que un empleo para mí. Siempre ha sido así.

Lo quiero mucho, pero en ocasiones no lo entiendo nada. Si no luchas por algo, va a acabar usándote la gente que sí lo hace. Patroclo es una de las personas más brillantes que conozco, pero es demasiado blando. Si no fuera porque estoy yo para cubrirle las espaldas, lo habrían jodido con creces un montón de veces desde que nos conocimos de adolescentes.

Eso sí, si yo no estuviera en su vida, dudo que hubiera acabado formando parte de las fuerzas especiales de Atenea. Con su amor por el conocimiento y la investigación, se habría sentido tan atraído por los asuntos de Apolo como Héctor.

Algo parecido a la culpa me da una bofetada en la cara, pero lo ignoro. Cuando sea Ares, Patroclo será libre para hacer lo que le venga en gana. Con tanto poder a mi disposición, tantos recursos, no va a tener ni que trabajar si no le da la gana.

Le paso un brazo por los hombros y le doy un beso rápido en la sien.

—No te preocupes tanto. Cuando sea Ares, cuidaré de los dos. —Sonrío—. Carajo, cuidaré de Helena también si te hace sentir mejor. —Incluso aunque sea una niñita mimada.

HELENA

—¿Es en serio? —Hundo los dedos en la tela de mi vestido. Es eso o darle un puñetazo a mi hermano en esa mandíbula tan asquerosamente definida que tiene.

Por muy satisfactorio que fuera, no puedo arriesgarme a hacerme daño en la mano. No si quiero ser Ares. Aunque, claro, ¿cómo carajos voy a ser Ares cuando Perseo me ha nombrado la esposa de Ares?

—¡Me has convertido en un trofeo! ¡Me vas a obligar a casarme con un desconocido! Y sin consultármelo siquiera.

Me las he arreglado para mantener la compostura hasta que la fiesta ha tocado a su fin y un pequeño grupo hemos acabado en el despacho de Perseo: él, Eris, Calisto y yo. Zeus, Afrodita, Hera y yo. Perseo se sienta en su enorme escritorio, indiferente a mi drama. Eris tiene la cadera apoyada en el escritorio y sonríe de una forma que no me gusta nada. Quiero a mis hermanos. En serio. Pero no puedo olvidar nunca que lo único que tienen en mente es el poder y su ambición. Siempre ha sido así, incluso antes de que se convirtieran en miembros de los Trece. Así es como nos han educado, al fin y al cabo.

La única excepción fue Hércules, y mira lo que le pasó a él.

Calisto está de pie frente a los ventanales que abarcan del

suelo al techo, desconectada por completo de la conversación. O de la discusión, más bien.

Eris se examina las uñas.

—Es la tradición que una esposa acompañe al título de Ares.

De alguna manera, con toda mi preparación, pasé por alto ese detalle. Estaba tan centrada en cómo podrían ser las pruebas que en ningún momento se me pasó por la cabeza plantearme ese tipo de cosas. El último Ares tuvo varias mujeres a lo largo de su tiempo ostentando el título. No se me ocurrió pensar que una de ellas era resultado de su victoria en la competencia.

—Eso no es excusa. Podrías haber elegido a otra persona. A cualquier otra persona. ¿Por qué he tenido que ser yo?

Perseo junta las yemas de los dedos delante de su boca.

—Porque eres una Kasios.

Me estremezco. Yo no pedí nacer en esta familia. Nunca quise todo lo que he tenido que vivir durante toda mi vida.

—¿Así que este es el castigo de tener la sangre de nuestro padre en las venas?

—Deja de ser tan dramática, Helena.

Odio con todo mi ser lo paternalista que suena en estos momentos.

—No, mira, jódete. No tienes ni idea de cómo es...

Mi hermano se levanta despacio, interrumpiendo mis palabras.

—No tengo ni idea de cómo es... ¿el qué, exactamente? ¿Sacrificarme en pro de los Trece? ¿Casarme con una desconocida por el bien mayor? —No mira a Calisto—. No te estoy pidiendo nada que no haya hecho ya yo mismo.

—Yo no he pedido nada de esto —consigo decir.

—No seas inmadura. No eres especial. Ninguno de nosotros pidió nada de esto. —Se vuelve hacia la puerta—. Ibas a acabar casándote con cualquiera por una lucha de poder sí o sí. Lo sabes.

A decir verdad, es casi un milagro que lo haya logrado evitar hasta ahora. Mi padre pensó que era mejor romperme antes de ofrecerme como un peón a otra persona, y este es el único motivo por el que no me han enchufado ya un anillo en el dedo y plantado en un altar. Pero no me lo esperaba de Perseo.

Soy una tonta.

Por supuesto que mi hermano nunca dejaría que una estupidez como mi felicidad se interpusiera en sus objetivos. Nuestro padre lo educó muy bien. Nos educó a todos muy bien. Incluso Zeus, con lo cruel y mezquino que era, protegía Olimpo a su manera. Nadie podía proteger Olimpo del propio Zeus, eso sí, pero al menos no nos teníamos que preocupar de enemigos de fuera con él en el trono.

—Pero...

—Los Trece están demasiado separados, y todos los cambios que está habiendo últimamente están provocando inquietud. Conseguiré que estén bajo mis órdenes, todos y cada uno de ellos, sea como sea. Y tú harás tu parte influyendo en Ares para que se ponga de mi lado. Justo como te enseñaron a hacer.

¿El efecto colateral de estar destinada a contraer un matrimonio político? Que la política no se acaba en el momento en el que dices «Sí, quiero». Estaré en la cuerda floja entre mi marido y mi familia, y los dioses saben que mi familia no es perfecta, pero aun así tienen mi lealtad. Con independencia de cuánto me joda hacer lo que se requiere de mí. Por eso solo hay una respuesta posible.

—Lo entiendo.

—Bien. —Se voltea hacia mí y me clava una mirada helada—.

Acudirás mañana a la ceremonia de apertura, y te sentarás al lado de Atenea con un vestido bonito para inspirar grandeza a los candidatos. Tienen que hacer el espectáculo de su vida, y necesito que los ayudes a hacerlo. Es tu deber, Helena. No te has olvidado del precio que debemos pagar por la vida que tenemos, ¿verdad?

Siento una punzada de vergüenza y hago todo lo que puedo para no encogerme. No importa lo horrible que haya sido crecer como uno de los vástagos de Zeus, el hecho es que, en lo referente a tener las necesidades materiales cubiertas, no me faltaba de nada. Las mejores escuelas, la mejor ropa, una casa en la zona alta, moverme por los círculos de los ricos y los poderosos... Todo por la familia en la que nací.

Pero, como le gusta recordarme a mi hermano, hay un precio que pagar.

Perseo es justo en cierto sentido: no me está pidiendo nada que no haya estado dispuesto a hacer él mismo. Al fin y al cabo, se ha casado con una de las hijas de Deméter. Por mucho que me queje, hasta yo puedo ver lo valiosa que es esa alianza, aunque no termine de entender por qué ha tenido que ser precisamente Calisto. De todos nosotros, mi hermano es el más consciente del horrible legado que llevamos en la sangre, de los pecados que nuestro padre cometió siendo Zeus. Perseo ya se está esforzando todo lo posible por asegurarse de que él sigue un camino completamente distinto. Puede que me saque de quicio a más no poder, pero lo respeto por eso.

Aun así...

No quiero esta responsabilidad. No he elegido esto.

«Eso da igual.» Alzo la barbilla pestañeando para calmar el escozor de mis ojos. Soy una Kasios, y los Kasios no lloran.

—Haré lo que se espera de mí —afirmo.

¿Qué otra me queda? ¿Correr? La sola idea es risible. La

única manera de salir de Olimpo es a través de Poseidón, y ni de broma me ayudaría. No le caigo bien, pero, sobre todo, sabe lo valiosa que soy para este plan. Ayudarme implica enemistarse con Zeus, Afrodita y el próximo Ares, tres pájaros de un tiro. Y probablemente también con Deméter, aunque eso no lo tengo del todo claro. Poseidón es demasiado prudente como para hacer algo tan temerario.

—¿Tengo que poner a alguien de confianza de Atenea a cargo de ti?

Me yergo.

—Por supuesto que no.

—Bien. Pues no me hagas arrepentirme de esta decisión. —Hace un gesto con la cabeza y se va, dejándome sola con Eris.

Eris se aparta del escritorio. Lleva un vestido ajustado de color acero y tiene el pelo largo y moreno recogido en una complicada serie de trenzas.

—Sé que esto no es lo ideal —empieza a decir—, pero tiene razón. Un nuevo Ares significa que estamos metiendo aquien sabe quién en los Trece. Necesitamos que allanes el camino para asegurar una nueva alianza Zeus-Ares.

Quiero a mi hermana. Mucho. Pero eso no cambia el hecho de que para ella, igual que para el resto de mi familia, Olimpo es lo primero, ella misma lo segundo y todos los demás comparten el último lugar. La familia puede que esté un poquito por encima de la mayoría de la población olímpica, pero no mucho. Me quiere, pero jamás dejaría que eso le impidiera actuar con decisión... y crear el caos allá por donde pasa.

—Podrías haber elegido a otra persona. A cualquier otra persona —repito.

Ella se encoge de hombros, con una sonrisita tirándole de las comisuras de los labios.

—Saldrás airosa de esta, Helena. Siempre lo haces.

Echo la cabeza para atrás y contemplo el techo.

—Vaya halago de doble filo... —La voz me sale aguda y tensa. Tengo demasiado autocontrol como para hacer una rabieta por el desarrollo de los acontecimientos, pero lo que más desearía en este momento es lanzarle algo a esa cara de prepotencia que pone—. Estoy muy enojada contigo ahora mismo.

—Se te pasará. En esta ciudad rige la ley de la selva, sobre todo entre los Trece. Ya lo sabes.

—Sí, bueno, pero también habría podido asegurar una alianza Zeus-Ares perfecta si me hubieras dejado ser a mí la próxima Ares.

Se sobresalta como si la hubiera sorprendido con mi comentario.

—No me dirás en serio que pretendías optar por el título. Creí que habías descartado esa idea tan ridícula cuando aún éramos pequeñas.

No debería dolerme tanto que mi hermana no me tome en serio. De entre todos, pensaba que ella se daría cuenta de que mis ambiciones no eran un capricho tonto. Por lo visto me equivocaba.

—Nunca la he descartado.

Me ofrece una sonrisa tensa.

—Mira, cariño, sé que tienes las mejores intenciones, pero piensa en los campeones. Aquiles, Héctor, Atalanta, los dos forasteros esos... Son enormes y prácticamente rezuman violencia. Eso por no hablar de los treinta y tantos otros que se han postulado. Tú eres... —Vacila unos segundos—. Eres competente, pero no eres una guerrera, Helena. Es imposible que ganes.

De alguna manera, esto es aún peor que el hecho de que no se haya tomado mis ambiciones en serio. De veras piensa que no podría hacerlo. Siento una presión en el pecho, y solo los años de práctica impiden que me derrumbe.

—Habría ganado.

—Supongo que ya nunca lo sabremos. —Eris aprieta los labios y pone una expresión casi pesarosa, al contrario que cuando me vendió en matrimonio sin preguntarme primero—. Lo siento, Helena. De verdad. Pero ya sabes cómo son las cosas. Olimpo es lo primero. A veces eso requiere algún sacrificio.

—Sigue diciéndote eso. Tú no estás sacrificando una mierda. —Estoy tan enfadada que no puedo evitar temblar. La tentación de dar rienda suelta a mi ira, ahora que estamos en familia, es casi demasiado fuerte como para ignorarla.

Hace muchos años de la última vez que me peleé con Eris, cuando éramos adolescentes. Me sentaría genial soltar parte de esta sensación tan horrible. Siento la traición como algo pastoso en la lengua que amenaza con atragantarme.

—No pongas esa cara, van a salirte arrugas. Todo irá bien, Helena. Confía en nosotros. —Se da la vuelta y se marcha del despacho con largos pasos. A Eris siempre le ha gustado dejar las discusiones a medias.

Ha sido tan ingenuo de mi parte creer que mis hermanos me tratarían diferente a como pretendía hacerlo mi padre... Helena Kasios, princesa de Olimpo, destinada a casarse con alguien que le proporcione aún más poder a su familia. Como si lo necesitaran.

—Carajo. —Obligo a mis manos a dejar de apretar los pliegues de mi vestido—. Quería el título más que nada en el mundo.

—¿Y por qué no lo intentas de todas formas? —La voz de Calisto me llega de entre las sombras, en un tono bajo y casi seductor.

Doy un respingo y volteo con el corazón latiéndome a mil. Se me había olvidado por completo que estaba en la habitación con nosotros. La veo salir de entre las sombras donde llevaba todo este tiempo, al lado de la ventana, casi invisible. Con su vestido negro y su pelo oscuro, parece una criatura nocturna que se ha colado en el despacho por accidente. Aún no puedo creer que mi hermano se casara con ella. Entiendo que quiera asegurarse el apoyo y el poder de Deméter, pero estoy segura de que Eurídice habría sido una opción mucho mejor. Es mucho más dulce, y casarse con ella habría implicado una vida mucho menos turbulenta.

Pero, claro, Olimpo se comería a Eurídice viva si se convirtiera en Hera.

—No puedo hacer eso. Las cosas no funcionan así.

—Ah, ¿no? —Calisto se mira las uñas—. Yo la verdad es que prefiero pedir perdón que pedir permiso. Al fin y al cabo, eso es justo lo que ha hecho tu hermano. ¿Por qué no le das una probadita de su propia medicina?

La observo unos segundos.

—Tú solo quieres causar problemas.

—Olimpo no es más que un gran problema. —A su tono de voz asoma algo peligroso.

No es que se equivoque, pero tampoco diría que tiene razón. Su madre, Deméter, ganó el título y trajo a sus hijas a la ciudad hace poco más de diez años. En ese tiempo, Calisto se ha burlado abiertamente de todo lo que tiene que ver con los Trece. Antes de casarse con mi hermano apenas si iba a alguna fiesta. No jugaba a ese juego. Ella siempre estaba dispuesta a ofrecerse como voluntaria para luchar, sin importar el oponente.

Ahora que se ha convertido oficialmente en Hera, no sé qué pensar de ella.

Me cruzo de brazos y trato de calmar mi corazón desbocado. Da igual lo peligrosa que parezca, no es más que una mujer, y yo llevo jugando a esto más tiempo del que ella lleva en la ciudad. Inyecto algo de falsa alegría a mi voz mientras digo:

—Es muy amable por tu parte que intentes ser una cuñada tan comprensiva, pero no pienso ser un peón en el juego que sea que se traen entre manos mi hermano y tú.

Calisto se me queda mirando un buen rato, con unos ojos color avellana como de depredador.

—Esto no tiene nada que ver con tu hermano.

—Perfecto. Si te interesa, tengo algo de aceite de serpiente que me encantaría venderte. Va genial para la piel. Es prácticamente una fuente de la juventud.

Sus labios se curvan.

—Independientemente de mis motivaciones, estamos hablando de ti. ¿Hay alguna regla que diga que no puedes ser tanto premio como participante?

Sopeso lo que me dice. A pesar de mis instintos más sensatos, reflexiono sobre sus palabras.

—Pues tendría que mirarlo, pero me imagino que no. No tienen una regla que lo prohíba porque dudo que a alguien se le haya ocurrido siquiera intentarlo. —Odio darle algún tipo de fundamento a las dudas que tiene Eris sobre mi capacidad, pero...—. Tú has visto a la gente que se ha postulado. La competencia es muy dura.

Calisto se encoge de hombros.

—Si ya tenías planeado optar por el título de Ares, ya sabías que te tendrías que enfrentar a ellos y salir victoriosa.

Tiene razón, pero, aun así, suena como una trampa. Solo que... no estoy segura de que me importe. Si compito y gano, mato dos pájaros de un tiro. Me convierto en Ares y me libro de casarme con alguien a quien no conozco. A mi pesar, me viene a la mente la cara de baboso de Paris cuando me miraba mientras daba un paso al frente. «O de casarme con ese tipo.» Ya esquivé esa bala una vez y pienso volver a hacerlo.

Aun así, hay algo que no me cuadra. Dejo a un lado mi entusiasmo creciente y agrego un matiz de frialdad a mi voz.

—Ahora en serio: ¿qué ganas tú sugiriéndome esto?

Se encoge de hombros de nuevo.

—A lo mejor no me termina de gustar lo de que la gente se vea obligada a casarse con alguien con quien no quiere. O quizá me apetece vivir la experiencia a través de ti, ya que yo misma habría competido para ser Ares si no fuera ya Hera. O tal vez mi único deseo sea joder a mi querido marido de cualquier forma posible. Pero ¿qué más dan mis motivos? —Otra vez esa sonrisa depredadora—. ¿Quieres competir, Helena? Pues hazlo. ¿Que todos esos cabrones piensan que no eres más que un trofeo bonito que pueden ganar? Demuéstrales que se equivocan.

Siento como si me hubiera alcanzado con una flecha ardiendo directamente en el corazón. No puedo fiarme de esta mujer, sea mi cuñada o no. Pero... eso no significa que su idea sea descabellada.

—Sí que odias a mi hermano, ¿verdad?

—Odio a todos los Trece.

—Tú eres una de los Trece. —Aunque Hera ha pasado a ser un título menos valioso desde que mi padre se convirtió en Zeus. Desde la primera mujer hasta la tercera (tres Heras en total), ha ido despojando al título de toda influencia hasta que no ha sido más que un término vacío para referirse a la esposa de Zeus.

—Sí, lo soy.

La puerta se abre y Perseo vuelve a entrar. Su vista pasa de mí a su mujer y luego de vuelta a mí.

—Conque aquí estabas.

La sonrisa de Calisto es directamente venenosa.

—Solo estaba teniendo una charla de chicas con Helena.

Afortunadamente, él no hace ningún comentario al respecto.

—Tenemos que irnos, Hera.

—Por supuesto, Zeus. —Las palabras son respetuosas, pero la furia acecha en sus bordes. Se voltea hacia mí—. Enhorabuena por tu futuro casamiento, Helena. Estoy segura de que serás una adorable esposa para el próximo Ares.

La observo mientras atraviesa la estancia hacia donde está mi hermano, y el vello de la nuca se me eriza. Esta mujer es más peligrosa que la mayoría de los Trece, y no puedo evitar la sensación de que Perseo se va a arrepentir profundamente de haberse casado con ella. Él se da la vuelta sin miramientos y coloca la mano en la parte baja de la espalda de su mujer. Siempre preocupado por las apariencias, mi hermano, incluso cuando no hay nadie para presenciar la mentira más que yo.

Salgo del despacho detrás de ellos, y vamos en el elevador hasta la planta del estacionamiento. Solo cuando ya estamos bastante lejos del alcance del oído del guardia que hay en la puerta, Perseo habla:

—Ni se te ocurra, bajo ninguna circunstancia, hacer algo para entorpecer este proceso. Prométemelo, Helena.

Que se joda por hacerme esto sin avisar y luego exigirme que le prometa portarme bien. Que se joda su mujer por embaucarme con sus palabras para minar mi ya de por sí precaria determinación a hacer lo que me pide mi familia. Niego con la cabeza despacio.

—¿Sabes? En realidad sí eres mucho como nuestro padre.

Él se estremece, un movimiento apenas perceptible que hace que me sienta culpable casi al instante. Ha sido un golpe bajo, y lo he hecho a propósito para hacerle daño. No me gusta ser tan dura, pero, a veces, el rencor me supera y suelto cosas horribles por la boca. Palabras calculadas para atravesar el corazón de mi interlocutor.

Perseo guía a Calisto hacia su coche, y yo me paro a pensar de nuevo en la facilidad que tiene para tocarla, como si no le preocupara perder la mano. No creo que no se dé cuenta de cómo lo fulmina con la mirada cada vez que se acerca demasiado a ella.

Espera a que ella se suba al asiento del copiloto antes de voltearse hacia mí.

—Me lo merezco, pero eso no cambia nada. Prométemelo, Helena.

—Te lo prometo —miento sin vacilar. Ni siquiera me siento culpable al hacerlo. Es prácticamente la forma de expresar amor en nuestra familia.

Escudriña mi rostro, y su mirada helada se derrite durante un instante fugaz.

—Quienquiera que se convierta en Ares te tratará bien. Me aseguraré de ello.

Me río amargamente.

—¿Cómo piensas hacerlo? ¿Vas a poner cámaras de vigilancia para ver si mi marido me maltrata? Por favor...

—Sí.

No es... no está bromeando. Me le quedo mirando.

—¿Y luego qué, Perseo? ¿Qué harás si me has casado con un monstruo?

—No va a ocurrir. Eres demasiado avispada, y la mayoría de los campeones son conscientes de que, si te hacen daño, se van a ganar la enemistad de buena parte de los Trece.

No creo que mi ambicioso e implacable hermano sea así de inocente.

—La mayoría, pero no todos.

—Los desconocidos no van a ganar, Helena.

No. Porque voy a ganar yo. La decisión se arraiga en mi pecho, manteniéndome en calma. «Voy a ser Ares.» Aun así, no puedo evitar insistir. No sé qué busco. Consuelo. Seguridad. Algo. Soy una idiota.

—¿Y si gana uno de los desconocidos? ¿Y si gana Paris?

—No te van a hacer daño. Y si se atreven... —Mi hermano se voltea hacia el coche—. No tardarás en ser viuda.

4 PATROCLO

Dejo a Aquiles durmiendo en nuestro departamento y me dirijo a las oficinas de Atenea a pie. Le gusta pasar desapercibida, por lo que ocupa un edificio antiguo en el noreste de la zona alta de la ciudad, justo al sur del muelle y por tanto cerca de la costa. Está lo suficientemente lejos del resplandeciente centro de la ciudad de Zeus, así que los edificios en esta zona tienen más personalidad, saliéndose de la norma del acero, el vidrio y el cemento que rige el aspecto de los bloques que rodean la torre Dodona.

No queda mucho para que termine el plazo para postularse como campeón. Me imagino que la mayoría de los contendientes principales ya se habrán presentado, pero no me gustan las sorpresas. El amanecer está a unas pocas horas, así que, si alguien tiene previsto hacer su aparición en el último momento, lo hará ahora, bajo el manto de la oscuridad.

Históricamente, las tres pruebas son muy físicas por naturaleza, pero no se debe subestimar la ventaja de los candidatos sorpresa. Si me quiero asegurar de que Aquiles gane, debo tomar en cuenta todas las variables y hacer planes basándome en eso. Por eso estoy aquí en lugar de a su lado, calientito en la cama.

Una hilera de árboles flanquea la calle a intervalos regulares, altos robles que crean un microclima fresco en medio del calor de inicios del verano, asfixiante incluso a esta hora. Me resguardo en las sombras de uno de ellos, desde donde tengo una vista directa a la entrada del edificio de Atenea, y me pongo cómodo para esperar.

Oigo a la persona que se dirige hacia allá antes de verla. Los tacones repiquetean en la acera con una rapidez y una fuerza que expresan ira. Me deslizo para ocultarme mejor entre las sombras y al mismo tiempo obtener una mejor vista de la fuente de ruido.

Me sorprendo al reconocer el vestido dorado, brillando con las luces de los faroles. No le veo bien la cara a Helena desde aquí, pero la determinación en su postura habla por sí sola. Hacía lo mismo cuando éramos pequeños y jugábamos en el parque: se ponía firme antes de lanzarse al enfrentamiento.

No había para nada tanto en juego por aquel entonces.

Me medio convenzo a mí mismo de que es casualidad que esté justo en esta calle, moviéndose en esta dirección, hasta que abre la puerta del edificio de Atenea con energía y entra.

Soy un buen estratega. Tal vez el mejor de todo Olimpo. Ya me imaginaba que Helena sería la esposa ofrecida al próximo Ares antes incluso de que se anunciara, porque todos los datos llevaban a esa conclusión. Sabía que Paris y Héctor se postularían por ese mismo motivo. Incluso sabía que habría unos cuantos forasteros en el grupo, aunque no he tenido oportunidad de investigar sobre los pocos que aparecieron al final.

Lo que no podía anticipar era... esto.

¿Helena pretende competir por el título de Ares? La sola idea es absurda, aunque cuando repaso mentalmente todos los libros que he leído sobre el tema me doy cuenta de que no parece haber ninguna regla que lo impida. Solo es que no se ha hecho antes. No hay ningún precedente.

¿Y qué pasa si muere en una de las pruebas? De tanto en tanto cae algún campeón en combate, aunque no es lo más común. Dudo mucho que Zeus pueda cambiar la esposa de premio así como así. E incluso si pudiera y los Trece, el público y los campeones estuvieran de acuerdo... No, sería ridículo. ¿Quién va a estar a la altura de Helena Kasios en lo que a conexiones y belleza se refiere? Nadie.

Sería un desastre por donde sea que se mire.

Estoy tan ocupado pensando que no la oigo salir. Ni siquiera la veo hasta que se planta delante de mí, con una ceja perfecta arqueada.

—Nunca has sido de los que se esconden.

—La última vez que me viste tenía ocho años. La gente cambia. —Salvo que, ahora que lo pienso, Helena siempre ha desafiado las expectativas. Una niñita linda con un vestido inmaculado... que no tenía ningún problema en partirles la nariz a los abusivos y hacerlos llorar.

—Alguna gente cambia. —Se encoge de hombros—. Sea como sea, espiar no va contigo, Patroclo.

Puede que fuéramos amigos de pequeños, al menos hasta que mis madres se mudaron del centro de la ciudad cuando estaba en tercero, pero no he visto mucho a Helena desde entonces. Echando la vista atrás, era una niña adorable, pero para mí siempre ha sido una diosa. Decidió hacerse mi amiga, a pesar de lo rarito que era por aquel entonces, y se encargó de que ningún niño se metiera conmigo debido a mis lentes. La eché de menos cuando nos trasladamos, pero esos recuerdos se fueron desvaneciendo con el paso del tiempo.

Ahora, de adulto, su belleza me resulta casi un ataque. En medio de la noche, con los pómulos marcados y los gruesos labios iluminados únicamente por la luz de los faroles, parece como venida de otro mundo. De pequeño la consideraba una diosa, pero ahora sin duda lo es.

—No estoy espiando —consigo decir. Las palabras me salen ásperas, pero es que me ha atrapado por sorpresa. Bajo la vista a sus pies y frunzo el ceño—. ¿Dónde has dejado los zapatos?

—Te he visto acechando por aquí y quería hablar contigo. —Levanta unos tacones tan altos que hacen que me duelan los pies en solidaridad—. Me he imaginado que saldrías corriendo si me oyeras venir.

—Trabajo para Atenea. No me iría «corriendo» para evitar hablar contigo.

Sus labios se curvan.

—Pues parece ser que la gente sí que cambia.

Se me calienta la piel.

—Me sorprende que te acuerdes de mí. —No sé ni por qué lo digo. Es nada más y nada menos que Helena Kasios. Puede que fuera buena conmigo cuando teníamos ocho años, pero eso fue hace mucho tiempo.

Su sonrisa desaparece.

—Fuimos amigos, Patroclo. Pues claro que no me he olvidado de ti. Te eché de menos cuando te marchaste.

No soy capaz de interpretar su tono de voz. Suena casi dolida, pero deben de ser imaginaciones mías.

—¿Qué estás haciendo aquí? —pregunto. Sé la respuesta, pero quiero oírsela a ella.

—He pensado que tú y yo podríamos tener una pequeña charla.

—No tengo nada de que hablar. —Y menos aún si vamos a competir los dos por el título de Ares.

Yo no pretendo ganar, por supuesto. En ningún momento fue ese el objetivo cuando me presenté como candidato. Pero, si le cuido las espaldas a Aquiles, puedo asegurarme de que consiga llegar a la ronda final y lograr la victoria. Lo mejor que podría pasar sería que fuéramos los dos finalistas y yo le cediera el puesto, claro, pero, echando un vistazo a la competencia, dudo mucho que yo vaya a aguantar tanto. Mi fuerte es la estrategia, pero carezco de una cualidad fundamental que tienen tanto Aquiles como muchos de los otros competidores: un impulso que los empuja a ir más allá de a donde la gente normal puede llegar.

Si soy sincero, dudo mucho de que Helena tenga muchas probabilidades. Pero trabajar para Atenea y haber aprendido de su mente brillante hace que no caiga en la trampa de subestimar a nadie. Puede que Helena parezca solo una fiestera que va de evento en evento, un precioso pájaro encerrado en una jaula de oro, pero no me puedo permitir dar por hecho que esa es la única verdad.

Apuesto lo que sea a que todavía tiene un gancho de derecha tremendo.

—Patroclo —pronuncia mi nombre despacio, casi como si lo saboreara—. Eres el único que sabe que me he presentado como candidata; aparte de Atenea, claro. Diría que tenemos mucho de que hablar.

Con eso me basta para entender lo que me quiere decir.

—Quieres que te guarde el secreto.

—Sí. Al menos hasta que se anuncie mañana en la ceremonia de apertura.

Ya estoy negando con la cabeza.

—No. Habremos sido amigos en algún momento de nuestras vidas, pero fue hace mucho tiempo. No te deseo nada malo, pero no eres mi prioridad en este torneo. Mi prioridad es Aquiles.

Ladea la cabeza y, de nuevo, su descarnada belleza me deja

sin aliento. Amo a Aquiles desde que era adolescente, pero Helena tiene algo que me llega a un lugar al que la lógica no tiene acceso. Es como una reina clásica que podría llevar a países enteros a luchar en la guerra por ella.

Es peligrosa.

Suelta una carcajada grave y obscena.

—Lo que Aquiles no sepa no puede hacerle daño. —Las palabras que pronuncia suenan casi como si tratara de seducirme.

Me preocupa lo mucho que me cuesta alejarme un solo paso de ella. Mi cuerpo comienza a luchar con mi mente, lo cual me inquieta aún más.

—Lo siento, Helena, pero se lo voy a contar. —Carraspeo—. ¿Querías algo más?

—Pues ahora que lo dices... —Se acerca a mi hombro—. ¿Te importaría?

—En absoluto. —Me quedo inmóvil mientras se aferra a mi hombro y se pone primero un tacón y luego el otro.

Me resulta curioso lo bajita que es. La última vez que me tocó así, sujetándose de mí para ponerse los zapatos, ella era más alta que yo. Ahora debe de ser como mínimo quince centímetros más baja que yo, que mido uno noventa; o igual más de veinte, pues incluso con estos tacones tan ridículos tiene que levantar la vista para mirarme. Aparte de eso, está lo suficientemente delgada como para que me pueda parecer frágil.

—¿En qué estabas pensando para apuntarte al torneo? —suelto.

No pretendía lanzar esa pregunta. ¿Qué diablos hago yo ahora con este extraño impulso de protección? No es una niña desvalida. Carajo, Helena nunca ha necesitado que la proteja. En el fondo, da igual por qué está haciendo esto. Lo único que importa es cómo ha complicado los posibles escenarios de desarrollo del torneo. Su presencia va a cambiarlo todo, y tengo que sopesar en qué sentido.

Pisa con el segundo tacón y se endereza, pasando la mano por mi pecho sin pensar. Siento su contacto como si me marcara con fuego. Por su parte, Helena parece ignorar el efecto que tiene sobre mí. Echa un vistazo a la calle con una expresión ilegible.

—¿Eres feliz, Patroclo? No eres contador, como querías cuando eras pequeño. —Se ríe disimuladamente y niega con la cabeza—. ¿Qué niño de ocho años quiere dedicarse a las finanzas de grande?

Me invade la ternura, aunque trato de resistirla. No puede salir nada bueno de revivir esta extraña conexión con Helena que prácticamente había olvidado.

—Y tú no eres pirata. ¿Eres feliz tú?

En lugar de contestar, contraataca:

—¿No te cansas de estar siempre a la sombra de Aquiles?

—No —respondo al instante—. Es demasiado atrevido, demasiado impulsivo. Necesita a alguien que lo mantenga con los pies sobre la tierra.

Si no me tuviera a su lado, los dioses saben dónde habría acabado. Aquiles es un genio a su manera, pero puede obcecarse con sus prioridades hasta el punto de que no ve, o no se esfuerza siquiera en ver, el panorama completo. Recoge lo que él considera que es información suficiente para actuar y entonces actúa. Sus ansias y su ímpetu son terroríficos y exasperantes por igual.

—¿Y qué pasa con lo que necesitas tú?

Lógicamente no está hablando de mí, en realidad. Aun así, contesto de forma sincera:

—Tengo todo lo que necesito.

Es casi la verdad. Sin duda soy feliz con lo que tengo con Aquiles. No es una relación tradicional en absoluto; no nos molestamos en ponernos etiquetas y no tenemos una relación de exclusividad, aunque yo no sucumbo a los encantos de otras personas con tanta asiduidad como Aquiles. Lo quiero. Él me quiere a mí. Nos damos el uno al otro lo que necesitamos, al menos por ahora. ¿Que si albergo el temor de que algún día no seré suficiente para él? Bueno, eso es asunto mío.

No pienso confesarle todo esto a Helena, por mucho que hayamos tenido un pasado común.

—Qué suertudo —murmura. Para estar constantemente rodeada de gente de los círculos de la política de Olimpo, tiene una cara de póquer terrible. O quizá las sombras están haciendo que vea vulnerabilidad donde no la hay.

—Tú también pareces tener todo lo que necesitas.

Evito dar todo por hecho. Aquiles cree que tiene a Helena y a los de su índole bien fichados, pero, aunque mis madres se alejaron del politiqueo cuando estaba en la escuela, aún soy consciente de que muy pocas personas de la zona alta son del todo sinceras sobre lo que necesitan y lo que quieren. Si te abres de esa manera a la persona equivocada, le proporcionas el arma perfecta para herirte.

—Ah, ¿sí? —Helena me da una palmada en el pecho y da un paso atrás—. Bueno, supongo que será verdad si tú lo dices.

—Helena. —No pretendía decir su nombre así, con voz grave y seria.

Ella sonríe con una expresión más de tristeza que de alegría.

—No todo el mundo tiene tanta suerte como tú, Patroclo. Dos madres cariñosas que sacrificaron sus ambiciones para brindarte un lugar seguro en el que crecer. Un novio que es la mano derecha de Atenea. Una prometedora carrera en las fuerzas especiales.

—Parece que sabes muchas cosas de mí.

Helena aparta la vista y luego me mira de nuevo.

—Puede que te haya buscado de vez en cuando a lo largo de los años para ver qué estabas haciendo. Supongo que tú no has hecho lo mismo.

No me gusta el pesar que adivino en su rostro. Aunque tampoco soy yo quien tiene que levantarle el ánimo. A decir verdad, lo único que debería estar haciendo es librarme de esta conversación lo antes posible. Helena es demasiado inteligente como para darme munición para usar en su contra, y no puedo decir lo mismo de mí. No cuando estoy reaccionando de una forma tan extraña frente a ella.

—No he tenido que buscar. Estás en todas las portadas siempre.

—Tienes razón. —Se ríe un poco, un sonidito de entretenimiento que desaparece demasiado pronto—. Ahora sí que voy a darles algo de que hablar.

—No vas a ganar. —No lo digo para ser cruel, pero se estremece de todos modos. Aun así, continúo—: Puede que incluso mueras. No es demasiado tarde. Si se lo pides a Atenea, puede borrar tu nombre de la lista. Nadie tiene por qué enterarse de que te has presentado siquiera.

Helena me dedica una sonrisa agridulce que me provoca una punzada de dolor en el pecho.

—Hay cosas por las que vale la pena arriesgarse a morir. Buena suerte, Patroclo. Ya tienes suficiente con el imbécil ese al que te empeñas en proteger. —Se voltea y se va por donde ha venido.

No era mi intención moverme. Tengo un plan, después de todo, y ese plan pasa por quedarme aquí hasta el alba para asegurarme de conocer las identidades de los campeones que quieren mantener su identidad en secreto hasta la ceremonia de apertura. O al menos volver con Aquiles e informar de este nuevo acontecimiento. Pero mi cuerpo toma la decisión por mí, un paso tras otro que se convierten en un trote que me lleva a alcanzar a Helena.

—Te acompaño al coche —digo.

—No hace falta.

A pesar de que tengo las piernas más largas, me cuesta mantener su paso rápido.

—Este barrio es muy seguro, sin duda, pero eres Helena Kasios. Debes de estar al tanto de que corres más peligro estando sola sin dispositivo de seguridad que el ciudadano medio.

Me dedica una mirada extraña.

—¿No te conviene que un campeón sea eliminado antes de que el torneo comience siquiera?

—No. —La palabra sale de mi boca con demasiada fuerza, pero ya no puedo hacer nada. Me encojo de hombros en un intento por aliviar la tensión que siento en la espalda—. No sé cómo va en los círculos en los que te mueves tú, pero yo no creo que existan pérdidas aceptables. No si se pueden evitar.

—Qué amable de tu parte. —Sigue observándome como si fuera una criatura curiosa que no hubiera visto nunca. Cuando habla de nuevo, su voz suena casi amable—: Patroclo, en serio, no pasa nada. Si alguien es lo suficientemente estúpido para asaltarme, puedo cuidar de mí misma. —Alza un puñito—. En otro tiempo, también cuidaba de ti.

Sonrío a mi pesar.

—Eras el terror del parque.

—Es lo que te estaba diciendo. —Deja caer el puño—. No necesito que me protejas.

Tal vez sea cierto. Debe de saber protegerse si tiene la suficiente confianza en sí misma para competir en el torneo. Aun así, no consigo separarme de su lado. No hasta que esté a salvo.

—Da igual. Considéralo una muestra de gratitud por haberle pegado un puñetazo en la nariz a Menelao cuando me rompió los lentes.

Helena suspira.

—Debería haberme imaginado que lo de ser irritantemente terco no podía haber cambiado. Tienes que serlo para compartir cama con Aquiles. Muy bien, acompáñame si eso te hace sentir mejor.

Me doy cuenta de repente de que Helena es muy distinta a como la pintan en las revistas de chismes. Las diferencias son sutiles, pero tiendo a tomar nota de cada interacción con las personas poderosas que se mueven en los círculos de los Trece. Son peligrosas a su manera, y vale la pena que nunca te agarren desprevenido.

La versión de sí misma que representa en público es alegre hasta un punto casi agresivo. Ilumina cada estancia en la que pone un pie, se coloca siempre demasiado cerca de su interlocutor y se ríe demasiado alto para los estándares de la buena educación. Es como si impusiera su presencia en todos los lugares que ocupa, como si desafiara a la gente a ignorarla.

Esta Helena también está demasiado cerca de mí, pero se nota más apagada. Triste. Casi vulnerable. Se me hace extraño percatarme de que es más complicada de lo que me imaginaba en un principio.

—No sabías lo del matrimonio, ¿verdad?

En lugar de contestar a mi pregunta, responde atacando:

—¿Aquiles y tú están juntos? ¿O solo son amigos con derechos?

Pierdo el paso.

—Eso no es asunto tuyo.

—Tampoco es asunto tuyo si estaba al tanto o no de lo del matrimonio.

Nos paramos en una esquina y ella saca un celular con una funda brillante. Todo lo que rodea a Helena parece brillar. Es perturbador, me recuerda a esos animales de colores vivos que luego usan su veneno para defenderse. Le da la vuelta para enseñarme la pantalla.

—El taxi estará aquí en unos minutos. Has cumplido con tu deber, puedes marcharte.

Me quedo en mi sitio.

—Me quedo hasta que llegue.

—Como quieras. —Helena pone los brazos en la cintura, lo cual hace que me resulte imposible no notar lo bien que se le ciñe el vestido al cuerpo. Es una obra de arte, el corte parece desafiar las leyes de la física de una forma que no termino de entender. Tiene que haber cinta adhesiva o algún artilugio para evitar que se le salgan los pechos, seguro.

Su risa grave me hace devolver la vista a su rostro. Dioses, estaba mirándole el pecho... Se me calienta la piel, y doy gracias por la penumbra. Espero que esté ocultando mi rubor.

—Lo siento.

—Es una verdadera pena que Aquiles y tú no sean asunto mío. Eres muy atractivo, y me siento especialmente temeraria hoy... —Da un paso adelante. No está lo suficientemente cerca para que nos toquemos, pero casi. Helena alza la vista hacia mi cara—. ¿Quieres meterte en líos conmigo, Patroclo? Luego se lo puedes contar a Aquiles si quieres, con todo lujo de detalles...

Ya me puedo imaginar a la perfección cómo iría eso. Si ella fuera cualquier otra persona, y esta fuera cualquier otra situación, a Aquiles le calentaría mucho. Por lo general, suele ocurrir al revés. Él se la pasa bien y luego me lo relata mientras me está cogiendo o mientras yo le hago una mamada, aunque a mí siempre me acribilla a preguntas cuando alguien me llama la atención lo suficiente como para ir tras una noche de diversión. Hace mucho tiempo desde la última vez que me di ese gusto, y en otras circunstancias sé que le encantaría esta impulsividad tan poco característica de mí.

Pero ¿esto?

Esto se siente demasiado como una traición por motivos en los que no me apetece indagar ahora. Finalmente niego con la cabeza.

—No. En otras circunstancias quizá, pero... —Odio la decepción que le cruza el rostro, la odio tanto que le tomo la mano y la levanto para plantarle un beso en la muñeca—. Lo siento.

—Peor para ti —dice, pero no hace ningún movimiento para poner distancia entre nosotros o romper el contacto.

El momento se alarga como una tela de araña y alberga la posibilidad. Lo correcto es decir que no. Ya estoy reaccionando a la presencia de Helena con demasiada intensidad sin que medie un componente físico. Tengo muchos fuertes, pero el sexo puede enturbiar las aguas y atontar mi mente por lo general aguda. No me puedo permitir que eso ocurra ahora, justo cuando Aquiles está a punto de conseguir todo aquello por lo que ha luchado y se ha sacrificado tanto. Y desde luego no con esta mujer, que se opone directamente a ese objetivo.

«Si Aquiles gana, se casará con ella.»

Esa idea provoca un incendio tan intenso en mi interior que me inclino hacia Helena sin pretenderlo. Teníamos planeado que el matrimonio no fuera más que una farsa, pero... ¿y si no lo fuera?

Ella echa la cabeza hacia atrás y se relame con los ojos clavados en mi boca.

—Patroclo.

Dioses, cómo pronuncia mi nombre, con voz grave y aterciopelada, y un matiz de pregunta que hace que me den ganas de acercarla a mí y besarla hasta que lo único en lo que pueda concentrarse sea en mí.

¿Qué diablos me está pasando?

Un coche pita, rompiendo el hechizo. Helena da un largo paso atrás y aparta la mano que le tenía agarrada.

—Otro día, quizá. —Su sonrisa es indudablemente pícara—. Por cierto, he cambiado de idea. No hace falta que me guardes el secreto. Estoy segura de que a Aquiles alucinará al saber que se va a tener que enfrentar a mí en las tres pruebas.

Si es la mitad de competente que de arrogante, puede que de veras tenga alguna posibilidad. Me quedo ahí de pie y la miro mientras se sienta en el asiento trasero del vehículo. Las luces traseras desaparecen rápidamente al final de la calle, girando hacia el centro de la ciudad.

La situación se ha vuelto mucho más complicada aún.

No me cabe ninguna duda.

AQUILES

Me despierto en cuanto Patroclo se mete en la cama. Está intentando no hacer ruido, pero, por muy sigiloso que sea, que lo es, yo nunca he tenido un sueño demasiado profundo. Ni de pequeño ni muchísimo menos cuando me hice soldado. Me doy la vuelta y le paso el brazo por la cintura, acercando su espalda a mi pecho. Hundo la cara en el hueco de su cuello. Huele a noche de verano... y a perfume.

Abro los ojos. Aún está oscuro. El reloj marca las tres de la madrugada.

—Has vuelto pronto.

—Sí. —Se le nota tenso, como un bloque de concreto. Ha pasado algo. Algo que no me quiere contar.

Pues se cree muy listo si piensa que se va a salir con la suya.

—Patroclo. —Le empujo levemente contra el colchón y apoyo la cabeza en la mano—. Habla.

No puedo ver su expresión con claridad en la penumbra, pero no me hace falta. Lo conozco como si fuera la palma de mi mano. Casi puedo sentir la culpabilidad exudando de su cuerpo en oleadas, aunque no tiene ningún sentido. Nada de lo que haya podido hacer esta noche debería provocarle culpa. Las cosas entre nosotros no funcionan así.

Por fin toma aire y contesta:

—Helena Kasios se ha presentado como campeona.

—¡¿Qué?!

—Sí.

Niego con la cabeza.

—Pero ¿en qué carajos está pensando? Le puede pasar algo, y además va a hacer enojar a Zeus y a Afrodita, y va a poner las cosas más difíciles aún para el nuevo Ares. —Para mí.

—Fuimos amigos.

Eso me sorprende lo suficiente para incorporarme.

—¿De qué estás hablando? No conoces a Helena Kasios.

—Fue en otra época. —Lo dice como si fuera una confesión—. Íbamos a clase juntos cuando éramos pequeños, antes de que mi familia se mudara del centro de la ciudad. Y sí, éramos... amigos.

No la ha mencionado ni una sola vez en todo el tiempo que llevo conociéndole. Sé que debería tomármelo como la prueba irrefutable de que no significa nada para él, pero no puedo parar de pensar en todas las partes de Patroclo que aún desconozco. Me froto la cara con la mano.

—Entonces fuiste amigo de Helena Kasios y ahora se ha postulado para el título de Ares. —Eso no es suficiente para que se sienta culpable—. ¿Qué más ha pasado?

—Pues... —Carraspea—. Estoy muy seguro de que se me ha insinuado.

La gente le hace proposiciones indecentes a Patroclo constantemente. Es sexy, tiene cuerpo de soldado y es listo a más no poder. Cualquiera que hable con él diez segundos sabe que es un partidazo. La mayoría de las veces él ni se entera de que se le están insinuando. Y cuando se da cuenta, suele desentenderse con educación. Es muy raro que alguien le interese lo suficiente como para dejarse seducir, y más raro aún que actúe así después. Me queda muy claro que no había ocurrido hasta ahora.

Me da mala espina.

Y desde luego no me gusta nada cómo me hace sentir.

—¿Cómo? —La pregunta se me escapa sin pensar. Es solo una palabra, pero cae entre nosotros como el guante de un duelo, demasiado pesada para estar compuesta de cuatro letritas.

Patroclo se tensa.

—¿Qué?

Ya me estoy moviendo, salgo de la cama y lo exhorto con gestos de impaciencia.

—Enséñame cómo lo ha hecho.

—Aquiles... —Me sigue a regañadientes y se coloca delante de mí.

Está desnudo y con media erección, y no debería fastidiarme, pero nada en esta situación es como debería ser. Patroclo suspira.

—¿Por qué estás haciendo esto?

—Quiero saberlo —contesto.

Estoy portándome como un idiota, pero no puedo evitarlo. He visto a Helena Kasios. Carajo, he hablado un par de veces con ella, a pesar de lo irritante que es esa personalidad tan dicharachera que tiene. Es, con mucho, la persona más bella de Olimpo. Tiene ese tipo de belleza que te hace olvidarte de ti mismo y actuar en contra de tus propios intereses. El tipo de belleza que provoca guerras y destruye relaciones.

No pienso permitir que destruya la mía. Me da igual si le ha echado el ojo a Patroclo. No puede tenerlo. Es mío.

Patroclo suspira de nuevo.

—No va a salir nada bueno de esto.

—¿Desde cuándo nos ocultamos cosas?

—No ha pasado nada, Aquiles. No entiendo por qué estás celoso.

Celos. Así que eso es este sentimiento. Lo odio. Quiero hacerlo desaparecer a toda costa. Pero las emociones no son tan fáciles de dominar como los retos físicos. Doy un paso hacia Patroclo, hasta estar lo suficientemente cerca como para poder sentir el calor que desprende su cuerpo.

—¿Se ha puesto así de cerca de ti?

Él suelta una maldición.

—Está bien, hagámoslo. —Patroclo me toma la mano y se la coloca en el hombro—. Se ha apoyado en mí para ponerse los zapatos.

¿Para ponerse los zapatos?

No me da tiempo a formular la pregunta, porque me agarra la muñeca con más fuerza y se pasa mi mano por el pecho.

—Y luego ha hecho esto. Y ya está, eso ha sido todo. Te estás alarmando por nada.

Que se ponga a la defensiva me revela más cosas que sus protestas. Patroclo nunca se pone a la defensiva.

—Querías cogértela.

Él resopla, lo cual me sirve como respuesta. Deslizo los nudillos por su vientre y cierro el puño alrededor de su pene erecto. ¿Está excitado por mí o por ella? No tenerlo claro me hace sentir algo feo en mi interior. Se la sacudo con brusquedad.

—Es preciosa.

—Lo dices como si no lo supiera todo Olimpo. —Su respiración se entrecorta cuando lo sigo masturbando—. Aquiles, vamos a dormir.

Me detengo.

—Patroclo —suspiro. No tengo que decir nada más. Me conoce tan bien como yo a él. Sabe lo que quiero.

Me hunde las manos en el pelo y apoya su frente contra la mía.

—Esto no te va a hacer feliz.

—Quizá sí.

Patroclo suelta una carcajada irónica, aunque suena triste.

—Está bien. Pues sí, quería cogérmela. Si no fuera a ser tu mujer, tal vez habría aceptado su oferta.

Mi mujer.

No tenía ninguna intención de hacer nada respecto al tema de la esposa de premio, y eso no ha cambiado. Pero en este momento me resulta imposible no imaginarme cómo podría ser una noche de bodas con Helena Kasios. Es una niña mimada, sí, pero no soy inmune a sus encantos. Dudo que alguien lo sea. Debe de ser fuego en la cama. No sé cómo lo sé, pero de repente lo tengo claro.

Patroclo me besa. O quizá le beso yo. No importa. Volvemos a la cama tropezando. Sus manos siguen en mi pelo, pero entonces me acaricia la espalda y baja hasta mi culo. Me lo agarra con fuerza y me aprieta aún más contra él. No tiene sentido tratar de negar la fuente de este frenesí, y ambos lo sabemos.

Se pone de rodillas y apenas tengo tiempo de alargar la mano hacia él antes de que su boca se cierre alrededor de mi pene.

—Carajo.

A veces, cuando me hace una mamada, decide jugar conmigo y atormentarme deslizando la boca y la lengua despacio hasta que pierdo la paciencia y lo tiro a la cama para cogérmelo.

Esta noche no lo hace así. En cambio, se la mete muy adentro, hasta que sus labios me tocan la base. Bajo la vista hacia él, pero Patroclo tiene los ojos cerrados. Se mueve por mi pene con una determinación que hace que se me pongan duros los huevos. Es como si quisiera escapar de algo. Como si tratara de demostrar algo.

—Me la estás chupando como si me estuvieras pidiendo perdón. —Echo la cabeza hacia atrás y cierro los ojos—. Te perdono, Patroclo.

Tiene razón, no ha hecho nada malo. No sé por qué estoy reaccionando así, pero soy consciente de que es un puto horror. El gemido que emite como respuesta a mis palabras me lo confirma. Este hombre me quiere tanto como yo a él. Hará todo cuanto esté en su mano para no poner en peligro lo nuestro.

Estoy seguro. En serio.

La mayor parte del tiempo.

Esta vez no lo tiro a la cama. Le dejo pagar una penitencia que no se merece porque sé que eso le va a hacer sentirse mejor. Cada envite de su boca hace que se calmen mis celos. Da igual que a Patroclo le caliente Helena. Carajo, a mí también me calienta Helena. Lo importante es que está aquí, conmigo.

Le agarro más fuerte del pelo.

—Ya estoy a punto.

Su única respuesta es alargar una mano y cogerme los huevos. Sabe lo que me gusta, lo que hace que me venga con más intensidad. Suelto una maldición y el orgasmo que me inunda hace que me flaqueen las rodillas. Patroclo no para de chupármela. Ni siquiera cuando tengo que aferrarme al borde de la cama para no caerme al suelo. Solo cuando termino se saca mi pene de la boca y me da un beso en el vientre.

—Lo siento —murmura.

—No tienes nada que sentir.

—Pues no me da esa sensación.

Me desplomo en el suelo a su lado y me apoyo en la cama.

—Me he pasado —admito.

—Un poquito, tal vez.

—Sí, sin duda.

A pesar de que el orgasmo me mantiene atontado, los celos no han desaparecido. Hay miles de personas en Olimpo a las que Patroclo se podría coger y no me importaría en lo más mínimo. Pero ¿Helena? Eso es otra cosa totalmente distinta.

—Yo también lo siento. —Extiendo una mano y le digo—: Escupe.

—Carajo, Aquiles... —Aun así, obedece. Siempre lo hace.

Patroclo me escupe en la palma y observa con esa expresión tan familiar cuando le rodeo el pene con la mano y le masturbo con indolencia. Siempre reacciona así, como si no pudiera creerse estar aquí, que yo le toque de esta manera. Llevamos siendo amantes una década, desde que nuestra amistad dio paso a manos torpes y besos desastrosos cuando teníamos veinte años.

—Te lo compensaré.

—Ah, ¿sí? —Sus labios se curvan. Pero, lo más importante, la tensión de sus hombros se disipa. Se apoya contra la cama, echando la cabeza atrás de una forma que deja al descubierto su cuello.

—Sí. —No pierdo el tiempo en darle un apasionado beso en esa parte mientras sigo masturbándole.

Me encanta tenerlo en mi mano, levantándome la cara para besarme con rudeza. Podría hacer que se viniera si siguiera así. Lo he hecho mil veces antes. Pero no es suficiente.

Pongo fin a nuestro beso, ignorando sus quejidos mientras recorro su pecho y su vientre con los labios hasta tenerlo en mi boca. Los temblores en sus muslos me confirman que no me va a llevar mucho tiempo, y me parece bien. Yo tampoco estoy interesado en jugar con él esta noche. Se la chupo con fiereza haciendo uso de labios, lengua y un poco de dientes, como a él le gusta a veces.

—Carajo, Aquiles. Voy a... —No tiene la oportunidad de terminar, al menos no verbalmente.

Se viene en mi boca, y yo gimo mientras me lo trago todo. Pero no paro ahí. Maldición, no paro hasta que me tira del pelo para sacarla.

—Dioses...

Le doy un casto beso en los labios.

—¿Ves? No hay nada de que preocuparse.

—En ningún momento he dicho que hubiera algo de que preocuparse. —Oigo la sonrisa en su voz—. Pero te he pedido perdón y tú te has hecho entender perfectamente.

—Sí. —Sonrío sin ningún tipo de arrepentimiento—. Ahora, a la cama.

—A la cama —concuerda.

Nos lavamos los dientes y limpiamos un poco antes de volver a acostarnos. Esta vez, cuando lo aprieto contra mí, está relajado y somnoliento. Pero no deja de ser Patroclo. Creo que lo único que puede apagar su cerebro por completo es que lo cojan hasta casi dejarlo en coma. Un simple orgasmo apenas lo apacigua.

No me sorprende en lo más mínimo cuando recorre mi antebrazo con los dedos y dice:

—He intentado convencerla para que se retire de la competencia.

—Qué propio de ti. —Le abrazo con más fuerza—. Apuesto lo que sea a que ha ido todo justo como querías.

—Ni de broma. —Suspira—. Las cosas se van a complicar mucho.

Lo estrecho un poco más, como si pudiera mantenerlo a mi lado para siempre solo con mi agarre.

—No se complica nada si nosotros no queremos que se complique. Me importa una mierda que se te insinuara. Helena está vetada.

—Lo sé —dice con sequedad—. Me refería al torneo. Que el premio esté compitiendo por el título es... un desastre.

—Ah, ya. —Cierro los ojos—. Pase lo que pase, nos las arreglaremos.

—Tú siempre tan seguro. —Levanta mi mano y me besa la muñeca—. Pero tienes razón. Esta tontería no va a afectar en absoluto al desarrollo de los acontecimientos. Helena será muchas cosas, pero no es una guerrera. No tiene nada que hacer contra ti.

Claro que no, carajo.

Ni en el torneo ni mucho menos con mi hombre.

HELENA

Estoy tan nerviosa que tengo ganas de vomitar. Independientemente de cómo actué delante de Patroclo anoche —y me niego a darle muchas más vueltas a ese comportamiento autodestructivo—, el hecho es que sigo preguntándome si mi decisión ha sido inteligente. Parecía una buena idea cuando estaba en la cresta de la ola de ira e indignación, alentada por las tentadoras palabras de Calisto. De hecho, Atenea ni pestañeó cuando aparecí en sus oficinas y me postulé como campeona.

Pero en la fría luz del día, la duda asoma.

Aunque el anuncio del torneo se televisara, esta es la ceremonia de apertura oficial. Tiene lugar en el mismo sitio en el que se desarrollará el torneo: el estadio que hay al lado de los barracones. Deambulo de un lado a otro entre las paredes de concreto. Puedo oír el murmullo del público colándose por la puerta arqueada que conduce a la propia palestra. Seguro que mis hermanos están con Atenea en la tribuna reservada para los presentadores y gente de ese calibre. El resto de los candidatos entrará por el arco que está justo al otro lado, por lo que esta entrada está vacía, gracias a los dioses.

Una vez que salga y me presente como campeona, no hay vuelta atrás.

Voy al arco y echo un vistazo. El estadio tiene un formato tradicional, con una palestra ovalada en el centro que parece pequeña en comparación con las gradas que la rodean. La he visto convertida en escenario para conciertos e incluso en pista de patinaje sobre hielo en invierno. Ahora está cubierta de arena con treinta y seis pequeños podios en línea que evidentemente están para que nos coloquemos en ellos los campeones.

El último Ares estaba obsesionado con el estadio, y solía organizar eventos y torneos para presumir de la destreza de su gente. Eran muy entretenidos; de pequeña, lo que más me gustaba era ver a los soldados representando batallas o peleas falsas uno contra uno. Presenciar actuaciones de gente tan experta en las habilidades marciales despertó algo en mí.

Puede que fuera en ese momento cuando comencé a recorrer este camino, aunque ha sido muy accidentado desde el principio. Mi padre tenía muy claro en qué tipos de actividades debían participar sus hijas. Cualquier clase de arte marcial estaba descartada. Eris escogió el ballet, lo cual demuestra que es una imbécil con una vena masoquista. Lo mío tampoco era mucho mejor, la verdad; elegí la gimnasia. Competí cuando estaba en el instituto, pero no conseguí ser de las mejores. Aun así, servía para mantenerme en una condición física óptima. Seguí con buena parte del entrenamiento incluso después de graduarme, lo cual significa que la fuerza de mi parte superior es mucho mejor de lo que deja ver mi complexión, y tengo una resistencia de primera.

Ambas cosas me resultaron útiles cuando empecé a cursar artes marciales mixtas. Seis meses no dan para dominarlas en absoluto, pero entre mis capacidades físicas y saber lo básico creo que me las puedo arreglar. O eso espero.

Por ahora, todo es teórico. Tengo cierta idea de cómo pueden ser las pruebas, ya que tienden a seguir un formato similar cada vez que se cambia de Ares, pero hay demasiadas variables. Además, adivinar cuáles pueden ser las pruebas está muy bien, pero lo que realmente queda al azar son los propios campeones.

Las luces se atenúan y un clamor surge de la multitud. Me asomo un poco más y veo el foco que ilumina la tribuna donde están Atenea y mi hermano. Él viste un traje que, por supuesto, está hecho a medida y tiene el tono de gris perfecto para favorecer su piel clara. Ella va con un traje de tres piezas también, de un granate intenso y con unas hombreras tan afiladas que podrían cortar.

Si Perseo está preocupado por mi ausencia, nadie que no sea de su círculo íntimo podría notarlo, pero yo lo conozco lo suficiente para ver su inconformidad en la frialdad que vela su mirada. Mientras que mi fachada en público es ser alegre y ruidosa, la suya es justo la contraria. Cuanto más siente, menos deja ver. Ahora mismo, su expresión podría estar tallada en piedra. Está hecho una furia.

Calisto se encuentra al lado de Perseo, y Eris al lado de Atenea, ambas con vestidos negros. El cuarteto perfecto. Los asientos de las tribunas que rodean la palestra pertenecen a los diversos miembros de los Trece, pero ninguno de ellos aparece en este momento en las pantallas gigantes estratégicamente dispuestas por el estadio.

Mi hermano levanta una mano y el recinto se queda en silencio de inmediato.

—Las pruebas darán comienzo pasado mañana. Esta noche conocerán a nuestros campeones. —Dirige la vista a Atenea—. Pero, primero, demos un fuerte aplauso a la encargada de organizar este impresionante evento: Atenea. —Aplaude con educación y el estadio se vuelve loco.

Atenea es de los miembros de los Trece que tienden a evitar estar en el ojo público. Como comandante de las fuerzas especiales de Olimpo, prefiere hacer su trabajo en las sombras sin revelar sus intenciones.

Su reticencia a arreglarse y posar para las cámaras ha creado una especie de culto alrededor de su persona entre los ciudadanos de Olimpo. Hay una enorme cantidad de gente que quiere que Atenea los pise o que escriba *fanfics* sobre los Trece, especialmente sobre ella. Y, aunque Atenea prefiere fingir que no existen, el efecto colateral es que su popularidad es de las mayores de entre los Trece.

Hace un movimiento rápido con la mano, manteniendo una expresión neutra. Las ovaciones de la concurrencia se interrumpen de inmediato, como si alguien hubiera apretado un botón. Impresionante. Puede que no le guste actuar para el público, pero desde luego tiene una presencia y un dominio de la situación impecables. Atenea barre el estadio con la mirada.

—¿Podemos empezar? Perfecto. El primer campeón es... Paris Chloros.

Me da un vuelco el estómago cuando veo a mi ex irrumpir por la entrada opuesta a la mía y saludar con la mano a la multitud mientras se dirige al podio que hay a la derecha del todo. En lo alto, las pantallas reproducen videos cortos recopilados de revistas de chismes en los que aparece él, y me entran náuseas cuando veo en cuántos de ellos salgo yo también. El agujero en el estómago solo empeora al darme cuenta de lo feliz que se me ve en esos videos. En parte era mentira —lidiar con los paparazzi implica aprender a proyectar la imagen que quieres que divulguen—, pero lo cierto es que sí era feliz con Paris... hasta que me percaté de que el chico tan simpático que era mi novio mentía aún más que yo.

Fue Paris quien les proporcionó el video; lo sé porque me pidieron lo mismo para mi entrada. ¿Qué se supone que quiere probar con esto? Porque no puede ser que lo haga para intentar volver conmigo. Niego con la cabeza. No, tratándose de Paris, lo más probable es que solo pretenda fanfarronear, recordarle a todo el mundo que yo estuve con él antes de ser la esposa del próximo Ares. Me da un escalofrío. Lo dejé por algo, y estoy dispuesta a cometer todo tipo de acto violento antes que permitir que se me acerque de nuevo.

De entre todo Olimpo, él era la persona en la que creía que podía confiar. La persona a la que le confesé todas mis dudas y mis miedos. Y, en vez de ofrecerme un lugar seguro donde apaciguarlos, decidió avivar esos mismos miedos y dudas y metérmelos en el cuerpo, todo con una sonrisa en esa preciosa cara.

Para cuando logré cortar con él y no recaer, ya había destrozado toda mi confianza en mis instintos y arruinado la mayoría de mis relaciones cercanas. Ni siquiera había sido consciente de que me estaba aislando hasta que rompimos y me encontré totalmente sola.

—El segundo campeón es... Héctor Chloros.

No puedo evitar sonreír mientras Héctor camina con seguridad hacia la segunda plataforma. Todos los buenos genes de esa familia fueron a parar al hermano mayor, y se ve de forma clara también en su video. El noventa por ciento de las imágenes son de él con su mujer, Andrómaca, y su hija. Sería una elección extraña si pretendiera ganar, pero el video parece una declaración de intenciones muy distinta. Es obvio que solo compite para ayudar a Paris.

Eso sí que va a ser un problema.

Tiene sentido establecer alianzas, pero yo he estado tan centrada en esconderme de mi familia para llegar aquí que no he planeado mucho más allá de meterme en el torneo y competir en las pruebas. Y ahora que me paro a pensarlo... Tengo tres grupos de aliados de los que preocuparme que son mucho más peligrosos que el resto de los campeones: Héctor y Paris, los dos forasteros que llegaron juntos, y Aquiles y Patroclo. Áyax probablemente se alíe con Héctor o con Aquiles, dado el pasado en común con ellos. Puede que incluso con Atalanta, con lo cual serían ya cuatro parejas con las que tengo que lidiar. Cada uno de esos campeones es complicado por sí solo, pero ¿juntos? Las cosas se están poniendo demasiado difíciles para mí.

—Maldición... —murmuro.

Quizá puedo hablar con Atalanta antes de que Áyax o alguno de los otros tengan la oportunidad, y ver si estaría dispuesta a colaborar conmigo para pasar las dos primeras pruebas. No voy a tener mucho tiempo para usar mis encantos, y a decir verdad no la conozco en absoluto, pero tal vez la sororidad baste para jugar a mi favor.

Hago una mueca. Lo dudo mucho.

Mientras le daba vueltas a esto, Atenea ha presentado a bastantes campeones. Se ponen en fila uno tras otro. Algunos se arrastran solos con la cabeza agachada; está claro que no están ahí por voluntad propia. Otros andan con aire de vanidad y saludan al público. A la mayoría los conozco de vista, pero está claro que, tras Paris y Héctor, Atenea está dejando a los contendientes más importantes para el final.

En efecto, anuncian a Áyax y Atalanta y, después, al Minotauro —en serio, ¿qué clase de nombre es ese?— y a Teseo. Parecen aún más grandes así en fila junto a los otros. Héctor y Áyax no deben subestimarse, pero estos dos les sacan unos cuantos centímetros y muchos kilos de músculo a ambos. Lo cual significa que probablemente estén muy por encima de todos los demás. Con suerte, igual eso hace que sean lentos y que los podamos eliminar en la primera prueba.

—Patroclo Fotos.

Mi atención vuelve a la entrada cuando Patroclo la atraviesa. Todos los demás se han engalanado para la ocasión, pero él va con vaqueros y una camiseta blanca. Da la impresión de que preferiría estar en cualquier otro lugar que no fuera aquí, lo cual resulta enternecedor en cierto sentido. No puedo evitar compararlo con el niño al que conocí en otro tiempo, tan dulce y callado, pero, sobre todo, tan friki. Ha cambiado mucho, pero aun así me resulta familiar. Por no decir que ahora está en excelente forma. Nadie podría mirarlo y pensar que es presa fácil, con esa espalda tan ancha y esas manos enormes. Y además es condenadamente listo. Hoy en día tiendo a preferirlos guapos y estúpidos, pero no puedo negar que me encantó ver cómo se atolondraba ese cerebro privilegiado suyo por el mero hecho de estar cerca de mí.

Quiero provocarle eso otra vez.

Quiero que se vuelva loco por mí.

—Aquiles Kallis.

A mi pesar, me quedo sin respiración al ver a Aquiles en su traje azul marino. Está buenísimo y lo sabe, atravesando la palestra con una determinación casi violenta. ¿Por qué es tan atractivo? Es justo el tipo de persona por el que me habría embobado en otra época, el tipo de persona que habría visto mi cercanía a Zeus como una herramienta perfecta para usar en beneficio propio. Paris desde luego lo vio así. Casi puedo sentir físicamente la determinación y la ambición de Aquiles. Los demás son peligrosos, pero él quiere esto más que ningún otro.

Excepto yo.

Una vez que los aplausos se apagan, una pequeña sonrisa se asoma a la boca de Atenea antes de anunciar:

—Y la última campeona: Helena Kasios.

El caos se extiende mientras yo me aliso el vestido corto dorado y avanzo hacia la palestra. A decir verdad, da igual lo que opine la población de Olimpo sobre los campeones, porque el vencedor es quien se convierte en Ares. Aun así, no ganarse el favor de la ciudadanía desde un inicio es de idiotas. Aquiles obviamente lo ha tomado en cuenta, pero no tiene tanta práctica como yo para manipular a la opinión pública.

Guiño un ojo y lanzo un beso a la cámara que proyecta su imagen en las enormes pantallas del estadio. El caos se transforma en ovaciones y aplausos. Perfecto. Saludo con la mano y me dirijo a mi podio. Andar con elegancia sobre arena con tacones es más difícil de lo que pensaba, pero prácticamente vivo pegada a tacones de quince centímetros, así que lo hago parecer fácil.

Aquiles se mueve antes de que llegue a mi podio, bajando del suyo de un salto y salvando la distancia que nos separa. Me tenso, pero me las arreglo para mantener la sonrisa. ¿En serio va a tratar de detenerme?

El cabrón me sonríe y me ofrece una mano.

—Encantado de verte aquí, princesa.

Contesto a través de los dientes apretados:

—No pensarás en serio que necesito ayuda para subir un escalón de treinta centímetros, ¿verdad?

Su sonrisa encantadora no cede ni un milímetro.

—A todo el mundo le encantan los hombres caballerosos.

Por supuesto, Aquiles sabe perfectamente cómo jugar a este juego. Me podría impresionar que un soldado huérfano tenga mejor fachada que algunos de los hijos de los Trece, pero estoy demasiado enfadada como para concedérselo. Con un solo movimiento me ha devuelto a mi rol de doncella desvalida. Si ignoro la mano que me extiende, quedaré como una idiota, y no me puedo permitir eso tan pronto.

Pongo la mano en la suya, y a una parte secreta de mí le seduce cómo me hace parecer pequeña a su lado, incluso cuando me subo al podio y estoy técnicamente por encima de él.

No me suelta la mano, y me repasa de arriba abajo de una manera apreciativa sin resultar grosero.

—¿Sabes? Anoche pensaba que tenerte como mujer no era más que un plus del título.

—No vas a tenerme como mujer —murmuro.

—Te aseguro que sí. —Su sonrisa se ensancha, y los ojos oscuros se le iluminan con algo que casi podría creer que es deseo—. No vas a ganar, princesa. Es mejor que te hagas a la idea ahora y así podremos mantener esas facciones tan bonitas intactas. Estar casada conmigo no va a estar tan mal. Confía en mí.

Lo fulmino con la mirada.

—Aparta esa mano de mí.

Me suelta con naturalidad, y dirige esa sonrisa victoriosa al público mientras vuelve de un salto a su podio. Prácticamente puedo oír a la gente embelesada en las gradas, lo cual no hace sino aumentar mi presión arterial. Quizá sea por eso por lo que echo un vistazo sin pensar a la tribuna donde se encuentra mi hermano. Puedo sentir su mirada asesina desde aquí, aunque no salga en ninguna de las pantallas. Trato de reprimir un escalofrío.

Es demasiado tarde para echarme atrás. Ni siquiera el mismísimo Zeus puede rechazar a un campeón una vez que ha sido anunciado. A partir de ahora, nos alojarán en otro lugar y nos aislarán del resto de la ciudad. Esto se hace para evitar intromisiones o trampas, pero en mi caso sirve también para que ninguno de mis hermanos pueda aparecer de repente y tratar de convencerme para que me eche para atrás. El único miembro de los Trece que puede entrar y salir del cuartel cuando le plazca es Atenea.

Esta extiende un brazo en nuestra dirección y dice:

—Den la bienvenida a nuestros campeones, ciudadanos y ciudadanas de Olimpo.

Los gritos y las ovaciones son tan fuertes que juraría que siento el estadio vibrar. Es abrumador en extremo. Hasta ahora, mis interacciones con el público han estado cuidadosamente calculadas. Soy una figura pública con una fachada pública y aparezco en muchas ocasiones en *Las Musas de Hoy*, la revista de chismes de Olimpo. Pero nunca he hecho nada así. Incluso mis competencias de gimnasia se hacían a puerta cerrada, con una concurrencia seleccionada, una condición que mi padre me puso si quería competir. Eso desde luego no ayudó a que hiciera buenas migas ni con mis compañeras ni con mis contrincantes.

«Ojalá puedas ver esto, Padre. Desde el Tártaro o desde el agujero que sea en el que el universo haya decidido meterte. Espero que sea tétrico y horrible, y que estés sufriendo de lo lindo.»

El resto sucede con demasiada rapidez. Un numeroso grupo de personas vestidas con el uniforme de las fuerzas especiales de Atenea —camisa negra, pantalones negros, un búho con las alas extendidas en el lado derecho del pecho— aparece, nos invita a bajar de los podios y nos conduce a la entrada por la que entraron los otros campeones. Esta vez, Aquiles no hace el intento de ofrecerme una mano para bajar, lo cual agradezco, porque no estoy muy segura de que fuera capaz de mantener mi expresión bajo control.

Nos guían por una serie de pasillos de concreto, atravesamos los vestuarios y llegamos a una sala de espera con una sola salida. El más alto de los soldados nos lleva a unas vans estacionadas en línea con las ventanas polarizadas.

Alzo las cejas.

—¿No es un poco exagerado?

En respuesta, abre la puerta y me dedica una mirada imposible de interpretar.

—Tú eliges.

Pero, en realidad, no hay elección. Si no sigo el protocolo

ahora, quedaré eliminada antes siquiera de que den comienzo las pruebas. Suspiro y me subo a la parte trasera de la segunda van. No se me pasa por la cabeza hasta que es demasiado tarde que debería haberme fijado en adónde iban los demás y haber escogido en consecuencia. Para entonces, Paris ya está subiéndose en mi van y sentándose a mi lado, demasiado cerca para mi gusto. Héctor lo sigue, con evidente resignación en su hermoso rostro. Atalanta completa nuestro cuarteto, con las rastas recogidas dejando al descubierto una cara llena de cicatrices.

Paris se inclina hacia mí. Tiene unas facciones tan perfectas que me dan ganas de romperle la nariz para darle algo de personalidad a su cara. Aunque no es que me molestaran cuando estábamos saliendo. Fue justo eso lo que me engañó para salir con él en primer lugar. Muestra una pequeña sonrisa que me pone la piel de gallina.

—Helena, ¿qué estás haciendo?

—No sé de qué hablas, Paris. —Por mucho que intento controlar mi tono de voz, las palabras me salen forzadas por lo cerca que lo tengo.

Su sonrisa se ensancha y a sus ojos asoma algo parecido a empatía.

—Entiendo que no te hizo mucha gracia ser parte del premio, pero esto es ir demasiado lejos, ¿no te parece? Vas a ponerte en ridículo a ti y, lo que es más importante, a tu familia.

No puedo evitar tensarme.

—¿Perdona?

—No me malinterpretes. Estás súper sexy en ese vestidito dorado. Como una princesa. —Emite un ruido como de complicidad—. Pero no puedes pensar en serio que eres capaz siquiera de pasar de la primera prueba. Cariño, eres demasiado delicada para eso.

Delicada.

Un eufemismo de *débil*.

Volteo la cabeza para apartar la vista de él.

—No es asunto tuyo, Paris. Preocúpate por ti mismo.

Él se ríe.

—Tengo muchas ganas de ser tu marido, Helena. Es el borrón y cuenta nueva que necesitamos.

Me parece oír a Héctor suspirar por encima del pitido de mis oídos, pero no estoy segura. Ese es el problema con Paris: para cualquiera que no lo conozca, su tono encantador y confiado suena del todo normal. Ni siquiera sus palabras son abiertamente horribles. Cuando nos peleábamos, él siempre mantenía esa expresión de paciencia mientras me sacaba de quicio, hasta que yo me convertía en un monstruo colérico. Me hacía sentir que estaba loca, y esa sensación no tarda en emerger cuando me veo obligada a interactuar con él.

—Vamos a dejar una cosa bien clara, Paris. —Procuro que mi tono de voz sea dulce y tranquilo, aunque lo que querría sería chillar—. Si te crees que por conseguir el título de Ares tienes algún tipo de privilegio marital, te advierto que como te atrevas a tocarme sin mi permiso no vives para contarlo.

Sigue sonriendo impávido. No puedo creer que en algún momento su persistencia me pareciera atractiva. Tardé más de lo que estoy dispuesta a admitir en darme cuenta de que hay una fina línea entre ir detrás de alguien y directamente acosar a esa persona. Paris tiene la mala costumbre de oír solo lo que le interesa. Por supuesto, eso no ha cambiado desde que nos separamos.

—Cuando estemos casados, tendré tiempo de sobra para seducirte. Helena, recuerda cómo disfrutabas de lo que hacíamos juntos... Estoy seguro de que le volverás a tomar gusto.

Atalanta se ríe entre dientes. Cruza las piernas y se apoya en la van.

—Date cuenta, amigo. Está deseando que se la trague la tierra para poder escapar de ti.

Tiene razón, pero odio ser tan transparente. Mi cara de póquer suele ser mejor. Alzo la barbilla.

—Soy más que capaz de defenderme sola.

Atalanta me dedica una sonrisa despreocupada.

—Tal vez, pero voy a casarme contigo cuando sea Ares. Sería una malísima esposa si no te defendiera de la escoria.

—Helena no necesita defenderse de mí. —Paris se inclina aún más, avasallándome. Su colonia es lo único que puedo oler, y se me revuelve el estómago.

La sonrisa de Atalanta se vuelve mordaz.

—Si la tocas sin su consentimiento, estás abusando de ella, y, si abusas de alguien, quedas eliminado.

Paris se recuesta en su asiento refunfuñando una maldición, pero no consigo disfrutar de mi reconquistado espacio personal. Siento un nudo en el estómago. No sé cómo no se me ocurrió tener en cuenta todo esto a la hora de poner en práctica mi plan. Al entrar en el torneo como campeona, me he colocado en medio de un grupo de personas que pretenden casarse conmigo. Soy el trozo de carne más jugoso y me he metido en la boca del lobo por voluntad propia.

Mierda.

7
AQUILES

Sospecho que están llevándonos a los campeones fuera de los límites de la ciudad, justo como se imaginaba Patroclo que harían, y compruebo que estábamos en lo cierto cuando las puertas se abren y vemos varios edificios enormes rodeados de árboles. A lo lejos se oye el sonido del mar, lo cual no hace sino confirmar que estamos en la costa que hay justo al norte del distrito agricultor. Si hubiéramos seguido hacia el oeste, nos habríamos topado con los cultivos que supervisa Deméter.

Áyax suelta un resoplido al sacar su enorme cuerpo de la van. No ha parado de hablar desde que nos hemos sentado, típico de Áyax. Pero eso no significa que no me den ganas de amordazarlo para conseguir algo de paz y silencio. Suelta un silbido mientras observa la zona.

—Hay muros altos —comenta.

Sigo su mirada y, en efecto, veo muros de unos tres metros de altura atravesando la arboleda. Deben de rodear toda la propiedad, para brindar tanto seguridad como privacidad a los campeones. Habrá entrevistas y todas esas cosas en algún momento, probablemente después del segundo desafío, cuando los campeones más débiles hayan caído eliminados y solo queden unos pocos. La sola idea hace que se me tensen los hombros. Puedo fingir, y muy bien, cuando hace falta, pero si Atenea no me encomienda misiones en las que haya que lidiar con personas con cierta sensibilidad es por algo.

Soy una bola de demolición hecha persona. Patroclo es el diplomático de los dos. Siempre sabe qué hacer y qué decir.

Patroclo... y la persona que pasa por nuestro lado justo ahora. Belerofonte es de estatura alta, con la piel de un tono canela y el pelo a lo afro. Tiene mejor puntería que yo con las armas, pero se le da peor que a mí el combate cuerpo a cuerpo. Puedo inmovilizarle nueve de cada diez veces, pero es muy escurridice a pesar de sus largas extremidades.

También es mi amigue, aunque eso ahora da igual.

Belerofonte se detiene delante de nuestro heterogéneo grupo.

—Las reglas básicas. —Su voz es profunda y aterciopelada—. Se les asignarán habitaciones individuales en una de las tres residencias disponibles. Podrán confraternizar si quieren, pero ni se les ocurra tratar de herir a alguien. Si lo hacen, serán descalificados de inmediato. Si tratan de abandonar la propiedad sin autorización previa, también serán descalificados de inmediato. —Nos mira a los ojos uno a uno—. ¿Estamos de acuerdo?

Suenan varios gruñidos y asentimientos entre dientes como respuesta, lo cual parece satisfacer a Belerofonte, que continúa:

—En cada habitación encontrarán un horario donde se indica a qué horas se come y cuándo está abierto el gimnasio, así como un mapa de las áreas comunes. Si necesitan algo para su entrenamiento, podemos tratar de conseguírselos. La primera prueba tendrá lugar pasado mañana, así que espero que hasta entonces sepan entretenerse sin darme problemas. —Se da la vuelta y se dirige a la puerta principal—. Ahora vamos a llevarlos a sus habitaciones. —Señala a dos personas que tiene detrás—. Tú ve con la gente de la derecha. Tú, con la de en medio. El resto, vengan conmigo. —Extiende el brazo para señalarnos a mí, a Patroclo, a Helena y a otras seis personas.

Resulta ridículo ver a un montón de guerreros enormes siguiendo a Belerofonte como patitos. Bueno..., un montón de guerreros y Helena Kasios.

Aunque ya me lo había advertido Patroclo, fue un shock verla presentarse de esa manera. Daba por hecho que se acobardaría y se echaría para atrás. ¿Qué va a hacer una princesa consentida contra estos rivales? No es como Atalanta. Atalanta trabaja para Artemisa. Es una luchadora y muy competitiva. No hay que subestimarla.

Pero ¿Helena?

Nada que ver.

—Deja de mirar mal a todo el mundo —murmura Patroclo.

En su lugar, lo miro mal a él. No estamos en una relación de exclusividad, y nunca lo hemos estado. Nos conviene lo que tenemos, y no quiero que esto cambie demasiado... Pero no puedo evitar tener sentimientos encontrados cuando pienso en lo cerca que estuvo de aceptar la proposición de Helena anoche. No suele dejarse gobernar por sus emociones y sus instintos más primarios, y aun así estuvo a punto de tirar la prudencia por la borda y hacer algo que nos perjudicaría muchísimo a ambos solo por la posibilidad de llevársela a la cama. Eso hace que sea peligrosa de una manera que no tiene nada que ver con el combate.

—Pues para de mirarle el culo a Helena —farfullo como respuesta.

Él alza las cejas, y su reprobación silenciosa me hace sentir más rencor aún. Patroclo mantiene la puerta abierta para mí y me sigue al interior en penumbra de la residencia. Apenas presto atención al mobiliario lujoso y la exquisita gama de colores del lugar. Lo único que veo es el bamboleo dorado de las caderas y el culo de Helena mientras camina delante de nosotros. Estoy seguro de que está exagerando el movimiento con cada paso que da para castigarme por la escenita que di en el podio.

No voy a pedir perdón. Vi una oportunidad y me lancé a ella, tan simple como eso. No hay mucho más que decir.

—Aquiles, contrólate.

Normalmente me rindo al efecto calmante de Patroclo. En este momento, en cambio, me gustaría arrastrarlo a una habitación y cogérmelo hasta que solo pueda pensar en mí, en lugar de en cierta princesita mimada. Dioses, se me está yendo la puta cabeza. Creía que lo de anoche sería lo peor, cuando la mezcla del shock con los celos me dejó la cabeza abotargada. Por lo visto me equivocaba. Debería concentrarme en lo que viene ahora y prepararme mentalmente, pero no puedo pensar más que en estos dos juntos.

Sería digno de ver, la verdad. Carajo, si fuera cualquier otra persona, les plantearía a Patroclo y a ella que me dejaran mirar... y quizá incluso participar un poco. Pero no es cualquier otra persona.

Es Helena Kasios.

La preciada princesa de Olimpo.

Hermana de Zeus y de Afrodita. Futura esposa del próximo Ares.

Coger con ella queda descartado. Incluso acercarse a ella queda descartado. Eso complica mucho la situación actual, pues alguien va a tener que echarla de la competencia, lo cual significa que va a haber mal rollo entre ella y quienquiera que lo haga. Así que no puedo ser yo. Mierda, ni Patroclo. Es un elemento fundamental en mi vida y seguirá siéndolo cuando me convierta en Ares. Crear hostilidad entre Helena y cualquiera de nosotros dos es una malísima idea.

Ha puesto a todos y cada uno de los campeones en una posición de mierda, y no parece importarle. La verdad es que encaja con lo que sé de ella: que es una princesa consentida y egoísta. Ha decidido que no quiere ser el premio, así que le ha dado un berrinche y se ha presentado como campeona, a pesar de estar menos preparada que el resto de los candidatos. No tiene ni una posibilidad de ganar. A decir verdad, me pone enfermo.

Ella me pone enfermo.

—Deja de mirar mal —repite Patroclo.

—Nadie me ve.

Belerofonte pasa por varios pasillos hasta llegar a uno que tiene tres ramificaciones. Señala la primera:

—Tres personas aquí. Pueden escoger la habitación que quieran, pero no le den muchas vueltas.

Esperamos a que los tres a los que ha señalado se separen y recorran el corto pasillo con una puerta a cada lado y vamos al segundo pasillo.

—Otras tres aquí.

Ocurre sin que me dé tiempo a darme cuenta. Se escinden del grupo y entonces solo quedamos nosotros tres: Patroclo, Helena y yo. Mierda.

—Y las tres últimas.

Helena ni nos mira, se limita a recorrer el pasillo. Odio que sea tan preciosa. El vestido corto y dorado que lleva parece diseñado para atraer cada rayo de luz, ciñéndose a su cuerpo atlético y exhibiendo una panorámica perfecta de su culo redondo. Si no recuerdo mal, antes era gimnasta o algo por el estilo. Viendo el cuerpo que tiene, lo creo.

Hace tan solo un día habría dicho que sentirme atraído por ella no es algo malo. Al fin y al cabo, pretendo casarme con ella. Sentirse atraído por alguien se parece lo suficiente a que te caiga bien como para poder conseguir que la relación funcione.

Ahora ya no lo tengo tan claro.

Helena echa un vistazo por encima del hombro, y alza las cejas cuando dirijo la mirada hacia su rostro.

—Esta es la mía. —Abre la puerta de en medio y se mete dentro, cerrándola con un clic inapelable.

¿Ha escogido esa habitación para compartir pared tanto con Patroclo como conmigo? Lo dudo mucho. Por muy bonita que sea su sonrisa, no es demasiado inteligente si está aquí para empezar.

Belerofonte se cruza de brazos.

—¿Significa algún problema para ustedes este reparto de habitaciones?

—No —contesto deprisa. Demasiado deprisa.

Belerofonte me contempla unos segundos.

—No era consciente de que tenías un pasado con Helena.

—No lo tengo. No lo tenemos, vaya. —No me importa si Patroclo jugaba en el cajón de arena con ella. Eso fue hace eones y ya ha pasado a la historia. No siente ninguna lealtad hacia ella—. Está bien así.

—Sí, está bien. —Patroclo sacude la cabeza—. El reparto de habitaciones no cambia nada.

Ese es el problema: mi hombre tenía un plan y en ninguna parte del plan se contemplaba que tuviéramos que competir contra la propia Helena. Conociendo a Patroclo, debe de necesitar un tiempo a solas para poner en orden sus pensamientos y dar con una estrategia acorde a la nueva situación. Piensa mejor cuando no estoy «pululando» a su alrededor, como él dice.

Asiento.

—Estaré listo dentro de un rato —digo.

—Aquiles. —Me mantiene la mirada—. No hagas nada impulsivo.

Me río y esbozo mi sonrisa más encantadora.

—¿Yo? ¿Hacer algo impulsivo? Nunca.

—Sí, claro. —Patroclo niega con la cabeza, va a la puerta de la derecha y desaparece por ella.

Cuando se ha ido, me vuelvo hacia Belerofonte.

—¿Está Atenea por aquí?

—No. —Pone los brazos en la cintura—. Y aunque lo estuviera, no te debe explicaciones; sus motivos tendrá para dejar participar a Helena. Es demasiado tarde para hacer algo más que seguir adelante. Mantente alerta, Aquiles. Estamos contigo.

Claro que lo están. Tenerme a mí de Ares crearía una nueva paz entre Ares y Atenea que no se ve desde hace décadas. Por la propia naturaleza de las responsabilidades de ambos títulos, es tan frecuente que colaboren como que compitan por los mismos recursos. Ares lleva las fuerzas de seguridad que utiliza la mayoría de los Trece, y Atenea está al frente de las fuerzas especiales. Ambas están a las órdenes de Zeus, y al último Zeus le gustaba enfrentarlas. El de ahora promete gobernar de forma más justa, pero tener a uno de los antiguos súbditos de Atenea de Ares allanaría el camino aún más.

—Lo conseguiré. —Le doy un apretón en el hombro—. Al fin y al cabo, soy el mejor.

—Sí, sí. —Se ríe disimuladamente—. Descansa un poco y procura no meterte en líos. —Belerofonte vacila—. Y ándate con cuidado con el Minotauro y Teseo. Me da la impresión de que van a ser un problema.

—Sí, yo también lo creo.

No solemos tener forasteros en Olimpo, ya que es bastante difícil entrar y salir de ella. Una barrera envuelve la ciudad y el área circundante, lo suficientemente grande como para abarcar los cultivos de Deméter y asegurarse así de que se puede alimentar a la ciudadanía. Nunca he conseguido que me expliquen por qué Poseidón y unos pocos de entre los suyos pueden entrar y salir cuando les plazca. Patroclo ha hecho sus propias teorías, que tienen que ver con linajes y cosas por el estilo, pero no me pagan para prestar atención a eso. Para bien o para mal, Olimpo es el lugar en el que nací y es donde voy a dejar huella. No podría importarme menos el resto del mundo.

Observo la puerta por la que Helena ha desaparecido. Me va a tocar tener una charla con la princesita. El vistazo que le echo a la puerta de Patroclo no es exactamente de culpabilidad, pero no puedo evitar sentirla cuando llamo con suavidad a la de Helena. Me ha pedido que me portara bien, y estoy muy seguro de que no aprobaría la conversación que estoy a punto de tener.

Si hay aunque sea una sola oportunidad de que pueda hacer que Helena abandone, tengo que intentarlo. Es mejor para todo el mundo que no compita, incluso para ella. Patroclo estaría de acuerdo con este razonamiento... O eso creo.

Helena abre la puerta, pero no se aparta. No parece sorprendida de verme.

—Aquiles.

—Tenemos que hablar. —Eso es. Amable y neutro.

Me escruta unos segundos antes de dar un paso atrás y mantener la puerta abicrta.

—Espero que sepas que si intentas algo haré que te arrepientas.

Procuro no rozar su cuerpo menudo al acceder a la habitación. Soy un tipo grande, y no me avergüenza admitir que alguna que otra vez he usado mi tamaño para intimidar a la gente. Era parte de mi trabajo, después de todo, pero no he venido aquí para eso. Aun así, mi boca actúa como por su cuenta:

—¿Y qué vas a hacer, princesa? ¿Pisarme con uno de esos tacones de aguja? Eso no va a servir para frenar a ningún guerrero que se precie de serlo.

—Mmm. —Helena cierra la puerta y se apoya en ella, observándome. Casi da la impresión de que me estuviera midiendo como adversario—. Los tacones de aguja pueden hacer bastante daño en otras partes de tu cuerpo. —Echa un vistazo descarado a mi entrepierna.

La sorpresa me arranca una carcajada.

—Me gustaría verte intentarlo.

—No me tientes.

Esta interacción no está yendo en absoluto como me esperaba. La preciada princesa de Olimpo debería haber cedido al primer atisbo de amenaza, por muy velada que fuera. Sin embargo, esta mujer parece más que dispuesta a cumplir con su propia amenaza y hundirme uno de esos impresionantes tacones en las partes más blandas de mi anatomía.

Me acerco a ella sin pensar.

—¿Te crees que puedes conmigo?

—Cariño, sé que puedo. —Helena me imita y da un paso hacia mí, casi como desafiándome a salvar la poca distancia que queda entre nosotros. Me da un repaso de arriba abajo, y dudo que me esté imaginando el ardor que percibo en sus ojos ámbar—. Cuanto más grandes son, más fuerte caen.

—Sí, como si no pudiera aplastarte con un brazo atado a la espalda.

¿Qué diablos estoy haciendo, amenazando a esta mujer? Ni siquiera se trata de que sea una mujer; no creo en los estereotipos que dicen que las mujeres no saben luchar cuando evidentemente son más que capaces de dar guerra. Cualquiera que subestime a Atenea dudo que viva lo suficiente para arrepentirse.

Solo es que no me esperaba que esta mujer en concreto pudiera ser un enemigo digno de tomar en cuenta. Si es que lo es. Me parece que *enemigo* es una palabra demasiado fuerte, pero ¿cuál uso si no? Pretende arrebatarme lo que más deseo en el mundo, el título que me he pasado toda la vida persiguiendo. *Enemigo* es la única etiqueta que le hace justicia.

Helena se relame.

—Demuéstramelo.

Planto una mano en la puerta justo al lado de su cabeza. En esta nueva postura me encuentro inclinado hacia ella y, aunque una voz que suena muy similar a la de Patroclo me susurra que esto es un error, que prometimos mantenernos alejados de ella, es como si no consiguiera poner un freno.

—No vas a ganar el torneo, princesa. No vas a conseguir el título de Ares. Carajo, probablemente ni siquiera pases de la primera prueba. Esta rebelioncita tuya es adorable, pero inútil. Tu destino es esperar de pie en el podio y recibir a tu nuevo cónyuge cuando salga victorioso. —Sonrío con malicia—. Vaya, recibirme cuando yo sea el nuevo Ares.

Si no la estuviera observando tan de cerca, podría pasarme desapercibido el modo en que se estremece sutilmente. Algo parecido a la culpa trata de instalarse en mi pecho, pero lo ignoro. Hay cosas más importantes en juego que los sentimientos de esta mujer.

—Retírate. Vuelve a tu departamento de lujo con tus vestidos bonitos. Te van a hacer daño si te quedas.

Helena apoya la espalda contra la puerta, consiguiendo poner apenas un par de centímetros más entre nosotros, aunque su pelo me roza el pulgar y tengo el ridículo impulso de acercar la mano un poco para que vuelva a ocurrir. Ella alza la barbilla, consiguiendo de alguna manera mirarme por encima del hombro a pesar de ser mucho más baja que yo.

—¿Vas a hacerme daño tú, Aquiles?

—No quiero hacerlo. —Es la verdad. No me produce ningún tipo de deleite aplastar a oponentes claramente más débiles en el plano físico que yo. Pero tampoco puedo permitirme ponerme muy exquisito con el tema del honor ahora mismo, no cuando hay tanto en juego—. Pero sí, lo haré.

Ella entrecierra sus preciosos ojos.

—¿Y Patroclo? ¿Crees que él me hará daño?

No hay que ser un genio para leer entre líneas. Me inclino aún más, hasta que estoy justo delante de su cara; ya no me importa nuestra diferencia de tamaño.

—Déjalo en paz, princesa. Me importa una mierda que ya se conocieran. Ya no lo conoces. Él no es como nosotros. Siente... con demasiada intensidad, y si lo tratas sin cuidado puedes romperle el puto corazón. —Mierda, no pretendía decir eso tampoco. Me enderezo—. Va en serio, Helena. No te atrevas a acercarte a él.

Dibuja despacio una sonrisa que hace que se disparen todas las alarmas en mi mente.

—Te ha contado lo de anoche, ¿verdad?

—¿Qué tiene eso que ver?

—Aquiles... —Niega con la cabeza como si yo fuera un niño que la ha decepcionado—. Cariño, estás celoso. Si su relación (abierta, por cierto) es tan fuerte, ¿qué más te da si me lo cojo hasta que se olvide de su nombre? —Su expresión se vuelve casi contemplativa—. Mmm..., tal vez me lo coja hasta que se olvide de tu nombre. Esa sí que sería una buena.

—¡Que lo dejes en paz, carajo!

Apoya una mano en mi pecho y empuja hasta que retrocedo un par de pasos. Helena aprovecha esta nueva distancia para abrir la puerta.

—Ha sido una charla agradable, Aquiles. Deberíamos repetirla en otro momento.

Una forma evidente de echarme, y sin prometerme que se mantendrá alejada de Patroclo ni que se retirará del torneo. Me reiría si no fuera por esta frustración que siento. Se las ha arreglado para torearme. Aunque en una cosa tiene razón: sí que estoy celoso por que se le insinuara a Patroclo anoche. O, más bien, por que consiguiera llamar su atención.

Hasta que no he entrado en mi cuarto y he cerrado la puerta que me separa del resto del mundo, no soy capaz de admitir que no sé de quién siento más celos.

¿De Helena, por tratar de acostarse con Patroclo?

¿O de Patroclo, por tener la oportunidad de llevarse a la preciada princesa de Olimpo a la cama?

8

PATROCLO

En todos los escenarios que me planteo, el resultado es siempre ambiguo. Que Helena participe en el torneo lo ha complicado todo. El problema no es que sea una contrincante peligrosa, aunque no podemos descartarlo, por mucho que Aquiles insista en dar cosas por hechas. No, el tema es cómo su propia presencia afecta al resto de los campeones. Que esté aquí puede hacer que actúen de maneras que no puedo prever, y eso me está volviendo loco.

Las emociones de Paris al respecto dependen de su historia en común. No soy capaz de decidir si eso significa que tratará de ayudarla para caerle en gracia o si hará todo lo posible por eliminarla pronto.

Héctor es evidente que se siente culpable por cómo la trató su hermano, y puede acabar ayudándola si la culpabilidad supera su lealtad a Paris.

Incluso Aquiles está un poco fuera de sí, más irascible aún que de costumbre desde que le conté lo que pasó con Helena anoche.

Y si soy sincero, también mis reacciones están siendo raras debido a su presencia. No puedo parar de analizar la inesperada atracción que siento por ella desde diferentes ángulos, como si obsesionarme con eso fuera a arrojar algo de luz. Sería más fácil si lo único que me atrajera de ella fuera su belleza. Eso tendría lógica. Por desgracia, es algo un poco más... complicado. Siento una conexión con ella por nuestro pasado, por mucho que ya sea historia. Y ahora la deseo. Carajo, y la respeto por competir en el torneo y no dejar su destino en manos de otros, incluso aunque me haya complicado la vida.

En resumidas cuentas, siento como si algo me empujara a ella. No es ni conveniente ni lógico, y mis deseos enfrentados de seguir el plan original o ir a llamar a la puerta de Helena solo para estar más cerca de ella hacen que quiera que me trague la tierra.

No suelo ser un hombre en constante guerra consigo mismo. Me planteo las posibilidades. Uso la lógica y la razón. Las emociones también intervienen, claro, no dejo de ser humano, pero no me gobiernan. Es mi cerebro el que tiene el mando.

Hasta ahora, cuando menos me puedo permitir cambiar de rumbo.

Unos toques en mi puerta hacen que se me acelere el pulso, y me maldigo por albergar la esperanza de que sea ella. No lo es. Por supuesto que no. Helena no tiene motivos para venir a buscarme. No hemos hablado en los últimos veinte años, salvo lo de ayer, y eso fue una conversación circunstancial. La había descubierto postulándose como campeona y quería persuadirme de que no dijera nada. Lo más probable es que no haya vuelto a pensar en ello.

Vuelven a llamar a la puerta con un ritmo que reconozco como la manera favorita de Aquiles de anunciar que está a punto de entrar en una habitación. Reprimo un suspiro y abro antes de que decida echar la puerta abajo. Por poco me tumba al entrar en el cuarto.

—Esa mujer es una verdadera amenaza.

Me le quedo mirando.

—Has ido a hablar con Helena.

¿Por qué me sorprendo? Claro que iba a faltar a su palabra de mantenernos lejos de ella a la primera de cambio. Aquiles tiene su meta constantemente en la cabeza, y no le debe de hacer mucha gracia que Helena pueda ponerle piedras en el camino. Por supuesto, ha decidido comprobar si puede persuadirla para que se retire. «Si solo fuera eso...» Aparto el pensamiento. No tengo motivos para dudar de él.

—Deberías habérmelo consultado primero. No va a cambiar de opinión.

—Creía que podía convencerla.

Suelto un resoplido y me dirijo a la pequeña cocina que hay en un rincón de la sala de estar de la suite. Tendría que echarle un vistazo a la de Aquiles, pero apuesto a que todas las habitaciones son iguales. Una puerta principal que da a la sala de estar con un pequeño sofá, una televisión y una mesita de centro. La cocinita instalada en la pared opuesta con un fregadero, una mininevera llena de tentempiés y distintos tipos de alcohol, y un microondas. Un pasillo corto que lleva al dormitorio y el cuarto de baño con su ridícula regadera y una bañera pequeña pero profunda.

El sofá es muy robusto. Me siento en él sin cuidado.

—Te lo dije —replico.

—No hace falta que controles todo lo que hago, Patroclo. —Sin embargo, me sigue y se deja caer a mi lado con un gruñido—. Van a acabar haciéndole daño.

—Es probable.

—¿Y te parece bien?

Le dedico la mirada que se merece esa pregunta. Sabe más que de sobra que no me parece bien, pero al menos en esta situación tengo que emular la determinación y el impulso de

Aquiles. No me puedo permitir preocuparme por Helena. Apenas es más que una desconocida para mí ahora. No es lógico que me preocupe por ella, por muy hermosa que sea y por mucho pasado común que tengamos.

—Dudo mucho que sea algo serio. Incluso el nuevo Ares estará bajo las órdenes de Zeus, y nadie quiere molestarlo hiriendo de gravedad a su hermana pequeña.

Aquiles nota mi vacilación.

—¿Pero...?

—Pero... —No tengo nada de ganas de meterme en esto; pese a ello, me ha estado molestando desde el momento en que se presentaron los campeones—. No tenemos mucha información sobre los forasteros. No puedo descartar con seguridad que estos sean peligrosos.

—De todos modos, tenemos que mantenernos alejados de Helena. Los dos. Está vetada. —Se me queda mirando unos segundos—. ¿De acuerdo?

Una parte irracional de mí quiere discutírselo, pero no tiene sentido. No hay muchas reglas en nuestra relación, así que, cuando uno de nosotros pide algo como esto, es importante para la salud general de la relación que se respete esa demanda. No recuerdo la última vez que pasó. Puede que hace unos años, cuando le pedí a Aquiles que no fuera detrás de Casandra. Aunque aquella vez no fue por celos. Solo es que me había dado cuenta de cómo la miraba Apolo (cómo la sigue mirando, si el último evento al que acudimos sirve de ejemplo). Es mejor evitar que Apolo te traiga entre ojos.

Asiento despacio.

—Ya lo acepté anoche. No ha cambiado nada desde entonces. Helena está vetada.

—Bien. —Aquiles estira los músculos de su cuerpazo, se quita los zapatos sin desatárselos y pone los pies en la mesita de centro. Ve que frunzo el ceño y se ríe—. No es nuestra casa. ¿Qué más da si pongo los pies en la mesa?

—Sigue siendo de mala educación.

—Tranqui, Patroclo. —Me da un codazo cariñoso—. Estamos donde tenemos que estar. Todo va a salir bien.

Frunzo aún más el ceño como respuesta.

—No me vengas con esas tonterías, Aquiles. Sé que estás preocupado. —Puede que se oculte tras esa máscara delante de otra gente, pero conmigo no lo hace—. Tenemos que...

—Tenemos que relajarnos. —Me coloca una mano en la nuca y me acerca a él para darme un beso.

Es un poco rudo y un poco dulce, cien por ciento Aquiles. Me siento tentado a seguir discutiendo, pero tiene razón. Podría pasarme días dándole vueltas a esto. A veces, la mejor idea es apagar el cerebro, y además no podemos actuar hasta la primera prueba. Así que...

—Patroclo. —Me mordisquea el labio inferior—. Sigues pensando demasiado.

—Lo siento.

Él se ríe.

—Menos mal que me sé un truco o dos que te pueden ayudar con eso. —Aquiles cambia de posición, se mueve hasta quedar de rodillas entre mis piernas.

En realidad no hay suficiente espacio para que estemos los dos así, pero no digo nada mientras me desabrocha los pantalones y me los baja. Me dedica una sonrisa pícara.

—Me encanta cuando me miras así.

No sé qué cara estaré poniendo, pero estos momentos son demasiado buenos para ser verdad. Este hombre, este dios en potencia, es mío, al menos en parte. Aquiles ha nacido para liderar una multitud de gente gritando, para ser el centro de atención, aquel al que adoran y del que contarán historias. Es impresionante, incluso cuando lleva a cabo las actividades rutinarias que nos encomienda Atenea.

Y aún más ahora, de rodillas y agarrándomelo con la mano. Sigo esperando el día en que se dé cuenta de todo esto y me deje tirado. Aquiles siempre va a apuntar a las estrellas. Yo, en cambio, tengo los pies bien puestos en la tierra. Parece inevitable que algún día dejaré de ser suficiente para él, así que procuro disfrutar de cada momento juntos y guardarlos de cara al invierno que va a ser mi futuro sin su resplandeciente calor a mi lado.

Baja la cabeza y se lo mete en la boca, y mis pensamientos se disuelven en placer. Llevamos juntos muchos años. Sabemos exactamente qué tipo de roce, caricia, ritmo y presión necesita el otro para venirse con la mayor intensidad posible. Sin embargo, al contrario que anoche, Aquiles no pretende llegar a eso a toda prisa. Su boca recorre mi miembro de arriba abajo con un deslizamiento húmedo y lento que me indica que se va a tomar su tiempo. Puede que sea impulsivo, pero, cuando se propone algo, es formidable.

Por lo visto esta noche se ha propuesto darme placer.

Hundo las manos en su pelo oscuro, pero no pretendiendo guiarlo, sino que lo hago simplemente para disfrutar del viaje. Juega conmigo, alternando sacudidas de la mano con lamidas amplias y toquecitos con la punta de la lengua. Me empiezan a temblar las piernas demasiado pronto, así que lo jalo del pelo.

—¡Aquiles! —gimo.

Su sonrisita me llega directa al corazón. Estos momentos son casi perfectos. Demasiado perfectos. ¿Cómo voy a no pensar que va a pasar algo malo? Me agarra otra vez el pene con la mano y me masturba despacio.

—Voy a llevarte a la cama. No te preocupes por no hacer ruido.

Incluso entre la niebla del deseo me doy cuenta de lo que está pasando. Echo un vistazo a la pared..., la pared que comparto con Helena.

—Quieres que nos oiga.

Se encoge de hombros con irreverencia.

—Aún estoy un poco celoso.

La sola idea de que Aquiles pueda estar celoso de alguien se escapa a mi comprensión. Igual soy un imbécil egoísta, pero me gusta un poco. Lo jalo del pelo de nuevo, esta vez con más suavidad.

—No voy a esforzarme por no hacer ruido, pero que la cosa se salga de control o no depende de ti.

Él sonríe, justo como me esperaba que hiciera.

—Acepto el desafío.

Se levanta sin problemas a pesar de haber estado un buen rato de rodillas y me toma la mano para ayudarme a ponerme de pie. Vamos tropezándonos por el pasillo, besándonos y frotándonos el uno contra el otro como un par de adolescentes torpes, pero en el instante en que llegamos al dormitorio, se vuelve a centrar por completo en mí. Me aparta las manos cuando busco el dobladillo de mi camisa.

—Yo lo hago —dice.

—Qué mandón.

—Lo que te gusta.

Me quita la camisa por la cabeza y termina de bajarme los pantalones por las piernas para deshacerse de ellos. Entonces se levanta de nuevo y me busca la boca. Esta vez no hay delicadeza ni dulzura de ningún tipo. Aquiles me besa como un señor de la guerra en plena conquista, y yo estoy más que dispuesto a ceder a las exigencias de su lengua. Se va desnudando entre besos y me lleva poco a poco a la cama.

Intento retroceder para poder apreciar la escena, pero no

me lo permite. Se baja los pantalones de un tirón y se pega a mí otra vez, me empuja para que caiga sobre el colchón y se coloca encima. Aunque yo soy más alto, él es mucho más grande, y en momentos así las diferencias se notan mucho. Me acaricia los brazos y los costados con las manos.

—No quiero esperar más.

—Cuánta impaciencia.

—¿Contigo? Siempre.

Me incorporo como puedo y lo beso. Hay veces en las que deseo ir poco a poco, preparándome con el cuidado que un cuerpo del tamaño del de Aquiles requiere, pero esta noche estoy tan impaciente como él.

—Sí. Te necesito ahora. No quiero esperar.

Alarga un brazo para abrir el cajón de la mesilla de noche. Ya estoy sonrojado cuando se ríe, porque sé qué es lo que va a decir. Y no me equivoco. Aquiles niega con la cabeza.

—¿Llevamos veinte minutos aquí y ya has deshecho el equipaje?

—No me gusta tener mis cosas en maletas.

Pesca el bote de lubricante y me dedica una mirada aguda.

—Lo sé.

Lo observo con el corazón en la garganta mientras se unta el pene de lubricante. Su miembro está en perfecta proporción con el resto de su cuerpo..., lo cual significa que es descomunal. Incluso después de todo este tiempo, hay un momento de vacilación mezclado con mis ganas, y el sentimiento alcanza nuevas alturas cuando empieza a metérmelo con cuidado por el culo. Se me escapa un gemido rudo, y él se introduce más hondo como respuesta.

—Quiero ver cómo te vienes en tu vientre —murmura—. Me encanta cuando pierdes el control.

Mi capacidad de formar palabras desaparece, solo queda el

deseo. Me incorporo y lo beso. Necesito que me consuma por completo. No pienso en otra cosa que en tener más de él dentro de mí. Aquiles parece darse cuenta de mis anhelos, porque me la mete entera de un empujón y deja caer su cuerpo sobre el mío, empotrándome contra el colchón mientras me besa como si me necesitara a mí más que al aire para respirar.

Me siento igual.

Es justo lo que necesito. Es perfecto. Podríamos estar así para siempre, en este punto en el que el amor y la lujuria se vuelven uno.

Pero nuestro deseo no se satisface tan fácilmente. Comienza a moverse, dando pequeños empujones que me hacen gemir y retorcerme. Es increíble, es demasiado. Intento aguantar, pero nunca he ganado este tipo de batalla contra Aquiles. Y esta noche no va a ser la primera vez.

Me agarro a sus caderas dejando escapar un gemido rudo. Él sonríe.

—Más —me pide.

No puedo hacer otra cosa que obedecer. Cada arremetida me saca otro gemido de los labios. Me vuelve loco tenerlo cogiéndome así, con toda su atención centrada en mí y solo en mí. Los embates son bruscos y perfectamente controlados, y solo puedo apretar los dedos de los pies y dejarme llevar, olvidándome de cualquier pensamiento que tenga en la cabeza. Cuando mi cuerpo pierde el control por completo y me vengo en mi pecho y mi vientre, grito su nombre.

Aquiles se inclina hacia atrás, apoyándose en las manos, y busca el ritmo perfecto para alcanzar su propio clímax. Me devora con sus ojos oscuros de tal manera que casi puedo sentirlo en mi propia piel, en la cara y por todo el recorrido que dibuja mi semen en mi cuerpo.

—Eres mío, Patroclo. —Suelta una maldición y su ritmo se vuelve irregular—. Y yo soy tuyo. Dilo.

—Soy tuyo —jadeo. Alargo las manos para agarrarlo de las caderas, instándolo a meterse más adentro—. Y tú eres mío.

Al menos por ahora.

HELENA

No me toco mientras oigo a Aquiles cogiéndose a Patroclo..., pero estoy a punto.

El golpeteo rítmico de la cabecera, intercalado con gemidos graves y Patroclo prácticamente chillando el nombre de Aquiles, no me ayuda demasiado a conciliar el sueño. Estoy tumbada en la cama intentando con todas mis fuerzas no imaginármelos en acción. Son demasiado atractivos para poder soportarlo, y me siento demasiado atraída por ambos. Si no estuvieran compitiendo por el mismo título que yo, quizá me esforzaría un poco más por tratar de seducir a uno de ellos... o a ambos.

Por lógica, acostarse con uno debe de estar bien, así que tenerlos a los dos en mi cama sería asegurarse una noche inolvidable.

Me volteo y le doy un puñetazo a la almohada. Aunque el deseo que siento por ellos es real —y muy poco conveniente—, no es más que mi temeridad haciendo acto de presencia. Me paso tanto tiempo de mi vida ocultando mis partes sensibles para que nadie pueda verlas, tocarlas ni herirlas, que no creo que sea raro que de vez en cuando las partes feas salgan a la superficie y me abrumen por completo. Ni que me agobie vivir en este cuerpo y necesite una vía de escape.

En otra época elegía métodos mucho más autodestructivos que el sexo para aliviar esa presión. No me gusta pensar en ello ahora, pero no es como que tuviera herramientas para lidiar con vivir en la casa de Zeus de una forma sana. Hasta que no empecé a ir a terapia en secreto a los veinte, no conseguí dominar mis peores impulsos. A mi terapeuta no le gusta demasiado que use el sexo como sustitutivo, pero hemos llegado a un acuerdo: aunque esté haciendo cosas que sé que no debería hacer, siempre tengo cuidado y me protejo a la hora de elegir con quién me acuesto. Parece un oxímoron, pero me sirve.

Acostarme con Aquiles o con Patroclo (o con ambos) no es tener cuidado ni protegerme. Sí, los deseo, pero también desearía lanzar a Aquiles por la ventana. Patroclo hizo bien en rechazarme la otra noche. Por no hablar de que... Dioses, ni siquiera lo conozco. Es la verdad. Y desde luego no conozco ni un poco a Aquiles. Puede que sean iguales que Paris; no me di cuenta de que era un monstruo hasta que ya era demasiado tarde para escapar con facilidad. El sexo lo complica todo, incluso con la persona menos disponible emocionalmente. Y el sexo con dos hombres que van a luchar por lo mismo que yo, que destrozarían mis sueños sin pensarlo dos veces...

No puedo ser así de autodestructiva.

¿Verdad?

Al otro lado de la pared, la cabecera se pone a dar golpes de nuevo.

—¿Me estás tomando el pelo? —suelto para mí.

No hay forma de dormir así. Llegados a este punto, no vale la pena ni intentarlo. Si fuera otra situación, admiraría su vigor en la cama, pero estoy cansada y agobiada, y oír cómo a Patroclo le dan por detrás hasta el desmayo me está poniendo de mal humor y me mata de envidia.

Suspiro y salgo de la cama. A lo mejor el sofá no es tan incómodo como parece. No queda mucho hasta que empiece la primera prueba, y necesito dormir bien y prepararme mentalmente. Debería ser fácil. Al fin y al cabo, esto es lo que quiero. Pero cuando intento ordenar mis pensamientos, se desperdigan como canicas.

Estoy cansada, sin más.

Mientras camino despacio por el pasillo y entro en la sala de estar, casi me espero encontrarme a Hermes y Dionisio husmeando por aquí. Les gusta hacer de gatos callejeros y aparecer en tu casa cuando menos te lo esperas. Salvo que... no estoy en casa, e incluso esos dos lo pensarían dos veces antes de entrar en una propiedad de Atenea durante el torneo para ser Ares.

Es una estupidez extrañarlos. Y extrañar mi departamento y mi dormitorio excelsamente decorado. Es una estupidez sentir el más mínimo dolor solo porque ni Perseo ni Eris hayan pasado a ver si estoy bien o a gritarme o incluso a relatarme con pelos y señales de qué manera he trastocado sus planes. No sé por qué esperaba que sucediera eso. Las enseñanzas de nuestro padre se han arraigado en nosotros. Cuando estaba muy enfadado conmigo por lo que fuera, hacía como que no existía. Ahora que pienso en ello, me lo hubiera tomado como una bendición, pero de pequeña tenía aún menos autocontrol. Me ponía a gritar, me enojaba y hacía un buen drama, y él simplemente me ignoraba como si fuera un fantasma golpeando paredes al que nadie podía ver ni oír.

Me da un escalofrío. Odio que mis hermanos estén usando los viejos trucos de Zeus. Saben cuánto me dolía que lo hiciera, y aun así lo están imitando... Niego con la cabeza.

—Vaya forma de creerte el centro del universo, Helena. Lo más probable es que estén haciendo cosas importantes de los Trece, y yo estoy mucho más abajo en la lista de prioridades. —Las palabras me salen rencorosas, pero al menos no hay nadie más aquí para escucharlas.

Doy vueltas por la sala de estar. En momentos como este, cuando me siento tan aislada, me entran unas ganas tremendas de llamar a mi hermano pequeño, Hércules. No nos llevábamos especialmente bien de niños. Incluso de pequeño, él ya era demasiado sincero, demasiado puro, lo cual lo puso en el punto de mira de la «educación férrea» de nuestro padre. El resto nos distanciamos de él para evitar correr la misma suerte. Al pensarlo hoy, esa cobardía me hace sentir un sabor nauseabundo en la lengua. Quizá si hubiéramos intentado intervenir...

Pero nos salió el tiro por la culata a los hermanos mayores. Hércules se marchó. Está viviendo una feliz relación poliamorosa en Carver City, más libre en el exilio de lo que nunca fue aquí. La mayoría de la gente que vive en Olimpo está tan obsesionada con lo que pasa en el centro de la ciudad que no se para a pensar que no somos más que ratas encerradas en una jaula.

Aunque, en realidad, la existencia de la barrera da igual. Para bien o para mal, no tengo ninguna intención de irme de Olimpo.

Estoy contenta de que Hércules consiguiera marcharse, eso sí. Me alegro de que sea feliz. Se cuida mucho de mantener a sus amantes lejos de nosotros, de protegerlos para que esta ciudad y la familia Kasios no los mancillen. Chico listo. El resto aún bailamos al ritmo que nos impone Olimpo.

No voy a llamar a Hércules esta vez, igual que tampoco lo he llamado ninguna de las otras veces en las que la soledad y la autocompasión amenazaban con eclipsarlo todo. Acudir a su calidez es una idea genial en teoría, pero no tenemos nada de que hablar, y mantener con mi hermano una incómoda conversación en la que queda claro cuánto nos hemos distanciado es peor que no hablar en absoluto con él.

Vuelvo al dormitorio y lanzo una mirada asesina a la pared donde aún puedo oír a Aquiles y Patroclo cogiendo.

—Pues al sofá.

Tomo el edredón de la cama y hago lo posible por que el sofá sea cómodo. Es evidente que no está hecho para dormir en él, pero, justo cuando creo que no voy a conciliar el sueño..., me despierto con los rayos de sol matutinos.

Me incorporo y me froto los ojos. Siento como si me hubiera dado un tirón en la espalda, pero espero que se me pase cuando me levante y me ponga en movimiento. Me tambaleo hacia la nevera y echo un vistazo al horario que han puesto ahí. Una ojeada rápida al reloj del microondas me indica que me tengo que dar prisa si quiero llegar a desayunar. Ya que no sé cocinar más que comida preparada, saltarme el bufet de desayuno no es una opción. Necesito mantenerme fuerte, lo cual significa que necesito calorías.

Tras un baño rápido, me recojo el pelo en una sencilla trenza y me visto con mallas de correr y un sujetador deportivo. Cuando haya comido algo, iré a buscar el gimnasio y a hacer ejercicio sin parar hasta que me gane una buena siesta. Con suerte, Aquiles y Patroclo se toman la prueba de mañana con la misma seriedad que yo y no pretenden volver a estar dale y dale toda la noche. Hago una mueca al pensar en dormir otra vez en el sofá.

En verdad, si van a estar cogiendo como conejos, tal vez pida un cambio de habitación y elija la de Aquiles, para no tener que compartir pared con ellos. Fue una demostración de poder muy tonta elegir la habitación de en medio, pero no creía que me fuera a arrepentir tan rápido.

No me cuesta encontrar la cantina. Los edificios de las tres residencias están colocados en forma de U alrededor de las zonas comunes, en las que se incluyen el comedor, un salón y un gimnasio enorme. Es evidente que el espacio está diseñado para grupos. La cocina es gigante y está llena de electrodomésticos industriales. En el comedor hay cuatro mesas unidas en fila con asientos de sobra para todos los campeones, e incluso en el salón los sofás están agrupados alrededor de una televisión descomunal, aunque dudo que mucha gente haga uso de ella.

Doy una vuelta por la larga isla de la cocina, ojeando las opciones. Al final me decido por unos huevos revueltos con salsa y aguacate, un bol de macedonia de frutas y una taza enorme de café. La mesa del comedor está vacía salvo por los dos forasteros. Estoy a punto de sentarme cerca de ellos para demostrarles que no me intimidan, aunque no sea así, pero prefiero no arriesgarme a sufrir una indigestión. En su lugar, opto por el extremo opuesto de la mesa.

Desde aquí veo bien a los dos hombres. Los analizo mientras picoteo la comida. Ambos son algo atractivos de un modo salvaje, pero incluso yo lo pensaría bien antes de tontear con ellos si coincidiéramos en una fiesta. Los envuelve como un aura peligrosa, aunque no soy capaz de decir qué es lo que me produce esa sensación. El de pelo corto, Teseo, tiene una nariz torcida e imponente que sería demasiado grande para su cara si no fuera por su mandíbula ancha. El otro, el Minotauro, tiene un cabello largo y ondulado que le llega hasta los hombros. Se nota que se lo cuida, porque se le ve fuerte y sano, lo cual es una proeza para algunos tipos. Lo bonito que es su pelo casi consigue que no te fijes en las cicatrices: líneas blancas y finas, desvaídas, tantas que parece como si alguien hubiera intentado arrancarle la cara. Me da un escalofrío al imaginarme cómo serían las heridas recién hechas. Aun así, tiene unas cejas anchas y bonitas, y unos labios sorprendentemente sensuales.

Ambos van vestidos sin hacer alardes, en pantalones cortos

y camiseta; está claro que pretenden ir al gimnasio también. Las mangas cortas me dejan entrever tatuajes que les suben por los brazos, pero no estoy lo suficientemente cerca como para poder fijarme en los detalles. ¿Quizá pertenecen a algún tipo de banda criminal?

No serían los primeros en tratar de infiltrarse en Olimpo. Por cómo se elige a los Trece es normal que los forasteros se sientan tentados a tratar de conseguir poder. En teoría, cualquiera podría ostentar suficientes títulos para arrebatarles el poder a Zeus, Poseidón y Hades, y gobernar la ciudad, por eso tantas familias de la zona alta acuden a las fiestas de la torre Dodona y se enredan en matrimonios concertados. Todo se reduce al poder y la política, pues las alianzas que abarquen a la mayoría de los Trece son las que a efectos prácticos dirigen Olimpo. O al menos la zona alta.

En ocasiones, la gente de fuera se percata de una cosa: es difícil atravesar la barrera, pero no imposible. Mi padre hablaba muchas veces de un antiguo enemigo que había tratado de dar un golpe de Estado justo cuando él heredó el título de Zeus, pero nunca les presté mucha atención a las historias de guerra de mi padre, ya que en un noventa por ciento eran pura ficción.

A fin de cuentas, da lo mismo. Estos dos hombres son mis contrincantes, y sus motivaciones para entrar en el torneo no cambian eso. Incluso si uno consiguiera de alguna manera ganar y convertirse en Ares, solo es uno de trece, está muy lejos de la mayoría. No pueden ni acercarse a los títulos hereditarios, y no hay manera de que consigan los de Afrodita y Deméter, aunque por diferentes razones. Y pena me da quien trate de arrebatarle el título a Atenea... Y lo mismo con Hermes.

Existe una regla poco conocida sobre asesinar, pero...

Niego con la cabeza. Es poco conocida por algo. Por mucho que asesinar a uno de los Trece sea técnicamente un atajo que permitiría saltarse el procedimiento habitual para obtener el título, nadie es tan necio para intentarlo. Los otros se volverían en su contra para asegurar que no sobreviva al primer día ostentando el título. Lo mejor para todo el mundo es hacer las cosas como los dioses mandan.

Dar un golpe de Estado en Olimpo es misión imposible.

Termino mi desayuno y me recuesto en la silla, tomándome mi café despacio y disfrutando de la panorámica que ofrecen los ventanales de la pared que hay tras la mesa. Solo el ruido de pasos me alerta de que otro grupo de campeones está entrando en la sala.

Atalanta va directo al café, ignorando a todos. Héctor hace una mueca sutil cuando me ve y se coloca entre Paris y yo, en un intento evidente por tratar de guiar a su hermano hacia la comida y darme la oportunidad de escapar. Suspiro y me pongo de pie. El momento de paz fue bonito mientras duró.

Al ver a Aquiles y Patroclo me detengo en seco. Patroclo, esa adorable criatura, parece ruborizarse mientras mira a cualquier sitio menos en mi dirección. Aquiles, por su parte, tiene una sonrisita de autosuficiencia pintada en la cara mientras me observa. Bueno, por si no me quedaba claro, ahora sé de sobra que eran conscientes de que podía oírlos.

Y de que querían que los oyera.

«Más les vale no ser tan idiotas como para pensar que voy a sonrojarme y a tartamudear como una adolescente. A este juego pueden jugar tres.» Dejo mi plato vacío en el fregadero y voy hacia ellos, meciendo las caderas mientras camino. Patroclo parece buscar la forma de escaparse, pero Aquiles le pasa el brazo por los hombros y lo mantiene en su sitio. Perfecto.

Agarro mi taza de café con las dos manos y les sonrío con dulzura.

—¿Aquiles?

Él me dedica esa sonrisita suya tan falsa.

—¿Sí?

—La próxima vez que quieras marcar tu territorio, ¿por qué no te lo sacas y lo meas en el pie directamente? Así los demás podríamos dormir algo. —A Patroclo se le sale el café de la boca y se inclina hacia delante, pero lo ignoro y le dedico a Aquiles una mirada de inocencia fingida—. A menos que lo hicieran a modo de invitación, en cuyo caso preferiría que la próxima vez me lo dijeran con palabras. —Hablo en voz lo suficientemente baja para que la conversación no llegue a oídos de terceros. Esto es entre nosotros.

Su piel tostada se oscurece un poco.

—Es que...

—Tengan un buen día. —Paso por su lado y abandono la sala.

Solo cuando he doblado la esquina me permito sonreír. No hay nada tan satisfactorio como una salida dramática. Además, me lo han puesto tan fácil...

La pequeña sensación de victoria se desvanece con cada paso. Estoy permitiendo que me distraigan, y eso es inaceptable. Será mejor si me mantengo alejada del resto de los campeones durante este proceso. Ojalá hubiera recordado eso antes de insinuarme a Patroclo y provocar a Aquiles.

El gimnasio es justo lo que me esperaba de Atenea. Está repleto de pesas y de equipamiento que parece de última generación, todo reluciente. Apuro el café y me planteo qué hacer. Quiero desahogarme un poco, pero no quedarme exhausta. Una carrera de cinco kilómetros apenas servirá para calmar los nervios, pero, si luego hago una vuelta de entrenamiento en circuito, debería bastar.

Con eso en mente, vuelvo a mi dormitorio para lavar la

taza de café y tomar una botella de agua de la nevera. Por suerte para mí, el gimnasio sigue vacío cuando regreso, así que me pongo los audífonos y me subo a la cinta de correr sin perder un segundo.

Para cuando alcanzo los dos kilómetros, mis músculos se destensan y empiezan a relajarse. Las cosas no han ido como había planeado, pero no pasa nada. He estado toda la vida adaptándome a los caprichos de otras personas. ¿Qué hay de distinto en esto?

A ver, es cierto que no me esperaba que Perseo fuera a seguir los pasos de nuestro padre de forma tan literal. No mentía cuando dijo que él también se ha sacrificado, pero lo que muy convenientemente se le olvida mencionar es que él eligió esos sacrificios. A mí no me dio la oportunidad de hacerlo. Tomó la decisión por mí y dio por hecho que lo iba a complacer, como si fuera su marioneta.

¿Y Eris? Ella debería saber más que de sobra que entiendo los entresijos de la política olímpica. Si me lo hubieran pedido en vez de tenderme una emboscada con el anuncio... Sacudo la cabeza, deseando poder librarme de estos pensamientos con la misma facilidad. Eris tenía claro que me opondría y que habría que convencerme, así que se saltó la conversación y actuó a mis espaldas. No me la imagino a ella ofreciéndose como voluntaria para casarse con un desconocido, pero le pareció perfecto echarme a los leones.

Dioses, mi familia es lo peor.

Aumento el ritmo en la cinta de correr. Solo son cinco kilómetros. Puedo ir un poco más rápido, esforzarme más. Lo que sea con tal de no pensar demasiado en el hecho de que mis hermanos se sentaron y decidieron juntos que valía la pena sacrificarme a cambio del favor del próximo Ares. Por mucho que Perseo me asegurara que no pasaría nada, en el peor de los casos sí que acabaría herida. La venganza no es para las víctimas, es para que la gente que las rodea se sienta mejor por no haber hecho nada para evitarlo.

Pero yo no soy ninguna víctima.

Ya no.

En casa de mi padre estaba indefensa. Mi madre trató de ayudar, pero lo único que consiguió fue que le partieran el cuello y que mi padre se fuera con otra mujer, otra Hera. La gente bromeaba con que sus Heras eran intercambiables, juguetes que rompía y que reemplazaba con la misma facilidad. Lo habría hecho de nuevo si no hubiera muerto. Ya le había echado el ojo a Perséfone, una chica más joven que yo.

Perseo fue quien me contó que nuestro padre había muerto. Yo me quedé sentada esperando sentir algo. Tristeza. Culpa. Alegría. Lo que fuera. En cambio, lo único que sentí fue como si me hubieran quitado un peso de encima. El monstruo de la fachada encantadora ya no podría hacerme daño ni controlarme nunca más.

No pensé que mi hermano se tomara el rol de Zeus tan al pie de la letra. No pensé que a efectos prácticos me pusiera en cuarentena; por mi propia seguridad, claro. Que dictara lo que era o no era aceptable en el comportamiento de un Kasios, exactamente como hacía nuestro padre.

Que me encomendara el papel de peón que sacrificar, justo como planeaba hacer nuestro padre.

Subo la velocidad de la cinta de correr. No sirve de nada, sigo pensando sin parar. No puedo escapar de los fantasmas que me persiguen en mi mente, pero puedo agotarme hasta dejarlos KO. Tengo que hacerlo. No puedo vivir así. No cuando estoy tan cerca de la libertad, cuando distraerse significa fracasar.

Una mano aparece en mi campo de visión. No tengo tiempo más que para estremecerme antes de que Patroclo apriete el botón que detiene la cinta de correr. Se va parando poco a poco, y yo me quito los audífonos de las orejas.

—¿Qué carajos te pasa?

—Es suficiente, Helena.

Abro la boca para decirle por dónde puede meterse sus opiniones, pero los números rojos atraen mi atención. He hecho once kilómetros, no cinco, y a un ritmo demasiado alto. Ahora que se me ha cortado la inercia, noto que las extremidades me tiemblan. Que estoy empapada en sudor. Que la respiración me corta los pulmones. He corrido más y más rápido en otras ocasiones, pero este entrenamiento no debía ser así.

Débil. Temeraria. Impulsiva. Intento apartar estas palabras de mi mente, pero se mantienen fuera de mi alcance, riéndose de mí.

Patroclo no se aparta, sigue con la mano en el botón. Sospecho que es por si decido ignorarlo y encender de nuevo el aparato. Me seco el sudor de la frente con el antebrazo.

—Estoy bien.

—¿Estás segura? Porque parece que te has pasado de la raya y que además pretendías seguir corriendo hasta que te fallaran las piernas. —Me repasa de arriba abajo. No de forma sexual; me mira por si tengo alguna lesión.

No hay excusa para el escalofrío que me provoca. Culpo al aire acondicionado y mi piel sudada de que se me pongan duros los pezones y se me marquen en el sujetador deportivo.

—Estoy bien —repito.

Es tan cierto como la última vez que lo he dicho. Estoy tan lejos de estar bien que me dan ganas de echarme a reír, pero ¿qué me esperaba? Mis hermanos me han llevado al matadero, claro que me va a afectar. Incluso aunque a una pequeña y oscura parte de mí no le sorprenda ni en lo más mínimo. No estoy de humor para explicárselo a Patroclo, eso sí. Parece un buen hombre, pero es el buen hombre de Aquiles. Que fuéramos amigos de pequeños no significa que esté dispuesto a oír mis penurias.

Aun así, no quiero ser maleducada. Vacilo unos segundos.

—Oye, no pretendo invitarte a inmiscuirte en mis asuntos en el futuro, porque no necesito una niñera, pero gracias por pararme.

—No hay de qué. —Se pasa una mano por el pelo corto oscuro. La barba de un día le da un aspecto canalla que no va nada bien para mi libido.

A decir verdad, es lo único «canalla» de Patroclo. Hasta donde he visto, sigue siendo igual de amable que siempre; eso al menos no ha cambiado. Podría aprovecharme de ello, pero estoy tan cansada de repente que no soy capaz ni de pensar. Se merece algo mejor que ser el látigo con el que me flagelo, así que más me vale irme de aquí antes de hacer algo imperdonablemente estúpido.

—Voy a darme un regaderazo —me excuso.

—Helena.

Me da un vuelco el estómago al oír la severidad de su voz. Me paro en seco.

—¿Qué?

—Haz estiramientos. —Con un gesto de la cabeza señala mis piernas, como si pudiera ver cómo tiemblan—. Te arrepentirás si no.

Tiene razón. Mis necesidades entran en conflicto: por un lado, tengo que retirarme a mi habitación hasta recuperarme y, por otro, quiero seguir al lado de este hombre un ratito más, dejar que ahuyente los fantasmas que me acechan. Aunque lo más probable es que en realidad no le importe tanto como parece. Debe de ser la máscara que se pone, como todo el resto del mundo en Olimpo. No sé de qué le sirve la amabilidad

—puede que para que los demás lo subestimen—, pero cada uno elige su manera de sobrevivir.

Aun así...

¿Cuándo fue la última vez que alguien trató de cuidar de mí? Incluso en algo tan mundano como insistir en que estire después de un entrenamiento duro. Se me forma un nudo en el estómago. No lo recuerdo. La última persona atenta en mi vida fue mi madre, y lleva muerta quince años. Qué patético...

Aunque sé que debería irme, la imprudencia se impone con demasiado ahínco como para ignorarla. Sonrío a sus amables y oscuros ojos.

—¿Me ayudas a estirar, Patroclo?

AQUILES

Áyax me aborda antes de llegar al gimnasio. El hombresote me pone una mano en el hombro. Es un poco más alto que yo, rondará el metro noventa y cinco, y lleva los laterales de la cabeza rapados para conseguir un peinado estilo mohicano formado por rizos negros. Tiene la piel de un tono moreno oscuro y se le ve gran parte de ella, porque va vestido con pantalones cortos y una camiseta de tirantes que tiene más agujeros que tejido. Sonríe.

—Verás, estaba pensando... —empieza a decir.

—¡Qué miedo! —replico.

Áyax se ríe.

—Sí, los dos sabemos que prefiero mil veces un buen martillo que sentarme en una mesa redonda, pero las cosas cambian.

—Quieres que formemos una alianza para la primera prueba.

Patroclo ya lo había predicho. Se ha encargado de investigar y de valorar las posibles eventualidades, aunque hay veces que directamente da miedo cómo funciona su mente. Esto, en cambio, podría haberlo visto venir hasta yo. Áyax, Patroclo y yo ya nos conocemos. Hemos trabajado juntos en el pasado, así que tiene sentido que nos juntemos para eliminar a todas las personas posibles en la primera prueba. Aunque la alianza no continúe más tarde, valdría la pena.

Él se ríe de nuevo y me da un apretón en el hombro.

—Exacto. Creo que hay unos cuantos campeones que nadie quiere como Ares. Así que no veo por qué deberíamos ponérsela fácil.

Interesante. Frunzo el ceño.

—¿Tienes otras alianzas?

—Puede ser. —Me suelta y se encoge de hombros—. ¿Qué me dices?

Creo que Áyax es más astuto de lo que pensamos. De todos modos, eso no cambia nada de cara a la primera prueba. Hay unos cuantos campeones que me gustaría que cayeran pronto, y tener a Áyax como aliado haría que fuera más probable que ocurriera. Aun así, no hay motivo para complicar las cosas. Tengo a Patroclo. No necesito a nadie más que a él, y, honestamente, tampoco nos vendría mal que eliminaran a Áyax pronto.

Sonrío y niego con la cabeza.

—Me temo que esta vez no, colega.

—Mierda. Confiaba en teneros de mi lado. Bueno, valía la pena intentarlo. —Me da un último apretón en el hombro y camina con parsimonia por el pasillo en la dirección opuesta a la mía—. Nos vemos mañana, Aquiles. Buena suerte.

—No la necesito.

La risa le sigue mientras dobla la esquina y desaparece. Yo sigo andando hacia el gimnasio. Patroclo debe de tener alguna teoría sobre con quién se habrá aliado Áyax; apostaría bastante dinero a que una de las personas es Atalanta. Áyax, además, trabajó unos cuantos años con Héctor, y creo que se llevan bien; pero Héctor viene con Paris en el trato y nadie quiere que

Paris sea el nuevo Ares. Ninguno de nosotros hemos tenido un trato estrecho con Atalanta, pero su reputación la precede. Mantiene la calma bajo presión y es cabronamente brillante. No tanto como Patroclo, pero desde luego más que Áyax y yo.

El gimnasio está bien montado, nada que no me esperara de Atenea. Tiene sus prioridades bien claras, y es probable que esta sala se haya equipado según sus directrices, igual que el resto de la residencia. Hay muchísima variedad, para satisfacer cualquier tipo de necesidad que se te pueda ocurrir.

Veo al Minotauro en uno de los bancos, pero no procede a recostarse y sujetar la barra cargada con un número impresionante de pesas. No, está mirando fijamente algo que no veo con una expresión como de halcón observando un jugoso ratón merodeando por el campo. Me da mala espina. Doy largas zancadas por entre las máquinas y me paro en seco cuando veo lo que está mirando.

A Patroclo... con Helena.

Ella está tumbada de espaldas en una esterilla extendida en un rincón de la sala, con una larga pierna alargada hasta el hombro de Patroclo. Él está de rodillas, empujando la pierna hacia el pecho de Helena. Soy del todo consciente de que están haciendo un típico estiramiento de isquiotibiales y de que tienen toda la ropa puesta, pero mi cerebro ve la posición y solo piensa en sexo. Sobre todo cuando él se inclina más hacia delante y empuja su pierna un poco más hacia abajo. Están tan cerca que se podrían besar, e incluso desde aquí puedo ver que se ha ruborizado.

Está caliente. Muy caliente.

La ira se apodera de mí. Les he dicho que se mantuvieran alejados y Helena ha tardado diez minutos en tenerlo en el suelo, caliente y con ganas. Carajo, ¿y Patroclo qué? ¿Es que nadie me escucha cuando hablo? Aprieto los puños, luchando contra el deseo instintivo de acercarme y quitárselo de encima.

Oigo que alguien se ríe burlonamente y cuando me vuelvo veo al Minotauro, que alza una ceja atravesada por una cicatriz.

—La chica se lanza de lleno con el tipo ese.

Es justo lo que estaba pensando, pero eso no significa que me guste que los demás se den cuenta también.

—Cállate la boca.

Vuelve a reírse burlonamente y después se recuesta, sujeta la barra sin problemas y se la lleva al pecho para luego levantarla de nuevo. Le observo hacer varias repeticiones antes de voltear otra vez hacia Patroclo y Helena. Ha cambiado de pierna, y lo que ahora me irrita es que ninguno me haya visto siquiera. Eso es lo que consigue hacer que me mueva, esa cosa fea y posesiva que controla mis actos. Me detengo a unos centímetros de ellos y gruño:

—Levántense.

Patroclo se estremece, lo cual me fastidia aún más. Es prácticamente imposible agarrarlo por sorpresa porque siempre va diez pasos por delante en su mente, pero está tan concentrado en esta mujer que su cerebro se ha quedado en pausa. Él se echa para atrás y cambia de postura como si yo no me hubiera dado cuenta ya de lo excitado que está. Lo fulmino con la mirada y después dirijo mi atención a ella.

—Arriba.

La verdad es que está guapísima. Carajo, odio que esté tan buena. Lleva puestas unas mallas y un sujetador deportivo que se le pegan a la piel sudorosa y dejan al descubierto su abdomen tonificado y parte de sus impresionantes pechos. Se incorpora despacio, con una expresión retadora en la cara.

—Estaba ayudándome a estirar.

—Veo perfectamente lo que estaba haciendo.

Ya sería muy malo si solo fuera que los he atrapado, pero es que encima está el Minotauro mirando, juzgando y partiéndose de risa. Estoy furioso.

—Tú. —Señalo a Patroclo—. A ver si te calmas un poco.

—Aquiles...

Ignoro la desesperación en su tono y me giro hacia Helena.

—Y tú. Vete a la mierda, princesita.

—Curioso que lo digas tú. —Se pone de pie y aborrezco cómo la observa Patroclo, como preparado para ir a socorrerla a la mínima oportunidad.

El Minotauro tiene razón: va con todo por mi hombre y no pierde un segundo. Helena estira los brazos por encima de la cabeza con un brillo retador en sus ojos ámbar.

—No eres nadie para darme órdenes.

—Helena... —Patroclo dirige ahora su exasperación hacia ella, lo cual es un indicador más de la confianza que se han cogido en tan poco tiempo.

Puede que sea menos duro que yo, pero precisamente por eso se cuida mucho de dejar entrar a alguien en su espacio seguro. Por lo general lleva siglos que alguien se gane su cariño. ¿Qué carajos ha hecho ella para conseguirlo en un par de días? No puede ser solo que se conocieran de antes. Es imposible.

—Puede que ahora no lo sea, pero voy a ser tu marido, y te aseguro que entonces dejarás de comportarte como una niña mimada.

Patroclo respira hondo y Helena se endereza.

—Atrévete a decir eso de nuevo.

Ni me molesto. En su lugar, la agarro y me la cargo al

hombro. Patroclo hace un amago de acercarse, pero alzo una mano.

—No quiero oír ni una palabra más de tu boca ahora mismo. Ponte a entrenar. Luego hablamos.

No le doy opción de responder; me volteo y me llevo a una Helena que no para de maldecir a la salida del gimnasio y por los pasillos. Después de unos segundos de vacilación, me meto por mi puerta en lugar de por la suya.

En cuanto la dejo en el suelo, trata de propinarme un gancho. Me inclino hacia atrás para esquivarlo y le agarro el puño sin despeinarme.

—Penoso.

—Te voy a enseñar lo que es penoso, pendejo. —Lanza una patada directa a mi entrepierna, así que giro las caderas. El golpe me da en el muslo y es lo suficientemente fuerte para tambalearme. Además es rápida, y da un ágil paso atrás antes de estamparme el pie en la cara.

La agarro del tobillo y le levanto los pies, siguiéndola después al suelo cuando intenta incorporarse de un salto. Da la batalla, eso tengo que admitirlo. Se las arregla para asestarme un codazo en la cara antes de que la presione contra el suelo y le sujete las muñecas a cada lado de la cabeza.

—Ya has tenido suficiente —le digo.

—Vete a la chingada —escupe. Está tan enfadada que tiembla, y parece que le salen rayos láser de los ojos—. No me extraña que quieras ser Ares. Eres igualito que el último: un matón.

—Cállate.

Pero no obedece. Me gruñe en la cara y trata de apartarme de ella de un empujón, como si no pesara el triple que ella.

—Pobre Aquiles, le ha herido el orgullo que Patroclo fuera amable conmigo. Dioses, eres patético.

—¡Cállate de una puta vez! —suelto.

—Vas a tener que obligarme.

No tengo excusa para lo que pasa después. Al principio estoy preparado para ponerla de pie a la fuerza y echarla a empujones. Pero entonces... No sé quién se mueve primero. Puede que ella se incorpore, o quizá yo me inclino más hacia abajo. El caso es que de pronto estoy besando a Helena Kasios, preciada princesa de Olimpo, la mujer con la que pretendo casarme porque voy a ser Ares.

Sabe a victoria.

Me aparto hacia atrás y me le quedo mirando. Parece tan impactada como yo, y casi igual de furiosa. Esto ha sido un error.

—Yo...

—Calla. —Vuelve a moverse hacia mí y el siguiente beso manda al diablo cualquier pensamiento racional que pudiera tener.

No hay nada delicado en lo que hacemos. Tal vez de ser así podría hacer algo por pararlo. Pero no puedo pensar. No cuando estamos librando una guerra el uno con el otro, una batalla de lenguas y dientes y gemiditos sorprendentemente agradables que emite en mi boca.

Helena cambia de posición debajo de mí y coloca las pantorrillas encima de mi pierna. Yo le suelto las muñecas y pongo una mano bajo su rodilla, acercándola aún más a mí. Me pasa las manos por el pecho, y no siento más advertencia que una ligera tensión en su cuerpo cuando me engancha el muslo con el pie y nos da la vuelta. Se queda a horcajadas sobre mis caderas y, carajo, nunca ha estado tan preciosa como en este momento. Está hecha un desastre, pero así parece más... real.

El frenesí solo va a más, como si ambos fuéramos conscientes de que la realidad se presentará descarnada si nos lo tomamos con más calma. No sé de qué está huyendo. Tampoco me importa. Y sigo tan enojado que son mis instintos los que toman las riendas de la situación, por lo que alargo una mano entre nosotros para agarrar el tejido de sus mallas y tiro con fuerza. Se rasga por la costura central, así que doy otro tirón y desgarro la prenda hasta que se abre por completo.

Helena se endereza y me da una cachetada que hace que se me gire la cabeza a un lado.

—Son mis mallas de correr favoritas, imbécil.

—Pues ponlas en mi cuenta —respondo.

Nos doy la vuelta de nuevo, aprovechando el cambio de posición para instalarme entre sus muslos. Ella me quita la camiseta sin cuidado y me araña la espalda de arriba abajo. El dolor me hace apretarme aún más contra ella. Gemimos los dos y nuestra respiración se mezcla en una exhalación furiosa. Debería disminuir la intensidad del beso, debería intentar ir más despacio, pero Helena mete las manos por debajo de mis pantalones cortos y me clava las uñas en el culo. Vuelvo a arremeter contra ella, y luego otra vez, mientras intento bajarme los pantalones de las caderas hasta que ella me los quita del todo.

Maldición.

Estamos fuera de control.

Empiezo a apartarme, tratando de imponer algo de razón, pero aprieta las caderas contra mí y de pronto noto su entrada contra mi miembro. Nos quedamos paralizados. Está tan mojada, tan abierta a mí, que con solo el movimiento provocado por nuestras respiraciones se me desliza a su interior.

Helena suelta un pequeño gemido.

—Más —me pide.

Debería parar. Debería decirle que es mejor que nos calmemos hasta que podamos hablar de lo que está pasando. No pretendía que pasara esto al traerla aquí. Carajo, ni siquiera sé bien qué pretendía que pasara. No puedo dejar de pensar en lo agradable que es sentirla, en lo mojada que está por habernos peleado así, en lo mucho que deseo metérsela hasta el fondo.

—No deberíamos —consigo decir a duras penas.

—Tienes razón —contesta, pero sus uñas se hunden de nuevo en mi culo y yo entro un poco más en ella.

No le veo la cara en esta postura, no puedo evitar voltear la cabeza y morder ligeramente la suave piel de su cuello. Ella responde empujándose contra mí, haciendo que la penetre aún más. Se queda sin aliento.

—Te odio —susurra.

—Y yo a ti.

Siento que la recorre un escalofrío.

—Pues cógeme como me odias, Aquiles. Déjate de tonterías y hazlo como los dioses mandan.

El último ápice de control se volatiliza. Me echo hacia atrás y su quejido en protesta no hace sino incitarme aún más. Termino de quitarle las mallas y luego hago lo mismo con el sujetador. Ella intenta darme otra bofetada, pero le agarro la muñeca y aprovecho para ponerla bocabajo. Ya está levantando las caderas cuando me coloco entre sus muslos, y entonces se la meto de nuevo.

Esta vez no me detengo. No dudo. Me aprovecho del tamaño de mi cuerpo para mantenerla pegada al suelo mientras me la cojo duro. Solo se mueve lo que yo dejo que se mueva, alzando las caderas para que pueda penetrarla más hondo, pero no es suficiente. Paso las manos por debajo de su cuerpo, la agarro del cuello con una y aprieto la otra entre sus muslos para estimularle el clítoris. Está completamente entregada a mí, completamente a mi merced.

Salvo que parece como si fuera yo el que está a su merced cuando empieza a hablar.

—Sí. Así. Más fuerte. —Me agarra los brazos, volviendo a clavarme las uñas en la piel. Voy a llevar marcas suyas durante días, y solo de pensarlo me pongo más violento.

—Eres un puto peligro. —Encuentro la forma de masturbarla que le gusta, la que hace que palpite alrededor de mi sexo con tal intensidad que tengo que esforzarme por no perder la cabeza. Estoy a punto de llegar al orgasmo. Es demasiado increíble estar dentro de ella—. Vente en mi pene como una buena princesita.

—Pues haz que me venga —jadea, apretándose el cuello contra mi mano—. Aunque igual se te da tan mal esto como todo lo demás. —Suelta otro gemido—. Tal vez debería pedirle a Patroclo que te eche la mano.

—Zorra. —No paro, no bajo el ritmo. Sigo cogiéndomela mientras se deshace conmigo dentro. Sus palabras hirientes están condenadas a perdurar en mi mente hasta bien pasado este momento.

Helena chilla cuando llega al orgasmo, y su cuerpo tiembla levemente mientras me aprieta con su vagina. Ni siquiera me preocupo por aguantar más, sigo embistiéndola hasta que la necesidad me sobrepasa y la lleno de mí.

Solo cuando me quito de encima de ella y ruedo a un lado para quedarme tendido bocarriba, la realidad comienza a asentarse. Abro los ojos y clavo la vista en el techo.

—Mierda, ¿qué hemos hecho?

—Coger, eso hemos hecho —replica mientras se incorpora.

—¿Estás bien? No... —Me obligo a mirarla, a analizar su rostro en busca de alguna señal que diga si hemos ido demasiado lejos.

Helena agarra sus mallas y frunce el ceño mientras las observa.

—Sí, estoy bien. —Me mira, con una expresión totalmente neutra—. No vas a ponerte blando conmigo, ¿verdad? —Cuando no respondo de inmediato, suspira—. Solo ha sido sexo, Aquiles. Lo habías hecho antes, ¿no?

—Así no.

Ella vacila.

—Patroclo me dijo que no estaban en una relación de exclusividad y que...

—No lo estamos. —Pero eso no quiere decir que me haya acostado con alguien así, con tanta violencia y tanto descontrol.

Siempre soy muy consciente de lo fácil que sería hacer daño a mis amantes sin querer, por lo que siempre me contengo. Salvo con Patroclo; llevamos tanto tiempo juntos que conocemos los límites del otro a la perfección, y sigo teniendo mucho cuidado de no traspasar las líneas rojas. Helena y yo en cambio no tenemos ese pasado común, esa confianza. Ni siquiera nos caemos bien. Pero eso no se lo puedo decir, claro. Sonaría cruel, aunque no sea más que la verdad. En su lugar, me centro en algo insignificante y mundano.

—No te puedes volver a poner eso —digo señalando la prenda hecha jirones.

—No te preocupes. Pretendo cobrármelo. —Se pone de pie poco a poco. Tiene pequeños roces en las rodillas, pero, carajo, está preciosa. Me dan ganas de...

Me enderezo.

—No hemos usado condones.

—Lo sé. —Helena suspira de nuevo—. Tomo anticonceptivos. Y me he hecho pruebas hace poco, así que te puedo garantizar que no te va a pasar nada.

De alguna manera, eso no logra deshacer el nudo que siento en el pecho. No puedo creer que haya perdido el control hasta el punto de olvidarme de ponerme un condón.

—La única persona con la que tengo sexo sin protección es Patroclo, pero ambos nos hacemos pruebas seguido, puesto que nos acostamos con otras personas.

—Pues ya está, no hay más que decir. —Se voltea hacia la puerta.

Estoy de pie antes siquiera de decidir moverme.

—Helena, espera.

Me dedica otro de sus suspiros. Dioses, suena tan exasperada conmigo que solo quiero tirarla al suelo de nuevo. Esta vez, cuando acabáramos, ninguno de los dos tendría aliento suficiente para suspirar. Ajena al rumbo de mis pensamientos, se arregla el pelo que se le ha escapado de la trenza.

—Mira, en serio, no hay mucho más que decir. He perdido el control, y tú también. Eso no cambia nada para ninguno de los dos, así que no hace falta que volvamos a hablar de ello.

Se está comportando con una frialdad pasmosa, y no entiendo cómo diablos lo consigue cuando lo único que puedo hacer yo es intentar no tirar de ella hacia mí para besarla de nuevo. Recojo mi camiseta del suelo y me acerco a ella. Helena pone los ojos en blanco.

—Mi puerta está ahí... —Le paso la camiseta por la cabeza y espero a que meta los brazos por las mangas, pero ella se limita a mirarme con hastío—. ¿Ya estás contento?

—No. —De alguna manera, esto es aún peor que verla desnuda. Con mi camiseta puesta... Ya tenía claro que soy un puto territorial de mierda, pero no me esperaba que este tipo de necesidad apareciera con ella—. No, no estoy ni un poco contento.

—Eso me parecía. —Se da la vuelta y sale de mi habitación sin decir ni una palabra más.

Me quedo mirando la puerta un buen rato. «Carajo. ¡Carajo!» No tengo dudas. Por mucho que trate de darle vueltas, y me está costando mucho dar con una explicación razonable de por qué he cogido con Helena Kasios en el suelo de mi habitación como un putísimo animal, solo hay una conclusión.

La cagué espectacularmente.

11
PATROCLO

Sé lo que ha pasado en cuanto veo la cara de Aquiles. Está tan acostumbrado a estar en lo cierto que, cuando sabe que la ha cagado, actúa como un perrito que se ha comido mis zapatillas favoritas. Entra en mi habitación encorvado, con la cabeza gacha, rehuyendo mi mirada. Teniendo en cuenta dónde acaba de estar y el familiar rubor de su piel, no me hace falta pensar mucho para saber lo que ha hecho. No hace sino confirmármelo cuando por fin habla:

—La cagué. Lo siento.

No necesito preguntar nada. Las pruebas están en los arañazos de su antebrazo y en la leve transpiración que empapa su pelo oscuro en las sienes.

Se ha acostado con Helena Kasios.

Inhalo despacio, pero eso no ayuda, porque lo único que huelo es un sutil olor a sexo que emana de él. Aquiles da un paso hacia mí, pero levanto una mano.

—Date un baño antes de venir a pedirme perdón.

Maldice entre dientes y va al pasillo que lleva al dormitorio. Desde atrás puedo ver más arañazos asomándose por el cuello de su camiseta. Se me forma un nudo en el estómago. No hay ninguna razón lógica para estar enfadado por esto. No estamos en una relación de exclusividad. Aquiles pretende ganar el título de Ares y eso implica casarse con Helena. Pedirle que no se acueste con su mujer es ridículo e injusto. Ya sabía dónde me metía cuando me enamoré de este hombre.

En ningún momento iba a ser solo mío.

Pero ni toda la lógica del mundo podría apaciguar esta horrible sensación en el estómago. El nudo cada vez aprieta más, cada vez duele más. No quería hablar, pero, cuando abre la puerta del cuarto, las palabras se me escapan:

—Pero si odias a Helena...

Aquiles me echa un vistazo por encima del hombro.

—*Odiar* es una palabra muy fuerte. —Tiene la decencia de parecer avergonzado, pero se le notan los hombros relajados de una forma que indica que el sexo ha estado bien.

El nudo en el estómago se retuerce aún más. Aquiles y yo hemos estado juntos demasiado tiempo como para tener una relación libre de altibajos y alguna que otra pelea intensa. Pero esto es diferente. Todo en esto se siente diferente. A veces él es egoísta e impulsivo; otras, yo soy egoísta y poco atento. Pero nunca somos crueles, y no sé cómo referirme a esto si no es como *cruel*.

—¿Tanto te ha molestado que la ayudara a hacer estiramientos? ¿Tan celoso te ha puesto? ¿Qué ha pasado con lo de no ser celosos, Aquiles?

Nunca habíamos tenido problemas al respecto respecto, pero tiene que entender que esto es distinto. Sus reacciones en lo que respecta a ella se salen tanto de nuestra norma como las mías. Aquiles a veces se hace el tonto, pero es demasiado listo como para fingir que no comprende por qué estoy enfadado.

Su rostro se vuelve frío como el hielo.

—Esto es diferente.

—Exacto, esto es diferente. Entonces ¿por qué lo has hecho? —Sigo hablando antes de que le dé tiempo de contestar. Para variar, mi boca va más rápido que mi cerebro—. ¿Es porque te vas a casar con ella? Como va a ser tu esposa, ¿ya solo es tuya? —Las palabras salen antes de que pueda contenerlas. Me siento tan mal que ni siquiera quiero contenerlas—. Tú mismo dijiste que estaba vetada hace menos de doce horas.

Se queda mirando a un punto por encima de mi hombro derecho, signo claro de que no me va a gustar lo que está a punto de decir. Y no me decepciona.

—Está metiéndose en tu mente.

—Tú eres el que se ha acostado con ella. Cualquiera que mire las pruebas diría que está metiéndose en tu mente, no en la mía.

Aprieta la mandíbula.

—Sabes perfectamente lo que está haciendo. Está intentando separarnos.

Maldigo y me doy la vuelta. No puedo mirarlo ahora mismo, no cuando se pone tan terco con una idea errónea. Está siendo un maldito hipócrita.

—Deja de culparla de tus actos. ¿Te ha atado o algo para cogerte, Aquiles?

—No —masculla.

—Eso pensé. Ha sido cosa de los dos acostarse, y no tengo una relación con Helena, sino contigo. No es ella quien puso una maldita regla para romperla de inmediato en un ataque de celos después de que ambos la aceptáramos. No es ella quien está poniendo en peligro nuestros planes y nuestros objetivos con su impulsividad. Ella no es el problema.

—Patroclo.

Lo miro a regañadientes. Parece enfadado, pero no me sorprende. Desde que lo conozco prefiere estar furioso que molesto o arrepentido. Es una emoción más sencilla para él. Aunque creía que conmigo ya se portaba de forma distinta. Creía un montón de cosas hasta que nos postulamos como campeones. Ahora no tengo claro cuál es la verdad.

—He cambiado de idea sobre lo de bañarte. Quiero que te vayas —le digo.

Se sacude como si le hubiera dado un puñetazo.

—¿Qué?

—Vete. No puedo soportar mirarte en este momento.

Duele demasiado. Sospechaba que las cosas entre nosotros llegarían en algún momento a su fin, pero no así. Jamás así. Pensaba que tendríamos más tiempo. Esto no es el final, aún no, pero es la primera señal. Necesito tiempo para procesarlo, y no puedo hacerlo con él cerca.

Por primera vez desde que entró por la puerta, parece preocupado.

—Tenemos que hablar de lo de mañana. —No es más que una excusa, y ambos lo sabemos.

—No hay nada de que hablar.

—Áyax quiere formar una alianza.

Me encojo de hombros.

—Ya me lo imaginaba. Eso no significa que cambie nada en nuestros planes.

Y es verdad. Nada ha cambiado. Voy a seguir a Aquiles al Inframundo de todos modos y a condenarme en el proceso. Siempre ha sido así con nosotros. Quizá si fuera una persona mejor, más fuerte, cortaría lazos ahora antes de que las cosas se nos vayan de las manos y él tire mi corazón a una picadora de carne. Sé que nunca me haría daño a propósito, pero es negligente. Siempre es negligente cuando se trata de cuidar a otras personas.

No soy una persona mejor. Y desde luego no soy lo bastante fuerte para abandonarlo, por muy doloroso que se presente el futuro para mí. Solo es que... no puedo mirarlo ahora.

—Vete.

Él no se mueve.

—Lo siento.

—No te creo.

Si se lo permito, me abrazará y me prometerá no volver a hacerlo, pero no puedo soportar que me mienta, aunque sea sin ser consciente. Una de las cosas que más me gustan de él es que en todo momento sé a qué atenerme. Siempre dice la verdad, aunque pueda ser dolorosa. Un pequeño precio que pagar a cambio de cierta claridad.

En este momento no tengo nada claro. Puede que no pretenda volver a tocar a Helena, pero es que tampoco pretendía tocarla en un principio, y mira cómo hemos acabado.

—Vete, Aquiles. Por favor.

Por fin asiente y se dirige a la puerta. Aquiles no es el tipo de persona que huye de las peleas; le llevó años darse cuenta de que discutir los problemas de inmediato en lugar de dejarme tiempo para procesarlos es una manera infalible de conseguir que el problema vaya a peor. Aun así, sigo sintiéndome fatal cuando lo veo marcharse de mi habitación y cerrar la puerta con delicadeza tras él.

Una premonición, una visión de nuestro futuro.

Algún día, Aquiles se irá de mi lado, y entonces no volverá jamás.

Me acerco a la puerta y echo el pestillo. No estoy de humor para tener compañía en este momento, aunque tampoco creo que alguien vaya a andar buscándome la noche anterior a la primera prueba. Deambulo por la sala de estar, demasiado agitado para sentarme. Aquiles no me ha puesto los cuernos. Las cosas no funcionan así entre nosotros. Pero, aun así, lo siento como una traición. No soy capaz de analizar bien mis sentimientos. Hay ira y dolor, sí, pero también cierta culpa.

No puedo garantizar que no habría hecho lo mismo si se me hubiera presentado la oportunidad a mí primero.

Helena tiene algo que me hace un cortocircuito en el cerebro. No es solo que sea preciosa, aunque lo es. No es que una vez, hace mucho tiempo, me salvara de un abusivo. Ni siquiera es esa mente astuta que me ha dejado entrever en el par de conversaciones que hemos mantenido. Es esa extraña vulnerabilidad que asomó a sus ojos ámbar la primera noche, y también hoy cuando estaba en la cinta de correr tratando de huir de algo en su cabeza. Esa mujer es un rompecabezas, y me conozco lo suficiente como para reconocer que siento debilidad por los rompecabezas.

La mayoría de la gente actúa de una forma muy predecible, incluso cuando es ilógica. Los humanos se mueven motivados por necesidades básicas, hasta en los juegos políticos. Todo el mundo quiere algo y, en cuanto me doy cuenta de qué es, es muy sencillo ver diez, veinte o treinta pasos más allá.

No termino de entender qué sentido tiene que Helena se postule como campeona. Ya tiene poder, influencia y más dinero del que cualquiera podría gastarse en toda una vida. Es lo suficientemente inteligente como para no rehuir un matrimonio político; deben de haberla preparado para gestionarlo desde el momento en el que llegó a la adultez. ¿Tan solo es otra Kasios más hambrienta de poder intentando obtener un título? ¿O se trata de un acto de rebeldía para fastidiar a su hermano? Ninguna de esas respuestas me termina de convencer.

Y dejando a un lado esta cualidad de rompecabezas, la atracción física que siento por ella es directamente inusitada. No tengo ni idea de qué se ha imaginado Aquiles cuando la vio en el suelo conmigo al lado, pero estoy dispuesto a admitir que me encontraba mucho más cerca de lo que era necesario, que mi cuerpo se impuso a la razón, aunque ninguno de los dos lo ha mencionado. Y la manera en la que no paraba de mirarme la boca...

No culpo a Aquiles por acostarse con ella. El problema es que no sé qué debo sentir. Celos, ira, dolor, culpa. No es una situación simple, y el hecho de que mañana sea la primera prueba no hace sino complicar aún más las cosas.

Pero da igual. Tiene que dar igual.

Cuando empezamos con esto, decidí tener a Aquiles en mi vida todo el tiempo que él quisiera tenerme en la suya, apoyarlo y hacer todo lo que estuviera en mis manos para asegurarme de que hace realidad su sueño de convertirse en Ares. Que yo me sienta herido por que se haya acostado con Helena después de acordar que estaba vetada no cambia nada. Seguiré haciendo lo que haga falta mañana para que pase la primera prueba. Tampoco es que necesite mi ayuda, pero a veces Aquiles se obceca demasiado en lo referente a sus objetivos. Si alguna variable cambia, no siempre se da cuenta. Por eso estoy aquí.

Solo es que no me esperaba estar resentido por tener este papel.

A la mañana siguiente no siento mucha más claridad. Me cuelo en las zonas comunes antes que nadie y me llevo algo de comer a mi habitación. No estoy preparado para enfrentarme a Aquiles, ni tampoco sé cómo reaccionaré si veo a Helena.

Anoche lo decía en serio. No la culpo por lo que pasó. Sabe que tenemos una relación abierta, no se le podría ocurrir que estuviera cruzando algún tipo de línea roja acostándose con Aquiles.

Mis celos no son lógicos y carecen de fundamento. Están a flor de piel, así que no puedo confiar en que no surjan en cuanto la vea. No estoy seguro de qué haré si ocurre. Se merece algo mejor que ser el palo con la que nos azotamos Aquiles y yo, pero no puedo garantizar que no la vaya a tratar exactamente así si veo la oportunidad.

No me consuela nada ese pensamiento.

Para cuando Belerofonte viene a buscarnos, estoy cargado de energía. La sensación solo disminuye cuando salgo por la puerta y me encuentro a Helena y Aquiles en el pasillo. No nos han dado directrices en cuanto al vestuario, así que yo me he decidido por un par de pantalones ajustados y una camiseta, prendas que te dejan libertad de movimientos y que al mismo tiempo te brindan la seguridad de que no se te quedarán enganchadas a nada ni servirán de punto de agarre a otro campeón. Aquiles va con la ropa que encargamos para él, similar a lo que yo llevo pero con un patrón en negro y plata diseñado para atraer las miradas. Está guapo, con ese aspecto de apuesto dios que lleva cuando tiene que tratar con el público en nombre de Atenea.

Helena...

Helena tiene porte de princesa, como la llama Aquiles. Lleva unos shorts diminutos que dejan al descubierto sus largas piernas y una camiseta de tirantes que se le adhiere a la piel, ambos de un negro dorado que brilla incluso bajo esta luz tenue. También se ha puesto purpurina en la piel y en el pelo recogido. No ha escatimado en nada hoy. Los ojos pintados con efecto ahumado y el labial negro deberían ser demasiado intensos, pero en combinación con la purpurina es como si viniera de otro mundo.

Parecen... pareja.

Belerofonte se aclara la garganta, y me doy cuenta de que nos ha estado mirando.

—Vamos —dice. Se voltea y deja que le sigamos por el pasillo hacia la salida.

Aquiles intenta llamar mi atención, pero niego con la cabeza. No estoy de humor para debatir nada, e incluso aunque lo estuviera, ahora no es el momento.

—Cíñete al plan —murmuro.

Él asiente, pero no se ve contento. No pasa nada, yo tampoco estoy particularmente feliz en este momento. Echo otro vistazo a Helena, pero parece sumida en sus pensamientos, la mirada perdida a mil kilómetros de aquí.

Los otros campeones ya están reunidos para cuando salimos, y todo el mundo guarda silencio mientras nos subimos en las vans, incluso Paris. Acabo sentándome entre Aquiles y Helena, una ironía que me haría reír si tan solo pudiera inhalar algo de aire. Las emociones me forman un nudo en el pecho, así que hago lo único que se me ocurre. Lo único que tiene sentido.

Me centro en la prueba que tenemos por delante.

Va a ser física; todas las pruebas para el título de Ares tienden a ser físicas. También es probable que sea algo cronometrado más que una prueba que nos enfrente entre nosotros. Históricamente suelen dejar esas para más adelante, en concreto para el final. En cuatro de las últimas cinco competencias para ser Ares, la primera prueba ha sido una especie de carrera. Un modo fácil de deshacerse de la mayoría de los campeones de una sola vez. Eso es lo que apostaría que va a ocurrir.

Aunque el hecho de que sea una carrera no significa que no haya peleas. Suelen entrar en los parámetros de la prueba. A la gente le encanta el show, después de todo, y la sangre siempre da un buen espectáculo.

La van se para y se abren las puertas. Ya es la hora. Yo me muevo primero, necesito con urgencia salir de un espacio cerrado con estos dos. No importa que ni Helena ni Aquiles se hayan siquiera mirado, ni que la conexión entre ellos quizá esté solo en mi cabeza. Necesito espacio. Por desgracia, eso es justo lo que no tengo ni tendré hasta que se acabe la prueba.

No se me calman los nervios cuando sale el resto de los campeones. En todo caso, me empeoran. Siempre me siento así antes de una contienda, con el estómago revuelto, cuando me doy cuenta de pronto de que ni todos los planes y estrategias del mundo bastan para prepararme de veras para la realidad. Siempre va a haber variables con las que no contaba.

Aunque nunca antes había habido tanto en juego.

Belerofonte se sujeta las manos detrás de la espalda y mira a nuestro grupo.

—La primera prueba empezará en breve. Tendrán dos minutos para estudiar el área antes de que suene el cuerno. Cuando suene, tendrán cinco minutos para completar el circuito. Si se caen, serán eliminados de inmediato. —Apenas espera a que respondamos de forma afirmativa antes de voltearse y recorrer el largo pasillo de concreto por el que salimos el otro día.

Oigo al público incluso antes de verlo. Siento las vibraciones en el concreto de mi alrededor. Es perturbador, pero ignoro la sensación. Al fin y al cabo, no han venido a verme a mí. Si soy consciente de eso y lo acepto, ya no tengo por qué darle más vueltas. No he venido a ganar. He venido de apoyo.

Aquiles me alcanza.

—¿Estamos bien?

—Sigo encabronado contigo. —Aunque no es del todo cierto. Hay ira, sí, pero el sentimiento que me abruma es el de pérdida. Es el principio del fin que tanto he temido desde que me enamoré de Aquiles. Puede que aún no se haya ido, pero la tristeza ya ha echado raíces en mi corazón.

Asiente con la cabeza de forma un tanto brusca.

—Ok.

No me dice que hablaremos luego, está claro que lo haremos. A ninguno de los dos nos gusta dejar que las cosas se enquisten, por mucho que ahora yo no sepa cómo salir de esta. Da igual. Lo único que necesito ver con claridad es la prueba.

Franqueamos el arco de entrada y centro la atención de inmediato en el circuito que tenemos delante. Se trata de una serie de plataformas elevadas con diferentes obstáculos entre ellas. He visto cosas similares por televisión, pero este de aquí parece diseñado para poner a prueba tanto las extremidades inferiores como las superiores. Hay tres caminos de principio a fin, y los examino uno por uno, muy consciente del enorme reloj rojo que marca los segundos que pasan hasta que dé comienzo la prueba.

—Descálzate.

Aquiles no me hace preguntas. Se limita a obedecer, quitándose rápidamente los tenis y los calcetines.

—¿Tomamos la primera ruta?

Niego con la cabeza.

—El salto desde el final de esa cuerda va a ser complicado de calcular. La segunda parece más rápida, pero la tirolesa puede quedarse atascada en medio del riel, con lo largo que es. Vamos por la tercera.

Escalar el muro no va a ser ningún problema, pero bajar puede que sea más complicado. Aun así, es mejor que las otras dos opciones. Hay menos variables en juego, aunque técnicamente es la más larga de las tres, ya que el circuito da un rodeo para acercarse al público antes de regresar hacia la línea de meta. Cada ruta tiene cuatro obstáculos de diferentes dificultades, y hay que tomar en cuenta también el tiempo límite. Pero no puede ser tan sencillo.

Mientras este pensamiento cruza mi mente, aparece gente vestida de negro por la entrada opuesta a la nuestra. Todos van con el uniforme de Atenea, y llevan máscaras negras que les ocultan las caras. Eso les da un aspecto inquietante, y los espectadores aúllan de júbilo al verlos. Suspiro.

—Por supuesto que no iba a ser tan fácil como terminar el circuito y ya.

—¿Qué gracia tendría eso? —replica él.

Me quito los tenis y los calcetines. Aunque debería enfocarme únicamente en el circuito, en los enemigos recién aparecidos que se colocan en posiciones clave para tratar de detener a los campeones, echo un vistazo a Helena. Tiene una expresión de pura concentración, pero está analizando la primera ruta. Estoy a punto de sugerirle la tercera, pero me muerdo la lengua. Helena no es mi prioridad. No puede serlo.

Miro arriba y veo que solo quedan treinta segundos. Las luces titilan y después se giran hacia las tribunas. Atenea está ahí de pie, observándonos. Si creía que el público hacía ruido antes, no es nada comparado con lo que provoca el foco que la ilumina a ella. Todo el estadio tiembla con la potencia del sonido.

Atenea alza una mano, como una directora de orquesta guiando su pasión, y el público se queda en silencio casi de inmediato. Cuando los segundos llegan a cero, su voz amplificada dice:

—La primera prueba comienza... ahora.

HELENA

No dudo. Me lanzo hacia el circuito, virando hacia el lado izquierdo. Todas las rutas disponibles son complicadas, sobre todo teniendo en cuenta a los enemigos vestidos de negro que esperan al acecho, pero esta es la mejor opción para mí. Tengo muy buena fuerza las extremidades superiores, pero las piernas largas de los campeones más altos les darán ventaja a la hora de escalar el muro. Yo debo aspirar a la ruta más corta en su lugar. O, más bien, la ruta más corta que además tiene sentido. La de en medio es tentadora porque es básicamente una tirolesa, pero no confío en el ángulo. Es una trampa.

Todo el puto circuito es una trampa.

Uno de los otros campeones, un tipo al que reconozco vagamente de las fiestas de mi padre, me empuja a un lado riéndose y comienza a atravesar las plataformas elevadas. En cuanto llega a la tercera, un enmascarado de los de Atenea lo tira. Ni siquiera es un movimiento sofisticado: literalmente lo lanza y él sale volando, para después aterrizar en el suelo acolchonado con un sonido que no se oye por encima del clamor del público.

—Helena.

Echo un vistazo por encima del hombro y veo a Atalanta justo detrás de mí. Se ha recogido las rastas en una coleta y lleva un body plateado. Me dedica una sonrisa rápida que hace que su rostro lleno de cicatrices pase de meramente atractivo a deslumbrante.

—¿Qué te parece si formamos una alianza temporal?

Debería poder hacerlo yo sola. El punto de luchar por el título de Ares es que todo el mundo se vea forzado a tomarme en serio. Pero no soy tonta. Asiento.

—Para la primera prueba solo.

—Veamos qué eres capaz de hacer. —Se sube a la primera plataforma y yo la sigo enseguida.

Es rápida, fuerte, y se nota que está bien entrenada. Incluso viéndola venir, el enmascarado de Atenea no tiene oportunidad ni de prepararse antes de que Atalanta le barra las piernas desde atrás y lo tire de las plataformas. Entonces tenemos vía libre hasta la escalera de cuerda.

Me apresuro por las plataformas elevadas siguiendo su estela. Están engañosamente lejos, lo cual me fuerza a ir más despacio, pero es un pequeño precio que hay que pagar. Las cruzo rápido y llego a la última, que está debajo de la escalera de cuerda. Esta se mece, y alzo la vista justo a tiempo para ver a otro de los enmascarados de Atenea cayendo desde arriba.

Doy un bandazo hacia atrás y por poco me caigo, pero corrijo el movimiento en el último segundo. El enmascarado aterriza delante de mí y se levanta poco a poco. El uniforme negro de arriba abajo me provoca un escalofrío. Es un poco más alto que yo. Por una vez, eso jugará a mi favor.

Arremete contra mí, tratando de tirarme de la plataforma. El instinto me pide que salga corriendo, pero pongo firmes los pies en el sitio y me agacho justo cuando se abalanza sobre mí. A partir de ahí, la memoria muscular toma las riendas. Lo agarro del brazo, me levanto y lo lanzo volando por detrás de mí, directamente al suelo.

No me paro a mirar cómo cae. Voy corriendo a subir la escalera detrás de Atalanta. Llego hasta arriba del todo y paso una pierna para comenzar a bajar por el otro lado. La mayoría de los campeones parecen haber elegido la tercera ruta, y consigo ver a uno de los enmascarados de Atenea pasando por un grupo y tirando a varios por ambos lados de la plataforma. Cinco campeones han sido eliminados para cuando termino de bajar la escalera.

En cuanto mis pies tocan el suelo de la siguiente plataforma, lo oigo. Un grito y un zumbido. Me volteo a tiempo para ver a Áyax volando por la tirolesa de la ruta central.

Atalanta niega con la cabeza.

—Vaya idiota.

Frunzo el ceño, tratando de calcular la inercia.

—Puede que lo consiga. —Desde luego es lo suficientemente alto como para hacer que la física juegue en su favor.

—No lo va a conseguir.

—Ni nosotras si no nos movemos.

Atalanta y yo nos volteamos al mismo tiempo hacia el siguiente obstáculo. Una serie de paneles están suspendidos lo suficientemente cerca como para que una persona pueda usar las manos y los pies para pasar por ellos sin caerse. En teoría. La parte más complicada es caer bien en el primer panel y llegar a la siguiente plataforma, lo cual implica saltar desde los paneles, agarrar una cuerda y balancearse hasta tocar tierra firme. Si calculo mal el salto, estaré tan jodida como Áyax. Al menos me he quitado los tenis, así que no tengo que preocuparme de que las suelas se resbalen.

—Al menos no hay enmascarados en esta parte —comento.

No tienen lugar donde esconderse. Echo una mirada a mi alrededor. Somos las únicas que quedamos en esta ruta. El resto de los campeones están en la tercera, y parece que la mayor parte de los subordinados de Atenea han ido para allá. Bien.

Atalanta estira los hombros.

—Voy a saltar al panel de la derecha.

Es un poco más ancho, lo cual hace que para mí sea casi imposible moverme bien. Me quedo mirándola.

—¿Por qué me ayudas?

—No necesito joderte para ganar. —Me dedica una sonrisa—. Y me interesa ganarme a mi futura esposa. —Atalanta me lanza un beso y salta, cayendo con las piernas y los brazos extendidos para mantenerse en el sitio de una manera que parece fácil. Solo el leve temblor de los músculos de la pierna la delatan, pero eso no le impide seguir adelante.

Dioses, ¿qué estoy haciendo, fijándome en sus muslos cuando debería estar dándome prisa?

Niego con la cabeza, respiro hondo y doy un brinco al camino de la izquierda. Al caer me vibra todo el cuerpo, y me deslizo unos valiosísimos centímetros hacia el espacio vacío que hay debajo. Aprieto los dientes y continúo.

Mientras me muevo poco a poco, veo con el rabillo del ojo como Áyax se va estancando. Se queda a unos seis metros de la plataforma final y maldice, balanceándose con el cuerpo en un intento por acercarse a la plataforma. No va a servirle de nada, pero yo tengo otros problemas de los que ocuparme.

No puedo evitar pensar en los segundos que pasan mientras sigo hacia delante. Es mucho más complicado de lo que parece. Estoy más en forma que en toda mi vida, pero has de estar muy concentrado para asegurarte de que en todo momento tienes al menos dos extremidades opuestas apoyadas en los paneles al tiempo que avanzas. Aprieto los dientes y continúo.

No he llegado hasta aquí para fallar ahora. Quiero demostrarles lo que valgo a unos cuantos imbéciles. A mis hermanos, a Paris, a Aquiles..., a cada persona de Olimpo que cree que mi valía se reduce a la familia y la cara con las que nací.

Atalanta va más rápido que yo, y siento la tentación de apresurarme para alcanzarla, pero, si cometo un solo error, se acaba todo. Me concentro en mi respiración mientras me muevo por los paneles. «Avanzo, me mantengo, avanzo, me mantengo.» Así una y otra vez. Para cuando llego al final, tengo todo el cuerpo temblando. Calculo la distancia que he de salvar para alcanzar la cuerda y balancearme hasta la siguiente plataforma. Parece como si estuviera a kilómetros de mí. Podría lograrlo sin problemas si tuviera los músculos descansados, pero estoy agotada.

—Puedo hacerlo —murmuro para mí. Da igual si puedo o no, porque no me puedo permitir darle más vueltas. Cada segundo que pasa me acerca al fracaso, bien porque se termina el tiempo, bien porque mi cuerpo no da más de sí.

Salto.

En el instante en que mis pies dejan de pisar los paneles, sé que he calculado mal. Agarro la cuerda mucho más abajo de lo que planeaba, demasiado cerca del extremo. La cuerda se balancea, pero las piernas me flaquean y me deslizo unos pocos centímetros más.

Mierda, mierda, mierda.

La plataforma está más alta de lo que me esperaba con respecto a donde pretendía caer en la cuerda, y la velocidad de oscilación es menor de lo que preveía. Da igual, tengo que saltar. Me suelto en el punto más alto que alcanza la cuerda y me doy de bruces contra la plataforma, sujetándome a ella solo con los brazos. Se me escapa un resoplido, pero no me permito quedarme paralizada. Si lo hago, me caeré seguro.

Lucho por alzarme apoyándome en la superficie plana, pero me ceden los brazos unos centímetros y acabo cayendo contra el suelo de nuevo. Otra vez me acerco a la derrota. No, carajo. He llegado muy lejos, no puedo permitir que una tontería como la gravedad me venza ahora. Me fuerzo a calmarme, a pensar. Si pudiera subir una pierna a la plataforma...

Una bota oscura aparece en mi campo de visión, alzo la vista con pavor y me encuentro a uno de los encapuchados de Atenea justo delante de mí. Levanta un pie, con la intención evidente de darme una patada en la cara. Me temo que esto me va a doler...

Pero pierde la oportunidad.

Atalanta aparece detrás de él. Al principio pienso que simplemente lo va a tirar de la plataforma, pero le gusta dar espectáculo. Tira de él y le atiza un puñetazo devastador en la cara. El enmascarado se desmaya y se cae al suelo de la plataforma. Madre mía, le ha hecho perder el conocimiento de un solo golpe.

Ella sonríe al público y saluda con la mano antes de centrarse en mí. Se inclina, su piel morena empapada en sudor, y me ofrece una mano. Niego con la cabeza.

—Puedo yo sola.

—No, no puedes.

Odio que pueda estar en lo cierto. Me tiemblan los brazos, pero sacudo la cabeza de nuevo.

—Te he dicho que puedo yo sola.

Suelta un resoplido de impaciencia.

—Deja de perder tiempo y agarra mi mano, o te dejo aquí para que te caigas.

Visto así, realmente no hay otra opción. Le agarro la mano con fuerza y permito que me suba a la plataforma. El público se vuelve loco, todo el estadio retumba. Atalanta me dedica una sonrisita rápida y de pronto estoy en sus brazos. No me da oportunidad de reaccionar antes de inclinarme de forma exagerada y darme un beso. Me pone de pie otra vez y se va corriendo a superar el último obstáculo, una gruesa cuerda con nudos que tenemos que subir para llegar a la meta.

Hay tres cuerdas, y me apresuro hacia la de en medio. Las piernas y los brazos me protestan de solo pensar en tener que hacer más esfuerzos, pero he soportado este tipo de dolor en más ocasiones de las que recuerdo. Practicar gimnasia duele, sin duda, pero no más que crecer en casa de mi padre. En serio, llevo toda la vida entrenando para este momento.

Comienzo a subir por la cuerda, luchando contra la gravedad y contra mi propia debilidad mientras trepo. Voy por la mitad cuando el enmascarado al que Atalanta ha noqueado vuelve en sí, se pone en pie y mira hacia arriba. No puedo verle la cara por la máscara negra, pero siento que nuestros ojos se encuentran. Se dispone a subir por mi cuerda, tambaleándose un poco.

—No —susurro.

No he llegado hasta aquí para fracasar ahora.

Lucho con mis músculos fatigados, con la gravedad misma, para subir quince centímetros más. No va a ser suficiente; es demasiado alto. Sujeta el extremo de la cuerda, salta y me toma del tobillo, lo cual está a punto de hacerme soltar la cuerda. Me deslizo unos centímetros hacia abajo con un alarido que se traga el clamor del público. Otro tirón termina por soltarme de la cuerda.

Caigo de bruces contra la plataforma. Qué dolor... carajo, duele muchísimo. Pero, si me quedo tirada, me eliminarán, y eso no es una opción. Me pongo en pie de inmediato, y el estadio da vueltas sin parar a mi alrededor. El público aúlla como una bestia salvaje deseosa de sangre. Quieren verme fracasar. Todo el mundo quiere verme fracasar.

Al otro lado de la cuerda, el enmascarado de Atenea también se levanta. Aún parece un poco inestable, pero, si se parece un poco a Aquiles o a Patroclo, eso no hace que sea menos peligroso. Solo tengo un intento.

No me paro a pensar en todo lo que podría ir mal. No hay tiempo para eso. Doy dos pasos rápidos y salto para tomar la cuerda. Pesa demasiado para hacerla oscilar mucho, pero la velocidad juega a mi favor. Estiro las piernas justo cuando mis pies entran en contacto con su pecho. El impacto casi hace que me caiga de la cuerda de nuevo, pero al enmascarado lo tira de la plataforma.

No tengo tiempo para saborear la victoria. Aún no he ganado. Carajo, ni siquiera he pasado la primera prueba todavía. Echo una rápida mirada al reloj y me invade el pánico. Si me vuelvo a caer, no tendré otra oportunidad.

El miedo me brinda fuerzas renovadas. Procedo a subir como puedo, una mano tras otra, con una velocidad que creía imposible. Esta vez, nadie me ayuda a subirme a la plataforma final y me levanto con esfuerzo. Miro el reloj y casi no lo creo. Lo he logrado. Estoy aquí.

He pasado la primera prueba.

«No lo has hecho tú sola. Has necesitado ayuda, y todo el mundo ha visto que no eres lo suficientemente fuerte.»

La voz de mi cabeza suena horriblemente similar a la de mi padre. Me estremezco, siento una presión en el pecho y se me forma un nudo en la garganta. No importa que haya necesitado ayuda. No voy a dejar que importe, aunque eso signifique que la próxima vez me vaya a tener que esforzar el triple.

Lo que importa es que he pasado esta prueba, así que va a haber una próxima vez.

Estiro los brazos por encima de la cabeza y me concentro en respirar a pesar del dolor que siento en todo el cuerpo. Es más fácil enfocarme en eso que en la cantidad de emociones tumultuosas que se desarrollan en mi interior. Me fuerzo a echar un vistazo a mi alrededor y estudiar a los otros que están en la plataforma conmigo. Atalanta se encuentra cerca, y no parece cansada más que por una respiración un tanto acelerada. De la tercera ruta, diez personas han pasado la primera prueba, entre ellas Héctor, Paris, los dos forasteros... y Aquiles y Patroclo.

Mi atención se centra en los dos últimos, a mi pesar. Claro que lo han logrado. Y dudo que necesitaran ayuda. Lo que es más irritante aún, ambos tienen una fina capa de sudor en la piel y esa señal de esfuerzo solo los hace más atractivos. Una chispita traicionera me recorre el cuerpo, y me obligo a apartar la vista.

Hasta ahora, he hecho todo lo posible por no pensar en lo que ocurrió ayer. No puedo creer que se saliera todo tanto de control. Jamás me habría acostado con Aquiles si no estuviera ya medio tocada por los eventos de los últimos días. Si no me hubiera acarreado como si fuera un caballero conquistador que se ha encontrado a una princesa y la ha sacado a la fuerza de la seguridad de su torre. Si en definitiva no se hubiera ofrecido como el blanco perfecto sobre el que volcar todas las emociones feas sin preocuparme por las consecuencias. Dudo mucho que pueda hacer algo para herir a ese hombre, ni emocional ni físicamente.

Puede que no fuera la opción más segura para desahogarse, pero sin duda era la perfecta. Aguantó cada golpe y me dejó provocarle para hacer lo que los dos queríamos. Para que me cogiera de la misma manera que me odiaba. Solo que... no fue del todo así.

Sé cómo es acostarse con alguien que te odia. Lo experimenté con Paris al final de nuestra relación. Me hacía daño a propósito. No daño físico, claro; es un «caballero». Pero me susurraba cosas hirientes al oído cuando más vulnerable estaba, cuando mis barreras no eran tan sólidas como de costumbre.

«Dioses, Helena, si no vas a hacerlo bien, márchate y lo hago yo solo.»

«Siento que no te hayas venido, cariño. Cuesta muchísimo complacerte.»

«No dejas de hacer como si yo fuera el problema. ¿No te has parado a pensar que tú eres la única que no está a gusto en esta relación?»

Incluso cuando Aquiles tiraba de mí y me gruñía, me sentía mucho más segura que con Paris. No tenía que preocuparme de que me dijera que era una zorra egoísta por buscar mi propio placer. Aquiles simplemente lo daba por hecho. Es más, se aseguró de que a mí también me gustara. El orgasmo no fue fingido, y no me dejó a medias confiando en que me ocupara yo de terminar por mi cuenta. Tampoco hizo como si fuera una carga asegurarse de que los dos nos la pasábamos bien, por mucho que estuviéramos cogiendo desde el odio.

¿Y después? Bueno, no puedo pensar demasiado en lo de después. No me puede caer bien Aquiles. Se interpone entre lo que más deseo en este mundo y yo. No me puedo dar el lujo de ablandarme con él.

Patroclo mira hacia mí y en el instante en que nuestros ojos se cruzan me invade la culpa. Acostarme con Aquiles puede haber sido un error más o menos grave ya de por sí, pero no puedo evitar sentirme aún peor por que Patroclo esté involucrado. Pasé de insinuarme y ligar con él a tirarme a su novio. Da igual que tengan una relación abierta. Es una mierda cómo he llevado las cosas.

Pero ahora no es momento de pensar en esto. No cuando Atenea alza las manos, pidiendo silencio en el estadio una vez más.

—Enhorabuena a los campeones que han pasado la primera prueba. La segunda dará comienzo dentro de dos días.

Se ha acabado.

Siento casi decepción cuando nos guían por la escalera que hay al otro lado de la plataforma final y nos llevan a la salida. Hemos estado aquí menos de diez minutos. En diez minutos se decidía si nuestros sueños se rompían o si la ilusión podía continuar. Se me revuelve un poco el estómago al pensar en lo cerca que he estado de caer eliminada. Si Atalanta no me hubiera ayudado...

«Podría haberlo hecho yo sola..., creo.»

Mientras nos llevan de vuelta a las vans, no se me escapa que Aquiles y Patroclo parecen decididos a mantenerse lo más lejos posible de mí. Estoy tan ocupada observándolos que no me doy cuenta de que Paris está a mi lado hasta que me pasa un brazo por el hombro.

—Vaya numerito has dado, Helena. —Aprovecha que me ha tomado desprevenida para acercarme a él.

—Suéltame, Paris —digo con tranquilidad. Tengo que hablar en voz baja, porque, si empiezo a gritar, es posible que haga algo de lo que luego me arrepienta, algo que me elimine del torneo. No me está atacando, salvo por estar tocándome sin mi permiso. No tengo excusa ni para soltarle una cachetada—. Ahora mismo.

Él, por supuesto, me ignora. Desde fuera no debe de parecer que me esté agarrando muy fuerte, pero no puedo alejarme de él sin llamar la atención.

—Te habrías caído si Atalanta no se hubiera inmiscuido. Por mucho que trates de aparentar (muy bonito el modelito, por cierto, aunque me gustas más con vestido), sigues siendo la Helena de siempre. No puedes hacer nada sin alguien cerca para agarrarte de la mano y decirte qué hacer. No pasa nada, cielo. Yo, encantado de ser tu guía.

Sus palabras me meten el dedo en la llaga. ¿Cómo pude ser tan ingenua como para confesarle mis mayores temores a Paris?

Nunca ha desaprovechado la oportunidad de clavarme el cuchillo y retorcérmelo bien dentro.

Aunque se equivoca. Mis miedos también se equivocan.

No estoy desamparada. No necesito que nadie me salve. En absoluto. Pongo todo mi esfuerzo en evitar que me tiemble la voz, en expresarme con calma aunque el pánico se agite en mi interior:

—Quítame las manos de encima o te las quitaré yo.

—Anda, hazlo. —Sonríe como el príncipe encantador que aparenta ser—. Sé que te gusta hacerlo duro. En público eres la princesita de papá y en privado mi putita. —Lo dice solo para herirme, para convertir lo que creía que era un espacio seguro en algo sucio y asqueroso. Creía que lo que hacíamos solo era pasarla bien e interpretar fantasías que nunca le había confesado a nadie, pero Paris estaba añadiendo armas a su arsenal.

Siento un hormigueo en la piel y tengo que concentrarme para no bajar la vista. No voy a echarme atrás frente a este hombre, no voy a dejarle minar mi confianza, no voy a permitirle humillarme por algo que él disfrutaba tanto como yo.

—Suéltame —insisto.

—También te gustaba protestar en esos momentos... —Me aprieta con más fuerza—. Sigue, me gusta.

Un escalofrío me recorre la columna vertebral. Esto es lo que más miedo da de Paris. Él nunca amenaza de forma abierta, y casi nunca grita. Pero ¿su implacable determinación para ver el mundo a su manera con independencia de que las pruebas digan lo contrario? ¿Esa sonrisa de buen samaritano mientras te ataca verbalmente? Es terrorífico.

El pánico instalado en mi pecho aumenta de intensidad, y un pequeño temblor asoma a mi voz cuando hablo:

—No tienes ningún derecho a tocarme.

Atacar a otro campeón está terminantemente prohibido, y lo sabe. Está usando esa regla en mi contra. Intento zafarme de su brazo, pero él me agarra más fuerte. Estoy atrapada. A pesar de todo el entrenamiento y la preparación para el torneo, estoy presa en los brazos de un hombre que quiere hacerme daño. Intento tragar a pesar del nudo en la garganta. No, otra vez no. No pienso volver a hacer esto con Paris. Echo un vistazo a mi alrededor en busca de ayuda, pero Aquiles, Patroclo y Atalanta se han metido en la primera van. No veo a Héctor y los otros cuatro campeones, y Belerofonte está discutiendo sobre algo con el Minotauro y Teseo. Nadie va a venir a salvarme.

Un momento...

No necesito que me salven.

Carajo, a Paris no le ha llevado más de un minuto devolverme directamente al rol de chica indefensa del que tanto me ha costado escapar. No soy ninguna chica indefensa. Soy más que capaz de salvarme a mí misma. Me volteo hacia él hasta que estamos prácticamente cara a cara.

—¿Paris?

Baja la vista a mis labios y su voz se vuelve más grave.

—¿Sí?

Le agarro el paquete con fuerza y aprieto. Suelta un quejido y trata de apartarse, pero le tengo bien agarrado. Lo único que consigue es hacerse más daño. Con mi cuerpo tapo lo que estoy haciendo para que no lo vea Belerofonte. Más me vale, pues esto sin duda contaría como un ataque. Giro un poco la muñeca y disfruto al ver que Paris se pone verde de dolor.

—Como vuelvas a tocarme sin mi permiso, te juro que te mato.

—Hija de puta. —Su voz suena más aguda que de costumbre—. ¿Te gusta hacerlo duro? Pues hagámoslo duro.

Ignoro el miedo que me provocan sus palabras y le retuerzo un poco más, lo suficiente para que le fallen las rodillas.

—Jamás voy a volver a hacer nada contigo, desgraciado.

—Pagarás por esto —sisea.

—No, porque no vas a ganar. Voy a ganar yo. —Lo suelto y doy un paso atrás, recuperando la distancia entre nosotros que tanto necesitaba.

Él se endereza con dificultad.

—Helena... —La ira ha desaparecido de su voz para dar paso a ese falso encanto suyo. Siempre ha ocultado las emociones negativas así, salvo en las raras ocasiones en las que explotan de repente. Paris hace un leve gesto de dolor y sonríe como si yo acabara de hacer algo muy astuto—. Siempre tan temeraria... Siempre tan dispuesta a herirte con tal de herirme...

—Cállate. —Me doy cuenta de mi error en cuanto hablo. Bien podría haber agitado una bandera roja delante de un toro. No hay nada que le guste más a Paris que exasperarme.

Por supuesto, su sonrisa se ensancha.

—¿En serio piensas que tu hermano va a dejar que alguien como tú obtenga el título de Ares? Con tu temperamento vas a hundir Olimpo. Careces de visión estratégica, nunca sabes cuándo rendirte o ceder. Ni siquiera has podido sortear el primer obstáculo del circuito sin ayuda, ¿de verdad crees que puedes comandar a todo el ejército de Olimpo? No me hagas reír. Vas a volvernos débiles, carne fácil para nuestros enemigos. Enemigos como ellos. —Señala con la cabeza la van con los dos forasteros—. Si de verdad quieres lo mejor para la ciudad, deberías renunciar ahora.

Mientras trato de dar con una réplica apropiada, sus palabras se hunden en mi interior y echan raíces venenosas. Es cierto que soy impulsiva y temeraria. Lo he sido toda mi vida. ¿Cuántas veces me han acusado tanto mi padre como mi hermano de eso mismo? Si no fuera temeraria e impulsiva, no me habría acostado con Aquiles anoche. No me le habría insinuado a Patroclo. No habría hecho muchas de las cosas que he hecho cuando la presión me supera.

No me habría atrevido a postularme para ser Ares.

No me importa. Paris se equivoca. Tiene que equivocarse. Me trago como puedo el nudo que tengo en la garganta.

—La próxima vez que me toques sin mi permiso, te corto el brazo y te muelo a palos con él.

—Vaya mal genio. —Se ríe y pasa por mi lado para ir a la van más cercana.

Preferiría cortarme mi propio brazo antes que seguirlo, así que me doy la vuelta y me dirijo a la que hay al final del todo. Belerofonte alza las cejas al verme.

—¿Algún problema?

—No, ninguno. —No consigo sonreír, así que me escabullo y me subo a la parte de atrás de la van.

Hasta que no estoy sentada entre los dos forasteros no me paro a pensar si no habré cometido un error eligiendo esta van. Las puertas se cierran, así que ya es demasiado tarde. Mierda. Tengo los nervios a flor de piel y me cuesta no derrumbarme. Hay tantos sentimientos en mi interior con los que no sé qué hacer que me tiembla todo. No me siento en condiciones para pelearme con estos hombres, ni verbalmente ni de ninguna otra forma.

El de pelo corto, Teseo, estira sus enormes piernas y se me queda mirando.

—De donde yo vengo, las mujeres saben cuál es su lugar.

Guau, no pretende disimular ni un poco. Aunque suene raro, me resulta casi un alivio. No tengo por qué ser amable y alegre y diplomática al responderle. Pestañeo muy despacio hacia él.

—Me alegro por ti. De donde tú vienes, ¿también dan consejos a desconocidos sin que se los hayan pedido?

Sonríe brevemente, pero no parece contento.

—Solo que tú no eres ninguna desconocida. Eres el premio.

«Gracias por recordármelo.» Volteo a ver al Minotauro. Nos observa a ambos con unos ojos azules inexpresivos. Qué mal rollo. Finjo una actitud de solidaridad hacia ellos y digo:

—No tienen ni una opción de ganar, y sus mujeres saben que su lugar es el mismo que el de cualquier otra persona. Márchense antes de ponerse en ridículo. —Siento pesar por aquellas mujeres si lo que dice es cierto, pero ¿de dónde se supone que viene? ¿De Marte?

Teseo niega con la cabeza.

—Tú eres la prueba fehaciente de que Olimpo es una ciudad débil. Tú y tu gente han vivido entre algodones durante tanto tiempo que se les ha olvidado cómo es el mundo real.

Un frío me recorre el cuerpo.

—Supongo entonces que están aquí para enseñarnos qué hacemos mal. Qué suerte la nuestra.

—Vaya boquita que tienes. Ya lo arreglaremos.

El pánico que me ha invadido durante la confrontación con Paris vuelve con fuerzas renovadas. Una sola conversación con este hombre y ya está compitiendo con mi ex por el puesto de persona que menos quiero que gane. No es solo que me amenace a mí, es la forma que tiene de hablar de Olimpo, como una ciudad débil que podrá cambiar a su debido tiempo. Tal vez me equivoqué al descartar tan rápido un intento de golpe de Estado. No podemos permitirles ganar. De ninguna manera. Me estremezco.

—Gracias, pero no hace falta.

Él se inclina hacia delante, pero el Minotauro gruñe. No sé qué tipo de relación tienen exactamente estos dos, pero ese sonido basta para silenciar a Teseo. Se recuesta de nuevo y cierra los ojos, dando por terminada la conversación.

Mejor. Me siento como un cristal agrietado en este momento. Un golpe por descuido puede hacerme añicos. No tiene sentido: he pasado la primera prueba, debería estar eufórica. Debería estar celebrándolo. En cambio, me limito a tratar de reprimir las lágrimas.

Dioses, ¿qué me pasa?

No consigo dar con una respuesta para cuando llegamos a la residencia. Mantengo la vista fija en el suelo mientras nos dirigimos a nuestras respectivas habitaciones. Solo cuando cierro la puerta que me separa del resto del mundo me permito temblar. Al menos he logrado contenerme hasta ahora, que por fin puedo desmoronarme en la seguridad de la soledad.

Solo que me doy cuenta de que no estoy sola.

Hermes y Dionisio están tirados en mi sofá. Ella cambia de canal en la TV tan rápido que no hay manera de saber qué están transmitiendo, y él está tumbado bocarriba con la cabeza apoyada en el regazo de Hermes mientras esta le pasa los dedos por el pelo.

Debería alegrarme de verlos; al fin y al cabo, son mis amigos, y justo anoche, cuando estaba sola y decaída, pensaba en cuánto los extrañaba. Suspiro. Debería dejar de usar la palabra *debería*. Da igual que sean mis amigos, porque su título va primero. Igual que pasa con mis hermanos, para Hermes y Dionisio ser parte de los Trece es lo más importante.

—¿Qué están haciendo aquí?

—Qué pregunta más tonta. Hemos venido a verte, amiga. —Hermes apaga la televisión y me mira.

Tiene rizos negros y lleva un labial rosa chillante que contrasta con su piel morena oscura y le combina con el overol y los zapatos. Su estilo es impecable, como siempre.

Dionisio suelta un ronquidito. Viste una camiseta de algún grupo del que nunca he oído hablar y unos pantalones de mezclilla descoloridos. Tiene el bigote perfectamente curvado en los extremos a pesar de la siesta, así que o bien está fingiendo o bien acaba de dormirse.

Da igual. No tengo energías para lidiar con esto ahora.

—Necesito bañarme y comer algo antes de hacer cualquier cosa remotamente entretenida. —No es que pueda salir de la residencia o de la propiedad siendo una campeona, pero Hermes y Dionisio son capaces de crear entretenimiento por sí solos. Sobre todo con el tipo de gente que hay entre los campeones.

—Ok, ok, me has atrapado. —Hermes pone los ojos en blanco, aunque sigue sonriendo. Se divierte a mis costillas. No debo tomármelo como algo personal; Hermes se divierte a costillas de todo el mundo—. Tengo un mensaje para ti de tu hermano.

Me azota la decepción. Mi hermano ha preferido mandar a Hermes que venir él mismo. Trato de ocultar mis sentimientos.

—Qué raro que no haya tenido tiempo para venir a charlar un rato conmigo. Siendo su hermana, me pregunto qué lugar ocupo en su lista de prioridades. —Como cuando planeó casarme con un desconocido sin consultarme.

—Ya sabes cómo es esto. —Hermes se encoge de hombros y empieza a trenzar el pelo de Dionisio. Es lo suficientemente corto como para que termine las trenzas rápido, pero aun así sobresalen mucho de su cabeza—. Zeus está ocupado siendo Zeus. Gobernando Olimpo, apagando fuegos, entreteniendo a nuestros visitantes de fuera... —Muestra una sonrisa pícara—. Y además estar casado con esa Hera ya es un trabajo de tiempo completo.

No digo nada sobre que fue la propia Hera quien me sugirió competir en el torneo aun siendo el premio. Si Hermes no lo sabe ya —¿y por qué lo sabría?—, no voy a ser yo quien se lo cuente. No es que piense que iría corriendo a contárselo a mi hermano, pero le gusta mantener a la gente a raya, así que tampoco puedo estar segura.

Además, estoy convencida de que Calisto solo lo hizo por sembrar el caos, aunque de forma indirecta me ayudara. Si Perseo se enterara de que su mujer me animó a hacerlo, sería un desastre. Independientemente de sus motivos, Calisto me hizo un favor sacándome de mi espiral de autocompasión. No la voy a delatar.

—Nadie lo obligó a casarse. —Y él a mí sí.

—Si yo te contara... —Termina otra trenza—. ¿Quieres oír el mensaje?

Como si tuviera otra opción.

—Sí.

Se aclara la garganta y una voz grave inquietantemente similar a la de mi hermano emerge de sus labios.

—Ya te has divertido lo suficiente. Se acabó. Retírate antes de la siguiente prueba.

Espero, pero al parecer no hay más.

—¿Eso es todo? Por lo general le suele gustar amenazar con algún tipo de consecuencia.

Hermes se encoge de hombros.

—Está un tanto distraído. El Minotauro y Teseo no vinieron a Olimpo solos, y tu hermano está hasta arriba tratando de lidiar con el líder de su pandilla, Minos.

No me cuesta leer entre líneas. Su líder está aquí, viéndome poner en ridículo a mi hermano y al resto de los Trece. Eso mina la autoridad de Zeus y consigue justo lo que él no quiere que ocurra: que parezcamos débiles. O, más bien, que él parezca débil.

«Olimpo necesita una mano dura.»

Siento una punzada de remordimiento. En estos momentos me gustaría retorcerle el pescuezo a mi hermano, pero incluso yo debo admitir que está haciendo lo que puede bajo unas circunstancias que él no ha elegido. No tenía pensado ocupar el puesto de Zeus hasta dentro de muchos años, pero la inesperada muerte de nuestro padre le trastocó los planes. Y sin duda quiero la estabilidad y la seguridad de Olimpo.

Tal vez debería renunciar.

El estómago me da un vuelco de solo pensarlo, pero me obligo a darle un par de vueltas. Si renuncio ahora... Niego con la cabeza. No servirá de nada. El daño ya está hecho desde el momento en que me postulé como campeona y desafié a mi hermano en público. Es más, ahora que estoy compitiendo contra el Minotauro y Teseo, no puedo permitirme otra cosa que no sea dar lo mejor de mí. Estoy representando a Olimpo frente a los intereses de los forasteros. Estoy representando a mi hermano, aunque esté furioso por ello.

Después de todo, soy una Kasios.

Si me humillas a mí, lo humillas a él. Renunciar ahora es un signo de debilidad, y lo hará parecer débil a él. No está pensando con sensatez, porque se debería haber dado cuenta de esto él mismo. Inhalo hondo.

—Echarme para atrás ahora no va a cambiar el hecho de que elegí participar. No va a darle buena imagen así como así.

—No creo que Zeus esté pensando con claridad en estos momentos —concuerda Hermes, reproduciendo lo que pasaba por mi mente.

Me parece que tiene razón, pero no voy a hablar mal de mi hermano, porque está en una posición delicada y en parte es por mi culpa. En su lugar, lo que hago es reírme de forma ruidosa y muy falsa.

—Sí, como si alguna vez en su vida hubiera dejado que las emociones lo sobrepasen.

Incluso mientras digo esa mentira, siento un pinchazo de culpa. Perseo no era un niño efusivo, pero sentía todo con mucha intensidad. Nuestro padre lo veía como un defecto, una flaqueza que podían explotar sus futuros enemigos, y se pasó toda nuestra infancia destrozando esa sensibilidad.

Hermes se me queda mirando un buen rato, y me sorprendo aguantando la respiración. Puede que hayamos sido amigas muchos años, pero en este momento por primera vez estamos casi al mismo nivel: ella forma parte de los Trece y yo estoy luchando por ser una de ellos. Termina otra trenza y se recuesta en el sofá.

—¿Estás segura de esto?

—Por favor, hazle saber a mi hermano que, si bien entiendo su petición, voy a seguir llevando a cabo mi plan.

—Hecho. —Hermes le da unas palmaditas a Dionisio en el pecho—. Es hora de irnos, cariño.

Él abre los ojos y pestañea mientras me observa.

—Hombre, Helena. ¿Cuándo has llegado?

—Hola. —Me esfuerzo por sonreír—. ¿Has dormido bien?

—Siempre. —Se incorpora y se estira. Las trencitas del pelo le otorgan el aspecto de un pajarillo asustado—. Vaya espectáculo que has dado hoy. Estamos al cien por ciento contigo.

—Gracias. —No sé qué más decir. Son mis amigos, pero, si gano el torneo (o, más bien, cuando gane el torneo), la dinámica de nuestra relación cambiará forzosamente. Yo también seré una de los Trece. Los señalo con una mano cansada—. ¿Se quedan un rato?

—*Nop*. —Hermes se pone de pie de un salto—. La noche es joven, y vamos a divertirnos.

Dionisio me agarra las manos y me da un beso en cada mejilla.

—Lo que quiere decir es que vamos a emborrachar a la gente de Minos y ver si les podemos sacar algo de información.

Eso me arranca una carcajada.

—Gajes del oficio —comento.

No les digo que tengan cuidado. A pesar de lo que pueda parecer, tanto Dionisio como Hermes son del todo capaces de cuidarse. Y de cuidar al otro. Además, esto es parte de la especialidad de Dionisio. Puede que se haga el tonto delante de la gente, pero no consiguió el título por nada. Detrás de ese ridículo bigote se esconde una mente astuta.

Los acompaño a la puerta y la cierro con llave cuando se marchan. Solo entonces se me desploman los hombros, agotados por el peso de todas las cosas que se han dicho y que se han quedado sin decir. Nadie cree que pueda lograrlo: ni mis enemigos, ni mi familia ni tan siquiera mis amigos. Da igual qué palabras salgan de su boca, todos están esperando verme caer. Están seguros de que ocurrirá.

Me alejo de la puerta y me arrastro por el pasillo con pasos pesados. Necesito bañarme y ocho horas de sueño reparador.

Quizá el mundo vuelva a tener sentido por la mañana.

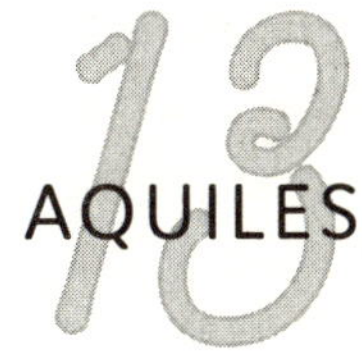

AQUILES

—Deja de dar vueltas.

Me trago mi frustración y recorro la sala de estar de un lado a otro una vez más.

—No estoy dando vueltas —replico.

Sí lo estoy haciendo, desde que volvimos a nuestras habitaciones. Quiero echarle la culpa a toda la adrenalina sin canalizar. La prueba ha sido demasiado corta, aun con los enmascarados poniendo trabas por el camino. Si hubiera podido hacer más esfuerzos, liberar más energía, tal vez podría estar tranquilo ahora.

Patroclo suspira y deja a un lado su lector de libros electrónicos. Tiene los lentes en la punta de la nariz, lo cual le da un aspecto tan adorable de intelectual que me dan ganas de besarlo. Lástima que si lo intento lo más probable es que acabe con un ojo morado, con lo enojado que está ahora mismo. No se suele encabronar, pero, cuando ocurre, tarda mucho tiempo en pasársele. Y no puedo culpar a nadie más que a mí mismo por este lío.

Se me queda mirando unos segundos.

—Has conseguido lo que querías. ¿Por qué estás tan mal?

Odio cuando hace esto. En lugar de admitir lo enojado que está, me la voltea y me habla como si fuera yo el que estuviera exagerándolo todo. Es extremadamente paternalista, una de las peores cualidades de Patroclo. Que además tenga razón no hace sino irritarme aún más.

—La cagué. ¿Por qué no me gritas o me avientas algo? No sé... Carajo, puedes incluso darme un puñetazo si te hace sentirte mejor.

—Eso es maltrato.

Me cruzo de brazos.

—Pues dime algo. Deja de aplicarme la ley del hielo.

Apenas si me ha dicho seis palabras desde lo de anoche. Odio cuando hace esto; lo tengo justo delante, pero bien podría estar en otro planeta, porque es imposible hablar con él. No solemos tener peleas así, pero, cuando pasa, queda claro lo distintos que somos. Me sirve de recordatorio de que algún día Patroclo se cansará de mis tonterías y me aplicará la ley del hielo para siempre.

«Pero ahora no.»

«Aún no.»

«Por favor, dioses, todavía no.»

—Lo siento. Ya te he dicho que lo siento. Lo he dicho mil veces. ¿Qué más quieres que haga? —No es una pregunta justa, y los dos lo sabemos, pero estoy tan frustrado que me gustaría romper algo.

—¿Te arrepientes de haberte acostado con Helena?

Estoy a punto de decir que sí, pero sabría que estoy mintiendo porque se me da fatal. Odio mentir. Preferiría quedarme callado a mentir. Pero esta tampoco es una opción ante su mirada penetrante.

—No.

Maldición, no la odio tanto como creía, y no creo que el cambio de opinión sea culpa del orgasmo. No es para nada como me la imaginaba, y en cierta forma es del todo como me imaginaba. No acabo de entenderlo, pero aun así me intriga.

Y el sexo fue increíble. Intenso y aterrador, pero mentiría si dijera que no lo volvería a hacer. Cuando me convierta en Ares y ella sea mi esposa, se repetirá sin duda.

—Es decir, que volverás a hacerlo. —Se me queda mirando unos segundos eternos—. Y si yo te dijera que también quiero acostarme con ella...

Aunque intento no ponerme tenso, noto una rigidez en el cuerpo, y Patroclo también. Asiente despacio.

—Me lo imaginaba. Eres un hipócrita.

—No es lo peor que han dicho de mí. —Y lo peor también ha sido cierto.

—Lo sé. —Agarra el lector de libros electrónicos de nuevo—. Sigo enojado contigo. No se me pasa con solo tronar los dedos, por mucho que te moleste que esté enojado. Las emociones no funcionan así.

Y ahí está, paternalista como siempre. Exhalo con desgano.

—Sé cómo funcionan las emociones, Patroclo.

No levanta la vista. Se limita a ajustarse los lentes y recostarse en el sofá.

—Necesito algo de tiempo. Creía que ya estaba conforme con tu futuro matrimonio, pero tengo que darle unas vueltas a mi lugar en esta historia, porque todo es mucho más real ahora que Helena no es solo una teoría.

Me da un vuelco el estómago. «¿Está ocurriendo? ¿Es el fin?» Es demasiado repentino, demasiado inesperado. Trago con dificultad.

—¿Qué significa eso?

—Te quiero. —Le da un toquecito a su libro electrónico para pasar la página—. Que nos hayamos peleado no significa que haya cambiado lo que siento por ti, ni tampoco nuestro plan. Solo... dame algo de tiempo, Aquiles.

Ese es el problema. Si empieza a darle vueltas a esta situación tan complicada, puede que decida que cuando se acabe este torneo se acaba también nuestra relación. Sé que es jodidamente egoísta de mi parte querer mantenerlo a mi lado cuando esté casado con otra persona. Y es más egoísta aún ahora que me he acostado con Helena y hay muchas probabilidades de que vuelva a pasar por mucho que me queje. Sobre todo, lo más imperdonable es que no puedo soportar imaginarme a Patroclo y Helena juntos si no estoy yo participando. Da igual por dónde lo mire, ya no se trata de un matrimonio de conveniencia con fines políticos. Ahora es un lío. Y es culpa mía, pero no sé si puedo arreglarlo.

«Maldición.»

—Pues te daré el tiempo que quieras. —Las palabras me salen apagadas. Doy la vuelta y salgo de la habitación.

Estoy muy intranquilo como para tratar de dormir (si es que logro conciliar el sueño esta noche), así que recorro el pasillo. De pequeño solía deambular a oscuras, como hago ahora. Por aquel entonces no dormía mucho. Era como un juego, una manera de vencer mi miedo a la oscuridad. Los monstruos no pueden hacerte daño si no te ven, no te oyen, no te sienten. No es que el orfanato fuera horrible ni nada de eso. No sé si con alguna de las últimas Heras de Zeus habrá cambiado algo, pero la gente que lo llevaba por aquel entonces era muy agradable. No era como lo pintan en las películas. Nadie intentó meterme mano ni abusar de mí ni usarme para invocar a un demonio ni nada por el estilo.

Aun así, por mucho que la señora Hebe se esforzara por que tuviéramos la mayor estabilidad emocional posible, algunas noches eran... duras. Pasear por los pasillos de noche me ayudaba. Moverme siempre me ha ayudado.

Hace mucho desde la última vez que sentí la necesidad

de hacerlo, eso sí. Ya no me inquieta lo que no puedo ver. Veo lo que necesito, y ya no soy el niño asustado que era entonces. Soy un guerrero. Da igual lo que me echen, puedo con todo.

O eso creía.

He tenido a Patroclo a mi lado desde que nos alistamos a las fuerzas de seguridad de Ares con dieciocho años. Sus madres pensaban que le haría bien, por lo de la disciplina y la preparación física y todo eso. Yo era un rencoroso y tenía algo que demostrar. Sé que todo el mundo piensa que somos polos opuestos; también por aquel entonces lo pensaban. Pero, incluso siendo tan jóvenes, simplemente... encajábamos.

No sé qué haría sin él. Aunque una parte de mí siempre ha pensado que tarde o temprano Patroclo conocería a alguien que lo estresara menos, la mayor parte de mí nunca creyó que podría suceder de verdad. Ahora la posibilidad es muy real.

Es muy tarde, así que la residencia está desierta; todo el mundo está en sus habitaciones evitando meterse en problemas. Belerofonte y los suyos deben de haber registrado mi movimiento, aunque no haya encendido las luces. Hacen muy bien su trabajo como para dejar que la gente cause problemas por la noche. Yo no tengo ningún interés en provocar problemas, solo quiero deshacerme de este sentimiento horrible que me revuelve el estómago.

La cagué. Lo supe en cuanto salí del momento de lujuria en el suelo con Helena. Pero incluso en ese instante me medio convencí de quc Patroclo haría lo que siempre hace con mis líos: dejarlo pasar. ¡Qué iluso soy!.

Noto cómo la mira.

Nunca ha mirado a nadie así..., excepto a mí.

Desearía poder decir que me acosté con ella solo porque se me antojó y no porque estaba celoso de Patroclo y ella. Desearía no ser un imbécil que haga algo tan egoísta solo para mantenerlos alejados. Incluso cuando se ha cogido a otra gente, ha sido para divertirse o satisfacer su curiosidad. Nunca se había quedado mirando a alguien que está al otro lado de la habitación con un anhelo que hasta yo puedo sentir desde varios metros de distancia. Solo ha tenido contacto con Helena siendo adultos un par de días. ¿Cómo puede evolucionar eso en una semana? ¿En unos meses después de que nos hayamos casado?

Si se enamora de ella...

Sí, soy un cabrón. Quiero tenerlo todo y que todo sea como yo lo quiero, pero no es justo. Me encantaría fingir que habría tomado otras decisiones si me hubiera detenido a pensar, pero mentir no es lo mío.

Resoplo y abro la puerta corrediza de cristal que lleva al patio trasero. El calor del día se ha desvanecido, y me da gusto sentir el aire fresco de la noche en la piel. Aunque no me ayuda a aclararme las ideas. La situación es una mierda, y en gran parte es por mi culpa. Lo sé, pero eso no significa que me sienta cómodo dándole vueltas sin parar al caos que he formado. Soy un animal de acción. ¿Para qué voy a esperar de brazos cruzados cuando puedo hacer algo al respecto?

Lástima que no haya nada que pueda hacer ahora.

Patroclo no quiere ni verme la cara esta noche, y hablar con Helena no va a cambiar absolutamente nada...

Vacilo. Puede que no cambie nada, pero también es cierto que no me siento demasiado bien con cómo quedaron las cosas ayer. Parecía que le daba igual todo, pero es una Kasios; debe de haber aprendido a mentir desde que nació. Maldición, debería haber tomado eso en cuenta. Patroclo lo habría tomado en cuenta, y habría tratado de sacarle la verdad en lugar de creerse su palabra de que solo fue sexo y no fui demasiado brusco con ella.

Levanto la vista al cielo. No me da ninguna respuesta, pero tengo claro que no voy a poder dormir ahora. Tal vez ella siga despierta. Podemos hablar o discutir o lo que sea. Quizá sea honesta conmigo por una vez, y al menos esa parte de este desastre quedará resuelta.

Con un plan de acción al fin, me doy la vuelta y regreso a los dormitorios. Hay tanto silencio como oscuridad en el interior, pero me muevo más deprisa, más seguro. Me aprendí de memoria el plano del lugar la primera noche; vale la pena tener claro dónde están las salidas, por lo que pueda pasar. Trabajar casi tres años para Atenea me ha enseñado que nunca sabes cuándo puedes necesitar una.

De vuelta en nuestro pasillo, veo por debajo de la puerta que la luz sigue encendida en la habitación de Patroclo... pero no en la de Helena. Casi me dirijo hacia la mía, pero no he llegado hasta aquí para rendirme sin antes siquiera tratar de hablar con ella. Estoy a punto de llamar a la puerta cuando oigo un ruido sordo al otro lado.

No hay motivo alguno para que se me erice el vello de la nuca. Este es uno de los edificios de Atenea, y nuestra gente se ha encargado de que sea un lugar seguro. Se nos da de maravilla. Los campeones están más a salvo que el propio Zeus en este momento. Lo más probable es que Helena se haya dado en la espinilla con la esquina de la mesita de centro o algo así.

Pero, por mucho que racionalice, mis instintos me siguen gritando que algo va mal. Llevo siendo un soldado desde los dieciocho. A los veintidós, la mismísima Atenea se hizo cargo de mí y me enseñó a confiar en los instintos que se ha pasado años ayudándome a desarrollar. No puedo irme hasta que esté convencido de que me equivoco.

Intento abrir la puerta, y la manija gira sin oponer ninguna resistencia. Pero ¿qué diablos...? Definitivamente, algo va mal.

No hay tiempo para dudar. Me cuelo por la puerta en la habitación de Helena. La sala de estar se halla en penumbras, iluminada solo por la lámpara de pie que hay al lado del sofá. Esa luz basta para que pueda ver a alguien internándose por la puerta que lleva al dormitorio de Helena.

Alguien de espaldas anchas que mide más de uno ochenta.

Alguien que no es Helena Kasios.

Me muevo antes de terminar de procesar la presencia del extraño. Se nota la década de entrenamiento y memoria muscular. Me apresuro por el pasillo de puntitas y me meto por la puerta del cuarto justo a tiempo para ver la silueta de pie inclinada hacia la cama de Helena.

Un destello de metal a la luz de la luna. No distingo si es una pistola o un cuchillo, pero da exactamente igual. Ya no pienso, solo reacciono.

Me abalanzo contra el agresor, le agarro la muñeca con una mano y lo tiro al suelo lejos de la cama. Él maldice en voz baja y la pelea da comienzo. Se las arregla para hacernos rodar de modo que él quede encima. Lo tengo mal agarrado de la muñeca, así que no puedo hacer que suelte el arma.

Dobla el brazo hacia abajo, zafándose de mi agarre, y se aparta de mí para ponerse de pie. Con la ropa negra y la máscara oscura que lleva, casi parece uno de los enmascarados a los que nos hemos enfrentado hoy. Solo le falta el búho en el pecho. Pero no forma parte del personal de Atenea. Apostaría mi vida.

Apenas me he levantado cuando se lanza contra mí. Esta vez estoy preparado. No se recomienda enfrentarse desarmado a un enemigo que empuña un cuchillo, pero también me he entrenado para esta situación. Lo esquivo en el último momento justo para eludir el filo y poder agarrarle el brazo.

Estoy tan ocupado mirando el cuchillo que no veo su puño hasta que me lo ha estampado en la cara. Un buen puñetazo, tan bueno que me hace ver las estrellas medio segundo, más que de sobra para que me haga un corte y me tire. Caigo al suelo y él se monta sobre mí, con el cuchillo aún en la mano.

Reacciono por puro instinto, agarrándole la muñeca con las dos manos y deteniendo el cuchillo a apenas unos centímetros de mi pecho. Maldición, es fuerte. Se inclina sobre el arma, presionando con todo su peso, y este baja un par de centímetros.

Vaya forma más ridícula de morir. Salvando a Helena Kasios de un puto asesino. Cuando Patroclo baje al Inframundo y me encuentre, no va a dejar de darme lata con el asunto. Qué vergüenza.

Otro ruido sordo y el asesino se queda sin fuerzas encima de mí. Estoy tan sorprendido que lo aparto de un empujón antes de darme cuenta de lo que ha ocurrido. Helena está de pie a nuestro lado, con una lámpara en las manos y una expresión feroz en la cara. Parpadeo. Acaba de... asestarle un golpe al tipo en la cabeza. Me ha salvado. No lo puedo creer.

Se dispone a golpearle con la lámpara de nuevo, pero levanto la mano.

—¡Espera!

—¡No jodas! ¡Tiene un cuchillo!

—Tenemos que interrogarlo. —Agarro el cuchillo y lo lanzo lejos—. Debemos atarlo y llevárselo a Belerofonte.

Vacila durante el tiempo suficiente como para darme cuenta de que no le estoy hablando a uno de mis subordinados. Por muy bien que se desenvolviera en la primera prueba, no está entrenada en combate, y esta probablemente sea la primera situación peligrosa en la que se ha visto involucrada. «Mierda.»

—Helena. —Trato de mantener la voz baja y tranquila, como haría Patroclo, mientras pongo al asesino contra el suelo y le llevo las manos a la espalda para poder mantenerlo sujeto cuando se despierte—. Respira hondo.

—Estoy bien. —Su tono tembloroso la delata. Aunque lo está intentando, eso se lo tengo que reconocer.

—Bien pensado lo de la lámpara. Y qué rápido. —Cambio de posición para poder agarrarle mejor las muñecas al asesino—. Me parece que me has salvado la vida. Gracias.

—Solo te estaba devolviendo el favor —murmura. Luego sacude la cabeza para espabilarse—. Belerofonte. Eso. Voy a llamarlo.

La miro mientras va corriendo al teléfono que hay al lado de la cama y lo descuelga. Si se desmaya o algo por el estilo, no voy a poder hacer nada al respecto sin soltar al agresor, y eso no es una opción. Pero Helena se las arregla para mantenerse controlada mientras habla por teléfono, haciendo un resumen rápido de lo que ha sucedido.

—Sí, por favor, dense prisa. —Cuelga y se deja caer pesadamente en la cama.

Ninguno de los dos hablamos en los treinta segundos que tardan Belerofonte y los suyos en echar la puerta abajo, correr al dormitorio, encender las luces y ponerse a dar órdenes.

—Aten al agresor y sáquenlo de la propiedad, pero no hagan ruido —dice Belerofonte—. Atenea querrá que le informemos de inmediato. —Se voltea hacia nosotros—. Aquiles, Helena, esperen un momento en la sala de estar, pronto iré a hablar con ustedes.

No le ofrezco ayuda. Tiene las cosas bajo control..., salvo por el hecho de que hay un maldito asesino en la propiedad.

—¿Cómo diablos ha podido pasar esto? —le digo—. Se supone que estamos en un lugar seguro.

—Me encargaré de descubrirlo —replica.

Me aparto de en medio mientras los suyos amarran al asesino con bridas y lo ponen de pie. Es un tipo blanco con rasgos faciales normales y corrientes, pelo negro corto y ojos rasgados azules. Parpadea como adormilado, asimilando poco a poco la situación. Me tenso, listo para decirle algún improperio, pero él se limita a observarnos en silencio mientras los de Belerofonte lo sacan de la habitación.

Belerofonte hace una mueca.

—Tengo que llamar a Atenea. Denme un par de minutos.

—Claro, no hay problema. —Lo miro mientras se va y exhalo despacio.

Las cosas ocurren muy rápido en las peleas. Yo había venido a la puerta de Helena preparado para una conversación dura y he terminado luchando por salvar la vida. Volteo a verla. De nuevo está con esa mirada perdida a mil kilómetros de aquí. «Mierda.» Me siento en la cama a su lado.

—¿Estás bien?

—No.

Su sinceridad me sorprende. Me imaginaba que trataría de hacer como que no pasa nada a pesar de que puedo sentir cómo tiembla por la vibración de la cama. Giro la cabeza hacia ella. Está más pálida aún de lo normal. Estoy muy seguro de que incluso oigo el castañeteo de sus dientes.

—Helena...

—En un rato estaré bien. —Hasta su voz suena mal, frágil y débil—. Solo... dame un puto minuto.

—Te has llevado el susto de tu vida. Nadie pretende que lidies con un atentado contra tu vida sin..., no sé, tener una reacción emocional. No pasa nada si te desmoronas.

—Sí pasa. —Se pone tensa—. Y no me estoy desmoronando, es solo un bajón de adrenalina. Estoy bien.

Carajo, estas cosas se me dan muy mal. Siempre, siempre

digo lo que no debo, por mucho que intente hacerlo bien. Patroclo sabría perfectamente qué decir para calmarla y hacerla sentir bien. A mí se me da mejor la acción. Por tanto, alargo los brazos hacia ella, la agarro y me la coloco en el regazo. Suelta un resoplido airado, pero no me da un puñetazo en la cara.

—Estás a salvo. —Eso es. Algo amable y neutro. Como no trata de moverse, la rodeo con los brazos. A las princesas también les sirven de consuelo los abrazos, ¿verdad?

Poco a poco, con cada respiración, se va relajando en mis brazos. Eso es lo que más me hace ver lo afectada que está ahora mismo. Debería estar que furiosa, pero, en vez de eso, está temblando como un gatito. Siento una sacudida desagradable en el pecho y la estrecho un poco más fuerte.

—Estás a salvo —repito.

—No sé, yo no llamaría «estar a salvo» a despertarme y ver que alguien está a punto de matarme. —Apoya la cabeza en mi hombro—. Y sigues sin caerme bien. Creo.

—A mí tampoco me caes bien. No demasiado.

Exhala despacio.

—No sé qué haces en mi habitación en estos momentos, pero gracias por estar aquí. Yo... —Un escalofrío le recorre el cuerpo—. Nada, gracias.

La puerta se abre y Belerofonte vuelve a aparecer. No comenta nada sobre que esté abrazando a Helena, y lo prefiero. No sé qué respondería a eso. En su lugar, adopta una postura tranquila.

—Aún no sabemos cómo ha entrado, pero deberíamos tener respuestas por la mañana.

Helena vuelve a estremecerse.

—Lo siento si eso no me consuela.

Si Belerofonte no sabe cómo ha entrado esta persona, nada impide que otros puedan hacer lo mismo. Solo de pensarlo me deja helado. Puede que no me caiga (demasiado) bien Helena, pero no quiero que la maten.

—Dormirás conmigo en mi habitación —le digo.

Ella se pone tensa.

—No es necesario.

—Bueno, a mí me parece que sí lo es. —Miro a Belerofonte, que nos observa con una expresión cuidadosamente neutra en la cara—. Belerofonte va a estar ocupado lidiando con esto y vigilando el lugar. Además, creo que preferirás tenerme a mí de niñera que a algún desconocido.

—Tú eres prácticamente un desconocido —repone, pero no intenta levantarse.

Por muchas ganas que tenga de presionarla, se me ha pegado un poco de la paciencia de Patroclo después de tantos años. A veces, la mejor forma de ganar una discusión es quedarte sentado y callarte hasta que la otra persona se dé cuenta de que lo que dices tiene lógica. No suelo ser una persona lógica, pero de vez en cuando se da el milagro. Y en estos momentos sé que tengo razón.

A Helena le lleva apenas treinta segundos percatarse de lo mismo.

—De acuerdo. Me quedaré en tu habitación.

El suspiro que suelto no es de alivio. En serio. Dormiría igual de tranquilo si no hubiera aceptado mi propuesta. Le doy un último apretón y la pongo de pie.

—Agarra tus cosas, princesa. Es hora de mudarse.

PATROCLO

Aún estoy en guerra conmigo mismo cuando alguien llama a mi puerta. Reconozco la enérgica impaciencia de Aquiles y reprimo un suspiro. Odio que nos peleemos tanto como él, pero no puedo ignorar lo que siento solo por que no le venga bien. Por supuesto que no quiero que estemos mal cuando deberíamos estar concentrados en el torneo, pero nada es lógico en nuestra situación con Helena: ni mi atracción por ella, ni la atracción de Aquiles por ella ni los celos de ninguno de los dos.

No lo entiendo, y dudo que tenga la oportunidad de tratar de comprenderlo ahora.

Abro la puerta y me paro en seco. Aquiles tiene un aspecto horrible, si soy sincero. No es solo el agotamiento que revela su rostro, es como si hubiera venido a mi habitación justo después de una buena pelea. Tiene la camiseta rasgada, el pelo revuelto, y estoy muy seguro de que alguien le ha dado un puñetazo en la cara.

«Por el amor de los dioses, no me digas que has vuelto a acostarte con Helena.»

Trago con dificultad mientras siento un sabor amargo a celos.

—¿Qué te ha pasado?

Él parpadea.

—¿Cómo?

—Parece como si... —Me callo antes de acusarlo. No es justo que saque conclusiones apresuradas, por mucho que atendiendo a la lógica sea imposible no pensar en la última vez que apareció en mi puerta con un aspecto semejante, en la confesión que me hizo en cuanto le dejé entrar en la habitación. Finalmente consigo formular una pregunta neutra—. ¿Quién te ha pegado?

—¿Que quién me ha...? —Se toca la cara y hace un gesto de dolor—. Había olvidado que ha conseguido darme. Qué torpe.

Se me revuelve el estómago. Esto no es una confesión, es una cosa del todo distinta. Me pongo recto. Se ha marchado de mi habitación hace apenas una hora o dos. ¿En qué problemas se habrá podido meter en este tiempo? Desde luego es peor de lo que me podría haber imaginado. No se ha enemistado con ninguno de los otros campeones; está muy concentrado en ganar como para caer en peleas tontas, e, incluso aunque hubiera ocurrido, ya le habrían echado de la residencia. No ha estado con Helena, porque, de haber sido así, tendría esa expresión de perrito culpable en la cara.

—Aquiles, ¿qué diablos está pasando?

—Alguien ha intentado matar a Helena.

—¡¿Qué?!

—Estaba yendo a su habitación a pedirle perdón y descubrí al asesino a punto de actuar. Belerofonte está buscando respuestas.

Me quedo en shock. No tiene sentido lo que está diciendo. ¿Que alguien ha tratado de asesinar a Helena? Y Aquiles justo pasaba por ahí y... Cierro los ojos, respiro hondo y me obligo a concentrarme.

—¿Has reconocido quién era?

—No. —Niega con la cabeza—. Era un tipo blanco con un aspecto completamente olvidable. Pero no trabajaba para Atenea, y no estaba en ninguna de nuestras listas de problemas.

Atenea lleva una lista de personas de Olimpo a las que considera peligrosas. Pero no peligrosas en plan los Trece o las familias con poder, sino gente que o bien es del todo impredecible o bien está dispuesta a cruzar cualquier tipo de línea a cambio de la cantidad adecuada de dinero. Si tuviera que apostar por la identidad del agresor, la sacaría de esa lista.

Pero esto no...

—Pues vaya situación —comento. Los desconocidos pueden ponerlo todo patas arriba, sobre todo durante un evento tan importante como este torneo.

—Claro, tienes razón. —Cambia el peso de un pie a otro—. Pero no estoy aquí por eso... Helena está asustada y no quiere admitirlo, así que se va a quedar en mi habitación esta noche.

«Sí, tienes razón. Su relación está pasando a mayores.»

Descarto ese pensamiento irracional. Mis miedos no tienen sentido, lo que sí lo tiene es que Helena se quede en su habitación. Es exactamente el protocolo que se debe seguir cuando se quiere proteger a alguien después de un ataque. El hecho de que se acostaran hace poco más de veinticuatro horas es irrelevante. Solo que no se siente irrelevante...

—Quédense los dos aquí, conmigo —me sorprendo diciendo—. Será más fácil protegerla si estamos juntos.

Aquiles analiza mi expresión. Por una vez, no pasa a la acción sin pensar. Odio que seamos tan cautelosos el uno con el otro, pero no sé cómo arreglarlo. No puedo dejar a un lado mis sentimientos, de igual forma que Aquiles no puede dejar a un lado sus ambiciones. Quizá si no estuviéramos tan desgastados por el torneo y por estar confinados en este edificio, sería más fácil lidiar con esta situación tan espinosa. No sé. Lo que sí sé es que solo de pensar en que Aquiles o Helena puedan estar en peligro me provoca un horrible sudor frío.

Finalmente, él suelta una exhalación brusca.

—¿Estás seguro?

No lo estoy, pero no pienso dejar que eso detenga.

—Sí.

Por un momento, creo que pretende insistir en que le dé una respuesta sincera. No sé qué diré si lo hace. Estamos en una situación muy delicada. Debería haberlo previsto, pero estoy aprendiendo a pasos agigantados que hay variables que se escapan a nuestra comprensión.

—Pues ven con nosotros. Ya tenemos todas sus cosas allí, y está deshaciendo las maletas. —Hace una mueca—. Por lo visto es igualita que tú respecto a lo del equipaje.

—Está bien. —Esto me dará algo de tiempo para asimilarlo todo y aclararme las ideas—. Estaré allí en unos minutos.

Espero que se marche y entonces empiezo a hacer las maletas de nuevo. Me mantiene ocupadas las manos, así que me pongo a darle vueltas a la cabeza. No soporto pensar en Aquiles y Helena, y en qué estaría haciendo él en su habitación para haber podido impedir el ataque. Pedir perdón, según ha dicho. Aquiles no miente, así que debe de ser eso. Odio que la duda me invada de todos modos.

Pero más me vale concentrarme en el problema que tenemos entre manos.

¿Quién quiere que Helena muera?

Zeus y Afrodita son sus hermanos. Hermes y Dionisio son amigos suyos. Hades no mandaría a un asesino a sueldo, independientemente de lo que opine la mayoría de la población. Atenea tampoco lo haría, desde luego no durante un torneo público en el que los campeones están bajo su protección. Dudo que quiera que haya otra Kasios al mando, pero no tiene motivos para creer que Helena puede ganar, no con Aquiles como rival.

¿Y los otros? Eso ya es más complicado. Artemisa podría hacer algo así, pero se cuida mucho de no manchar su imagen pública. Y Apolo más de lo mismo, aunque no apostaría por él. Hefesto es más difícil de leer. Es inteligente y un buen estratega, puede que haya sopesado las diferentes posibilidades y haya decidido no arriesgarse a que Helena se convierta en Ares. No creo que nuestra nueva Hera tenga un poder alarmante, pero quizá su madre, Deméter, sea más peligrosa. Poseidón no se suele inmiscuir en temas de poder y política, así que todo esto le debe de dar exactamente igual.

Pero eso son solo los Trece.

Hay decenas de familias poderosas que sopesan los vaivenes de la política de Olimpo y mueven ficha entre bastidores. Paris y Héctor pertenecen a una de ellas, al igual que Áyax y Atalanta. Y yo también.

Y luego están los forasteros. Aunque no parece lógico que estuvieran detrás de esto. Si vas a recurrir a un asesino, ¿por qué no te deshaces de uno de los rivales más peligrosos? Aquiles o Héctor o incluso yo habríamos sido un objetivo más inteligente. Por muy decidida que esté Helena, cuando lleguen las pruebas en las que haya que combatir va a caer eliminada. No tiene ni el entrenamiento ni la fuerza necesaria para batir a los contrincantes más duros.

Para cuando termino la maleta y estoy listo para cambiar de habitación, sigo sin respuestas. No puedo ni siquiera acotar los candidatos potenciales. Tampoco es mi trabajo, esta vez no. Belerofonte y Atenea se encargarán de ello, empezando por interrogar al agresor. Confío ciegamente en su experiencia.

Preferiría seguir dándole vueltas al misterio que atravesar la puerta de Aquiles, pero no hay otra opción. Da igual la sensación que sienta en el pecho ahora, el hecho es que me necesita, y no voy a dudar un segundo en estar ahí para él. Hemos hecho trabajos de guardaespaldas muchas veces a lo largo de los años, y es mejor llevarlos a cabo por parejas, para que siempre haya alguien despierto junto al cliente. Los asesinos no suelen seguir el horario de trabajo habitual, como se puede ver con lo de esta noche. Tampoco deberíamos descartar la posibilidad de que haya más gente al acecho, así que tenemos que empezar a vigilar ahora.

Respiro profundamente y abro la puerta.

Lo primero que veo es a Helena envuelta en una manta en el sofá. Cada vez que he interactuado con ella, incluso cuando estaba un poco fuera de sí en la cinta de correr o cuando éramos pequeños, siempre se veía exuberante. En este momento no tiene esa apariencia en absoluto. Qué fácil resulta olvidar lo menuda que es en realidad. Atlética, sí, pero apenas medirá más de uno sesenta y cinco. En este momento, acurrucada en el sofá, parece más pequeña aún. Si el atacante tenía mi constitución, o la de Aquiles, no podría haber hecho nada contra él.

La sola idea me aterra.

Levanta esos ojos ámbar y pestañea hacia mí. Está más pálida que de costumbre, con sus facciones perfectas demacradas y expresión de agotamiento. Incluso su pelo está hecho un desastre, los mechones oscuros enredados de haber estado durmiendo. Pese a ello, sonríe cuando me ve, un movimiento leve que parece casi frágil.

—Hola —me saluda.

El corazón se me acelera, lo cual es una reacción ridícula. Debería estar preocupada por su seguridad o por su cercanía con Aquiles o por algo. En vez de eso, me quedo aquí inmóvil, tratando de fingir que no me sudan las manos solo por que me esté sonriendo como si se alegrara de verme.

Me aclaro la garganta.

—Hola.

Se arropa un poco más con la manta.

—Te ha metido él en esto, ¿verdad?

—Me he ofrecido a ayudar. —Dejo la maleta en el suelo. Ahora que estoy aquí me doy cuenta de que no tenía por qué haber traído mis cosas; podría haber ido a la otra habitación cada día para cambiarme de ropa y prepararme. Eso habría sido lo lógico, en lugar de perder el tiempo haciendo y deshaciendo la maleta para mudarme al otro lado del pasillo. Otra muestra evidente de que no estoy pensando con claridad. Maldita sea.

Aquiles sale del dormitorio.

—Hay dos formas de entrar y de salir. La ventana del baño se abre, pero no es lo suficientemente grande como para que un adulto pueda pasar por ella. La del dormitorio va a ser un problema, eso sí. Es prácticamente una puerta, y el cierre es una mierda. Es un punto de acceso que no podemos asegurar bien.

Lo cual significa que uno de nosotros tendrá que estar ahí dentro con ella.

Odio el vuelco que me da el estómago. Debo de tener una vena masoquista, porque ofrecerme de forma voluntaria para estar cerca de estos dos ya me está pasando factura. No sé qué ha llevado a Aquiles a proponerle que se quede en su habitación en lugar de traer a un par de guardaespaldas de Belerofonte. A veces me cuesta entender cómo funciona la mente de este hombre. No, miento. Sé perfectamente en qué estaba pensando. Lo más probable es que considerara que nosotros dos lo haríamos mejor que cualquier otra persona. Si todo esto ya era lo suficientemente complicado de por sí, acabamos de empeorarlo.

Pero ya es demasiado tarde para cambiar de opinión.

—Yo haré el primer turno —propongo.

Durante un segundo, parece que quiere discutírmelo, pero al final asiente con la cabeza.

—No hay problema. El sofá es muy cómodo.

—No, no lo es —murmura Helena.

Él se encoge de hombros.

—He dormido en sitios peores —contesta. Luego se le queda mirando un buen rato.

¿No se da cuenta de lo transparente que es? No para de decir que Helena no le cae bien y no le gusta, pero la mira como si fuera una criatura extraña que no terminara de entender pero a la que quiere proteger a toda costa. Siempre ha sentido la necesidad de proteger a quienes no se pueden defender a sí mismos, pero esto es distinto. Al final, le dice:

—¿Quieres hablar?

—No hay nada de lo que hablar.

Se encoge de hombros de nuevo. Su expresión corporal indiferente no corresponde con la mirada resuelta de sus ojos.

—A la mayoría de la gente le afecta sufrir una agresión. Le jode la cabeza.

—No soy como la mayoría de la gente.

Debería decir algo, pero me da la sensación de que están compartiendo un momento en el que yo no tengo nada que ver. Me quedo parado en mi sitio con la boca cerrada.

—Sí, tienes razón. No eres como la mayoría. —Aquiles asiente y su expresión se vuelve insoportablemente amable—. Vete a la cama, princesa. Mañana podrás seguir haciéndole un escándalo a cualquiera que te mire de reojo.

La sonrisa de Helena se ensancha un poco y pierde la fragilidad.

—No le hago un escándalo a cualquiera que me mire de reojo, Aquiles. Solo te lo hago a ti.

—Supongo que soy especial, entonces.

—Supongo que sí.

Me doy la vuelta, no puedo soportar presenciar lo que parece un momento tan íntimo. No quiero recordar el futuro que me espera: constantemente al margen, limitándome a observar. Prefiero ocuparme llevando la maleta al dormitorio y deshaciéndola otra vez. No parar de moverse suele ser el remedio para todo de Aquiles, y nunca me había dado cuenta de lo útil que resulta hasta ahora. El ritmo de colocar cosas me tranquiliza, aunque no sirva para calmar el dolor que siento en el pecho.

Casi he acabado cuando Helena entra en el cuarto. Es evidente que acaba de bañarse: tiene la piel húmeda y un poco roja, y el pelo mojado y peinado hacia atrás, dejando su cara descubierta. Está de nuevo envuelta en la manta, pero distingo el tirante de una pijama sedosa en su hombro suave. Me fijo en su cara, aunque no me sirve de nada. Es muy preciosa, y de alguna forma la situación parece empeorar cada vez que interactuamos. No es justo.

¿Cómo se supone que debo mantener el corazón intacto y la cabeza despejada cuando me mira de esta manera?

Se sienta con cuidado en la cama y me dedica una sonrisa dudosa.

—Sí que tienes una personalidad tipo A, ¿verdad? Todo en su sitio siempre...

—Sí. —No tendría sentido negarlo. Es la verdad.

Ser organizado me hace sentir que tengo cierto control sobre un mundo en el que nunca voy a ser un pez gordo. Nunca he anhelado ostentar poder, al contrario que Aquiles, pero sus grandes acciones a veces provocan grandes consecuencias, y estando cerca de él he aprendido a lidiar con ellas en su mayoría, solo que en ocasiones el estrés me supera. Ordenar me calma, igual que elaborar planes y estrategias.

Helena parece estar algo mejor que cuando estaba en la sala de estar. Le ha vuelto el color a la cara, y ya no está encogida. Aun así, no puedo evitar preguntar:

—¿Estás bien?

—Me estoy sintiendo mejor. —Se cubre los pies con la manta.

Se ve más joven, más vulnerable. Más como la niña a la que conocí. No sé cómo enfrentarme a ello. Quiero arroparla y protegerla, pero ya la conozco lo suficiente como para saber que no se dejaría. Sinceramente, es muy desconcertante que Aquiles haya conseguido que acepte quedarse en su habitación. Debe de haberla abrumado cuando estaba en su punto más bajo; se le da bien hacer eso.

—Aquí estás a salvo. No dejaremos que nadie te toque.

—Eso espero. —Helena suspira y me mira a los ojos—. Estás enojado conmigo.

—¿Por qué iba a estar enojado contigo? —Las palabras me salen demasiado rápido, demasiado bruscas.

Su sonrisa se vuelve un poco triste, un poco agridulce.

—Porque me acosté con Aquiles en un arranque de ira.

—Tenemos una relación abierta. —De nuevo, las palabras correctas pero el tono inadecuado.

—Es lo que me dije, pero eso no significa que estuviera bien. —Se tapa aún más con la manta, pero no aparta la vista de mis ojos. Lo respeto, aunque me resultaría más sencillo pensar con claridad si no me mirara tan fijamente—. No es que lo estuviera buscando, pero las intenciones en este caso no importan, solo los hechos. Lo siento.

No paran de pedirme perdón como si eso fuera a cambiar lo que ocurrió, y tengo la sensación de que, si se les presentara la ocasión, ambos volverían a hacerlo. Y es que ¿por qué no iban a hacerlo? No han hecho nada malo ni han roto ningún acuerdo. El imbécil que se ha permitido desarrollar sentimientos confusos por una mujer a la que apenas conoce soy yo. Nunca hasta ahora, ni una sola vez, había reaccionado a una aventura de Aquiles como estoy reaccionando a que se haya acostado con Helena. El problema soy yo, no ellos.

En mi cerebro le veo la lógica y el sentido.

Pero lo que sale de mi boca no tiene nada que ver:

—Aunque me pidas perdón, vas a volver a hacerlo.

Ella pestañea.

—No tengo intención de volver a acostarme con Aquiles.

—Tampoco tenías intención de acostarte con él la primera vez.

—Ahí me has atrapado. —Juguetea con el borde de la manta de forma nerviosa. Me doy cuenta de que es la primera vez que veo a Helena nerviosa—. Es insoportable, ¿verdad? Aquiles.

Intento no alterarme, pero no puedo evitarlo. Maldición, soy un desastre.

—Es muchas cosas.

—Sí. —Su expresión se torna reflexiva—. No quiero hacerte daño, Patroclo. Nunca he querido hacerte daño. Intentaré con todas mis fuerzas no cogerme a Aquiles de nuevo.

Niego con la cabeza y voy hacia la ventana. Aquiles tiene razón, es imposible asegurarla como los dioses mandan. Es enorme y, aunque no da a la verja, sería muy fácil que alguien se colocara en el tejado que hay enfrente y le disparara a través del cristal. Echo las cortinas.

—Esta noche estarás a salvo. Y, con un poco de suerte, mañana tendremos respuestas.

—¿Por qué estás haciendo esto?

Volteo hacia ella.

—¿Hacer qué?

—Esto. —Señala vagamente la habitación con una mano—.

En estos momentos soy un problemón en su relación, lo cual sería motivo más que suficiente para que quisieras mantenerme alejada de ustedes. Pero es que además estamos todos compitiendo por ser Ares. Lo que mejor te convendría sería que huyera espantada. Entonces... ¿por qué me ayudas? No puede ser solo porque fuéramos amigos hace eones. ¿Por qué tratas de hacerme sentir segura cuando es tirar piedras contra tu propio tejado?

Es una buenísima pregunta. Si fuera más despiadado, puede que deseara justo eso. No quiero que le hagan daño a Helena, pero el miedo nunca ha matado a nadie. Aunque ese es el problema. Tampoco quiero que nada la asuste. Aquiles siempre me acusa de ser demasiado compasivo, y nunca lo había visto tan claro como ahora. Me duele mucho compartir espacio con ellos, ver la conexión tan evidente que tienen, pero no puedo dejar que le hagan daño solo para ahorrarme estos sentimientos.

—No pienso quedarme quieto cuando están atentando contra la vida de alguien solo para conseguir mis objetivos.

—Un poco ingenuo, ¿no te parece?

Me le quedo mirando. No lo dice de forma irónica, lo pregunta en serio.

—Siempre hay otra manera de hacerlo.

—Pero, aunque haya otra manera, a veces es más fácil ser el malo de la película y ahorrarte problemas futuros. —No aparta la vista—. Eres muy inteligente. Debes de haberte planteado todos los escenarios posibles. Si llego a la prueba final, quienquiera que me elimine se ganará mi enemistad eterna. Si son Aquiles o tú, eso pondrá en peligro su capacidad de desempeñar adecuadamente su labor como Ares. Estoy convencida de que has pensado en esto.

Tiene razón. No sé por qué me sorprende que ella también lo haya hecho. Ha demostrado una y otra vez ser tan astuta como ambiciosa. Aun así, me resulta extraño que alguien externo me relate mis pensamientos. Me aclaro la garganta.

—Siempre hay otra manera —repito.

—Pero...

—Vete a dormir, Helena. Estoy seguro de que Belerofonte tendrá novedades mañana.

Por un instante, parece como si quisiera contradecirme, pero finalmente deja a un lado la manta y se arrastra hacia la cama para meterse bajo las sábanas. Su pijama negra es... Maldición, no debería quedarme mirándola de forma tan descarada, pero no puedo evitarlo. Los pantalones cortos están abiertos a los lados y dejan entrever parte de sus tentadoras caderas. Y esa camiseta de tirantes que apenas cubre lo imprescindible se le sube al meterse en la cama y deja al descubierto su abdomen tonificado, al tiempo que se ciñe a sus pechos lo suficiente como para que exista el peligro de que se le salgan. No trata de resultar seductora, y aun así hay seducción en cada movimiento que hace.

Aparto la vista de golpe. ¿Qué diablos estoy haciendo, comiéndomela con los ojos justo después de que haya vivido una experiencia traumática? ¿Después de que se haya acostado con Aquiles? ¿Cuando está claro que no puedo tenerla, que nunca he podido tenerla?

—¿Patroclo?

El titubeo de su tono me devuelve a la realidad. Sacudo la cabeza y la miro con cautela. Gracias a los dioses, está tapada por completo ahora, con las mantas subidas hasta la barbilla. Suelto lo que espero que sea un suspiro de alivio inaudible.

—¿Sí?

—La cama es enorme y me estás poniendo nerviosa quedándote ahí de pie. ¿Te importa sentarte o acostarte o algo?

Estoy a punto de decidirme por la silla que hay al lado de la ventana. Incluso doy un paso en esa dirección, hasta que mi cerebro decide enumerar todos los motivos por los que Helena puede haberme sugerido que vaya a la cama con ella. Descarto los que no tienen ni pies ni cabeza, como que pretenda tenderme una trampa o tratar de seducirme. Lo más probable es que esté aterrada y mi cercanía le suponga un consuelo.

Procuro no leer entre líneas la petición. Ya ha demostrado que es inteligente y buena estratega. Es lógico que dude que Atenea ni nadie de su círculo la quiera muerta, ni tan siquiera otro campeón, no hay más.

De todos modos...

—¿Estás segura?

Asiente con la cabeza y saca un pálido brazo para dar unos golpecitos en la cama a su lado.

—Por favor.

Me siento con cuidado en el lugar indicado y me reclino contra la cabecera de la cama. En ella cabemos de sobra los dos, quizá incluso Aquiles también... Me detengo. No. Ese pensamiento solo puede acabar en un lugar y no tiene ningún sentido. Aun así, me sorprendo cuando Helena se acerca hasta que queda casi acurrucada contra mí. Yo estoy sentado por encima de las sábanas y ella tapada, pero aun así puedo sentir el calor que emite su cuerpo. O tal vez no sea más que la imaginación desbordante que parezco estar desarrollando de pronto.

Me aclaro la garganta, intentando de forma desesperada concentrarme en cualquier cosa que no sea en que Helena Kasios y yo estamos juntos en una cama. Estoy ejerciendo de guardaespaldas. Lo único en lo que debería estar pensando es en mantenerla a salvo, no en lo bien que le queda esa pijama tan sexy. Por eso digo lo primero que se me pasa por la cabeza.

—¿Quién querría verte muerta?

—Se me ocurren unas cuantas personas —contesta.

¿Se ha acercado más aún? No estoy seguro. No le veo bien la cara con las sombras que proyecta la lámpara que hay detrás de la cama.

—A nadie le hace demasiada gracia que esté participando en el torneo —continúa—. Además, creo que estamos yendo demasiado lejos pensando que querían matarme en lugar de solo darme un buen susto para que me eche para atrás.

Estoy a punto de discutírselo, pero tiene razón.

—¿Y te estás planteando echarte para atrás?

—Ni de broma. Esta es la única oportunidad que tengo de ser algo más que un premio que usar según mejor les vaya a mi hermano y a mi futuro cónyuge. Si soy Ares, tendrán que tomarme en serio sí o sí.

Soy consciente de lo que piensa Aquiles de Helena y su vida de cuento de hadas, pero sus palabras me hacen caer en la cuenta de lo terrible que debe de ser no tener ningún control sobre tu destino. Independientemente de nuestros orígenes, tanto Aquiles como yo hemos decidido una y otra vez lo que queríamos hacer sin que nadie nos obligara a nada. No nos han intentado casar para forjar algún tipo de alianza, ni han ignorado lo que somos más allá de nuestro aspecto.

—Supongo que una jaula hecha de diamante sigue siendo una jaula.

—Sí. —La palabra es apenas un suspiro—. ¿Patroclo?

—¿Mmm?

Hay un segundo de vacilación. Cuando habla de nuevo, suena dócil y cansada, lo contrario a la mujer vehemente con la que he tratado hasta ahora.

—De verdad que no quería que las cosas se me fueran de las manos con Aquiles. Tú... me gustas. Siempre me has gustado. Jamás te haría daño a propósito. Solo es que... —Suelta una carcajada amarga—. Me vuelvo imprudente cuando estoy mal, y me sentía vulnerable después de... Bueno, si no me hubieras parado en la cinta de correr, probablemente habría acabado corriendo hasta perder la conciencia. No justifica lo que hice, pero quiero que sepas que lo siento de verdad.

No estoy seguro de qué se supone que debo responder a eso, pero tengo la sensación de que Helena no suele abrirse a la gente, así que no puedo ignorar su confesión.

—Sé que no lo hiciste para hacerme daño —digo al fin.

Es ridículo que no quiera hacer más que consolarla, abrazarla hasta que la fragilidad y el temblor de su voz desaparezcan. Debería aferrarme a la ira, pero me cuesta mucho en estos momentos. Me inclino contra la cabecera y cierro los ojos.

—No pasa nada, Helena. Estamos en paz.

—Ah. Bien. —Su voz se va apagando, como si se estuviera quedando dormida—. Lo gracioso es... que con quien me quiero acostar es contigo. Ni siquiera me gusta Aquiles, al menos la mayor parte del tiempo. —Bosteza—. Pero a ti te montaría encantada.

Una oleada de deseo me recorre todo el cuerpo, tan intensa como inapropiada. Saber que la atracción que siento es recíproca... Pero ¿qué más da? Aquiles debería ser mi prioridad. Aunque yo no fuera su prioridad cuando se cogió a Helena.

¿Cuándo fue la última vez que hice algo solo porque quería sin preocuparme por cómo se sentiría él al respecto? Él es el egoísta de los dos, el descarado, el picaflor que no tiene problemas en ofrecerle su corazón a cualquiera que se le antoje. Sí, hay una parte de él que se guarda solo para mí, pero, cuando yo me he permitido estar con otra gente, siempre ha sido por un momento de placer más que por perseguir una conexión.

Siento una conexión con Helena. No sé si es solo deseo o si podría llegar a ser algo más. Hasta ahora me he resignado a no ahondar en ello. Pero Aquiles ya lo ha hecho, ¿no? No es como que pueda reprocharme que tome la misma decisión egoísta que él...

Respiro profundamente y alejo mis pensamientos de ese abismo.

—Duérmete, Helena. Yo cuidaré de ti esta noche.

¿Y mañana?

Mañana ya veremos.

15 HELENA

Me despierto con la espalda pegada al pecho de Patroclo, que me abraza por detrás. Su enorme sexo se está haciendo notar. «Buenos días a ti también.» Como la buena instigadora que soy, acerco las caderas a su cuerpo y me froto contra su miembro. El gemido grave que emite en mi oído es tan suyo que sonrío sin abrir los ojos aún. No sé en qué momento se metió bajo las sábanas conmigo, pero no pienso quejarme.

Es... agradable.

—¿Estás despierta, Helena?

Alargo la mano para pasar los dedos por su antebrazo, con el que me sujeta por las costillas justo debajo de mis pechos.

—Sí.

—Deberíamos levantarnos —dice, pero me estrecha más fuerte contra él y hunde la cara en mi nuca.

Creo que siento el roce de sus labios en mi piel, pero no estoy segura. Tiene razón, deberíamos levantarnos y enfrentarnos al día y a la realidad de lo que por poco ocurre ayer...

Pero no quiero. Aún no.

Hacía muchísimo tiempo desde la última vez que me despertaba al lado de alguien, y todavía más desde la última vez que lo disfruté en lugar de intentar que la otra persona se marchara de mi departamento lo antes posible. Puede que sea por nuestro pasado común, puede que sea por el hombre en el que se ha convertido, pero me hace sentir segura. Le solté toda esa sarta de tonterías anoche y no me dijo que dejara de autocompadecerme y de ser dramática. No me llamó «débil» por estar hecha un lío de emociones después de que atentaran contra mí. Se limitó a escucharme y luego me dijo que me fuera a dormir con ese tono serio tan cautivador que pone cuando solo piensa en lo mejor para mí.

Mis traicioneros deseos me susurran que así podrían ser las cosas si todo fuera diferente, si fuéramos otras personas en una situación distinta. Si yo abriera un poco las compuertas y él no estuviera ya enamorado de un imbécil. Conversaciones dolorosamente honestas pero amables a pesar de su crudeza. Por primera vez en mi vida no he tenido que elegir con cuidado mis palabras y ocultarme tras dobles sentidos. Aquiles y Patroclo despiertan cada uno distintas partes de mí, partes genuinas. No sé cómo lidiar con ello, pero este no es el momento ni el lugar para ese tipo de búsqueda espiritual, no cuando hay tanto en juego.

Siendo sincera, tampoco es que quiera lidiar con nada en este momento... más que con este hombre que intenta con todas sus fuerzas no apretar su erección contra mi culo.

«Patroclo es demasiado educado.»

Eso me hace detenerme un momento.

—¿Patroclo?

—¿Sí?

No quiero decir nada que vaya a parar esto, pero ya le he hecho demasiado daño cuando no se lo merecía. No puedo hacerlo otra vez. No pienso hacerlo. Cierro los ojos.

—Mmm... Ya te dije que me vuelvo imprudente cuando estoy mal o asustada.

Se queda muy quieto detrás de mí.

—¿Te sientes imprudente ahora?

—Sí. —No puedo evitar desarrollar mi respuesta y decirle lo que quiere oír sin palabras. Es más fácil si lo hago con los ojos cerrados.

Siento como si todo esto fuera irreal. ¿Puede algo que es prácticamente una fantasía hacerme un daño real? «No respondas a eso.»

—Pero lo de ayer iba en serio. Te deseo. Y no habla mi parte impulsiva o temeraria. Es la verdad.

—Helena... —Maldice contra mi nuca—. Debería preocuparme que me uses como una forma de evasión. Debería molestarme.

Siento una punzada en el pecho, pero no lo culpo si decide apartarse. Nunca he hablado de esto fuera de la terapia, y mucho menos con alguien a quien pretendo seducir. Es mucho más fácil dejar que mis amantes vean lo que desean ver para así conseguir lo que quiero de ellos: unas pocas horas de placer en las que no tenga que pensar en nada que no sea en el contacto físico, en el próximo beso. Pero este no es un lío planeado de antemano. Estamos hablando de Patroclo. Con él, en este momento, puedo dejar de ser egoísta por una vez.

—¿Te inquietan mis motivos?

—Tal vez deberían hacerlo. —Su brazo se tensa alrededor de mí, y él dice otra maldición—. Pero me importa una mierda lo que debería hacer o sentir. Te deseo muchísimo. Déjame tocarte, Helena.

El alivio en sus palabras me arrebata. Me acurruco de nuevo contra él, dejándome envolver en su cuerpo fuerte. Es un cerebrito, pero tiene la constitución de un soldado. Quiero explorarlo de arriba abajo. Respiro profundamente, disfrutando de cómo el movimiento de la respiración hace que la parte de abajo de mis pechos roce su antebrazo.

—Tócame, Patroclo. Por favor. Lo necesito.

Me esperaba que procediera a obedecer de inmediato, pero no debería sorprenderme que no lo haga, aun después de tan poco tiempo juntos. A Patroclo le gusta seguir un plan, y me queda más claro que nunca ahora, cuando me coloca la mano en el vientre. Con el pulgar me acaricia la curva de un pecho, un contacto lento que me hace moverme ansiosamente contra él.

Se aparta para agarrar el fino tirante de la parte de arriba de mi pijama y pasármelo por el hombro, bajándolo hasta que mi pecho queda libre. Es una provocación, y aumenta de intensidad cuando recorre la línea de la tela, apenas rozando mi pecho expuesto, para después bajar el otro tirante. Le cuesta un poco más, pues estoy tumbada de lado, pero de todos modos no se da prisa. Es un putísimo tormento.

—Patroclo.

—Me gusta cómo dices mi nombre. —Me agarra un pecho con una mano y luego el otro, pasando los dedos por mis pezones. No es suficiente, en lo absoluto.

Me mordisqueo el labio inferior, pero no puedo callarme.

—Quiero más. Por favor.

—También me gusta cómo dices «por favor». —Su voz suena más áspera de lo normal, pero se toma su tiempo cuando se abre paso con la mano por el centro de mi abdomen y baja hasta juguetear con la parte de debajo de mi pijama.

No me toca con vacilación, pero desde luego no se apresura. Tampoco es que quiera que lo haga. Cada pequeño tirón que le da a la prenda lo siento en mi interior. Aprieto los labios en un esfuerzo por no suplicar. Todavía no.

Por fin, después de lo que se siente como una eternidad, mete la mano por debajo del elástico de mi pantalón. Espero que se mueva despacio, como hasta ahora, pero es como si de pronto se le hubiera agotado la paciencia. Me agarra la entrepierna con rudeza. Los dos exhalamos bruscamente con el contacto.

No tengo ningún deseo de dejarme someter ni fuera ni dentro de la cama. El equilibrio de poder en mi vida es demasiado frágil, demasiado propenso a inclinarse en mi contra. Pero en estos momentos, con Patroclo indicando el camino, me encanta. Me muerdo el labio inferior y suelto un gemido. No puedo fingir que esto no va a tener consecuencias, pero ¿desde cuándo dejo que las consecuencias se interpongan en lo que quiero hacer?

Esto es extremadamente bueno como para pararlo.

Ahora que Patroclo me tiene donde quiere, vuelve a ir despacio, explorándome con caricias más suaves. Recorre mi entrada con el dedo medio, aún agarrándome de forma casi posesiva. No se comporta como un salvaje y grita que soy suya, pero me toca como si le perteneciera, como si estuviera reclamando su derecho sobre mí. A estas alturas ya no importa si deberíamos hacerlo o no. Está pasando.

Aquiles también dijo eso, que no deberíamos.

Una voz en mi interior me susurra que estoy siendo aún más imprudente que de costumbre, que estoy jugando con la relación de estos dos hombres solo para no sentirme vulnerable, pero mi deseo se impone. O quizá es que sí soy así de egoísta. Patroclo dice que no le importa, y eso debería bastarme para no sentirme culpable de manera innecesaria.

Tampoco es que haya sido honesta con mis amantes pasados sobre el hecho de que los estaba usando como un modo de evadirme.

Tampoco se preocuparon por preguntarlo.

Lo que le dije anoche, lo que le he dicho esta mañana, iba

en serio. Patroclo me ha gustado desde que éramos pequeños, lo he deseado desde que nos reencontramos de adultos, cuando básicamente me dio una lista pormenorizada de motivos por los que no podíamos irnos a casa juntos la noche antes de que comenzaran las pruebas. No sé si me importa si en realidad me está usando para hacerle daño a Aquiles. Lo único que significaría eso es que ambos estamos utilizando al otro con fines egoístas. Debería limitarme a disfrutar en lugar de darle tantas vueltas. La gracia de caer en estos comportamientos es precisamente dejar de pensar.

—Helena. —Se queda quieto.

—¿Sí?

—No dejas de darle vueltas a la cabeza. ¿Quieres que paremos?

Empiezo a negar con un gesto antes siquiera de que termine de hablar.

—No. En absoluto. Quiero más.

Por un momento me da la sensación de que va a parar de todos modos. Esto no tiene nada que ver con la impulsividad que sentí con Aquiles. Esto es deliberado, y quizá por eso sí que es un error. «Me da igual, no quiero parar.»

Al parecer a Patroclo le basta con eso, porque se mueve detrás de mí y pasa el otro brazo entre la cama y yo. Esta nueva posición me acerca aún más a él, y me da la sensación de estar envuelta por completo en este hombre. Planta una mano en uno de mis pechos; no es tanto una caricia como una forma de agarrarme, pero no me quejo, porque mientras lo hace se las arregla para meterme dos dedos sin avisar. Qué meticuloso es... Me resulta más sexy de lo que podría haberme imaginado. Pero no es solo eso. Me sostiene como si yo fuera algo muy valioso, como si pudiera hacerme añicos sin querer.

La diferencia entre Aquiles y él es abismal, pero se parecen en una cosa: ningún amante que haya tenido me ha tocado como ninguno de ellos. Nunca me han apreciado tanto. Tampoco me han tratado como a una igual, ni han dado por sentada mi fuerza en lugar de considerarla una fantasía. Ninguno de ellos me trata como si fuera una princesa a la que engatusar para que les ofrezca mi supuesta virtud o una persona débil a la que se puede destrozar con una palabra dura. Todo el tiempo que estuve «peleándome» con Aquiles, yo era un enemigo al que conquistar a través de orgasmos compartidos. Jamás me imaginé que sería tan sexy.

Patroclo, en cambio, me penetra despacio con los dedos como si fuera la única vez que va a poder hacerlo y estuviera decidido a aprovecharla al máximo. Con la palma de la mano me aprieta el clítoris, pero eso no basta para darme la fricción que necesito para venirme. No, sigue jugando conmigo. Me roza la oreja con la boca y en una voz más profunda que nunca me dice:

—Tú no eres para mí, Helena. Nunca lo has sido.

No sé si sus palabras me hacen daño o si solo avivan la necesidad que sentimos el uno por el otro. No hay nada tan irresistible como algo que está condenado a ser temporal. Me vuelve avariciosa y me hace querer exprimir cada segundo, porque lo más probable es que no se vaya a repetir. Inspiro con dificultad.

—Pues saquémosle provecho.

Él se ríe.

—Me parece bien.

Se aparta un poco y me mueve con facilidad a pesar de la extraña posición, dejándome tumbada de espaldas. Lo hace de forma tan sencilla que aún sigo parpadeando de la sorpresa cuando baja por mi cuerpo llevándose las mantas consigo. Patroclo se detiene para honrar mis pechos con su boca, pero tiene un destino claro en mente y no pretendo quejarme mientras me quita los pantalones y se coloca entre mis piernas. Me planta un beso en el muslo.

—Aquiles se va a desesperar y va a venir a buscarnos dentro de poco —murmura.

De nuevo, sus palabras casi me duelen. Desde luego no debería querer que nos atrape mientras Patroclo me hace sexo oral, pero la imprudencia no hace sino crecer en mi interior. ¿Qué haría Aquiles? Sinceramente, no soy capaz de concentrarme lo suficiente como para hacer ninguna suposición. ¿Se enojaría o se uniría a nosotros? ¿O se enojaría y luego se uniría a nosotros? Las posibilidades me ponen a mil. No voy a fingir que no me he imaginado compartiendo cama con los dos. Claro que lo he hecho.

Aun así..., no estoy tan loca como para lanzarme a hacer esto sin aclarar un poco las cosas antes. Si me voy a sentir culpable luego, quiero saber cuánta culpa me corresponde a mí. Ya tengo suficiente con la que ya siento, no me hace falta cargar con la de otra persona.

—¿Me estás usando para demostrarle que tienes razón?

Madre mía, es tan serio... Incluso en medio de esto, con ese ardor en sus ojos oscuros y respirando directamente en mis partes íntimas, Patroclo sopesa mis palabras con la mayor gravedad. Me gusta eso de él. Mucho. No se limita a soltar una respuesta cualquiera con la intención de arreglarlo con más mentiras si hiciera falta más tarde. Lo piensa de verdad y me da una respuesta sincera. Qué novedad.

Finalmente asiente.

—En parte sí. ¿Te molesta?

«Sí. No. No lo sé.» No puedo pensar con claridad. Respiro profundamente, pues quiero estar a la altura de su sinceridad.

—Quizá luego me molesto, pero ahora te necesito mucho.

Bésame, Patroclo. Si quieres demostrar algo, hazlo haciendo que me venga.

Dibuja poco a poco una sonrisa que hace que me arda todo. Maldición, qué atractivo es este hombre... No es atractivo como Aquiles, con las facciones perfectas que los dioses le han dado. Ya me fijé en que Patroclo se había convertido en un hombre muy guapo cuando lo vi por primera vez de adulto, pero desde entonces es como si cada vez que lo veo su belleza se hubiera ido duplicando. Me da un pequeño vuelco el corazón, pero lo ignoro, igual que he decidido ignorar las inevitables consecuencias de todo esto.

—Yo también te necesito mucho —contesta.

Después de eso, se acaban las palabras. Baja la cabeza y me pasa la lengua hasta mi parte más sensible. Despacio, metódico, decidido a aprenderse cada centímetro de mi cuerpo. Me separa los muslos aún más y desliza la lengua a mi interior. Primero solo un poco, pero luego me la mete de golpe y me saca un gemido muy estruendoso. Intento incorporarme, pero responde poniéndome el antebrazo en el vientre y manteniendo mis piernas separadas con su espalda ancha. Estoy inmovilizada y me encanta.

De todos modos, no soy de esas personas a las que les gusta quedarse quietas aceptando lo que les den.

Hundo los dedos en su pelo corto y lo jalo, instándolo a subir a mi clítoris. Él no duda, sigue mis instrucciones mudas y aplica a esa parte el mismo tratamiento concienzudo que le ha dado al resto de mi vulva. Prueba con distintos movimientos y ritmos, con los ojos clavados en mi rostro, hasta que encuentra la combinación que me hace doblarme y gemir y retorcerme en su boca.

—Sí, justo así —jadeo.

El placer me invade, cada vez más intenso. Patroclo no se

desconcentra, no para. No se acelera ni baja el ritmo, solo varía poco a poco la presión. Me lame apretando un poco más, y un poco más, y...

Se abre la puerta del dormitorio.

Aquiles entra en el cuarto y da un portazo tras él. Nos quedamos los dos paralizados. Estaba tan cerca de venirme que me dan ganas de llorar. Debería haber sabido que no iba a dar tiempo, que nos interrumpirían antes de lograr el alivio que tanto anhelo. Debería haber sabido que esto era una tontería impulsiva que casi seguro acabaría con un orgasmo frustrado.

Debería haber sabido... muchas cosas.

Me tenso, esperando que Patroclo se aparte de mí y empiece a soltar excusas en una reacción de lucha o huida. Pero no se mueve, en todo caso me agarra con más fuerza, pidiéndome en silencio que deje de tratar de incorporarme y de alejarme de él. Me quedo quieta. Patroclo me observa unos segundos, como analizando mi reacción. No sé qué cara estaré poniendo, pero por lo visto le complace. Vuelve la cabeza lo justo para mirar a Aquiles y dice:

—Nos estás interrumpiendo.

La sonrisa que muestra Aquiles no le llega a los ojos oscuros.

—Sí, ya lo veo. —Se dirige a la silla que hay al lado de la cama y se desploma en ella, estirando su cuerpazo y ocupando más espacio del necesario. Hace un gesto despreocupado con la mano—. Por mí no se detengan.

«No lo puedo creer.»

Miro hacia abajo buscando los ojos de Patroclo. Me esperaba que se sintiera avergonzado o culpable, quizá arrepentido. Lo que ni de broma me esperaba era ver un deseo aún más ardiente en su mirada. No parece contento, pero es evidente que la petición indiferente de Aquiles ha desencadenado algo en él.

Aun así, no deja de ser Patroclo, y, como es Patroclo, vacila.

—¿A ti te parece bien? —me pregunta.

No lo sé. Siento como si me estuviera cayendo en picada. Una cosa es saber que me he metido en medio de una relación complicada. Otra muy distinta es... no sé ni qué es lo que está pasando aquí. Pero tanto mi orgasmo frustrado como mi necesidad de evasión me piden que siga. ¿No había una parte de mí que deseaba que sucediera justo esto? Sí. No esperaba que ocurriera así, pero tampoco es como que no entrara dentro de las posibilidades cuando le pedí a Patroclo que me tocara, que me hiciera venirme.

Miro a Aquiles y, dioses, la sonrisa no le llegará a los ojos oscuros, pero nos está mirando como si fuéramos un banquete dispuesto para él y no estuviera seguro de por dónde empezar. Me estremezco. Ya no hay marcha atrás, y puede que solo sea una excusa, pero me da igual. No quiero parar. Quiero seguir con todo y ver qué pasa.

—Sí, por mí no hay problema.

—Si cambias de opinión...

—Vamos, por el amor de los dioses, ya te ha dicho que le parece bien. Hasta yo puedo ver que está a punto de venirse. Continua.

Patroclo vuelve la cabeza para fulminar con la mirada a Aquiles.

—Los espectadores no están para hacer ruido.

—Dijo nadie nunca.

—Caballeros —los interrumpo. Espero a que me miren los dos. No puedo parar de temblar. Me estoy volviendo loca y ellos no paran de discutir como un matrimonio de ancianos—. Si van a comportarse así, váyanse a la sala de estar y me encargo yo de mí misma tranquila.

Aquiles se ríe burlonamente y Patroclo me dedica otra de esas sonrisitas que empiezan a gustarme tanto. No me da la oportunidad de pensar si estoy de alardeando. Baja la cabeza otra vez y se pone a lamerme el clítoris de nuevo con el mismo ritmo que me tenía al límite antes de que nos interrumpieran. Suelto un suspiro de placer.

—Carajo... —jadeo.

—Quítate la camiseta, princesa. Si vas a montar un espectáculo, hazlo como los dioses mandan.

Ni lo pienso, me limito a obedecer, tirando de mi pijama por encima de la cabeza mientras Patroclo me la come como si lleváramos años siendo amantes en lugar de menos de una hora. Me las arreglo para deshacerme de la prenda y se la lanzo a Aquiles. Él lo entiende enseguida y se pasa la tela sedosa por los dedos casi como estudiándola, aunque no aparta la vista de nosotros.

La mirada de Patroclo amenaza con prenderme fuego. Estoy segura de que luego tendré sentimientos encontrados respecto a ser un peón en el juego de estos dos hombres, pero ahora mismo estoy demasiado cerca de venirme como para que me importe otra cosa que no sea la lengua de Patroclo en mi clítoris. Estoy a punto..., tan a punto... Me agarro los pechos, pellizcándome los pezones mientras él me lleva al límite del orgasmo. Antes ya era genial, pero ahora, con Aquiles mirando...

No tengo palabras.

Nunca había hecho nada como esto. Bueno, he experimentado mucho en temas de sexo, pero solo con unas pocas personas de confianza a lo largo de los años. Ser hija de Zeus significa que, si te atrapan en mi cama, puedes sufrir de lleno las consecuencias. A la gente de Olimpo le gusta pensar que es progre, pero ese progresismo ignora la cultura de la castidad que permea los círculos de la zona alta. Por lo tanto, nunca he confiado en nadie lo suficiente como para dejar que mire mientras cojo. No le costaría nada grabarlo mientras estoy distraída, y entonces...

Patroclo gira la cabeza y me muerde el muslo.

—Deja de pensar tanto.

—Eso significa que no estás haciendo tu trabajo como los dioses mandan —protesta Aquiles, que alarga las piernas—. Con dos dedos.

Apenas alcanzo a oír sus palabras cuando Patroclo cambia de posición, soltando mi muslo y penetrándome con dos dedos. Va cambiando de ángulo, buscando y buscando... Hasta que sonríe.

—Ahí está. —Me aprieta con las yemas de los dedos en el punto G. Diablos, sí que ha sido rápido.

Se me derrite el cuerpo entero, y el sentimiento no hace sino avivarse por el hecho de que está siguiendo las órdenes de Aquiles. Miro a este, pero él tiene la vista clavada en Patroclo y el ceño fruncido.

—Y ahora el clítoris. Haz que se venga como nunca en su vida.

De nuevo, Patroclo obedece de inmediato, volviendo a mi parte más sensible. La combinación de que me estimule el punto G y me chupe sin parar el clítoris...

—¡Carajo! —Llego al orgasmo, arqueando la espalda y clavando los talones en el colchón.

Patroclo no se mueve, no para, sigue a lo suyo, llevando mi orgasmo a alturas superiores y...

—No pares —gruñe Aquiles.

Me pongo a chillar. La presión va aumentando poco a poco hasta que algo dentro de mí cede y me vengo en la mano de Patroclo. Solo entonces relaja la presión y va saliendo de mí hasta que lo único que puedo hacer es observarlo y temblar. Le da a mi sexo un último beso, largo y concienzudo, y levanta la cabeza.

La risa grave de Aquiles nos hace mirar en su dirección. Está en una postura de relax absoluto, pero su enorme miembro presionando contra su pants desmiente la imagen que proyecta. Mientras lo miro, se agarra el pene y sonríe.

—Buen comienzo.

AQUILES

No termino de saber si estoy más enojado o cachondo. Cuando he oído el gemido de Helena, sabía lo que me encontraría al entrar en la habitación: a Patroclo y ella complicando la situación o directamente jodiendo. Y aun así he entrado. Hay algo de egoísmo en esa decisión. Si fuera una buena persona, habría dejado que Patroclo tuviera su momento con Helena sin inmiscuirme.

Pero no soy una buena persona, soy un imbécil egoísta.

Ver cómo le comía la vulva... Y cómo obedecía mis órdenes...

Es la primera vez que hacemos algo así. Yo tiendo a ser mandón en la cama, y nos hemos acostado con la misma persona alguna vez, pero nunca de esta forma: yo tomando la iniciativa y él cumpliendo sin rechistar, y encima con una mujer que nos atrae a los dos de maneras diferentes. Helena no se parece en nada a nadie con quien hayamos estado, y esta situación es nueva para nosotros en muchos sentidos.

No quiero que se acabe.

Patroclo se incorpora para mirarme. Toda la parte inferior de su cara está mojada de Helena, y eso me provoca una palpitación en el miembro. Quiero besarlo, saborearlos a ambos en su lengua. Pero ahora no. Si traspaso esa línea, no voy a poder evitar cogérmela antes de que salga de la cama.

Él sacude la cabeza levemente, como si se estuviera despertando de un sueño.

—¿Cómo?

Me esfuerzo por no revelar la tensión que siento en todo el cuerpo.

—Sabes perfectamente que no es suficiente con un orgasmo. Estás tan excitado que estás a punto de venirte en los pantalones. —Me inclino hacia delante y apoyo los codos en las rodillas—. Cógetela, Patroclo. ¿Crees que su sexo sabe bien? ¿Te da gusto sentirlo alrededor de tus dedos? Pues será aún mejor alrededor de tu pene.

Helena se retuerce un poco, se voltea hacia mí y me mira con esos enormes ojos ámbar mientras parpadea. Tiene una expresión de conmoción en el rostro, pero eso no le impide abrir la boca.

—Estoy aquí delante.

—Exacto. —Y además está para foto, con el pelo revuelto de haber dormido, la piel dorada por la luz de la mañana y las mejillas sonrojadas de haberse venido en la cara de Patroclo. Tiene unos pechos aún más perfectos de lo que recordaba, y desde esta distancia se puede apreciar la engañosa fuerza de su cuerpo. Se le han marcado todos los músculos al venirse. Quiero verlo otra vez. Y creo que ellos también.

Hay decenas de razones para no seguir con esto, pero ignoro todas y cada una de ellas.

—No finjas que no has estado babeando por el pene de Patroclo desde el primer día. ¿Crees que se le da bien comerte la vulva? Ya verás cuando concentre toda su atención en cogerte como es debido.

Me dedica otro de esos parpadeos largos suyos y prácticamente puedo ver su cerebro reconectarse.

—Eres un puto imbécil.

—No es lo peor que me han dicho. Ni que me has dicho tú.

—Sí, supongo. —Helena se muerde el labio inferior—. ¿Patroclo? —Hay una carga enorme detrás de esa palabra, y por una vez soy capaz de interpretarlo. Quiere que pase. O sea, no quiere, porque está convencida de que se arrepentirá, pero lo desea demasiado como para ponerle freno.

Yo no puedo decir nada sobre arrepentirse, porque no me suele ocurrir. Una vez que algo está hecho, no hay vuelta de hoja, y no tiene sentido pedirles a las estrellas volver atrás en el tiempo para hacer las cosas de otra forma. Vives con las consecuencias de tus actos y pasas página, y tal vez aprendas un par de cosas de paso. Puede que esto sea un error, o puede que no, pero, si los tres lo queremos, ¿por qué no hacerlo?

Por una vez, Patroclo no se pierde en razonamientos. Contempla el cuerpo de Helena como si quisiera probar cada centímetro, como si por fin hubiera encontrado a alguien aparte de mí que pone en pausa ese cerebro privilegiado suyo y le permite actuar por puro instinto. Aun así, sigue siendo Patroclo, así que sacude la cabeza en un intento por concentrarse. Por razonar.

—Te deseo, Helena. No quiero parar. Si estás conforme con esto...

—Sí.

Me da risa lo rápido que responde, y él también suelta una pequeña carcajada.

—¿Estás segura?

—Sí. Esto es... —Helena respira tan hondo que se le mueven los pechos—. Es un lío tremendo, pero creo que podemos estar de acuerdo en que ninguno de ustedes lo va a usar en mi contra, ¿verdad?

¿De qué diablos está hablando? ¿Qué íbamos a usar en su contra? Frunzo el ceño.

—Lo único que vamos a usar en tu contra es el pene de Patroclo.

Pero él entiende lo que está diciendo. Siempre parece enterarse de todo, mientras que yo no me doy cuenta de nada. Le acaricia con suavidad el vientre.

—Tienes razón, es un lío tremendo, pero lo que pase en estas cuatro paredes se queda entre nosotros. Llegaremos hasta donde quieras, pero no afectará a lo que ocurra cuando salgamos de aquí.

Suena a patraña. Él ya está pensando en el futuro, y ella también. Carajo, incluso yo.

—Pero si ya es un lío —respondo, y la impaciencia se cuela en mi tono de voz—. Lo es desde que cogimos, desde que te has venido en la cara de Patroclo. No va a empeorar. —Aunque de pronto entiendo qué es lo que le da miedo. Alguien ha debido de usar el sexo en su contra en el pasado, y supongo que le afectó muchísimo. Trato de suavizar mi tono de voz, pero, aun así, me sale como un gruñido—. Helena... —Espero a que me dedique su plena atención—. Patroclo tiene razón. Lo que ocurra en esta habitación es algo nuestro, y se va a quedar entre nosotros.

—Está bien. —Vacila un poco, pero finalmente sonríe... con confianza. Se aclara la garganta y aparta la vista—. Miren, chicos, todo esto me calienta muchísimo, y me da igual si me arrepiento luego. No quiero parar.

Sus palabras me atormentan por mucho que me diga que no es asunto mío si Helena se arrepiente o no. No tiene por qué ver las cosas como yo para creer que vale la pena hacer esto. Aún no. Tengo tiempo de sobra para convencerlos a ambos.

—Te vas a venir tanto que no te vas a poder arrepentir de nada.

—Es posible. —Me dedica una mirada intensa—. Pero ya veremos qué pasa cuando vuelvan a pelearse por esto.

—No te preocupes por lo que vaya a ocurrir. —Deslizo una mano por el aire en un movimiento seco, deseando poder cortar de paso el futuro inevitable que nos espera.

Lo más probable es que tenga razón, lo cual me resulta frustrante. Puede que esta sea mi manera egoísta de pedir perdón, pero, a fin de cuentas, no arregla las cosas entre Patroclo y yo. Sigo sin tener claro cómo arreglar las cosas entre nosotros. Pero ya me preocuparé de eso más adelante, igual que Helena con sus remordimientos.

—Estamos aquí ahora. ¿Te animas?

—Sí. —De nuevo, no duda.

Puede que no termine de entender a Helena, pero me gusta que, una vez que decide hacer algo, no deja que nada se lo impida. En eso nos parecemos. Me cuido mucho de no pensar en qué más cosas nos parecemos.

—¿Patroclo?

Él sí vacila, estudiando mi expresión. No sé para qué, prácticamente estoy envolviendo a Helena en papel de regalo para él, aunque este no sea el escenario perfecto que se imaginaba cuando pensaba en cómo sería seducirla. A decir verdad, es probable que también se haya planteado este escenario. Patroclo sabe que soy una bola de demolición igual de bien que yo sé que ahora mismo su mente está diez pasos por delante de nosotros y sopesando los potenciales resultados y consecuencias.

Veo en qué momento exacto ignora todo eso y tira toda precaución por la borda. Asiente en un gesto casi imperceptible y se vuelve para empaparse de la visión de Helena dispuesta para aceptarlo.

—Sí.

Me invade una mezcla de alivio y expectación, pero procuro que no se me note. Con lo dados que son estos dos a pensar las cosas más de la cuenta, era muy probable que al menos uno de ellos echara el freno de mano y parara esto antes de que yo estuviera preparado para que se acabara. Me lleva unos segundos desprenderme de esas preocupaciones y concentrarme de nuevo en lo que tenemos entre manos.

Los dos han accedido. Vamos a hacerlo. Ya va siendo hora de que nos la pasemos bien.

Inhalo despacio, dejando volar mi imaginación. Quiero que los dos se vengan muchísimo, pero al mismo tiempo quiero tener una buena vista. Trueno los dedos.

—Patroclo, túmbate de espaldas. Helena, ponte encima.

Suelo preferir estar en el medio en este tipo de situaciones, pero no puedo negar lo erótico que es esto. Puede que no sea yo quien esté cogiendo, pero están siguiendo mis órdenes. Patroclo se echa en el colchón y Helena no pierde ni un segundo para montarse encima de él. Aún está temblando un poco, así que él le agarra los muslos para mantenerla en su sitio. Se miran el uno al otro, y prácticamente puedo ver la conexión que hay entre ellos.

Me fastidia en la misma medida que me excita. Supongo que no debería sorprenderme. Todo lo relacionado con esto me fastidia y me excita. Fue por esa misma conexión por lo que perdí el control y me cogí a Helena en el suelo como un animal al día siguiente de hacerle prometer a Patroclo que se mantendría alejado de ella. No puedo hacer nada por impedir lo que es evidente que está surgiendo entre ellos, pero empiezo a darme cuenta de que lo que sí puedo hacer es asegurarme de que no me quedo al margen.

—Frótate contra él, princesa. Deja que sienta lo mojada que estás por su culpa.

Apoya las manos en el pecho de Patroclo y mueve las caderas contra su entrepierna. La silla está en el ángulo perfecto para ver sin problemas cómo se restriega contra su larga erección, haciendo que quede aprisionada entre los dos cuerpos. A Patroclo no le costaría demasiado penetrarla ahora mismo. De hecho...

—Helena y yo no usamos protección.

Se quedan quietos. Patroclo me mira y se forma una línea entre sus cejas. Sigo hablando antes de darles a ellos la oportunidad de hacerlo:

—Es decir, que no hace falta que la usen ustedes tampoco. Ella toma anticonceptivos y tú no has estado con nadie más que conmigo últimamente, y los dos nos hacemos pruebas con regularidad.

Helena me fulmina con la mirada y aprieta los labios con fuerza de pura rabia.

—Si vuelves a hablar por mí, te mato.

—Sí, seguro —me río.

No debería disfrutar tanto de sus amenazas, pero es que la última vez que me amenazó acabó viniéndose conmigo dentro. Cuesta quejarse teniendo en cuenta ese tipo de recompensa. Solo que en este momento esto no tiene nada que ver conmigo. Respiro profundamente. La habitación huele a sexo y a la promesa de más.

La promesa de más si no la cago y hago enojar a alguno de ellos. Vamos, puedo hacerlo. Puedo apretar el freno un poco para asegurarme de que todos estamos en la misma sintonía.

—¿Quieres que se ponga condón, princesa? —Sonrío despacio, disfrutando del modo en que entrecierra los ojos en respuesta—. ¿O prefieres montar a Patroclo a pelo y dejar que te llene entera?

Las mejillas se le ponen de un color rosa muy bonito y dirige la atención al hombre que tiene entre las piernas.

—Aunque se me antoja protestar solo para molestar, no soy de las que tiran piedras a su propio tejado. —Tiembla un poco y se le endurecen los pezones rosados—. Me gusta la idea de que me cojas sin nada, Patroclo. Me gusta mucho. Me parece bien no usar condón si tú también estás de acuerdo.

—No es una buena idea.

No puedo ni empezar a contar las veces que le he oído decir esas mismas palabras con ese mismo tono. Es protestar por protestar. Patroclo quiere esto tanto como nosotros. O incluso más. Noto que le tiemblan un poco las manos mientras le agarra los muslos. Está luchando por mantener el control, por ser el racional, el sensato.

«A la mierda.»

—No nos hace falta una disertación sobre por qué es una mala idea. Con un «sí» o un «no» nos basta. —Me callo apenas unos segundos, lo suficiente para que su cerebro comience a plantearse tomar el camino de nuestra perdición—. Ya verás qué gusto da, tan mojada y estrecha. No me digas que no lo quieres.

Patroclo maldice, y yo sé que lo tenemos. Lo confirma un segundo después.

—Lo quiero.

Sí, pero yo no quiero que se me acuse de mala comunicación o de provocar más remordimientos de los necesarios.

—Dilo todo, sé explícito.

Él le acaricia los muslos de arriba abajo y le agarra la parte de atrás de las rodillas.

—Quiero cogerte a pelo. Quiero llenarte entera.

Helena asiente tan deprisa que el pelo se le cae a la cara.

—Sí, sí, vamos a hacerlo.

Me embarga la satisfacción. Están haciendo lo que quiero que hagan, y pocas cosas me podrían excitar más, sobre todo porque además sé cuánto quieren hacerlo los dos. Y también sé que no lo habrían hecho si no les hubiera insistido. Son los dos demasiado prudentes. Me recuesto en la silla y me relajo todo lo que puedo.

—Ya sabes qué hacer, princesa.

Helena cierra el puño alrededor del pene de Patroclo, y el mío da una sacudida en respuesta. Lo masturba despacio, con la larga cascada de pelo castaño claro impidiéndome ver su cara. Quiero decirle que se lo eche para atrás, que me lo enseñe todo, pero no lo hago. Tal vez sea mejor no ver cómo le mira. Ya tengo suficiente con ver la expresión de Patroclo mientras contempla como ella lo coloca en su entrada. Él parece tan alucinado como la primera vez que lo hicimos nosotros, como si estuviera esperando que alguien lo pellizcara y le dijera que es todo una broma, un engaño, una mentira.

Todavía me mira de ese modo de vez en cuando.

Aparto el pensamiento de mi mente y me concentro en observar a Helena esforzándose por metérsela entera. Patroclo la tiene más gorda que yo, y, aun habiéndose venido hace unos minutos hasta el punto de empapar la cama, le cuesta mucho amoldarse a él.

—Te está abriendo muchísimo, princesa. Te gusta, ¿verdad?

—Sí —jadea.

Otro centímetro de su miembro desaparece en su interior. Siento una punzada de celos en el estómago, por ambas partes, como en una habitación de espejos que reflejan y amplifican el sentimiento. Quiero estar dentro de ella y sentir la presión de su sexo alrededor de mi pene. Quiero experimentar el escozor de la primera vez que te penetra Patroclo. Lo quiero todo.

Patroclo pasa a agarrarle las caderas.

—Poco a poco —dice.

—No, de poco a poco nada. —No puedo evitar que las palabras me salgan ácidas—. Métetela entera.

—Lo estoy intentando, idiota. —Mueve las caderas de nuevo contra él, esforzándose por llegar a su base.

En cuanto se acoplan por completo, los tres exhalamos entrecortadamente. Las uñas de Helena le dejan arañazos en el pecho a Patroclo, pero no se las pasa por la piel como hizo conmigo. En cambio, le trata con extrema delicadeza. Me dan ganas de romper algo.

—Móntalo —le espeto—. Vente otra vez.

En esta ocasión no me replica, se limita a obedecer, moviéndose despacio. Me excita muchísimo ver cómo se mueve encima de él, pero es como un picor que no me consigo rascar. Es demasiado íntimo, demasiado tierno. Por cómo se miran, bien podría estar yo en cualquier otro sitio. La sensación no hace más que empeorar cuando Patroclo le aparta el pelo con los dedos y luego se incorpora para besarla, con la mano cogiéndole la cara.

Ya está, se acabó, yo no he venido para esto.

—Ey, ey, ya han tenido suficiente.

Se quedan quietos los dos, y ver la culpa dibujada en la cara de Patroclo me impacta más que cualquier otra cosa que haya pasado aquí. Me trago el nudo que se me forma en la garganta. Es solo sexo, y yo nunca me arrepiento de nada. Me niego a hacerlo.

—Patroclo, siéntate en el borde de la cama. Princesa, ponte en su regazo mirando hacia mí.

Esta vez se mueven más despacio, lo cual no hace sino empeorar el dolor que siento en el pecho. Ni siquiera los pechos perfectos de Helena bastan para hacerme olvidar esta sensación de irrelevancia. Soy un maldito egoísta. Me gusta ser el centro de atención. Y ahora mismo... no lo soy.

Helena se coloca poco a poco en el regazo de Patroclo con las piernas abiertas sujetas en la cara externa de las de él. Si ya disfrutaba de verle penetrarla antes, ahora es mil veces mejor. Su pene la abre de un modo casi obsceno, y yo me la sacudo con fuerza como respuesta. Esta vez a Helena no le cuesta tanto acostumbrarse a su tamaño. Se apoya en el pecho de Patroclo y levanta un brazo para agarrarse de su nuca.

—¿Así mejor, Aquiles? Es imposible fingir que no estás aquí cuando nos obligas a mirar justo hacia donde estás. —Sus labios se curvan—. ¿Alguien se siente inseguro?

—Cállate.

Patroclo le agarra los pechos con las manos, distrayéndonos a ambos de forma temporal. Ella se queda sin respiración cuando él le pellizca los pezones con suavidad. Me encanta ver cómo Helena sacude las caderas en respuesta, buscando algo de presión en su parte más sensible. Y él lo sabe. Claro que lo sabe. Siempre parece adivinar lo que sus amantes necesitan en cada momento. No tarda ni un segundo en bajar una mano a su entrepierna para estimularle el clítoris. No se me escapa que mantiene la mayor parte de la mano en el vientre de ella, para dejarme ver con claridad cómo cogen.

Lo que no sé es si está tratando de demostrarme algo o no.

Los dos me miran mientras él la masturba. Helena no para de mover las caderas de ese modo tan lento y sexy; salta a la vista que no tiene ninguna prisa por llegar a ningún sitio. Se le entrecorta la respiración.

—Pobre Aquiles. ¿Esto te parece mejor? Ahora puedes ver cuánto me gusta el pene de Patroclo. —Gime cuando él cambia de ritmo tocándola—. Y también cuánto le gusta a él mi vagina.

—Cállate. —Es una réplica aún peor esta vez porque solo me estoy repitiendo, pero apenas puedo decir algo con el ambiente libidinoso que permea esta habitación, tan intenso que lo siento como una fuerza de gravedad más potente contra mi piel.

Me meto la mano en el pants y me la agarro. De alguna manera, eso solo empeora las cosas. Porque no estoy participando, aunque estoy aquí delante.

Helena baja la vista al lugar de mis pantalones donde mi puño se mueve y se relame. Yo me tenso, esperando a ver si explicita su petición velada. Pero ya debería saber qué esperarme. Helena siempre va a encargarse de subir el tono de la situación.

—¿Quieres que me calle? Pues ven y cállame tú.

Me pongo de pie antes de pensar en todas las razones por las cuales esta es una idea terrible. Aunque, si de verdad quisiera parar, le pediría a Patroclo una lista pormenorizada. Pero no quiero parar.

—Vaya, vaya, parece que necesitas atragantarte con un pene.

Ella alza una ceja, sin perder en ningún momento el ritmo mientras se coge a Patroclo.

—Qué atrevido de tu parte dar por hecho que quiero atragantarme con el tuyo.

—Solo hay una forma de saberlo —digo como si estuviera hablando otra persona.

Veo a Patroclo por encima del hombro de Helena. Parece tan dubitativo como yo. Ya habíamos compartido amantes en el pasado, sí, pero meter a Helena en ese saco no es tan buena idea que digamos. Ya era muy complicado cuando nos acostábamos con ella por nuestra cuenta. Hacerlo juntos es como una declaración de intenciones que no estoy seguro de que podamos mantener sin problemas.

Y no se trata solo de arruinar la endeble paz que tenemos con Helena. Si esto nos explota en la cara, podría joder para siempre la relación que hemos construido Patroclo y yo.

Estamos entrando en un callejón sin salida, y es demasiado tarde para parar. Yo nunca he puesto el freno, siempre he confiado en su criterio para detenernos antes de hacer algo que no podamos deshacer. Pero en este momento Patroclo está tan dentro de Helena que no hay manera de apelar al único dios que conoce. La lógica no tiene nada que hacer con la lujuria que sonroja su precioso rostro.

Doy un paso hacia ellos y dejo que Helena agarre el elástico de mis pantalones con los dedos. Los baja lo suficiente para liberar mi miembro y me mira a los ojos. Carajo, es tan sexy... y el hecho de que esté montando a Patroclo ahora mismo solo la hace ser más atractiva aún. Se relame de nuevo.

—Esto no significa que me caigas bien.

Las palabras me herirían si no me estuviera mirando como si quisiera comerme entero. No puedo ni reírme. Ahora no.

—Yo creo que te caigo lo suficientemente bien, princesa.

Su sonrisa se vuelve pícara.

—Igual solo quiero comértela.

Detrás de ella, Patroclo maldice.

—Pues deja de hablar y hazlo —dice. Entonces la agarra del pelo con el puño y le empuja la cabeza hacia delante.

Casi espero que Helena le replique, pero acepta su guía con ganas, y la lleva adelante hasta que me rodea el glande con los labios.

Hablo mucho, pero a la hora de la verdad le doy el espacio y el tiempo que necesita para acostumbrarse a mi tamaño. Patroclo hace algo con la mano que tiene en su entrepierna que la hace gemir y metérsela más profundo. Me quedo quieto y observo cómo me come. Mirarla me excita tanto como sentir su boca. No para de pasarme la lengua por la parte de abajo incluso cuando sus labios llegan a la base.

—Nuestra princesita es hábil con la garganta profunda —murmuro con la voz áspera por el deseo.

Helena empuja con la cabeza contra la mano de Patroclo y él le deja sacársela de la boca. Me mira de manera juguetona.

—Ahora que te ha quedado claro que puedo metérmela entera, para de fingir que tienes escrúpulos y cógeme la boca.

17
PATROCLO

Hasta ahora he estado actuando por puro instinto y deseo, prácticamente sin pensar. Por primera vez en mi vida, la atracción de lo prohibido es demasiado fuerte para ignorarla. Sé que me voy a arrepentir de todo esto luego, pero los encantos de Helena primero, y de Helena y Aquiles después, me han embelesado. Solo cuando Aquiles hunde los dedos en su pelo, agarrando mi mano por el camino, y empieza a cogerse la boca de Helena me pregunto qué la motiva a ella para hacer esto... y si nos estamos aprovechando de ella.

Ella dice que le dan arranques de imprudencia e impulsividad. Me lo confesó anoche y me lo ha repetido esta mañana. Me ha preguntado si me importaba, y he estado tan fuera de mí entre el deseo, el dolor y los celos que le he dicho que me da igual. Sí, ha explicitado su consentimiento sin remilgos todo el rato, pero, si su motivación en el fondo es nociva, ¿qué pasa con el consentimiento?

Maldición, sí que nos estamos aprovechando de ella...

—Quítate esa expresión de la cara, Patroclo —me dice Aquiles—. Siéntete culpable después si quieres. Ahora vas a tocarla hasta que se venga. Si quieres que eso ocurra antes de que yo termine en sus pechos, más te vale ponerte las pilas.

Me gustaría decirle que es un egoísta. Es cierto lo que ha dicho antes Helena de que es un imbécil. Debería decírselo y parar esto ahora mismo, hasta que podamos tener una conversación en la que nadie esté a punto de llegar al orgasmo o medio dormido o corriendo para huir de unos fantasmas internos que nadie más ve.

Pero no lo hago.

Aparto la mano de la entrepierna de Helena y la levanto. Aquiles sabe lo que quiero que haga, como casi siempre, y se inclina para meterse mis dedos en la boca. Suelta un gruñido mientras me lame los dedos para saborearla, pero no baja el ritmo. Saco los dedos mojados de su boca y vuelvo a tocar a Helena. Gime con Aquiles dentro de la boca y trata de seguir cogiéndome, pero está demasiado distraída. Demasiado atrapada entre los dos.

—Aquiles —digo sin pensar.

—Sí. Abajo. —Aquiles cambia de posición mientras habla, y se arrodilla.

Yo agarro a Helena de las caderas con un brazo y lo seguimos al suelo. Por supuesto que lo seguimos. A veces tengo la sensación de que me he pasado toda la vida siguiendo a Aquiles, independientemente de si eso jugaba en mi contra o de si me proporcionaba el mayor de los placeres.

Nos ponemos de rodillas al lado de la cama, y esta nueva postura me permite penetrarla aún más. No sé si creo en el más allá, pero, si existe, debe de sentirse así. Una perfección húmeda y cálida. No me extraña que Aquiles se dejara llevar y se la cogiera sin condón. Es increíble, hace que se me desconecte algo en el cerebro. Mis pensamientos tratan de tomar forma en mi cabeza, pero entonces la siento contraerse y se hacen añicos de nuevo.

Apenas me he permitido imaginarme cómo sería cogerse

a Helena Kasios, pero la realidad supera con creces las fantasías.

No pretendo adaptar mi ritmo al de Aquiles. Aunque tenga sentimientos encontrados ahora mismo con respecto a él, es mi sol, y me sentiría desamparado sin la atracción que ejerce sobre mí. Sigo masturbando a Helena mientras la penetro, y no tarda mucho en empezar a gemir y a temblar. Aun así, no cedo. Quiero que se deshaga conmigo dentro. Quiero llenarla entera, como me ha pedido Aquiles. Qué fácil es echarle la culpa a él, a sus órdenes, en lugar de admitir que quería experimentar lo que hizo con ella, que quería dejarle yo también mi huella para no quedarme al margen. Esto es solo temporal, pero al menos ahora lo tengo. Ya es más de lo que creía posible.

Ella gimotea con su miembro en la boca mientras llega al orgasmo, y se contrae a mi alrededor con tanta fuerza que pierdo el control. Le suelto el pelo y la embisto. Demasiado rápido, demasiado duro. Pero da igual, porque se arquea y abre las piernas para que pueda penetrarla más profundo.

—Helena, estoy...

Aquiles se inclina hacia delante y me atrapa la boca. Me besa como si yo fuera suyo, como si todo esto fuera suyo. No estoy seguro de que no sea cierto. Incluso cuando estaba sentado en la silla mirándonos, su presencia ocupaba todo el espacio. Ni ella ni yo podíamos escapar, ni tampoco creo que quisiéramos. Yo desde luego no quiero ahora. Me vengo con la mezcla del sabor de Aquiles y el de Helena en la lengua.

Él apenas me deja terminar antes de empujarnos hacia atrás. Con fuerza. Aquiles es demasiado brusco. Pero también es consciente de que yo pararé la caída de Helena. Ella aterriza sobre mi pecho, y me resulta lo más natural estrecharla entre mis brazos. La mantengo quieta mientras él sale de su boca y se la sacude una vez, dos, tres. Aquiles maldice mientras se viene en los pechos de Helena a grandes chorros. Ella gime y se arquea, disfrutando de lo que ve.

Aquiles se apoya con una mano en el colchón que hay detrás de nosotros y pasa un dedo por el desastre que le ha dejado en el pecho, trazando círculos de manera distraída alrededor de un pezón.

—La próxima vez... —jadea—. La próxima vez quiero que Patroclo se venga en tu vagina y tus muslos para poder metértelo yo todo dentro mientras te cojo.

Helena suelta un quejidito muy sexy.

—De nuevo estás dando muchas cosas por hechas —consigue decir al final.

—Para nada. Sé lo que quiero. Y sé lo que quiere Patroclo, aunque no vaya a admitirlo. —Aquiles se desploma a nuestro lado, y su respiración entrecortada se une a las nuestras—. Y empiezo a saber lo que quieres tú también, princesa.

Me recorre un escalofrío de algo parecido al miedo. Aquiles tiene esa expresión en la cara como de perro de caza que acaba de oler algo. Puedo contar con los dedos de una mano las veces que lo he visto con esa cara en los doce años que llevo conociéndolo. Una, cuando fuimos al campo de entrenamiento básico para formar parte de las fuerzas de seguridad de Ares. Habían intentado ahuyentarnos, no querían a un huérfano arrogante y a un cerebrito que preferiría estar leyendo un libro. Aquiles ya había decidido que soportaría lo que fuera que le echaran, y lo hizo, arrastrándome a mí con él.

La segunda vez, cuando Atenea lo convenció para irse con ella, y de paso a mí también. Durante la primera semana de entrenamiento bajo sus órdenes, se metió en mi cama una noche, sonrió y dijo: «De aquí a diez años, voy a ser su mano derecha». Le llevó solo seis.

La tercera y última vez fue cuando decidió que lo que quería era convertirse en Ares.

Ahora está mirándola a ella, nos está mirando a los dos, de esa manera, y es como si nos quedáramos sin oxígeno en la habitación. Helena no lo conoce lo suficiente para comprender en qué nos hemos metido, pero se tensa de todos modos. Me aparta los brazos de ella y se incorpora.

—Bueno, pues ha sido divertido. —Se pone de pie a toda prisa.

O lo intenta.

Aquiles se mueve antes de que yo mismo sea consciente de las intenciones de Helena y extiende un brazo delante de ella. Ella se da contra él y cae de nuevo contra mi pecho.

—Pero ¿qué diablos...?

—No, ni se te ocurra volver a hacer eso de salir corriendo. Siéntate ahí, deja que Patroclo te mime y disfruta del momento.

Por mucho que me guste sentir su peso en mi regazo, por mucho que quiera estrecharla entre mis brazos y mimarla, Aquiles acaba de traspasar un montón de líneas. Respiro hondo, procurando ignorar los aromas de Helena y de Aquiles, y el olor a sexo que satura el ambiente, y trato de hablar con calma y sensatez.

—Aquiles, deja que se vaya. No puedes obligar a la gente a estar en un lugar donde no quiere estar.

—Salvo que soy más grande que ella, así que voy a hacer justo eso. —Se recuesta y cierra los ojos, pero su aparente relajación es una burda mentira.

Solía tragármela cuando éramos adolescentes, pero de adultos he jugado con él a esto más veces de las que puedo contar y casi siempre con un final placentero. Solo que Helena no ha dado su consentimiento para este tipo de juego.

—Aquiles —lo llama.

Él abre los ojos, y, por primera vez desde que ha entrado en esta habitación y me ha atrapado comiéndosela, se le ve muy enojado.

—No, no me vas a hablar como si estuviera siendo un imbécil. Muchas veces lo soy, pero ahora no.

—Lamento discrepar.

—Deja de lamentarte por todo. ¿Quién sabe? Igual así disfrutas más de las cosas.

Aunque no quiero, coloco a Helena con cuidado entre nosotros. La otra opción era tenerla temblando de rabia en mi regazo, y uno no es de piedra. Dudo que pudiera evitar que mi cuerpo reaccionara, a pesar de haber llegado ya al orgasmo. Sin su excitante peso encima de mí, por fin puedo pensar con algo de claridad.

—Aquiles...

—No digas mi nombre así, Patroclo. No va a coger con nosotros y a irse sin decir una palabra. No va a marcharse hasta que hablemos. Esta vez no.

Helena se aparta el pelo de la cara, pero no hace ningún intento por levantarse e irse en esta ocasión.

—Hablar no entraba en el trato, imbécil. Solo querías cogerme la boca y venirte en mi pecho. Misión cumplida. No hay nada que decir.

Por mucho que odie cómo está gestionando esto, Aquiles no se equivoca. Se mire por donde se mire, acabamos de complicar las cosas más de lo que nos podemos imaginar. Estoy tan confundido que apenas puedo pensar, y Aquiles sigue con esa expresión pétrea que no augura nada bueno. En todas las demás ocasiones, su objetivo ha sido un puesto o alcanzar cierto logro. No quiero ni pensar qué hará si su objetivo son personas.

O igual lo estoy malinterpretando todo. Debe de ser eso. El sexo me está nublando la mente. Me froto la cara con las manos y me esfuerzo por pensar.

—Entiendo que no vas a retirarte del torneo —comento.

—Una deducción brillante, Sherlock —me espeta.

Aquiles se cruza de brazos y se apoya en el colchón.

—¿Estás enojada porque te has venido más que nunca en tu vida y eso te hiere el orgullo o es por otra cosa?

Helena emite un sonido que hace que tenga que esforzarme por no apartarme de ella. Está desnuda y es más pequeña que yo..., ¿qué daño me podría hacer? Mientras me planteo esto, cambio la pierna de posición para que mi pene no sea un blanco fácil. No parece notarlo, está demasiado concentrada en Aquiles.

—No sé... ¿Qué podría estar disgustándome? ¿Que mis hermanos me hayan echado a los leones sin avisar? ¿Que mi ex esté compitiendo en este torneo solo para poder ganarme porque por fin tiene una confirmación externa de que no soy más que un trofeo? ¡Ah, ya sé! Igual es porque anoche trataron de matarme con un cuchillo. ¿Te resulta familiar algo de esto?

Siento una punzada de culpa, y el dolor me haría flaquear las piernas si no estuviera ya sentado.

—Carajo, no deberíamos haber hecho esto...

—Ahí está —murmura Aquiles—. Justo a tiempo.

—Vete a la mierda.

Helena se voltea para mirarme. Tiene la boca sonrosada por las embestidas de Aquiles, y hay rastros de lágrimas en su rostro, pero su expresión preocupada es por mí. Levanta una mano y me acaricia la cara con cuidado, como si esperara que la fuera a rechazar.

—No es que me arrepienta. Estoy enojada y jodida y fuera de mí, pero no me arrepiento. No se trata de eso. No se han aprovechado de mí.

Hay cierta ironía en que sea ella quien trate de consolarme cuando salta a la vista que sí nos hemos aprovechado de ella. Por el amor de los dioses, somos los dos imbéciles más grandes de todo Olimpo.

—Viniste a nuestra habitación para estar a salvo, y hemos utilizado esa cercanía para coger contigo.

Helena alza una ceja, y por fin se ve más como siempre.

—Por favor... Lo que te dije anoche era en serio. Pretendía seducirte a la primera de cambio, y con él ya me he acostado. —Señala a Aquiles a sus espaldas con un pulgar—. Cuando mucho, me he aprovechado yo de ustedes.

—Ya basta del jueguito este de repartirse culpas. —Aquiles se estira—. Lo que vamos a hacer ahora es...

—Ah, sí —le interrumpe Helena—. Por favor, guíanos, nuestro intrépido líder. Como si tuvieras algo de ingenio detrás de esa fachada de tipo guapo. Todos sabemos que el cerebro de esta operación es Patroclo.

—Oh, princesa... Piensas que soy guapo... Qué emoción.

—Que no se te suba a la cabeza. —Helena se mira las uñas, y yo me fijo ahora en que las lleva pintadas de un color mate del mismo tono que su piel—. Te has venido muy rápido, Aquiles. Igual que la última vez. En serio, parece algo habitual, y yo no sé si alardearía mucho de eso.

Aquiles abre un ojo y la mira con furia.

—Creía que después de dos orgasmos soberbios estarías de mejor humor.

—Tampoco es que hayas tenido...

—Por el amor de los dioses, ¿podéis dejar de discutir como un matrimonio de ancianos? —Las palabras me salen con violencia, pero es que todo es violento ahora mismo. Nos hemos metido de lleno en este embrollo, y no hay forma de volver atrás. Solo me faltaba pensar en que Helena y Aquiles serán, en efecto, un matrimonio de ancianos algún día—. Helena, ¿estás bien? Me refiero a bien de verdad, no lo que se dice para hacernos sentir mejor.

—No, no estoy bien. —Se echa el pelo hacia atrás—. Pero, si me estás preguntando si me voy a poner a lloriquear arrepentida porque acabo de tener dos orgasmos impresionantes y dos hombres superatractivos me han dado por todas partes, pues tampoco. Al contrario que alguna gente, soy capaz de separar las cosas.

—Mentira —dice Aquiles casi con cariño—. Pero la próxima vez que busques una distracción, aquí estamos, encantados de servirte.

—Qué desinteresado de tu parte.

—Todo lo contrario. Eres jodidamente sexy, y lo sabes. —Al fin abre los ojos y dibuja una sonrisa perezosa—. Me resultas mucho más simpática cuando te estás atragantando con mi pene. Aunque, siendo sinceros, es imposible no tenerte aprecio cuando te vienes tanto que no puedes parar de chillar. Qué ganas de la segunda parte... o de la tercera, más bien.

—Aquiles... —le digo en tono de reproche. Cuando por fin se calla, logro al fin recuperar la cordura. Si Helena insiste en que está en paz con lo que ha pasado, debería creerle. Pero eso implica que ahora nos toca echarle una mirada al resto de los problemas que nos acechan—. Helena, Aquiles tiene razón. Tenemos que hablar.

—Ya estamos hablando.

Le dedico la mirada que se merece esa respuesta. Dioses, ¿en qué me he metido?

—Si estás dispuesta a hacerlo, nos quedaremos contigo en esta habitación hasta que termine el torneo.

—Sí, para poder proteger mi cuerpo.

Intento ignorar la indirecta que esconde ese comentario. Aunque no se equivoca. Somos unos guardaespaldas horribles.

Cualquiera podría haber entrado en la habitación mientras cogíamos, y, si bien Aquiles tiene una conciencia espacial buenísima, no puedo asegurar que hubiera podido reaccionar lo suficientemente rápido en caso de que hubiese tenido lugar otro ataque. Desde luego, yo no habría podido.

—Aquiles te salvó anoche.

—Sí, bueno, incluso un reloj roto marca bien la hora dos veces al día. —Se pone de pie. Aquiles se mueve, pero Helena levanta una mano—. Tienen razón en que debemos hablar, pero no pienso mantener ninguna conversación seria empapada en fluidos corporales. Así que voy a bañarme.

Esta vez, ninguno de los dos la detiene cuando pasa por encima de las piernas estiradas de Aquiles en dirección al baño. Al cerrarse, la puerta hace un ruido estruendoso en medio del silencio repentino. Aquiles suspira y echa la cabeza hacia atrás para apoyarla en la cama.

—Bueno, qué inesperado todo.

—¿Tú crees? —replico.

No es que no esté de acuerdo, solo me da la sensación de que Helena es de alguna manera inevitable. Esto no es para siempre, pero me siento atraído por ella de un modo que no alcanzo a comprender. Tal vez esto tenía que pasar, aunque yo no contara con ello. Me hace preguntarme qué más cosas habré pasado por alto.

—Aquiles...

—No me pidas perdón. —No me mira—. No te atrevas a pedirme perdón. Me da igual si te la has cogido porque querías hacerme daño o si solo es que las cosas se les fueron de las manos. Al fin y al cabo, yo soy el que ha empezado todo esto. Y a ella se le veía más que dispuesta esta mañana, así que puedes tachar esto de tu lista de cosas por las que sentirte culpable.

—¿Y tú qué?

Voltea la cabeza lo justo para mirarme.

—¿Qué parte de lo que acaba de pasar te hace pensar que no he disfrutado?

—No estoy preguntando eso. —Pero mientras espera a que continúe hablando, no logro encontrar las palabras adecuadas. No quiero hacerlo. Si le pregunto en qué estaba pensando cuando la miraba (nos miraba) con esa expresión en la cara, me contestará con sinceridad. Sé que lo hará.

No sé si estoy preparado para oír su respuesta.

—Te juro por los dioses que si dices alguna estupidez como que esto es una señal de que vamos a terminar dejándolo, te agarro a palos.

—Inténtalo —le espeto.

—Sí. Creo que me ganarías la mitad de las veces. —Sonríe un poco, aunque el gesto se desvanece demasiado rápido—. Sé que todo esto es una locura enorme, pero no va a ser siempre así. En cuanto termine el torneo, todo volverá a la normalidad. O será mejor aún.

Ese es el tema, que no volveríamos a la normalidad ni aunque Helena no estuviera aquí para complicar las cosas. Aquiles y yo estamos relativamente arriba en la estructura de poder que hay por debajo de Atenea, pero seguimos siendo soldados. Cuando acabe el torneo, Aquiles será Ares. Una de las trece personas más poderosas de Olimpo. Es imposible volver a la normalidad después de eso. Será el centro de todas las miradas y Helena estará a su lado como su esposa. Por mucho que me quiera, eso no cambia el hecho de que me voy a quedar relegado a las sombras de nuevo.

El futuro siempre había sido un poco aterrador para mí, porque, en cuanto se convierta en Ares, lo perderé. Puede que no pase de un día para otro, pero tarde o temprano le quedaré pequeño y me dejará atrás.

Y todo eso antes de que entrara en juego Helena.

Maldición, ahora no puedo soportar pensar en que eso ocurrirá mientras ellos están juntos.

Pero decirle esto a Aquiles solo serviría para buscar problemas. No ve las cosas como yo, está convencido de que puede imponerse y moldear el futuro a su placer. Hasta que no fracase en su empeño no admitirá que yo tenía razón, al menos en esto. No me creerá cuando digo que la separación de nuestros caminos es inevitable. Tratará de luchar por nosotros, de mantenernos juntos, y eso solo hará que duela más al final.

Más me vale concentrarme en el problema que tenemos entre manos. Un sencillo misterio que tiene una solución.

—Helena no va a echarse para atrás, así que quienquiera que esté tratando de asustarla solo va a pasar a mayores.

Suspira de forma casi imperceptible, pero no trata de retomar la conversación anterior.

—La próxima prueba va a eliminar a siete de los doce que quedamos. Estará fuera entonces.

Ojalá estuviera tan seguro como él. Helena no ha dejado de sorprendernos. Sus probabilidades son bajas, pero lo han sido desde el principio.

—¿Y si no lo está?

Aquiles niega con la cabeza.

—Lo estará. Solo tenemos que mantener su trasero a salvo hasta ese momento, y luego Zeus vendrá a llevársela a una torre de mármol hasta que termine el torneo.

Por fin me pongo de pie. No puedo mirar la cama, la silla ni el suelo. El recuerdo de lo que hemos hecho está grabado en todos esos sitios. No puedo creer que perdiéramos tanto el control, pero sigo sintiendo que esto era tan inevitable como todo lo demás en esta situación.

—Esto no puede volver a pasar. Tú, yo y ella.

Aquiles, el muy cabrón, se ríe.

—Sí, claro. Lo que tú digas.

No se lo cree ni un poco más que yo.

HELENA

Me lleva dos minutos enteros en la regadera volver a la realidad. Acabo de acostarme con Patroclo y con Aquiles. Con los dos. Apoyo la frente en el azulejo frío del baño e intento con todas mis fuerzas no quedar como una mentirosa y arrepentirme de lo que ha pasado. Siendo sincera, no me arrepiento del sexo. Ha sido impresionante, y luego, cuando Aquiles se ha cansado de dar órdenes y se ha unido...

Me da un escalofrío.

De hecho, *impresionante* se queda corto para describirlo.

Pero el hecho sigue siendo que me he acostado con Aquiles —otra vez— cuando en realidad no me gusta. Creo. Probablemente. En su mayor parte.

Suspiro. Está bien, voy a ser sincera, al menos conmigo misma. No paro de decir que ese hombresote no me cae bien, pero no lo siento así desde... No tengo claro en qué momento cambiaron tanto las cosas, pero lo cierto es que lo han hecho. Ni siquiera se trata de que Aquiles sea supersexy, que lo es. Ni de que me salvara anoche.

Aunque no puedo descartar que haya cierto componente de atractivo heroico. Básicamente echó mi puerta abajo y se puso a luchar con mi agresor, que tenía un puto cuchillo.

Que sí, que Aquiles forma parte de las fuerzas especiales y es capaz más que de sobra de arreglárselas contra una persona, pero eso no viene al caso. El hecho es que no tenía por qué hacerlo. Podría haberse dado la vuelta y haberme dejado a mi suerte sin complicarse la vida. De hecho, si yo me muero, me llevo conmigo muchos problemas futuros suyos. Además, nadie podría incriminarlo, así que mi hermano no podría castigarlo ni nada.

En este torneo muere gente. Ya lo dijo Belerofonte. A ver, esto no fue durante una prueba, pero Perseo tendría las manos atadas. Como mucho, podría resolverlo a puñetazos con Atenea, pero eso seguiría ahorrándole las consecuencias a Aquiles. Al fin y al cabo, no era él el que empuñaba el cuchillo.

Lo que sí hizo fue abrazarme mientras yo me esforzaba por no desmoronarme cuando todo acabó. Ese es el punto de la cuestión, el motivo por el que he pasado de odiarlo a... otra cosa. Cualquier otra persona podría haber aprovechado ese momento de debilidad para manipularme. «Helena, cariño, esto solo demuestra que no deberías estar en el torneo. Deberías volver a tu departamento de lujo, donde estás a salvo, y esperar a que otro gane. Alguien más fuerte, que no esté indefenso frente a un solo oponente.»

Aquiles no usó mi miedo en mi contra. De hecho, apenas si dijo algo. Se limitó a estrecharme en su cuerpazo y me sostuvo entre sus brazos hasta que paré de temblar. No esperaba tanta ternura de su parte, aunque, si me hubiera preguntado si quería un abrazo, lo habría mandado a la mierda. Eso es lo que pasa con Aquiles, es el tipo de persona que prefiere pedir perdón antes que pedir permiso. Él solito decidió que necesitaba que me abrazaran, así que me agarró y me puso en su regazo.

Ni siquiera me ha planteado la pregunta de si quiero renunciar al torneo. Ha dado por hecho que no lo haría, que preferiría seguir el camino que había elegido, y me respeta lo suficiente como para acatar mi decisión. Eso sí que es nuevo en mi vida.

Por no hablar de que en realidad me gusta un poco pelearme con él. Estoy tan acostumbrada a los insultos velados de los que no te das cuenta hasta pasados varios minutos o incluso horas que las groserías sin rodeos de Aquiles son un alivio. Y por mucho que refunfuñe, no hay maldad real en sus palabras.

Maldita sea... Va a resultar que sí me gusta el imbécil ese.

Coloco una mano en la pared del baño y agacho la cabeza bajo el chorro de agua ardiendo. En última instancia, mis sentimientos no cambian nada. Aquiles quiere lo mismo que yo, lo cual significa que somos rivales. Y Patroclo también, porque, por mucho que me desee, su corazón pertenece a ese precioso idiota. Lo mío con él, con ellos, siempre ha estado condenado a ser algo temporal.

Lo supe desde el principio, y a decir verdad era una ventaja. Todo tiene sus límites. No es como que vayan a querer seguir cogiendo cuando le arruine a Aquiles la posibilidad de cumplir su sueño. Lo más probable es que no los vuelva a ver una vez que termine el torneo, más allá de asuntos oficiales.

No tiene sentido que esa certeza me duela ahora.

Si sigo en el baño se podría interpretar como que me estoy escondiendo, así que salgo y me tomo unos minutos para secarme, ponerme crema y peinarme el pelo hacia atrás. Me quedo mirándome en el espejo. Tengo el mismo aspecto que he tenido siempre. Demasiado guapa, incluso cuando trato de disimularlo, incluso cuando estoy cansada y tengo manchas ligeramente oscuras bajo los ojos. Es el rostro de una mujer que todo el mundo ve como un premio, que siempre han visto como un premio. Solo les importa la superficie hasta que lo que hay debajo les causa molestias, y entonces se deshacen de mí como si fuera una bolsa de basura. O, peor, intentan cambiarme. Sí, esta cara no me ha traído más que problemas.

Aun así, es la única que tengo.

Suspiro, me enderezo y salgo del baño. Lo primero que noto es que alguien, seguramente Patroclo, ha cambiado las sábanas y ha hecho la cama. El recuerdo de por qué eso ha sido necesario hace que se me tensen todos los músculos del cuerpo. Dioses, ese orgasmo fue increíble. Y el segundo fue aún mejor, aunque muy distinto. Me duele ligeramente todo el cuerpo después de lo que hemos hecho, y mentiría si dijera que no quería más.

Lo que no sé es por qué quiero que haya más. ¿Para seguir huyendo de la incómoda realidad de que esta vez estoy hasta el cuello? ¿O es solo porque estoy obsesionada con dos hombres con los que no debería de ninguna manera tener nada? Ninguna opción me deja en muy buen lugar. Cualquiera de ellas puede volverse en mi contra en cualquier momento.

Aquiles es probablemente mi rival más duro, aunque el resto de los campeones tampoco son cualquier cosa. Quiere el título de Ares casi tanto como yo, y eso le da una ventaja que no puedo permitirme ignorar. Haberme acostado con él... Seguir acostándome con él, más bien..., es un error.

¿Y acostarme con Patroclo, su novio, amante, pareja o como lo quieran llamar? Es directamente echarle más leña al fuego. Estoy complicándolo todo y, si al final fracaso y Aquiles se convierte en Ares, entonces será mi marido y los tendré cerca a ambos durante el resto de mi vida. Decir que es un lío monumental es quedarse corto.

Aunque no estoy segura de que me importe. No lo suficiente para pararlo.

Me los encuentro a los dos sentados en la mesa que hay al lado de la cocinita. Aquiles sigue llevando los pants grises de antes, y no puedo evitar sentir un rayito en el cuerpo viéndole con ellos y con el pecho al aire. Su cuerpo es de otro mundo, y saber exactamente cómo lo usa para proporcionar placer a sus amantes me provoca un escalofrío. Patroclo se ha puesto unos pantalones cortos, pero también está sin camiseta. Así deben de estar siempre por las mañanas: semidesnudos y relajados, afrontando día que les espera con una tranquilidad que no alcanzo a comprender.

Cuando terminé el instituto, lo primero que hice fue marcharme del departamento de lujo de mi padre y mudarme a uno mío. Vivir bajo el techo de Zeus no era nada agradable ni fácil, y mis hermanos y yo lidiamos con ese hecho de diferentes maneras. Por lo general, causando problemas. Irme a vivir sola fue todo un reto, y pronto me volví muy territorial, por lo que casi nunca dejaba a nadie pasar la noche allí. Ni siquiera —sobre todo— a mis amantes. No tengo muy buen humor por las mañanas, lo cual significa que me cuesta adoptar la personalidad que muestro en público antes del mediodía.

La única vez que prescindí de esa costumbre fue cuando empecé a salir con Paris, y me dio motivos de sobra para arrepentirme. A los pocos días de despertarnos juntos comenzaron los comentarios hirientes. Al principio parecían muy inocentes: «Tienes cara de cansada, Helena». No tardaron en pasar a ser críticas directas: «Quizá es mejor que no salgas del cuarto sin haberte maquillado. Como te tomen una foto por la ventana, van a pensar que estás enferma». Llegó hasta el punto de que me levantaba una hora antes que él para arreglarme la cara y el pelo, y asegurarme de que no tenía nada con lo que atacarme.

Pero Paris, por supuesto, encontró otros modos de desacreditarme.

Mejor no pensar mucho en el hecho de que ni siquiera se me ha pasado por la cabeza mantener esa máscara con estos dos hombres. Aquiles es la primera persona, aparte de mi familia, que ha experimentado mi rabia, y Patroclo saca una parte imperdonablemente tierna de mí que no recordaba en absoluto que existía. Es más, no he llevado maquillaje más que cuando íbamos a estar delante de las cámaras, y ninguno de ellos ha hecho ni un solo comentario. No estoy segura de que se hayan percatado siquiera.

El olor a café me hace salivar, así que voy directamente a la barra.

—No sabía que había cafetera en las habitaciones. —Estoy convencida de que me habría fijado en ella si hubiera una en mi habitación, pero, por lo que sea, he estado muy distraída desde que llegamos aquí.

—No hay. Pedimos una el primer día porque Aquiles tiene un humor de perros si no consume cafeína por la mañana. —Patroclo levanta una taza y veo que ya tiene otra delante de él—. Con leche y azúcar, ¿verdad?

Cambio de rumbo hacia la mesa y acepto la taza que me ofrece. ¿Cómo es posible que sepa cómo me gusta el café? No estaba en la cantina cuando me preparé uno ayer por la mañana. Me le quedo mirando, pero decido preguntárselo otro día. Doy un sorbo al café y esbozo una sonrisa reticente.

—Está perfecto.

—Helena...

El pequeño placer de una taza de café perfecta se evapora.

—Sí, ya lo sé. Es momento de hablar.

Patroclo mira a Aquiles. De nuevo, me supera la intimidad del momento. Es evidente que se conocen desde hace mucho tiempo, porque están haciendo esa cosa típica de las parejas de tener una conversación entera sin abrir la boca. Ignoro la punzada de celos que siento en el pecho. No es que quiera llegar a eso con ninguno de ellos, pero sí que me gustaría tener ese nivel de confianza en una relación.

Por desgracia, eso implicaría bajar la guardia, y la última vez que lo hice acabé con Paris.

Le doy otro sorbo a mi café. Ahora es cuando me rechazan con amabilidad o me intentan convencer de que abandone el torneo. Lo primero puedo aceptarlo. Para lo segundo, necesitan buena suerte. Me siento en la silla que queda libre en la mesa. Anoche solo había dos, así que alguno de ellos ha debido de traer una esta mañana. Un minúsculo gesto de consideración por el que no debería emocionarme en absoluto. Dioses, qué desastre estoy hecha.

—Deberíamos seguir acostándonos.

Patroclo se atraganta con el café y se pone a estornudar, pero yo estoy demasiado ocupada parpadeando hacia Aquiles. No puede ser que haya dicho lo que creo que acaba de decir.

—¿Cómo? —contesto.

—Ha sido divertido, y quiero hacerlo de nuevo. —Se me queda mirando como retándome a contradecirlo—. Tú también quieres.

Lo más inteligente sería rebatírselo. El sexo fue espectacular, por decirlo suave. No mentía cuando decía que se me da bien separar las cosas —«gracias, Padre»—, pero no estoy segura de que no se me vaya a volver loco el corazón si sigo acostándome con ellos. Quizá podría resistirme a Aquiles, pero...

Miro a Patroclo. Tiene manchitas rojas por todo el rostro, pero parece que ya puede respirar bien.

—No lo ha hablado contigo antes —intuyo.

—No, para nada —protesta.

Aquiles se encoge de hombros y bebe café. Se le da bien hacer como que le da igual todo, pero la tensión de su cuello delata que cómo termine esta conversación le importa más de lo que quiere admitir.

—No tengo por qué hablarlo con él antes. Patroclo es muy dado a dejar que la culpa le impida hacer lo que desea, pero lo que quiere es ponerte contra la mesa y...

—Ya basta, Aquiles. —Patroclo deja la taza en la mesa con una brusquedad que hace que le salpique un poco de café en el dorso de la mano. Aunque no parece darse cuenta. Está demasiado ocupado fulminando con la mirada a su amante—. Es como si nunca pensaras antes de hablar. Nos hemos aprovechado de ella, y...

«Bueno, esto es el acabose.»

Sé que no pretende que suene como si pensara que soy débil, que no puedo defenderme yo solita o tomar mis propias decisiones, pero demasiadas personas en mi vida han decidido ignorar mis palabras como para poder controlarme. No creo que haya malicia ni manipulación detrás de esto, pero eso no cambia el hecho de que está invalidando lo que pienso y siento.

—¿Por qué no me lo preguntas a mí?

Se queda paralizado.

—¿Cómo?

—Pregúntamelo —repito.

Está siendo un terco ahora mismo, y quizá en otro momento me hiciera gracia provocarlo para ver cómo reacciona, pero en este momento tengo que establecer un límite claro. O lo respeta y podemos seguir negociando, o no lo respeta y esto se acaba aquí. Como no dice nada, insisto:

—Es muy fácil. Me dices: «Helena, ahora que ya se ha pasado el momento de lujuria y placer, ¿sigue pareciéndote bien que hayamos cogido?». Vamos, inténtalo.

Aquiles se ríe burlonamente y Patroclo lo mira con el ceño fruncido. Al cabo de unos segundos, dice:

—Helena, ahora que has tenido un poco de distancia para asimilarlo, me gustaría pedirte perdón por...

—No.

—¿Qué?

Niego con la cabeza, sosteniéndole la mirada.

—No, no vas a pedir perdón y fingir que no soy una persona adulta con capacidad de decisión. No estaba borracha ni drogada ni incapacitada de ninguna manera. Los dos me han preguntado en varias ocasiones si quería continuar, y he dado mi consentimiento encantada de la vida. ¿En serio vas a tratar de discutirme si soy capaz de tomar decisiones por mí misma solo porque quieres sentirte culpable y flagelarte?

Patroclo se me queda mirando boquiabierto. Aquiles, el muy cabrón, se inclina hacia él para empujarle la mandíbula con un dedo y cerrársela. Luego sonríe.

—No suele ocurrir que alguien lo deje sin palabras.

Espero, pero Patroclo sigue mirándome como si me hubiera salido una segunda cabeza. No sé por qué me siento decepcionada por su reacción. Creía que quizá era diferente de las otras personas con las que he interactuado a lo largo de mi vida, pero se ve que no. Se hizo una idea de cómo soy antes siquiera de que nos conociéramos siendo adultos, y prefiere aferrarse a esa idea que saber cómo soy de verdad.

Siento el impulso de levantarme y largarme de aquí, de retirarme a algún lugar donde no tenga que ocuparme de los sentimientos de nadie más durante un tiempo, pero lo ignoro. Hay dos opciones: o quiero que me tome en serio o no. Si lo quiero, entonces tengo que enfrentarme a esto como una persona adulta, y los adultos no se largan a mitad de una conversación solo porque se sienten incómodos. Intento sonreír, pero mi voz sale demasiado seca para que las palabras pasen por humor.

—Quiero decir, si tantas ganas tienes de que te flagelen, estoy segura de que puedo conseguir algo de látex y un látigo. A mí no me interesa mucho, pero no me importaría probarlo.

Aquiles se ríe de nuevo.

—Te lo dije.

Al fin, tras lo que parece una eternidad, Patroclo levanta la taza y le da un sorbo. Me mira como si no me hubiera visto hasta ahora. No, no es eso. Me mira como si acabara de darle información nueva que debe sopesar para reajustar la idea que tiene de mí. Veremos si sirve.

Cuando por fin habla, suena casi como siempre.

—Está bien, te hemos entendido.

—Gracias.

No nací ayer, así que no me bastan sus palabras para creerle. Las palabras son demasiado fáciles de fingir, incluso para alguien como Patroclo. O, al menos, trato de convencerme de eso. Mi cerebro está ocupado con el plan de poner algo de distancia entre estos hombres y yo. Mi corazón, en cambio..., da un extraño vuelco que me hace llevarme la mano al esternón.

Volteo hacia Aquiles para distraerme.

—Sobre tu propuesta de seguir cogiendo, mi respuesta es... depende.

Me dedica esa sonrisa despreocupada que me acalora sin que yo lo quiera. Es demasiado atractivo para ser real.

—¿De qué depende, princesa?

«De cuánto necesite huir de mis pensamientos obsesivos.»

Aunque eso no es del todo cierto... Puede que empezara por ese motivo, pero las cosas son al mismo tiempo más y menos complicadas ahora. Me ha gustado lo que hemos hecho juntos, y quiero hacerlo otra vez. Soy consciente de que es una malísima idea, pero dudo que eso baste para impedírmelo. No soy masoquista, y tengo oportunidades de sobra para disfrutar de un rato de placer en mi vida diaria, al menos últimamente. Pero no, es otra cosa lo que me arrastra a estos hombres, un impulso que nace de mi interior y que no sé cómo dominar.

No he fingido delante de ellos ni una sola vez desde que dio comienzo el torneo. Me han visto tal y como soy, con lo bueno y con lo malo. Independientemente de cuáles sean sus motivaciones o de lo condenado al fracaso que esté todo esto, no estoy dispuesta a renunciar a esa sensación tan increíble. Respiro profundo.

—Depende de si van a dejar de intentar convencerme de que abandone el torneo o no.

Que Aquiles no aprovechara mi confusión de anoche para hacerlo no significa que no vaya a ocurrir en otro momento. Lo conozco lo suficiente para saber que es tan necio como yo.

—No. Siguiente pregunta.

Parpadeo. No lo ha pensado ni un segundo.

—¿Cómo que no?

—Pues que no. Sé que no habrás oído esa palabra muchas veces, pero no te puedo decir más. —Aquiles hace un círculo con la cabeza hasta que se oye un chasquido en su cuello—. Van a terminar haciéndote daño como no te retires, y puede que a veces seas un fastidio, pero eso no significa que desee ver cómo te destroza alguno de los otros campeones. ¿Por qué? —Me clava una mirada sorprendentemente astuta—. ¿Tienes tantas dudas sobre si podrás conseguir tu objetivo que crees que yo puedo hacerte cambiar de opinión?

—No, claro que no. —Y es la verdad. En todo caso, estoy más decidida que nunca.

—Entonces ¿qué problema hay? Da igual lo que yo diga... o haga. —En esa última palabra hay insinuación para parar un tren.

Es un argumento muy bueno, aunque no quiera admitirlo. Siento algo cálido e imperdonable en el pecho ante la facilidad de Aquiles para creer en mí. Tanto que no voy a cambiar de opinión como que no voy a dejarme convencer por nadie. ¿Es consciente del halago que me acaba de hacer? ¿Y, sobre todo, de lo inusitado que es en alguien de mi entorno?

—Vale —digo lentamente—. Pues supongo que podemos seguir cogiendo.

—Genial. Ya está decidido. —Se voltea hacia Patroclo—. ¿Quieres seguir dando vueltas sobre lo mismo unas cuantas horas más o prefieres terminarte el café y hacer que Helena deje las sábanas revueltas otra vez? La siguiente prueba no empieza hasta mañana por la mañana, así que tenemos tiempo de sobra para pasárnoslo bien antes de irnos a dormir.

Patroclo niega con la cabeza despacio.

—Deja de ser tan indiscreto. Belerofonte va a estar aquí en diez minutos.

—Vamos, Patroclo, hay que darle un poco de alegría a la vida.

Jamás había visto a Aquiles así. Había visto sus facetas de guerrero poderoso, de imbécil insufrible y de tirano en la cama, pero nunca la de perrito juguetón. Es totalmente desconcertante, sobre todo cuando me alza las cejas y me guiña un ojo.

—Mira a la princesa. Has herido sus sentimientos haciendo como que cogértela es algo de lo que sentirse culpable.

Me cautiva la exasperación que aparece en el rostro de Patroclo, que me mira, se encoge de hombros y me dice:

—Lo siento, Helena. Está insoportable.

Ya ni siquiera se trata de seguirle el juego a Aquiles. Lo hago porque sí. Le hago un mohín sexy a Patroclo.

—Tiene razón. Me has hecho mucho mucho daño.

—¿Ves? —Aquiles asiente con aires sabiondos, pero en sus ojos oscuros hay un brillo de diversión. Está irresistible ahora mismo, y lo sabe—. ¿Te gustaría tratar de adivinar qué podría hacer que nuestra princesita se sintiera mejor?

—Estoy seguro de que me lo vas a decir igual.

—Unos cuantos orgasmos.

—Exacto. —Asiento deprisa. No voy ni a mencionar lo de «nuestra princesita»—. Muchos orgasmos.

Patroclo suelta otro de esos suspiros exasperados tan sexis.

—Ay, dioses, ahora son dos.

—¿Y eso es algo malo? —Sigo haciendo pucheros y me siento un poco ridícula por lo divertido que me está resultando todo esto.

Las únicas personas con las que hago tonterías son Hermes, Dionisio y Eros, y con ninguno de ellos hay nada sexual. No sabía que algo relacionado con el sexo pudiera ser tan divertido. Le doy un golpecito a Patroclo en las pantorrillas con el pie.

—El doble de placer, el doble de diversión.

Aquiles suelta una carcajada.

—Hazle caso, sabe de lo que habla.

—Madre mía... —Patroclo se levanta cuando oye que llaman a la puerta. Nos señala a los dos—. Pórtense bien, les recuerdo que anoche mismo atentaron contra la vida de Helena. Vamos a llegar al fondo de todo esto. —Se queda callado unos segundos—. Si lo hacen, nos pasaremos el resto del día desnudos en la cama.

—Hecho —decimos Aquiles y yo al unísono.

No puedo evitar sentir alegría en el pecho mientras me apoyo en el respaldo de la silla y me bebo el café. Estoy disfrutando de la compañía de estos dos mucho más de lo que me podría haber imaginado...

AQUILES

Todo se va a pique en cuanto Belerofonte entra en la habitación. Se queda de pie con las manos a la espalda y sus ojos oscuros fijos en algún punto justo por encima de mi cabeza. Mala señal. Conozco a Belerofonte desde hace años, y solo he visto que se ponga excesivamente formal cuando trae malas noticias. No hace sino confirmar mis sospechas cuando abre la boca.

—El agresor ya no está entre nosotros.

Helena se estremece a mi lado.

—¿Ha muerto?

—No. —Belerofonte niega con la cabeza—. Lo han venido a buscar esta mañana y se lo han llevado de nuestras instalaciones. Son órdenes de arriba, no he podido hacer nada. Por desgracia, a mi equipo no le dio tiempo a conseguir ninguna respuesta antes de eso. Lo siento.

Patroclo se inclina hacia delante y apoya los brazos sobre la mesa. Ya puedo ver los mecanismos de su cerebro activándose.

—¿Quién lo ha venido a buscar?

Belerofonte observa a Helena y vacila durante tanto tiempo que ya me imagino la respuesta antes de que la diga.

—Zeus en persona. Deben entender que de veras no he

podido hacer nada. Ni siquiera Atenea podría haber intervenido en ese punto.

—Guau, eso es... —El rostro de Helena adquiere un tono verdoso—. ¿Dónde lo tenían apresado?

—Aquí. —Belerofonte vuelve a mirar por encima de mi cabeza—. Hay varias celdas en la propiedad por si debemos actuar en caso de que haya una confrontación entre campeones. Decidimos que lo más prudente sería mantener al atacante allí hasta que Atenea pudiera venir por él. Pero vino Zeus en su lugar.

Es una muestra de confianza que Belerofonte nos proporcione información sin ningún tipo de reservas. Dudo que hubiera hecho lo mismo si fueran otros los que estuvieran preguntándole.

—Tiene mucho sentido logísticamente que lo encerraran aquí. ¿Por qué lo preguntas, Helena?

—Por nada —contesta, pero tiene esa expresión en la cara que revela que está fijándose en cosas más allá de esta habitación y teniendo pensamientos poco agradables.

Por una vez, no necesito que Patroclo se ponga a explicar a qué conclusiones estratégicas ha llegado para entender por qué está así. Si el atacante estaba confinado aquí, eso significa que su hermano ha estado en el edificio esta misma mañana y no se ha molestado en pasar a ver cómo está Helena antes de llevarse al agresor a toda prisa... asegurándose de paso de que nadie obtenía ninguna respuesta.

A veces, cuando estoy con las madres de Patroclo, se me revuelve el estómago de pensar cómo habría sido mi vida si hubiera tenido unos padres cariñosos en lugar de haber acabado en las escaleras del templo como si fuera un juguete que ya no funciona. Polimela y Esténele me trataron como a otro hijo más desde el momento en que me conocieron cuando tenía dieciocho años y era un niño resentido.

Si hubieran tratado de matar a Patroclo, sus madres habrían echado la puerta abajo y les habrían dado lata tanto a Atenea como a Zeus hasta asegurarse de que su hijo estaba bien. No les importaría un pepino a quién enfadaran o qué consecuencias tendrían sus actos, no hasta ver con sus propios ojos que su hijo estaba sano y salvo.

Zeus debió de recibir un informe sobre la salud de Helena; a Belerofonte le gusta seguir las reglas, así que lo redactaría en cuanto encerraron al atacante. Pero, aun sabiendo que no ha sufrido daños físicos... ¿Qué clase de hermano no se molesta siquiera en pasar a verla? Más aún cuando puede ir y venir con total libertad.

Lo más probable es que mis padres, si es que siguen vivos, tengan más en común con la familia de mierda de Helena que con las madres de Patroclo. Cada vez que algo me lo recuerda, siento un destello de gratitud. Aun así, es una mierda que me lo recuerde el hecho de que Helena esté sufriendo por culpa de la indiferencia de su familia.

—Seguro que tenía algún motivo —digo al fin, pero las palabras suenan frívolas y desacertadas.

Helena no sonríe, ni siquiera me mira. Se abraza a sí misma con fuerza, como si le preocupara hacerse añicos. No me gusta eso. No me gusta ni un poco.

—Siempre lo tiene. —Suena cansada. No, peor. Suena exhausta, como si hubiera estado librando una ardua batalla a lo largo de años.

Siento el extraño impulso de decirle que ya agarro yo el escudo y la espada un ratito, de darle tiempo para descansar. Pero no pienso decirlo. ¿Quién diablos me creo que soy para ofrecerle eso? No confiaría; es demasiado inteligente para hacerlo.

Patroclo frunce el ceño.

—Pero no tiene ningún tipo de sentido. ¿Por qué iba a impedirle a Atenea sacarle información al prisionero cuando es su hermana pequeña a la que han atacado? Necesitamos saber para quién trabajaba el agresor y cómo entró en el edificio. Incluso aunque el objetivo hubiera sido otro campeón, si esto sale a la luz, dejaría en muy mal lugar tanto a Zeus como a Atenea.

—No va a salir a la luz. Ni mi gente ni yo diremos nada. —Belerofonte cambia el peso de un pie a otro, es evidente que siente cierta incomodidad con la conversación. Prefiere trabajar entre bastidores, donde no tenga que interactuar con las víctimas. Helena no es ninguna víctima, pero, de todos modos, es una molestia tener que dar este tipo de noticias. Se aclara la garganta y sigue hablando—: Helena, puedo ponerte a un par de guardias para que velen por tu seguridad.

—No hará falta. —Me pongo de pie despacio—. Con todos mis respetos, Belerofonte...

Elle pone los ojos en blanco, y parece relajarse por primera vez desde que ha entrado en la habitación.

—¿Por qué siempre dices eso cuando estás a punto de faltarme al respeto?

Ignoro el reclamo porque tiene razón.

—Este individuo entró en la habitación de Helena precisamente por un fallo de seguridad de tu gente. Nosotros nos encargaremos.

—No te olvides de que nosotros también trabajamos para Atenea.

—Lo sé, y no me gustaría insinuar que nadie de tu equipo sea desleal, pero, hasta que tengamos más información, deberíamos esperarnos lo peor. —Me encojo de hombros—. Además, los tuyos son buenos, pero nosotros somos mejores.

Patroclo parece atragantarse con algo.

—No pretendía decirlo de ese modo —me excusa.

—Tú y yo sabemos que eso es mentira —replica Belerofonte mientras niega con la cabeza—. Si Helena está conforme, de acuerdo. No vamos a estar controlando qué hacen los campeones entre prueba y prueba siempre y cuando nadie se sienta amenazado ni incómodo.

Helena interviene por fin:

—Me parece bien quedarme aquí.

Sigue rodeándose con los brazos con demasiada fuerza, y no me gusta lo que veo en sus ojos. Parece sentirse... acorralada. De nuevo siento ese ridículo impulso de decirle que no tiene que preocuparse por nada, que nosotros la protegeremos. Ya estábamos haciéndole de guardaespaldas, pero ni siquiera un guardaespaldas puede proteger a la princesita de su propia familia.

Aunque desearía poder hacerlo. Y no sé qué diablos se supone que debo hacer con ese deseo.

—Ya me dirás si cambias de parecer. La segunda prueba empieza mañana. Procuren no meterse en problemas hasta entonces. —Belerofonte se da la vuelta y sale de la habitación casi corriendo.

Volteo y me encuentro con la mirada de Patroclo. Aún se ve confundido, pero niego con la cabeza para hacerle entender que lo mejor es dejar el tema. Helena sigue encogida como si temiera que le fueran a dar una paliza, y dudo que tratar de comprender por qué su hermano está portándose como un imbécil vaya a hacer que se sienta mejor.

Quiero que se sienta mejor.

Al fin y al cabo, es mía.

Por supuesto, no se me ocurre decirlo en voz alta, pero a veces me pasa que me topo con alguna cosa o algún objetivo y sé que está hecho para mí. No me suele suceder con personas.

De hecho, solo ha ocurrido en una ocasión. Con Patroclo. Después de nuestra primera semana en el campo de entrenamiento básico de Ares, supe que él estaba hecho para mí y que yo estaba hecho para él, y que formaríamos parte de la vida del otro para siempre.

Lo que siento con Helena no es igual, pero sí parecido. No lo terminé de entender hasta estar los tres juntos, pero encaja con nosotros como nunca nadie antes. Con ella en la ecuación, siento que nosotros dos podemos tener una relación aún mejor, algo que no creía posible antes de que empezara el torneo.

Puedo ser paciente cuando el objetivo vale la pena, y en este momento vale la pena. Si le digo a Helena que está hecha para mí, se lo tomará como que estoy volviendo a hablar de cuando yo sea Ares y me case con ella, y eso no hará más que enfurecerla.

De hecho... Es una idea fantástica. Nuestra princesita se las arregla mejor cuando está enojada que cuando está triste. Solo tengo que brindarle un blanco al que lanzar todo ese barullo de emociones que está tratando de reprimir. Se sentirá mejor en cuanto las deje salir.

—¿Sabes qué creo que se ha callado Belerofonte? ¿Lo que tu hermano y Atenea deben de estar pensando? —Le dedico la más arrogante y despreocupada de mis sonrisas—. Que deberías retirarte del torneo.

Helena se tensa de inmediato. Todo ápice de fragilidad desaparece de un segundo a otro, y la princesita asustada pasa a ser la harpía encolerizada. Entrecierra esos ojos ámbar tan bonitos.

—¿Perdona?

—Tu hermano es un imbécil, y solo hay un motivo por el que no vendría a ver cómo estás. —Me cruzo de brazos—. Piensa que, si te asustas, te rendirás.

—No pienso hacerlo.

—Lo sé. Patroclo lo sabe. Y tú también lo sabes.

Me mira con furia.

—Es evidente que pretendes llegar a algún sitio. Por favor, ilumínanos.

Me gusta cuando se pone furiosa. Es mil veces mejor que cuando se la ve frágil y fuera de sí.

Patroclo nos observa como si nos hubiéramos vuelto locos. Cuando hay que resolver algún problema, es el hombre perfecto, pero siempre deja que la lógica se imponga a sus instintos. En este momento, Helena tiene las emociones demasiado a flor de piel como para poder esperar a que él elabore un plan para salir de este embrollo. No va a prestar atención a nada de lo que él diga, y va a quedarse ahí sentada, sin más, sintiéndose pequeña, perdida y triste todo el tiempo. En cuanto salga de ese estado, se sentirá mejor, y entonces podrán ponerse a elaborar estratagemas usando sus dos mentes brillantes si quieren.

Solo que no le puedo decir eso. No lo entendería. Se frota la cara con las manos.

—Tenemos que...

—No, Patroclo. Aquiles quiere decir algo. Deja que lo suelte. —Helena me fulmina con la mirada.

Está extremadamente sexy cuando se enfada. Vaya novedad. Dudo que haya una versión de ella que no sea preciosa, independientemente de las circunstancias. Pero lo más importante es que ya no tiene esa cara de desasosiego.

Ahora no está pensando en la agresión ni en su familia de mierda. Lo único en lo que está concentrada en este momento es en bajarme los humos. Puede que no sea un genio como Patroclo, pero sé cómo manejarme en el campo de batalla, y mis interacciones con Helena son exactamente eso.

Sonrío solo para sacarla aún más de quicio.

—Estás dándoles justo lo que quieren, princesa. Esto no es más que otra forma de hacer la guerra. La segunda prueba es mañana, ¿en serio vas a pasarte las próximas doce horas o las que sean preocupándote por el idiota de tu hermano?

Se queda con la boca abierta y muy quieta. Casi puedo ver su cerebro poniéndose en marcha. Es distinto de cuando lo hace Patroclo, pero muy similar. Al fin, Helena respira profundo y se desploma en su silla.

—Así que crees que están jugando con mi mente.

—No estoy seguro, pero lo que está claro es que no puedes hacer absolutamente nada hasta que se acabe el torneo y salgamos de esta residencia. —Le sostengo la mirada—. Eres lista. Sabes que las pruebas van a ser tan mentales como físicas. No pueden hacer que te rindas, pero sí pueden minar tu confianza hasta que fracases.

Ella sacude la cabeza despacio, casi perpleja.

—Los dioses se lucieron cuando te crearon, ¿verdad?

—Te lo he intentado decir mil veces, princesa. —Algo de la tensión que sentía desaparece de mi cuerpo.

Sigo viendo cierta turbación en sus ojos, pero parece que lo peor ha pasado. Sí que se recupera rápido la cabrona, madre mía. O al menos esa es la impresión que da. También tengo la sensación de que Helena, al contrario que yo, tiende a llevar la procesión por dentro, por lo que no creo que vaya a volcar sus sentimientos en nosotros. Todo sería más fácil si no sintiera que es mía, lo cual significa que deseo con todo mi ser que abra las compuertas que nos separan de sus pensamientos más íntimos.

Me paso una mano por la cara. Toda esta situación me está volviendo loco. Me gustaba más la vida cuando era más simple, cuando lo más complicado por lo que me tenía que preocupar era la próxima misión que nos encomendara Atenea, o que Patroclo estuviera demasiado distraído con algo como para acordarse de comer. A él lo conozco bien, así que nunca tengo que preguntarme qué está pensando o sintiendo. Todas las señales están ahí, y he aprendido a interpretarlas a lo largo de más de una década juntos. Puede que las cosas hayan cambiado últimamente, pero no tanto.

Como por ejemplo ahora. Está pensando que no entiende qué diablos acaba de pasar. Nos mira alternativamente y habla despacio, con cautela.

—Aquiles... tiene razón.

Helena sonríe un poco.

—¿Por qué lo dices tan sorprendido?

—No suele ser tan perspicaz —murmura Patroclo, y luego niega con la cabeza—. ¿Cómo podemos ayudarte, Helena?

Ella agarra su taza de café y la observa como si fuera a hallar respuestas en el fondo. Patroclo y yo nos miramos y nos entendemos sin palabras. Por muy enrevesada que sea la situación, vamos a darle a Helena lo que necesita. No podemos controlar lo que nos deparará la prueba de mañana, pero sí ofrecerle una tregua hasta entonces. Me alegra que estemos de acuerdo después de tantas peleas y tanta montaña rusa emocional. No está todo arreglado, claro, ni lo estará hasta que no se haya acabado el torneo y hayamos lidiado con las inevitables consecuencias.

Mientras tanto...

—¿Por qué?

Alzo la vista y me encuentro a Helena contemplándome como si fuera un rompecabezas que no termina de entender. Resulta tentador ofrecerle una sonrisa encantadora o una respuesta de broma, pero, si quiero que se tome esto en serio —que me tome a mí en serio—, lo menos que puedo hacer es explicarme.

—No me gusta verte con cara de desasosiego.

Se me queda mirando con esos ojos enormes y parpadea.

—No, era... Aquiles, me refiero a por qué estás intentando hacerme sentir mejor. ¿No quieres que me retire?

Una pregunta complicada. Me encojo de hombros.

—Voy a ganar el torneo y a convertirme en Ares —respondo. Ella aprieta los labios, pero yo sigo hablando. Ha preguntado, así que voy a contestar con sinceridad—: Pero no me molan esas movidas tan turbias. Te están subestimando, y me enfurece.

—Pero... ¿por qué? ¿Por qué te enfurece? No entiendo por qué estás siendo tan bueno conmigo cuando va en contra de tus intereses. No tiene ningún sentido. Me odias.

—Helena... —Espero a que me mire con toda su atención—. No te odio. Me caes bien, aun con lo terca y difícil que te pones a veces. Eres fuerte, inteligente y extremadamente ambiciosa. Si yo no participara en el torneo, podrías conseguir sin problemas el título de Ares.

Patroclo se ríe burlonamente.

—Tenías que decirlo, ¿verdad? —Se voltea hacia Helena—. Lo que quiere decir es...

Pero Helena no está mirando a Patroclo. Para variar, está del todo centrada en mí.

—Crees que soy fuerte.

Sus palabras no son exactamente una pregunta, pero no me gusta lo sorprendida que lo dice. Como si nadie lo hubiera remarcado antes.

—Ya sabes que eres fuerte. No necesitas que te lo confirme.

Helena me contempla un largo rato y al final muestra una leve sonrisa.

—Sí, supongo que sí. —Se pone de pie despacio—. Pues bien, volvamos a la cama.

Patroclo parece querer objetar, pero se limita a decir:

—Primero hay que comer algo. El café no alimenta lo suficiente, y menos aún siendo mañana la segunda prueba.

—Yo me encargo. —Me levanto y me estiro—. ¿Quieren algo en especial?

Helena se encoge de hombros.

—Cualquier cosa que tengan.

Patroclo se pone de pie también.

—Te acompaño a la puerta. —Apenas espera hasta que estamos en el pasillo de fuera para reclamarme—. ¿Qué diablos ha sido eso?

—¿Qué?

Me dedica la mirada que esa pregunta se merece.

—Sabes perfectamente de qué estoy hablando. Estaba en shock y te has puesto a atacarla.

—Patroclo... —De repente me siento cansado, harto de que siempre piense lo peor de mí. No voy a fingir que no me lo merezco, y menos aún después de estos últimos días, pero aunque a veces sea descuidado, nunca soy cruel. Al menos no a propósito—. Iba a preocuparse y a darle vueltas sin parar a lo imbécil que es su hermano. —Tengo mis propias opiniones sobre Zeus, y el cabrón debería dar gracias si no le meto un puñetazo en esa cara perfecta que tiene a la primera de cambio.

Pero mi ira hacia Zeus no tiene cabida aquí. Puede que sienta que Helena es mía, pero no lo es. No tengo que ir a defender su honor.

Lo bueno es que ella es más que capaz de defenderse solita cuando sale de su espiral autodestructiva y se le olvida pensarlo todo tanto.

Miro a Patroclo a los ojos.

—No es delicada. No es frágil. Sí, se ha venido abajo unas cuantas veces en la última semana, pero solo necesita un pequeño empujón para recuperarse un poco y estar al cien de nuevo.

—Un pequeño empujón... —Patroclo entrecierra los ojos y suelta una carcajada seca—. Dioses, a veces das auténtico miedo, lo sabes, ¿verdad?

Me encojo de hombros.

—Distráela mientras voy por algo de comer. Luego cogeremos hasta que ninguno de los tres tenga energía suficiente para preocuparse de situaciones que no podemos controlar. —Necesitamos dormir bien, pero el día es joven y estamos en la mejor forma de nuestras vidas. No hay motivo para no soltar un poco de energía reprimida de la manera más placentera posible.

—Aquiles.

Me paro antes de terminar de darme la vuelta para irme.

—Dime.

—Lo siento por haber pensado mal. —Patroclo se pasa una mano por el pelo—. Todo esto me está volviendo loco.

No puedo decir nada a eso. Me duele que haya pensado mal de mí, pero tampoco es que le falten motivos para llegar a esa conclusión. Estamos en una situación muy jodida, y no va a dejar de ser jodida en un futuro próximo. Lo único que podemos hacer es seguir adelante y lidiar con las secuelas después del torneo.

—No te preocupes. Vamos, ve a cuidar de nuestra princesa, voy a ver si consigo algo de desayuno.

PATROCLO

Nos pasamos el resto del día en la cama, haciendo pausas solo para comer. En un acuerdo tácito, nadie habla ni del asesino ni de Zeus ni del torneo. Aquiles y yo hacemos todo lo que podemos por ofrecerle a Helena el consuelo que nos permite brindarle, que no es otro que multitud de orgasmos.

Por la noche me toca el segundo turno. Me siento en la silla al lado de la cama y los observo dormir. Helena no se ha despertado cuando hemos hecho el cambio de turno, y Aquiles se ha quedado dormido en segundos, como siempre. Le rodea la cintura con el brazo, y poco más tarde ella se acurruca contra su cuerpo.

Me llevo una mano al pecho. Cuando Aquiles consiga el título de Ares dormirán así. Puede que a veces se enojen y se pongan groseros el uno con el otro, pero esta mañana Aquiles ha demostrado comprender a Helena mejor que yo. Entiende muy bien la situación, al menos hasta cierto nivel.

No tiene sentido la punzada que siento en el pecho por eso. Mi estúpido corazón se preocupará demasiado por ella, se habrá dado por completo a Aquiles hace mucho tiempo, pero, aunque acabe rompiéndose al final de todo esto, al menos me queda el consuelo agridulce de saber que cuidarán bien el uno del otro.

Eso si no es Aquiles quien elimina a Helena del torneo. No creo mucho de que pueda perdonárselo si eso ocurre. Hasta ha llegado a decir que le resultaría imposible.

Quizá tenga que ser yo quien lo haga.

Me froto el pecho con más fuerza. Carajo, no puedo. Aunque sea para ayudar a Aquiles, no puedo hacerle eso a ella. Por muy complicadas que sean las consecuencias, no podemos ir por ella. Confía en nosotros... Puede que no del todo —al fin y al cabo, no es una necia—, pero nos confía su cuerpo, confía lo suficiente como para compartir con nosotros ciertas vulnerabilidades suyas. No podemos cambiar por completo y decidir aplastarla después de estos últimos días.

Para cuando suena la alarma, sigo sin respuestas claras. Nos preparamos en silencio. Yo me pongo mi equipo de entrenamiento; no tengo que impresionar a nadie. Aquiles se viste con otro de los uniformes personalizados que encargamos. Este es negro como la tinta y se le pega al cuerpo, resaltando sus impresionantes músculos y elevando su atractivo hasta el punto de que casi duele mirarlo.

¿Y Helena?

Lleva un traje completo muy ceñido que le da la apariencia de estar embadurnada en aceite. Con cada movimiento destellan diferentes colores bajo la tenue luz de la habitación. Se ha trenzado el pelo y se lo ha recogido alrededor de la cabeza casi como si fuera una corona. Muy inteligente. Todo el modelito es muy inteligente. El material del traje hará que sea difícil agarrarla, y su pelo ya no es un punto débil del que poder aprovecharse en una pelea. Y todo en ella... brilla. El maquillaje también es más tosco que la última vez. Se ha puesto sombra desde los ojos hasta casi las sienes, lo cual le da un toque dramático que, en combinación con el labial negro, hace que parezca que podría estar a la vanguardia de un antiguo ejército, conduciendo a su gente a la batalla.

Parece una reina guerrera.

El público va a ser incapaz de apartar la vista de ella. Es más, les va a encantar toda la parafernalia, sobre todo si lo hace bien.

—¿Están preparados? —consigo decir.

—Da igual si lo estoy o no. Es la hora.

Aquiles se dirige hacia la puerta.

—Vamos.

Aquiles y yo cruzamos la mirada y mantenemos a Helena entre nosotros mientras salimos de la habitación y seguimos al resto de los campeones. No me gusta cómo la mira Paris, como si fuera un trofeo que puede obtener. Técnicamente lo es, pero me deja mal sabor de boca de todas formas.

En el estadio, no puedo evitar tomar la mano de Helena y darle un leve apretón.

—Todo irá bien.

Me regala una sonrisa vaga.

—Lo sé. —Me devuelve el apretón antes de soltarme la mano.

Y entonces ya no hay tiempo para hablar, porque nos escoltan a través del túnel de concreto hasta la zona principal. Me impacta la transformación del estadio en cuanto cruzamos la entrada. El circuito de obstáculos ha sido reemplazado por unos enormes muros de diversas alturas. Parecen de concreto, pero es imposible. El concreto pesaría demasiado para acarrearlo hasta aquí y construir esto...

Es un laberinto. Debe de serlo.

Cuesta concentrarse con el clamor incesante del público. Creo que ese sonido se va a colar en mis pesadillas. Es un recordatorio de que hay demasiada gente mirándome, de que esta prueba va a cambiar las cosas más aún que la primera. Ahora somos doce campeones.

Después de esta prueba quedaremos menos de la mitad.

Volteo a ver a Helena y, a su otro lado, a Aquiles. Los dos tienen expresiones pétreas, pero estoy seguro de que sienten la misma agitación en el pecho que yo. En ningún momento he dudado de la capacidad de Aquiles para ganar el título de Ares. No voy a empezar ahora.

Pero ¿a qué precio?

Sin duda el precio parece mucho más alto de lo que me había imaginado.

Justo delante de nosotros, desde muy arriba, las luces enfocan a la tribuna donde se encuentra Atenea. Lleva un traje color crema y está furiosa. Vaya, intenta reprimir la emoción, pero he trabajado directamente para ella demasiado tiempo como para no conocer bien sus estados anímicos. Está tan descontenta con cómo se han desarrollado las cosas con el potencial asesino como nosotros. Más aún, ya que ha ocurrido bajo su custodia.

Alza una mano y el estadio se queda en silencio de inmediato. Atenea pasa una mirada penetrante por los campeones.

—La segunda prueba dará comienzo en breve. Serán colocados en distintas ubicaciones dentro del laberinto. Una puerta conduce a la salida, pero, para abrirla, se necesita una llave. Hay cinco llaves escondidas en el laberinto. También contarán con un límite de tiempo. Solo pueden tomar una llave, si la encuentran, en el momento de encontrarla. Si no os habéis consiguen una llave y han pasado la puerta para salir del laberinto durante el tiempo asignado, quedarán eliminados.

Ahora es cuando las alianzas van a comenzar a venirse abajo. Que haya cinco llaves implica que siete personas quedarán eliminadas. Como mínimo. Tenemos que encontrar las llaves para empezar, y nada garantiza que vayan a aparecer todas antes de que se termine el tiempo.

Tomo aire despacio y hablo en voz lo suficientemente baja como para que solo me oigan Helena y Aquiles.

—Apuesto a que las llaves, o al menos varias de ellas, están en el centro del laberinto.

—Así que hay que ver cómo entrar y luego cómo salir —musita Aquiles—. Parece muy sencillo.

Helena se ríe con burla.

—Sí, claro. Simple. Salvo por el hecho de que los otros campeones pretenden hacer lo mismo.

Belerofonte se acerca a donde estamos los campeones en fila con capuchas negras en la mano. Ya veo... Tiene sentido. No nos van a dar la oportunidad de memorizar el camino que recorramos por el laberinto. Si tenemos los ojos tapados y nos llevan por una ruta extraña, estaremos todos igual de confundidos y partiremos en las mismas condiciones.

Al menos en teoría.

Belerofonte le cubre la cabeza al Minotauro con la primera capucha y se la ajusta. Después pasa al siguiente campeón.

—Va a haber peleas, y nadie va a jugar limpio. —No digo nada que no sepan ya, pero siento la necesidad de hacerlo de todos modos.

Helena niega con la cabeza sin que flaquee su sonrisa perfecta.

—Yo tampoco. —Nos mira a los dos. Por primera vez desde que nos subimos a las vans esta mañana aparece algo de la mujer real que hay tras la máscara—. Manténganse alejados de mí. No quiero... Miren, me caen bien. En un mundo perfecto, no estaríamos compitiendo, pero no estamos en un mundo perfecto y yo no pienso dejar que mis emociones pongan en peligro mis objetivos. Así que no se lo tomen a mal, pero los pisotearé si hace falta para conseguir el título.

Se me revuelve el estómago de solo oírla, aunque no me sorprende lo que dice. El sentimiento no hace sino empeorar cuando Aquiles estalla en una carcajada.

—Nos vemos en la salida, princesa.

La sonrisa de Helena es mordaz.

—Cuenta con ello —responde.

Justo entonces Belerofonte se coloca delante de ella y le pasa la capucha negra por la cabeza. Yo soy el siguiente. Aunque sé lo que me espera, me resulta igual de desconcertante dejar de ver. La capucha impide el paso de la luz por completo, y el sonido del público se oye particularmente alto sin la vista para distraerme.

Me sobresalto cuando noto que unas manos me tocan los hombros. Me llevan hacia delante, e incluso siendo consciente de que me separan unos seis metros del laberinto, me resulta imposible ubicarme. Trato de llevar la cuenta de los giros y las vueltas, pero es inútil. Y si yo no soy capaz de hacerlo, dudo mucho que ninguno de los otros pueda lograrlo.

Pues bueno. Tampoco se sale de lo que me esperaba de la prueba.

Las manos en mis hombros tiran de mí para que me detenga y una voz suave me dice al oído:

—Quédate aquí con la capucha puesta hasta que Atenea diga que la prueba ha comenzado.

Asiento con la cabeza y mi acompañante me suelta los hombros. Sin ese contacto para mantenerme con los pies en la tierra, me siento aún más fuera de mí. El sonido es implacable, y en esta completa oscuridad tengo que esforzarme por reprimir el impulso de levantar los puños en un gesto defensivo. Cualquiera podría estar delante de mí y...

Las ovaciones se apagan y el familiar tono frío de Atenea se propaga por el espacio vacío.

—La segunda prueba comienza ahora. Finalizará al cabo de dos horas o cuando hayan salido del laberinto cinco campeones. Buena suerte.

Me retiro la capucha de la cabeza y parpadeo hasta acostumbrarme a las intensas luces. Los muros son tan altos dentro del laberinto como lo eran fuera, pero, aun así, puedo ver las gradas más altas del estadio y varias de las pantallas en las que se ve a distintos campeones. No obstante, resulta imposible sacar información útil de ellas. Los muros del laberinto parecen ser igual de grises en todas partes. Incluso las distintas alturas, que calculo que van desde los tres metros a los cuatro y pico, no hacen sino empeorar la desconcertante sensación de ser incapaz de acertar por dónde hay que ir. El resto de los campeones podría estar al otro lado del muro, en el siguiente pasillo o en el extremo opuesto del laberinto. Concentrarme en las pantallas va a distraerme más que a ayudarme.

El pasillo en el que estoy es relativamente recto; por un lado, parece adentrarse en el laberinto y, por el otro, parece alejarse hacia el perímetro. Cuando investigaba sobre en qué podrían consistir las pruebas, los laberintos estaban en la lista. La recomendación general para salir de un laberinto suele ser tomar una dirección y seguir el muro hasta la salida.

Por desgracia, eso no serviría de nada ahora.

Tengo que encontrar una llave antes de hallar la salida, lo cual implica meterme de lleno en el laberinto más que buscar el perímetro. Si al menos supiera qué tipo de laberinto es...

Qué le vamos a hacer. Solo hay una manera de descubrirlo. Respiro profundamente y me encamino hacia la dirección aproximada del centro a paso raudo, lo suficientemente rápido como para avanzar deprisa pero no tanto como para que me tome por sorpresa toparme con otro campeón. Los únicos campeones que quedarán eliminados serán los que sigan en el laberinto cuando se acabe el tiempo, lo cual significa que la forma más inteligente de lidiar con quien me encuentre es incapacitar a la persona de algún modo. Dejar inconsciente a alguien no es cosa sencilla, así que lo mejor será ir por las piernas. Las rodillas son una apuesta segura.

Por desgracia, los otros campeones tratarán de hacerme lo mismo a mí.

Serpenteo por el laberinto, los pasillos me alejan y me acercan al centro por turnos. Por cómo está construido el estadio, es imposible saber si voy bien o si solo estoy dando vueltas sin sentido.

La multitud grita y me paro en seco, buscando con la mirada las pantallas que puedo ver desde mi posición. En todas se ve a Atalanta. Va a toda prisa por el laberinto, corriendo de una manera que hace que sus rastas vuelen tras ella. Me entero de qué la hace huir así un segundo más tarde, cuando el Minotauro gira bruscamente en la esquina que hay detrás de ella.

—Mierda... —susurro. Va hacia ella como si quisiera matarla.

Está a punto de alcanzarla, pero ella de pronto se gira sobre sus talones, se abalanza hacia la pared y se impulsa con ella para asestarle un puñetazo brutal en la mandíbula cuadrada mientras rueda en el aire. El golpe le hace retroceder y darse con la espalda contra el muro de enfrente. Para cuando se recupera, Atalanta ha desaparecido por la esquina más cercana.

Me quedo mirando durante unos cuantos latidos más hasta que está claro que se ha escapado, y siento un alivio extraño. Nos vendría bien que eliminaran a Atalanta en esta prueba, pero eso no significa que quiera que salga mal parada. Exhalo despacio y me obligo a concentrarme de nuevo. No puedo distraerme ahora ni perder de vista mi objetivo.

Veo un destello de movimiento con el rabillo del ojo y volteo...

Solo para recibir de lleno el puñetazo de Héctor.

21 HELENA

Tras varios largos y frustrantes minutos de zigzaguear por este laberinto infinito, mi cerebro por fin se pone en marcha. Atenea ha expuesto las reglas al inicio: «Encuentren la llave, localicen la puerta para salir del laberinto».

No ha dicho nada de cómo teníamos que recorrer el laberinto.

Observo las paredes. Son de unos tres metros de alto en sus partes más bajas y en su mayoría sin relieves de ningún tipo, ni muescas ni nada de donde agarrarse para trepar. Pero uno de los potenciales obstáculos para los que me entrené era subir paredes corriendo. Tomando suficiente velocidad, debería lograrlo. No puedo saber con certeza cómo de gruesos son los muros, pero antes hacía equilibrios en barra, dudo que sean mucho más estrechos que eso.

Me lleva un poco más de tiempo encontrar una parte del laberinto con espacio suficiente para correr sin problemas. Veo los segundos pasar en el reloj que hay en lo alto, pero aún tengo tiempo de sobra. No veo todas las pantallas desde donde estoy, pero en las que veo todos los campeones intentan encontrar el camino por los pasillos.

Si hago esto, me enfocarán con las cámaras.

Los otros me imitarán enseguida, o al menos lo intentarán. Sería una tontería no hacerlo. Sea cual sea la ventaja que me brinde ser la primera no durará mucho si no me doy prisa.

Respiro profundo y me seco las palmas sudadas en la ropa. Aún no he visto a Aquiles ni a Patroclo, y no puedo evitar preocuparme por ellos. Mi vida sería más fácil si quedaran los dos eliminados en esta ronda. Debería ver esto en blanco y negro: lo que me ayuda a convertirme en Ares y lo que se interpone en mi camino.

Pero, si están fuera..., esta cosa tan rara que tenemos los tres se acabará.

Son las primeras personas que me he encontrado que me ven tal cual soy. Como la niña mimada y la princesa consentida, sí, pero también como la mujer fuerte e inteligente que hay debajo. Patroclo me trata como si fuera algo realmente valioso. Aquiles no duda de mi fuerza. Ambos me ven como una igual.

Es una sensación increíble. Igual soy una tonta, pero no estoy preparada para renunciar a ella tan pronto.

Eso sí, no tengo tiempo para pensar en eso ahora. Da igual lo que marque el reloj de arriba; si no consigo una de esas llaves, no pasaré a la siguiente ronda. No he llegado hasta aquí para fracasar ahora.

Corro hacia la pared. Es un poco como la carrera del salto de potro en gimnasia, solo que el potro es un muro de tres metros de altura y tengo un cuarto de la distancia adecuada para tomar velocidad. Doy una última zancada y me impulso hacia el muro. Arriba, arriba, arriba. Apenas rozo la parte superior con la punta de los dedos. Maldigo mientras me desplomo al suelo y estoy a punto de aterrizar de culo.

—Maldición...

Cuantas más veces lo intente, más energía y más tiempo

desperdiciaré, y no me lo puedo permitir. Quizá debería probar otra cosa... Niego con la cabeza. No. Esta es mi mejor opción. Jamás he dejado que una tontería como fallar una vez se interponga entre mis metas y yo, y eso no va a cambiar ahora.

Desando mis pasos por el pasillo e inhalo despacio. Esta vez lo conseguiré. Tengo que hacerlo. Los dedos llegan a lo alto del muro y me concentro en agarrarme con ellos todo lo posible para no volver a caer al suelo. Duele. Dioses, duele mucho. Pero me impulso hacia arriba con fuerza a pesar del dolor hasta que consigo pasar una pierna por lo alto del muro y subir el resto del cuerpo. Arriba es más o menos como me esperaba. Unos quince centímetros de ancho. Espacio de sobra. Si no fuera por la diferencia de altura de los muros, ni me molestaría en quitarme los zapatos. Creo que voy a ir un poco lenta, pero tengo la ventaja de poder ver el camino más claramente que el resto de los campeones.

A mi alrededor, siento el clamor del público como algo casi físico que me oprime la piel. Me cuesta apartarlo de mi mente y no dejar que me afecte. Me obligo a pararme unos segundos para analizar el laberinto. Es complicado como él solo, los pasillos van de un lado a otro sin ton ni son. Me doy la vuelta con cuidado y ahí está.

El centro.

Puedo seguir el camino viendo por dónde hay que ir o... puedo tomar un atajo.

Los pasillos del laberinto son de un metro y medio de ancho aproximadamente. No es poco, pero tampoco tanto como para no poder saltar con facilidad. El centro está justo ahí. A unos quince metros. Puedo ir allí, tomar la llave y hacer lo mismo que ahora para encontrar el camino hacia la puerta. Los muros son de distintas alturas, pero parece que, si me las arreglo para subir al más alto que está justo a mi lado, tengo vía libre hacia el centro.

Con la competencia que tengo, no puedo permitirme ser precavida.

Además, estoy más preparada que nadie para hacer esto, con mi experiencia en el mundo de la gimnasia. Saltar un metro y medio no es nada, y los muros de tres metros de altura bien podrían ser suelo plano. «Puedo hacerlo.»

Las pantallas cambian encima de mí y dedico tres segundos a observar cómo otro campeón intenta subir corriendo por la pared. Es mucho más alto que yo y se las arregla para agarrarse con las manos, pero, cuando intenta subir la pierna, algo falla. Cierro los ojos de dolor cuando lo veo caer al suelo con un ruido seco que casi siento en mis huesos, aunque no pueda oírlo por encima del tumulto del público.

—A lo mejor soy la única que puede hacer esto... —murmuro.

No hay más tiempo que perder. Brinco al siguiente muro y luego uso la inercia para saltar al tercero. Así una y otra vez, volando por lo alto del laberinto. Con el rabillo del ojo veo que estoy saliendo en varias de las pantallas ahora mismo, lo cual significa que tengo que darme prisa. Aunque nadie más consiga escalar los muros y usarlos como yo, lo cual ya es mucho suponer, todos sabrán dónde estoy. Es como si tuviera pintada una diana en la espalda.

El centro del laberinto no es demasiado grande, unos trece metros cuadrados. En el medio hay una barra de acero moldeada para parecer un árbol con cinco ramas. De cada una de ellas cuelga una llave de aspecto antiguo.

Además, en el centro del laberinto hay otro campeón. Teseo.

Aún no me ha visto, pero me verá en cuanto voltee. No

hace falta matarlo, solo necesito que se quede en el suelo el tiempo suficiente para agarrar una llave y salir volando. Puedo subir al muro del laberinto más tarde, cuando esté sola. No me paro a pensar en todas las cosas que podrían ir mal. Me abalanzo sobre él y me aprovecho del impulso y de la fuerza de la gravedad para tumbarlo antes de que pueda alcanzar el árbol.

El impacto me sacude hasta los huesos. Es un tipo grande, pero no lo suficiente como para amortiguar un salto de tres metros de altura. «No pares. Da igual que te duela. Sigue.» Me aparto de su espalda y me pongo de pie deprisa. El árbol está a un metro de mí, pero apenas doy un paso antes de que me agarre el tobillo y tire de mí hacia abajo.

Esta vez, al chocar contra el suelo, me quedo sin aire en los pulmones. Pero no dejo que eso me detenga. No cuando Teseo está intentando ponerse encima de mí. Si me inmoviliza, podría matarme. Como mínimo me incapacitaría para asegurarse de que no paso la prueba.

«Ni en sueños.»

Me doblo por la cintura para incorporarme y reúno todas mis fuerzas en la mano para asestarle un puñetazo en la cara. Apenas basta para aturdirlo, pero me las arreglo para apartarme unos cuantos centímetros antes de que se recupere y me agarre con más ahínco la pierna. Me da un tirón brusco hasta que la mitad de mi cuerpo queda debajo de él. El traje que llevo está diseñado para que no sea fácil agarrarme, pero no sirve de nada si puede rodearme casi todo el muslo con la mano.

Me invade el pánico. Estoy tan cerca de lo que quiero... y este hombre pretende interponerse en mi camino.

—Suéltame. —Le pego otro puñetazo en la cara.

Él solo responde con un gruñido y después me suelta el

muslo para atizarme un golpe terrible en los cuádriceps. El dolor me marea un poco, pero no me van a parar. No ahora. No este hombre.

—Estás librando una batalla perdida. —Teseo emite un sonido peligrosamente similar a un rugido y se incorpora—. No eres más que una niñita consentida de papá jugando a los soldados. No vas a ganar.

No puedo darle la vuelta. Es demasiado grande y no estoy en la posición adecuada para hacerlo.

—Mira y verás. —Le agarro una maraña de pelo rojo oscuro y le meto los dedos en los ojos.

Teseo aúlla y se encoge de dolor. Se retira lo suficiente para poder escabullirme de debajo de él. El muslo herido amenaza con fallarme cuando me levanto, pero agarro una llave y me paso el cordón por el cuello. Cada paso me duele, pero no tengo tiempo de preocuparme por eso ahora.

Me volteo en el momento exacto en el que Teseo pone una mano en el suelo y se pone de pie. Se balancea como si fuera a caerse, pero consigue mantener el equilibrio. «Mierda.» Tiene los ojos rojos y llorosos, pero debe de ver sin problemas, porque los entrecierra mientras me mira. Suelta una maldición.

—Pagarás por esto.

—Quítate de en medio o te haré daño de verdad.

Hay dos entradas al centro del laberinto, pero él está justo delante de la que lleva a donde tengo que ir. Si elijo la otra, tendré que rodear todo el centro de alguna manera, y eso ni me lo planteo. Conozco mi cuerpo lo suficientemente bien como para saber que voy a contrarreloj con este muslo. Tengo que salir de aquí antes de que se me acabe el subidón de adrenalina y ceda por completo.

Teseo sacude la cabeza como un toro a punto de embestir.

—Los Kasios representan todo lo malo de este nido de víboras. No vas a pasar esta prueba.

Sus palabras me provocan un escalofrío de miedo. Me había planteado y había descartado la posibilidad de que Teseo y su gente estuvieran aquí para tratar de dar un golpe de Estado. Por lo visto, no me equivocaba. Sí han venido a tomar el control de Olimpo.

—No vas a ganar. Aunque consigas el título, no vas a ganar.

—No soy yo por el que te tienes que preocupar. —Se lanza contra mí.

Lo esquivo en el último segundo, agachándome e inclinándome a un lado. Teseo se da contra el árbol produciendo un sonido metálico y se tambalea, pero yo ya me estoy moviendo. Le doy una patada en la rodilla en diagonal, haciendo uso de todas mis fuerzas. Cede con un crujido que me revuelve el estómago y da tumbos hacia un lado hasta acabar desplomándose en el suelo.

Un oscuro y repugnante deseo surge en mi interior, el impulso de pisotearle la rodilla unas cuantas veces más hasta asegurarme de que no se va a poder levantar. Pero lo resisto. Puede que sirva para protegerme de este hombre, pero no me va a ser útil a la larga. Cuanto más tiempo siga aquí, mayor es la probabilidad de que alguien aparezca.

Maldigo y rodeo el cuerpo de Teseo. Él no para de quejarse y maldecirme, pero no hace ni el intento de ponerse de pie. Dudo mucho que pueda. «Perfecto.»

La pierna me duele muchísimo. Es ahora o nunca. Tomo aire con dificultad y echo a correr. El muslo herido amenaza con fallarme a cada paso, pero consigo trepar el muro a la primera. Esta vez me cuesta más subir el resto de mi cuerpo, y para cuando logro un poco de estabilidad estoy jadeando.

Lo siguiente es subir otras dos secciones hasta el muro más alto al que puedo llegar fácilmente desde aquí. Necesito la altura para trazar el camino hacia la salida. Esta vez me resulta más sencillo, mi equilibrio es más estable, pero aun así voy con mucho cuidado por la pierna. Una caída de tres metros dolería de lo lindo, pero ¿una de cuatro metros y medio?

Prefiero no arriesgarme.

Alzo la vista hacia las pantallas justo a tiempo para ver a Atalanta prácticamente noqueando al Minotauro con un buen puñetazo. Dibujo una sonrisa cansada.

—Bien hecho.

No me apetece enfrentarme a ella en la prueba final si se diera el caso, pero, por lo que he visto en nuestras escasas interacciones, me cae muy bien.

Después me vuelvo a concentrar y estudio el laberinto desde arriba. Nadie más ha subido, pero no puedo dar por hecho que no haya nadie más entre los campeones que sea capaz de hacerlo. Tengo que ponerme en marcha. Por desgracia, dudo que pueda volver a saltar de muro en muro como he hecho antes. Si me falla la pierna, la caída será peor que lo que podría haberme hecho Teseo.

Me doy la vuelta un poco, buscando la puerta de salida. Está cerca de la entrada por la que accedimos al recinto, es decir, delante de mí y a la derecha. Procuro controlar la respiración desbocada mientras me hago un mapa mental hasta allí. Me va a llevar más tiempo, pero tengo una llave y solo es cuestión de evitar al resto de los campeones. Debería poder hacerlo.

El clamor del público se intensifica. Pensaba que era una locura antes, pero no es nada en comparación con el tumulto que hace temblar el estadio ahora. Suena a sed de sangre. Volteo giro justo a tiempo para ver en las pantallas un plano de Patroclo y Héctor peleando.

Me quedo sin respiración cuando Héctor le planta un puñetazo devastador en el estómago a Patroclo. Por sus pintas, deben de llevar un rato luchando. Ambos tienen los nudillos ensangrentados y sus hermosas caras rotas y magulladas, casi irreconocibles. Se mueven en círculos tanteándose el uno al otro.

Están en buenísima forma los dos, pero Héctor se mueve más como Aquiles..., como por instinto. Casi puedo ver el cerebro de Patroclo trabajando a toda máquina para adivinar por dónde le va a venir el siguiente golpe, intentando anticiparse a su contrincante. Le funcionaría con cualquier otra persona, pero con Héctor no. Es demasiado rápido. Nunca lo he visto luchar, pero trabajó varios años para Ares antes de pasar a las filas de Apolo. Por lo visto, el tiempo en la oficina no lo ha ablandado ni un poco.

Patroclo va a perder.

El corazón se me sube a la garganta. Examino el laberinto tratando de averiguar dónde están. No sé si seré de ayuda, pero tengo que intentarlo. Dudo que Héctor vaya a causarle daños permanentes a Patroclo; al menos no a propósito. Pero en las peleas puede pasar cualquier cosa, sobre todo cuando hay tanto en juego.

«Ahí.»

No están lejos. Podría llegar a donde están en un par de minutos..., pero eso supondría ir en la dirección contraria a la salida. Si Patroclo no puede con Héctor, yo tampoco. Si lo ayudo, podría perder la oportunidad de pasar la segunda prueba.

Héctor le pega un gancho a Patroclo que hace que la cabeza se le vaya para atrás. Apenas puede mantenerse en pie.

—¡No!

Oigo un rugido de frustración a pesar de todo el ruido del público, me giro y me encuentro a Aquiles corriendo por el pasillo. En la dirección que no es.

No me paro a pensar, solo grito.

—¡Aquiles!

De alguna manera me oye. Se detiene en seco y mira hacia arriba. Señalo hacia el otro lado.

—¡Está allí! —Con un vistazo rápido calculo la ruta que tiene que seguir—. Dos a la derecha, izquierda, derecha y tres a la izquierda.

Él asiente y se marcha, procediendo a seguir mis instrucciones al pie de la letra. Al cabo de unos pocos segundos, dobla la última esquina que lo separa de la pelea y derriba a Héctor de un salto volador. Se le ve tan despejado como al entrar en el laberinto, así que exhalo tranquila a pesar del temblor de mi cuerpo. Va a salir todo bien. Aquiles se encargará de Patroclo. No va a permitir que maten a su amante.

«Gracias a los dioses...»

Me obligo a apartar la vista de la pelea. Estarán bien, en estos momentos tengo que preocuparme de mí. No puedo hacer nada para ayudar, nada que de verdad les sirva de ayuda. Tras un último vistazo a las pantallas, me pongo de pie despacio y emprendo el sinuoso camino hacia la salida.

La pierna me aguanta, lo cual es casi un milagro, pero cada paso es un tormento. Distingo al Minotauro moviéndose con pesadez por el laberinto unos pocos pasillos más allá. Mira hacia arriba mientras paso por su lado y entrecierra los ojos. Me tenso, pero él se limita a volverse para hacer los últimos giros antes de llegar al centro del laberinto.

Me detengo en el muro que hay justo enfrente de la puerta y me cuelgo poco a poco para dejarme caer en el suelo. La pierna me falla finalmente y caigo de culo.

—¡Ay!

—Vaya, estoy impresionada.

Levanto la vista y veo a Atalanta de pie delante de mí con una sonrisa atravesándole la cara llena de cicatrices. Tiene una llave en la mano. Le devuelvo una sonrisa cansada.

—Lo mismo digo.

Abre la boca, pero se le ponen los ojos en blanco de repente y se desploma. Tras ella se encuentra Paris, que niega con la cabeza.

—Pobrecilla, no se lo veía venir.

Mi cuerpo se estremece antes siquiera de que mi mente pueda procesar el hecho de que Paris acaba de dejar inconsciente a Atalanta. Veo algo tenebroso cruzarle el rostro durante unos segundos, como si estuviera planteándose atacarme mientras estoy en el suelo pero se lo impidiera la obligación de mantener la apariencia de chico encantador con la que tiene engañado a todo Olimpo.

Vuelve a negar con la cabeza despacio mientras se agacha para agarrar la llave de la mano inerte de Atalanta.

—Conque trepando por las paredes, ¿verdad? Sabía que no podías haber llegado hasta aquí sin hacer trampas. Le estás quitando la llave a alguien que se la merece de verdad. Es patético. —Paris se voltea y va hacia la puerta. Mete la llave, la abre y desaparece por ella.

Me quedo mirando a ese lugar uno, dos, tres segundos. No he hecho trampas. He resuelto el problema usando un método no tradicional, pero eso no me hace débil. Y qué ironía que me acuse a mí de quitarle la llave a alguien que realmente la merece... Sacudo la cabeza con fuerza. Maldición, ya estoy dejando que me cree dudas de nuevo. Me arrastro hacia el lado de Atalanta y la incorporo para que quede con la espalda apoyada en la pared.

Respira con regularidad, y abre un poco los ojos oscuros.

—Hijo de puta... —susurra.

El alivio que siento me aturde ligeramente. Está bien, o al menos lo estará.

—Lo siento. —No me puedo quedar aquí, no puedo arriesgarme a sufrir el mismo destino que ella si alguien decide seguir los pasos de Paris. Le doy un apretón en el hombro y me alejo de ella—. Lo siento mucho, me tengo que ir.

Lo único que importa ahora es abrir esa puerta y pasar la segunda prueba.

Me apoyo en la pared para ponerme en pie y me tambaleo hacia la puerta. Me lleva dos intentos introducir la llave en la cerradura y girarla. Se abre sin hacer ningún ruido y la atravieso para salir del laberinto.

¿Está aclamando el público más que antes? No lo tengo claro, pero me enderezo y procuro cojear lo mínimo posible mientras ando. Belerofonte está justo al otro lado de la puerta, con una expresión ilegible en el rostro. Me conduce a un banco que no estaba ahí antes de que empezara la prueba.

—Espera aquí, por favor.

Asiento y voy a sentarme en el extremo opuesto de donde está Paris reclinado. Puedo sentir que me observa, pero me niego a mirarlo. En su lugar, llevo la vista a las pantallas de arriba, donde se ve a varios campeones. Muchos están en el suelo, heridos. Teseo sigue en el centro del laberinto, apoyado contra la pared con la rodilla entre los brazos. No veo a Héctor ni al Minotauro.

Aquiles ayuda a caminar a Patroclo, que, aunque está herido, parece estar bien, gracias a los dioses.

Me esfuerzo por no reaccionar ni en lo más mínimo mientras veo cómo avanzan poco a poco, con el corazón en la garganta. Ya ha pasado más de la mitad del tiempo de la prueba.

Van a tener que darse prisa si quieren pasarla. Me aprieto las piernas con las manos, tratando de mantener la cara de póquer. ¿Tendrá Aquiles que dejar atrás a Patroclo? ¿Conseguirá superar la prueba alguno de los dos?

«Vamos, pueden hacerlo. Dense prisa.»

AQUILES

—Déjame aquí.

—Deja de decir eso —gruño—. Vamos a salir de aquí juntos.

Antes me he encontrado sin querer la salida del laberinto, así que he memorizado el camino de vuelta. Solo tenemos que encontrar el puto centro, agarrar las llaves y largarnos de aquí. Cambio de posición con cuidado el brazo con el que agarro la cintura de Patroclo.

—¿Te ha dado en las costillas?

—No. —Se está apoyando demasiado en mí, así que no sé si me está mintiendo o si Héctor lo ha dejado medio tonto con ese puñetazo en la cabeza.

Tiene el labio partido y estoy muy seguro de que se ha jodido el tobillo. También se le ve un moretón muy feo en el pómulo, y los lentes ya se le habían roto para cuando me lo encontré peleando con Héctor.

Pero mejor será no pensar mucho en todo esto.

Se veía claramente que Patroclo no tenía nada que hacer contra él, pero de pronto Héctor le ha metido ese gancho que le ha doblado la cabeza para atrás y Patroclo se ha derrumbado como si fuera una marioneta a la que le han cortado las cuerdas. Después de eso, he pasado al piloto automático. Lo único que quería era dejar inconsciente a Héctor y proteger al hombre al que amo. Me importa poco que Héctor tenga sus propios motivos para estar aquí.

Él no quiere el título. Solo pretende allanarle el camino al insignificante de su hermano pequeño, y está dispuesto a pasar por encima de Patroclo para conseguirlo. Si Helena no hubiera estado encima del muro y no hubiera podido guiarme..., prefiero no pensar lo que habría ocurrido.

Las pantallas de arriba cambian y el público se vuelve loco. Miro justo a tiempo de ver a Paris salir del laberinto. Al muy imbécil le queda de maravilla el azul cobalto. Además, no parece que se haya ni despeinado para pasar la prueba. Qué cabrón.

Justo después de él llega Helena.

Está cojeando y sonriendo, pero veo que en realidad está furiosa. Lo esconde con cuidado tras sus ojos ámbar mientras voltea y saluda con la mano al público. Una parte de mí confiaba en que acabara eliminada en esta prueba, para que todo fuera más sencillo, pero no puedo evitar sentir un estallido de orgullo. Lo ha logrado, y además lo ha hecho de forma muy inteligente.

—Esa es nuestra chica.

—Aquiles... —La voz de Patroclo suena como un balbuceo, y no sé si es por el golpe en la cabeza o por el labio partido—. Te estoy haciendo ir demasiado lento. Solo quedan tres llaves. Déjame aquí.

—Cállate —replico.

Lo arrastro por una esquina tras otra. Estamos cerca del centro, estoy convencido. El laberinto no es tan complicado cuando te diriges al centro. Y, en efecto, tras el siguiente giro salimos a un espacio más abierto, en el medio del cual se encuentra una extraña estructura de metal con dos llaves colgando de las ramas.

—Solo quedan dos.

En el centro también está Teseo. He visto un poco de su pelea con Helena, le ha pateado el culo de lo lindo; o, mejor dicho, la rodilla. Está apoyado contra la pared con los ojos cerrados, y tiene la cara contraída en un gesto de dolor. Por debajo de sus pantalones cortos negros se le ve la rodilla extremadamente inflamada y de un tono morado muy desagradable. En el mejor de los casos, se la ha dislocado. En el peor, le ha roto algo importante.

«Así se hace, princesa.»

Aunque de alguna manera pudiera agarrar una llave, con una lesión así es imposible que continúe en el torneo. Aun así, nos alejo de él. No hay motivo para tentar a la suerte y darle tiempo de atacarnos. Miro arriba. Todavía queda media hora de prueba. Tiempo de sobra siempre y cuando no nos metamos en problemas, pero solo si no nos distraemos. Agarro una de las llaves y le paso el cordón por el cuello a Patroclo. La segunda es para mí.

—Aquiles. —Patroclo me agarra de la camiseta y me zarandea ligeramente—. Deja de ser tan terco.

—No soy yo el que está siendo terco. Deja de decirme tonterías.

Me mira mal, y parece haber recobrado algo de fuerzas.

—Te estás portando como idiota. Yo no voy a ser Ares, en ningún momento he pretendido serlo. Solo estoy aquí para apoyarte, y ni siquiera has necesitado mi ayuda. —Niega con la cabeza y hace un gesto de dolor—. Déjame aquí, es lo mejor para ti.

Un miedo real se apodera de mí. Sé que está hablando de la prueba, pero me importa un comino. No puedo evitar imaginarme el momento del futuro en el que me diga esto de verdad. Se comporta como si yo fuera una estrella fugaz o algo así y él solo fuera mi acompañante casual. Como si no fuera mi compañero con pleno derecho. Como si tarde o temprano lo fuera a abandonar para siempre. Como si elegir dejar de luchar a mi lado no fuera una decisión en sí misma.

Lo agarro por los hombros. Con demasiada fuerza. Sin ningún tipo de cuidado.

—Escúchame, Patroclo. No voy a dejarte nunca. Ni en esta prueba, ni en la vida en general. Deja de actuar como un puto mártir.

Él se estremece.

—No es ser un mártir si es la verdad.

Estamos hablando de la prueba y no estamos hablando de la prueba al mismo tiempo. Lo fulmino con la mirada.

—¿Te has cansado de mí?

—¿Cómo?

—Ya me has oído. ¿Es que te has cansado de mí? —Aguanto la respiración sin saber por qué, aunque la adrenalina me corra por todo el cuerpo.

Él parpadea una vez, y luego otra.

—No. No es... No voy a ser yo quien se vaya.

Casi hasta me mareo del alivio, pero no tenemos tiempo para ahondar en esto. No aquí, ni de esta manera.

—Entonces cierra la puta boca y aguanta un poco más. —Me agacho y lo levanto para cargármelo a los hombros.

Él maldice y refunfuña, pero es más de indignación que de dolor.

Me mantengo alerta mientras me dirijo hacia la salida. Atalanta y el Minotauro siguen en algún lugar del laberinto. Ya no quedan llaves, lo cual significa que uno de ellos tiene la que falta... Está por verse si pueden llegar a la puerta.

Patroclo rezonga todo el camino, pero al menos ha dejado de pedirme que lo abandone. Para cuando doblamos la última esquina y veo la puerta, estoy jadeando. En el reloj veo que quedan diez minutos. Por un pelo, pero lo hemos conseguido.

Dejo a Patroclo en el suelo con cuidado.

—Tú primero.

No protesta. Se tambalea hacia la puerta y mete la llave. El público se vuelve loco cuando entra trastabillándose. Yo le sigo sin dilación. En cuanto salimos del laberinto, es como si me hubiera quitado un enorme peso de encima, un peso que llevaba cargando las últimas dos horas. Sabía que lo lograríamos. Lo sabía.

Pero sí que ha habido momentos en los que he dudado.

Patroclo y yo nos dirigimos al banco y veo a Helena. Aparece una arruga de preocupación entre sus cejas cuando ve a Patroclo cojear hacia ella. Hace el intento de levantarse, pero paso el cuerpo por debajo del brazo de Patroclo y lo ayudo a seguir moviéndose.

—Yo me ocupo, princesa.

—¿Estás bien? —murmura. Por un segundo creo que le está hablando a él, pero cuando bajo la vista veo que tiene los ojos clavados en mí—. Apenas si te vi en las pantallas mientras estaba fuera.

—Dilo todo, ha sido un poco decepcionante. No he visto a nadie hasta lo de Héctor. —Se me revuelve el estómago al recordarlo.

No suelo darle muchas vueltas a las cosas, pero me va a costar quitarme de la cabeza la imagen de ese último golpe en la cabeza. Aunque sabía que haría falta mucho más que un gancho bien dado para acabar con Patroclo, verlo desplomarse fue una pesadilla. Trago con dificultad.

—Estoy... Estoy bien.

Siento a Patroclo al lado de Helena y me lleno de ternura al ver que ella le toma la mano de inmediato. Él niega con la cabeza.

—Deja de mirarme así. Estoy perfectamente.

—Sí, bueno, es que te ves horrible —dice Helena con cariño, aunque sigue con una expresión inquieta en el rostro.

Me dejo caer en el banco al otro lado de Patroclo y él se apoya en mí. Me carcome que esté así. No vamos a poder llevarlo a que lo vea un médico hasta que termine la prueba. Los últimos minutos se sienten como décadas.

Cuando faltan cinco minutos para el final, el Minotauro aparece por la esquina que lleva a la puerta. Tiene la última llave colgada de su enorme cuello, y baja la cabeza para quitársela mientras da los últimos pasos. Ese es el único motivo por el que no ve a Atalanta hasta que la tiene encima.

Aguanto la respiración mientras veo cómo lo ataca por la espalda. Lo hace de maravilla, pero le cuesta mantener el equilibrio a pesar de su evidente entrenamiento. Quizá por eso no logra apartarse a tiempo cuando el Minotauro arremete contra ella y la tumba.

—Paris la ha dejado inconsciente antes —murmura Helena. Observa lo que ocurre en la pantalla con cara de preocupación—. Si recibe otro golpe más en la cabeza...

No le espera nada bueno.

En las pantallas, Atalanta está encima del enorme pecho del Minotauro y le da codazos sin parar. Hago una mueca. Eso ha debido de doler, pero él tiene los brazos por encima de la cabeza y parece estar esperando pacientemente. Su oportunidad llega cuando ella se inclina para agarrar la llave.

El Minotauro le da un codazo en un lateral. La fuerza del golpe la aparta de encima de él, y Atalanta acaba dándose con la espalda contra el muro mientras se abraza el estómago. Debe de haberle roto una costilla. Tal vez más de una.

Me tenso cuando veo que el Minotauro se pone de pie. Si

va por ella ahora, no hay nada que pueda hacer para impedirlo. Durante una pausa larga y significativa, casi puedo ver que se plantea herirla mucho más aún. Al final se da la vuelta y se arrastra hacia la salida.

Unos segundos más tarde, abre de un portazo y lo vemos entrar. Tiene uno de los ojos casi cerrado por completo por la hinchazón que le ha provocado el puñetazo de Atalanta, pero por lo demás parece estar bien. Supongo que era mucho pedir que tuviera algunas heridas que lo jodieran para la siguiente prueba.

El público se queda en silencio cuando el foco apunta a Atenea.

—La segunda prueba ha terminado. —Dibuja una leve sonrisa—. Mi más sincera enhorabuena a los campeones que han pasado a la tercera prueba, la prueba final: Aquiles, Patroclo, el Minotauro, Helena y Paris.

El estadio se vuelve loco. Puedo sentir sus gritos a través de las suelas de los zapatos, una vibración que me llega a los huesos. Aunque no quiero nada más que salir corriendo de aquí y llevar a Patroclo a un médico, sonrío y saludo con la mano. Al otro lado, Helena me imita.

Me odio un poco en este momento.

¿Por qué diablos estoy jugando a este juego cuando una de las personas que más me importan en el mundo está tan malherida que no puede sostenerse por sí misma ni sentada en un banco? Dice mucho de mí y de mis metas, y lo que dice no es precisamente halagador.

Pero hemos llegado muy lejos, nos hemos esforzado mucho por estar aquí...

No pienso rendirme ahora. No está en mi naturaleza. Lucharé hasta el amargo final, y no puedo hacer más que confiar en que el precio no sea mayor de lo que puedo pagar. No se me había pasado por la cabeza esta posibilidad hasta ahora, pero ya no tengo nada claro.

Después, todo sucede muy deprisa.

Belerofonte y los suyos nos conducen a la salida del estadio. Quedamos pocos, así que cabemos sin problemas en una sola van. Pongo a Patroclo entre Helena y yo. No me gusta nada cómo lo miran los otros dos hombres... Cómo nos miran, más bien.

Paris se acomoda en su asiento y sonríe con superioridad.

—Qué bonito eso que tienen entre los tres. ¿No te cansas, Aquiles? —Me le quedo mirando con una expresión pétrea, pero por lo visto no necesita que le responda—. Ya sabes, de cargar con el lastre de Helena y Patroclo.

Noto que Helena se tensa, pero no la miro cuando contesto:

—Debe de resultarte agotador, Paris.

Él entrecierra los ojos.

—¿Qué?

—No dejar de inventarte cuentos para poder seguir fingiendo que eres mejor que los demás. —Sacudo la cabeza—. Eres un rastrero, y ese es el único motivo por el que has conseguido pasar la prueba. No pienses que no he visto cómo has atacado a Atalanta por detrás. Era tu única opción para vencerla, porque ni de broma lo habrías logrado de haber sido una pelea justa. Cualquiera de los que estamos en esta van puede contigo, incluido Patroclo tal y como está ahora. Así que cierra la puta boca.

Paris se pone rojo como un tomate, pero su tono de voz sigue siendo insoportablemente encantador cuando habla.

—Hay que ver cómo adulas a Helena... —Se inclina un poco hacia delante con un brillo cruel en los ojos—. No hace falta que te esfuerces tanto, con que le digas que es tu putita se te abrirá de piernas de inmediato.

La ira que surge en mi cuerpo hace que me abalance hacia él, pero Patroclo me pone una mano en el pecho para pararme. Habla con un tono de voz grave pero con rabia:

—Justo lo que diría un tipo que tenía algo sumamente valioso y lo jodió todo.

Veo a Helena, pero ella está mirando por la ventanilla. Creía que se le lanzaría a la yugular al oír un comentario así; no es como que se suela quedar de brazos cruzados cuando se molesta, y a mí me ha cacheteado por menos. En cambio, tiene los hombros encogidos, y en su lenguaje corporal leo tensión y fragilidad.

«No es la primera vez que le dice algo así.»

Me importa una mierda lo que opine la gente de mí, salvo ciertas personas contadas, pero he visto cómo a Patroclo a veces se le han quedado clavados en el cerebro comentarios insidiosos hasta el punto de hacerle dudar de sus capacidades reales y desmoralizarlo por completo. No pasa tanto ahora como cuando éramos jóvenes, pero esto se le parece mucho.

Helena quería a Paris. Soy incapaz de comprenderlo, pero ahora lo veo claro. Lo quería y se abrió a él, y por lo visto bien podría haberle hecho arrumacos a una víbora, porque él usó esa cercanía en su contra.

Lo miro. Ya no tengo el impulso de atacarle aquí mismo, pero mi rabia no ha disminuido ni un poco. Sonrío despacio.

—Voy a disfrutar de lo lindo partiéndote la cara en la próxima prueba. Ya no tienes a Héctor para protegerte.

Él se encoge de hombros.

—Ya lo veremos.

—Sí.

El Minotauro se ríe burlonamente.

—Qué pesados son los cuatro con sus ridículas peleítas.

—Nadie te obliga a escuchar —le respondo—. No estamos hablando contigo.

La van se detiene. Paris apenas espera a que se abra la puerta para salir del vehículo. El Minotauro lo sigue, pero a un ritmo más normal. De alguna manera me espero que Helena se marche también, pero se voltea hacia nosotros. Tiene una expresión en la cara que no me gusta nada.

—Yo te ayudo con Patroclo.

Ninguno hace ningún comentario sobre el hecho de que puedo llevarlo yo solo sin problemas. Es evidente que necesita algo en lo que ocuparse después de que Paris se haya portado como un cabrón con ella, y, si a Patroclo le parece bien que venga, a mí también. Lo bajamos con cuidado de la van, y Helena pasa por debajo de su brazo para que se apoye en ella. Es lo suficientemente bajita como para que Patroclo no tenga que levantar el brazo en exceso, y a ella apenas le cuesta andar bajo su peso. Es engañosamente fuerte para su tamaño, pero eso no es ninguna novedad.

Belerofonte nos espera en cuanto salimos. Echa una mirada al trío que formamos.

—Irá a verlos un médico a los aposentos de Patroclo.

—Perfecto. —Helena se dirige hacia la puerta.

Belerofonte y yo nos quedamos mirándolos un momento, y elle me dice en voz baja:

—Le habría visto un médico aunque no lo hubieras sacado a cuestas del laberinto. De hecho, probablemente habría sido antes.

—Lo sé. —Y es verdad. Pero no podía abandonarlo, me da igual si lo eliminan primero en la siguiente prueba. No soy así.

Belerofonte me da una palmada en la espalda.

—Bueno, enhorabuena por llegar a la tercera prueba. Ya lo tienes casi en la mano.

Logro sonreír un poco, aunque no aparto la vista de Helena y Patroclo. Ella cojea levemente, y no creo que sea por el peso de Patroclo. Hay que ver... Debería haber dicho algo si estaba herida. Emprendo la marcha hacia la entrada.

—Felicítame cuando me nombren Ares.

—Eso haré. Nunca deja de sorprenderme la confianza que tienes en ti mismo. —Se ríe suavemente—. La siguiente prueba es dentro de dos días. Prepárate.

—Lo haré —digo a mis espaldas. Corro para alcanzar a Helena y Patroclo, y me coloco bajo el otro brazo de este—. Yo me encargo.

—Nos estaba yendo bien sin ti. —No lo dice con malicia, solo suena exhausta.

—¿Qué te ha pasado en la pierna, Helena?

—Estoy bien —escupe.

—Sí, cómo no. El médico te revisará a ti también cuando lleguemos a la habitación.

Por lo demás se le ve bien, pero, si se parece un poco a Patroclo, no me diría nada aunque se estuviera desangrando. La sola idea me hiela por dentro.

Estos dos son de las personas más inteligentes que he conocido en mi vida, pero no tienen ni un poco del instinto de supervivencia que los dioses les dan a los niños. Si se quedaran solos, ignorarían todas las señales de su cuerpo y acabarían fatal.

«No pasa nada. Si no te cuidas tú, lo haré yo.»

Observo sus perfiles de reojo. Algo tierno despierta en mi pecho. «Los cuidaré a los dos.»

HELENA

Da igual lo que les diga a Aquiles y Patroclo, el muslo me duele horrible para cuando llegamos a la habitación. Apenas lo siento. Entre las horribles palabras de Paris, que no me quito de la cabeza, y las lesiones evidentes de Patroclo, tengo mucho a lo que atender más allá de lo físico.

Lo cual no impide que Aquiles nos obligue a sentarnos en el sofá y proteste cuando trato de ponerme de pie. Me señala con un dedo acusador.

—Siéntate ahora mismo y espera a que venga el médico.

Debería molestarme su actitud, pero... Igual que cuando Patroclo me paró en la cinta de correr, esta es la forma de cuidarme de Aquiles. Es una novedad agradable. Una molestia, sí, pero agradable. Nadie me ha solido cuidar. En casa de mi padre, si mostrabas demasiado afecto, estabas prácticamente pidiendo que Zeus te reprendiera con dureza. Lo presenciamos una y otra vez con Hércules, y aprendimos la lección. Demasiado bien, quizá.

Aparto el dedo de Aquiles de mi cara.

—Solo es un agarrón de Teseo, un moretón.

—Ya veremos —murmura. Le echa una mirada a mi traje ceñido—. Eso va a ser difícil de quitar. Te lo cortaremos.

—Aquiles...

Este señala a Patroclo.

—Tú no empieces. Apenas puedes levantar los brazos. Te voy a cortar la camiseta a ti también.

—Vaya fetichista... —murmuro.

—No tienss ni idea —replica Patroclo.

Patroclo y yo intercambiamos una mirada, y la exasperación que veo reflejada en sus ojos oscuros me sorprende y me saca una carcajada. Me sienta bien reírme, así que vuelvo a hacerlo.

—Dioses, Aquiles, eres todo un encanto —comento.

—Lo sé. Me alegra que por fin te des cuenta. —Se da la vuelta al oír que llaman a la puerta, pero antes de ir a abrirla nos dedica una última mirada de pocos amigos—. Pórtense bien.

La doctora es una mujer bajita y arrugada de piel morena, con un moño ajustado de pelo canoso y lentes cuadrados muy gruesos gordas. Nos revisa a los tres.

—¿Lesiones?

—Yo tengo una contusión en el muslo.

Patroclo vacila, pero al final suspira y dice:

—La cara, el tobillo... —Dedica una mirada culpable a Aquiles—. Las costillas.

—¡Si serás...!

La doctora truena los dedos hacia Aquiles.

—Ya está bien. O me ayuda a quitarles la ropa sin hacer ni un comentario más, o se marcha.

Él agacha la cabeza de inmediato.

—Sí, señora.

—Eso está mejor.

Aquiles agarra un par de tijeras de la cocina. Me resulta más íntimo de lo que debería tener a Aquiles sentado tan cerca de mí, observándome con suma concentración mientras aparta con cuidado el tejido de mi piel. Siento el frío de las tijeras con cada corte, y unos minutos más tarde logra quitarme toda la tela.

Es igual de aplicado con Patroclo, aunque a él le mira mal todo el rato.

—Deberías haber dicho algo.

—Te habrías preocupado. —Un hilo de dolor en su voz revela cuánto le duele en realidad. O quizá, con suerte, no es más que el bajón de adrenalina. Las contusiones pueden doler muchísimo de por sí, no tiene por qué estar seriamente herido.

Aun así, la preocupación me forma un nudo en el estómago.

—Examínele a él primero.

—Usted tiene una sola lesión; él, varias. —La doctora me toquetea el muslo y se endereza—. Es una contusión. Póngase hielo. Si no estuviera en el torneo, le recomendaría reposar al menos una semana.

—No es una opción —replico enseguida.

—Soy consciente. —Su tono de voz es seco y adusto—. Podría fallarle si le exige demasiado, así que tómelo en cuenta durante la siguiente prueba.

—Gracias.

Después examina a Patroclo y le hace una serie de preguntas sucintas. Miro a Aquiles por encima de la cabeza de la doctora. Nunca lo había visto tan lleno de preocupación y de culpa. Sacó a Patroclo del laberinto llevándolo a cuestas. Si Patroclo tenía costillas rotas..., si su forma de cargarlo ha contribuido a empeorar su estado... Puedo ver en su mirada sombría que se lo está planteando todo.

Ninguno de los tres respira tranquilo hasta que la doctora se incorpora.

—Ha tenido usted suerte. No creo que se haya roto nada. De todos modos, me gustaría hacerle una radiografía para asegurarnos de que tiene las costillas bien.

—No están rotas. —Patroclo se toca el costado con cautela—. Ya se me han roto las costillas antes, y era diferente.

La doctora suspira.

—Muy bien. Sea todo lo terco que quiera. No puedo obligarlo a cuidarse.

Aquiles se irrita.

—Hazte la radiografía.

—Que estoy bien. —Patroclo sacude la cabeza—. Estoy agotado y sucio, y necesito bañarme, comer y dormir. Pero estoy bien, Aquiles. Te lo juro.

No lo conozco lo suficiente siendo adulto como para saber si está mintiendo. Resulta extraño eso. Hace menos de una semana que estoy cerca de él, pero siento como si hubiera sido mucho más tiempo. Al menos hasta momentos como este, en los que me queda claro que solo conozco la superficie.

Aunque incluso Aquiles se le queda mirando como si no tuviera claro cuál es la verdad. Al final, niega con la cabeza y dice:

—Si me entero de que me has mentido, vas a tener problemas.

—Sí, sí.

Aquiles se voltea hacia la médica y le dedica una sonrisa cortés.

—Muchas gracias por examinarlos, doctora.

—Hielo y reposo —insiste ella antes de voltearse y salir por la puerta.

Aquiles nos fulmina con la mirada.

—¿Puedo confiar en que se quedarán sentaditos y no se meterán en problemas mientras voy por algo de comida? ¿O se van a tirar por la ventana o a pelearse con el Minotauro?

Pongo los ojos en blanco.

—Era una prueba. Yo diría que he salido muy bien parada teniendo en cuenta que me he tenido que enfrentar a Teseo.

—Sí, eso es verdad. —De repente sonríe—. Le he visto la rodilla. Bien jugado, princesa.

Me sonrojo al oír su halago. Los prodiga sin reservas, sin esperar nada a cambio. No termino de entenderlo, pero me encanta.

—Gracias.

—Anda, vete. —Patroclo se pone de pie poco a poco. Casi hasta duele mirarlo, pero ya se mueve mejor que antes. Por la mañana estará peor, pero ya nos ocuparemos de eso—. Trae hielo de sobra también.

—Dalo por hecho. —Aquiles lo mira unos últimos segundos antes de salir de la habitación.

Patroclo niega con la cabeza.

—Arriba. Si estamos sentados dócilmente esperando para cuando vuelva, se lo va a tomar como que estamos peor de lo que decimos y va a salir corriendo a pedir una segunda opinión médica.

Sonrío un poco sin querer.

—Los dioses no lo quieran.

—Ríete lo que quieras, pero, cuando Aquiles se pone en modo madre, es igual que cuando entra en combate. No hay manera de ganar.

—Pero es muy tierno, ¿no te parece? —Me inclino ligeramente hacia él y apoyo la cabeza en su hombro. Se está muy bien así.

Él se ríe con burla.

—*Tierno* es una forma de llamarlo, supongo.

Aquiles entra por la puerta al cabo de menos de diez minutos. Nos barre con la mirada pero parece satisfecho.

—Bueno, algo es algo. —Deja una caja enorme en el centro de la mesa, llena de bolsas de hielos y más comida de la que necesitamos—. A comer.

Es tan fácil estar con ellos... Aunque estoy cansada y dolorida y el corazón me sigue pesando por las palabras insidiosas de Paris, estoy más tranquila aquí con estos dos de lo que he estado en muchísimo tiempo. No me preocupa no llevar maquillaje ni estar relajada ni que puedan usar mis palabras como armas con las que amenazarme cuando menos me lo espere.

Es agradable. Más que eso. Es un lujo que no estoy segura de poder permitirme. Sí, hemos pasado la segunda prueba y tenemos un poco de tranquilidad ahora, pero el resultado final sigue siendo el mismo. Uno de nosotros va a ser Ares. Los otros verán roto un sueño que llevan demasiado tiempo persiguiendo.

—Helena. —La voz de Aquiles me saca de mis pensamientos. Me mira fijamente—. Lo que ha dicho Paris en la van...

Parte del sentimiento de afecto que abrigaba se disipa.

—No tiene importancia —replico.

Me niego a admitir que Paris me sigue asustando. Me mina la confianza, la seguridad emocional, y luego se queda ahí quieto con esa sonrisita en los labios cuando pierdo el control y estallo. Durante un tiempo me convencí de que al menos solo me hacía un daño emocional, como si eso fuera un consuelo, pero lo cierto es que me ha dejado secuelas graves, tanto en el plano mental como en el emocional. Respiro profundamente.

—Él no tiene ninguna importancia —recalco.

Patroclo no parece creerme.

—No está bien que te hable así.

—No, no está bien. —Distingo las ganas de preguntar en sus rostros, y quizá por eso respondo sin que tengan que decir nada. «¿Por qué estuviste con una persona así?»—. No era así cuando lo conocí. Era... bueno. —La humillación me sonroja las mejillas. He crecido en Olimpo, debería haber sabido que no me podía fiar de una fachada agradable, por muy bien que la mantuviera. Pero tenía tanta necesidad de afecto que caí en las trampas de Paris—. Fue como el cuento ese de la rana en agua hirviendo. No me di cuenta de que me estaba haciendo daño hasta que fue casi demasiado tarde.

Aquiles se truena los nudillos.

—¿Quieres que le dé una buena tunda de tu parte?

Sonrío a pesar de todo.

—No hace falta. Puedo librar mis propias batallas.

—Gracias por compartirlo con nosotros, Helena. —Patroclo me observa unos segundos y añade—: No va a ganar Paris. Es el campeón más débil, y sin Héctor a su lado no tiene nada que hacer.

Ojalá lo creyera. El problema es que Paris no debería haber pasado siquiera la segunda prueba. Hace el ejercicio justo para mantener lo que él ha decidido que es el tipo de cuerpo ideal, pero no es ni un atleta ni un guerrero como los otros campeones. No debería haber podido salir en primer lugar ni de broma. Y en lo relacionado con el combate... Puede que no gane en una pelea justa, pero Paris no ha jugado limpio ni una sola vez en su vida. La emboscada que le ha tendido a Atalanta es solo una prueba más.

—Hacen mal en subestimarlo —replico.

Cuando veo que están a punto de rebatírmelo, hago un gesto de desestimación con la mano. Es más fácil centrarse en esto —el torneo, los campeones— que pensar en lo que nos depara el futuro. Por no hablar de que no sabemos nada del asesino ni de por qué ha dejado de estar bajo la jurisdicción de Atenea. El único que podría aclararnos algo es Zeus, pero no va a soltar prenda así como así, y no puedo hacer nada hasta que termine el torneo. Además, dudo que me vaya a gustar lo que tenga que decirme. No me suelen gustar nada las cosas que mi familia se esfuerza por ocultar.

En cuanto al resto, el momento en el que esta cosa extraña y provisional que hay entre Aquiles, Patroclo y yo se vaya a pique, no quiero ni pensarlo.

Es mucho más sencillo y mejor que nos centremos en las amenazas inmediatas.

—Además, no es lo único de lo que debemos preocuparnos. Aunque Paris no tuviera nada que hacer, lo cual no es cierto porque, si no, no seguiría aquí, no me pueden negar que el Minotauro es un peligro real.

—Nos encargaremos de ello. —Patroclo habla muy seguro de sí mismo, como si ya lo tuviera todo planeado. Como si la vida no acostumbrara a joderte cuando menos te lo esperas. Como si no tuviera ya medio pie fuera después de la paliza que le ha dado Héctor—. No tienes de qué preocuparte. No van a ganar ni Paris ni el Minotauro.

—Sí, no dejan de decir eso todos. —Niego con la cabeza despacio—. ¿Saben qué me dijo mi hermano para consolarme cuando me vendió para consolidar una posible futura alianza? Dijo que si el nuevo Ares me hacía daño, lo mataría.

Aquiles entrecierra los ojos.

—Muy presuntuoso por parte de Zeus, pero ¿qué problema hay?

La risa me sale entrecortada.

—El problema es que está dando por hechas un montón de cosas que no son reales. Ares no me necesita como esposa para ostentar el título. Y, por algún motivo, tampoco me consuela demasiado que me vaya a vengar si pasa algo. Aunque lo cierto es que no lo dijo para consolarme, sino para que no le remuerda la poca conciencia que le queda. —O, peor, para que yo acceda de buena gana a ser una víctima. Pero eso no lo voy a decir en voz alta. Sería abrirme demasiado, incluso con estos dos.

Aquiles alza las cejas.

—No sé de qué te preocupas, princesa. El próximo Ares voy a ser yo y, si bien a veces me gusta ser un poco intenso en el sexo, solo lo disfruto si todos los implicados se la están pasando bien. Conmigo estás a salvo.

Me le quedo mirando atónita. ¿En serio cree que eso me tranquiliza? Debo admitir que Aquiles es el mejor candidato de los que hay, pero que él gane significa que yo he fracasado, significa que me voy a pasar el resto de mi vida relegada al papel de esposa servicial, la que se queda al margen de lo importante, la mujer trofeo.

Me hundo en la silla que hay enfrente de él, agotada de pronto. No puedo permitirme olvidar que estos hombres no son mis aliados. No lo son. Puede que protejan mi cuerpo y me den más placer del que podría imaginar y... Pero da igual. Somos rivales.

Dioses, no debería doler tanto...

—Eso no es para nada tan reconfortante como tú piensas —repongo.

—Aquiles hace las cosas a su manera. —Patroclo se encoge de hombros—. Siendo sinceros, lo mejor es que gane él.

Me irrito. Ni siquiera me planteo ocultar mi reacción. Con ellos no es necesario.

—Lo mejor es que gane yo.

Aquiles pone esa sonrisa arrogante como si me estuviera siguiendo el juego.

—¿En serio, princesa? ¿Has tenido que lidiar con un montón de soldados y dispositivos de seguridad en el palacio de oro en el que vivías? —La pregunta es hiriente, pero sé que no es con mala intención.

De hecho, tiene razón, al menos en esto. No tengo ni un poquito de experiencia con soldados. He llevado guardaespaldas toda mi vida, aunque tienden a confundirse entre la gente o a mantenerse a cierta distancia —por insistencia mía—, así que suelo olvidarme de que están ahí. Me postulé como campeona a sabiendas de que tendría que aprender de cero todo lo relacionado con las labores de Ares, pero soy lista y ambiciosa, y no me da miedo jugar sucio. Ya me las arreglaré cuando llegue el momento.

Alzo la barbilla.

—Aprendo rápido.

—Eso me imaginaba. —Aquiles sonríe—. Mira, Helena, eres increíble, no hay duda de eso y no estoy diciendo lo contrario. Lo has hecho de puta madre en las dos pruebas y, si yo no estuviera aquí, tendrías muchas probabilidades de convertirte en Ares. Pero lo cierto es que no estás preparada para el título.

Estoy harta de que me subestimen. Sí, puede que solo sepa lo básico de lo relacionado con las tareas de seguridad y desde la perspectiva del cliente, pero eso no significa que no esté capacitada para ostentar el título. Estos dos hombres son inteligentes y ambiciosos, y me toman en serio, pero, aun así, siguen sin entenderme. No tiene sentido que me afecte eso. Nadie me ve tal cual soy, nadie es consciente de lo que soy capaz de hacer, ¿por qué iban a ser Aquiles y Patroclo la excepción?

A decir verdad, es una ventaja. Aunque me fastidie, que me subestimen me conviene. Justo por eso debería mantener la boca cerrada y dejarlos creer que saben algo que yo desconozco.

Pero no soy capaz.

—Te equivocas. No soy yo quien estaría en problemas si me convirtiera en Ares. —Me inclino hacia delante y le doy un golpecito a Aquiles en el pecho con un dedo—. Sino tú.

—¿En serio? —Su sonrisa parece ensancharse—. Ilumíname.

«Estás mostrando tus cartas.» Ignoro la vocecilla de mi interior y le respondo:

—Tal vez no tenga formación militar, pero si de algo sé es de política. ¿Puedes decir lo mismo?

—Aprendo rápido —me devuelve mis palabras y apunta en dirección a Patroclo con el pulgar—. Y él es un puto genio. Estamos cubiertos.

—Sí.

Incluso Patroclo parece convencido. ¿Cómo puede él subestimar la importancia de la política en Olimpo? Sí, no ha tenido que sufrirla, pero, hasta donde yo sé, sus madres solían ser muy despiadadas de veinteañeras. Se comenta que Esténele era una de las principales aspirantes al título de Afrodita, pero, cuando Patroclo y yo teníamos ocho años, Polimela y ella desaparecieron casi por completo de la esfera política de Olimpo y se llevaron a su hijo con ellas. No es disparatado pensar que decidieron hacer eso para proteger a su familia.

«¿Cómo debe de ser que te quieran tanto?»

Me aparto el pensamiento de la cabeza.

—No puedes aprender de política así sin más, como si fuera una habilidad cualquiera. No funciona así.

—Si tú lo dices...

Algo parecido a la preocupación se instala en mi interior. Voy a ganar, tengo que creer que voy a ganar..., pero ¿si no lo logro? Si Aquiles gana el título y se mete en ese nido de víboras en el que he crecido..., va a salir mal parado. Puede que incluso acabe muerto.

—Desde que se puso la barrera, no hemos tenido que enfrentarnos a ninguna incursión externa.

—¿Adónde quieres llegar?

—Pues que nadie está capacitado para defender la ciudad como los dioses mandan, al menos si hablamos en términos de experiencia. El cometido de Ares no es hacer de niñera y asegurarse de que las rencillas entre el resto de los Trece y sus círculos íntimos no se les vayan de las manos. Las responsabilidades del título importan menos que los aliados y los enemigos con los que tienes que lidiar.

Aquiles se encoge de hombros.

—Sigo estando más preparado que tú.

Alzo las cejas, intentando evitar que crezca la extraña preocupación de mi interior. ¿Cómo puede estar tan empeñado en no ver el desastre al que se aboca? O, si no Aquiles, ¿cómo puede Patroclo ignorar el peligro? Tengo que hacérselo ver, por si ocurre lo peor. No puedo soportar pensar en que les pueda pasar algo.

—Ah, ¿sí? Entonces estoy segura de que sabrás por qué la última Afrodita quería deshacerse de la hija de Deméter.

Patroclo levanta las cejas.

—Todo el mundo sabe que intentó matar a Psique. Salió por la tele, Helena.

—Todo el mundo sabe que eso pasó, pero ¿saben por qué?

—Porque Psique se estaba acostando con Eros, y a Afrodita no le gusta compartir sus juguetes —responde Aquiles con indolencia—. Siguiente pregunta.

—Error. Lo hizo porque Deméter pretendía que Psique fuera la nueva Hera aun sin la aprobación de Afrodita. —La verdad es que a Psique le quedaba el título, pero eso no lo puedo admitir delante de mi hermano ni de Eros. Pongo los brazos en la cintura—. ¿Y sabes con quién de los Trece se acuesta Poseidón y cómo influye eso en sus alianzas?

—Yo no...

Sigo hablando:

—¿Y qué pretende Hermes con todo lo que hace? Espero que no sean tan ingenuos como para pensar que solo quiere agitar el avispero por diversión. ¿Y puedes decirme qué tipo de contacto tiene Deméter con el resto de los Trece? ¿Vas a unirte a ella o intentarás mantenerte al margen? Las dos decisiones tienen consecuencias. ¿Estás preparado para sufrirlas?

Aquiles se encoge de hombros, pero Patroclo me mira como si no me hubiera visto hasta ahora. Por fin empieza a comprender.

—Toda nuestra estrategia se centra en cuestiones militares... —dice despacio.

—Exacto —replico.

Una vocecilla me susurra que los tres formaríamos un equipo imparable, pero la ignoro. Aquiles está decidido a ganar el título, y yo también. Eso hace que seamos rivales, por mucho que cuide de mí de esa forma tan propia de él, o por muy tierno que sea Patroclo, o por mucho que me guste coger con ellos. Da igual lo que sienta por mí, no se va a contener en la prueba final; lo único que le importa es su objetivo. En cierto modo es un halago, supongo. Aunque me duele el pecho de pensar en tener que enfrentarme a él en dos días.

En resumen, no puedo confiar en ellos, por mucho que quiera.

—Ni siquiera una «princesita» se libra de tener que aprender a nadar entre tiburones. La información es tan peligrosa como un arma, sobre todo en algunas manos. Los Trece se los van a comer vivos.

PATROCLO

He subestimado a Helena. Otra vez. Observo el fuego que hay tras sus ojos ámbar mientras trato de cambiar el rumbo que me había fijado basándome en un futuro imaginado que no se sostiene. Otra vez. Nuestros planes originales se fueron al traste cuando me encontré con ella y, ahora que estaba logrando recomponerlos poco a poco, han saltado por los aires. Otra vez.

La necesitamos.

Y no por que disfrutemos del sexo con ella. No por que esté destinada a ser la esposa de Ares, es decir, la esposa de Aquiles. No por que nos guste mucho a cada uno a su manera.

La necesitamos porque sabe cosas que reducirán la curva de aprendizaje de entrar en el círculo de los Trece y que le ahorrarán a Aquiles unos cuantos contratiempos. Por muy inteligente que sea, no puedo saber lo que desconozco.

Y no sé absolutamente nada de lo que acaba de decir.

A ver, todo el mundo sabía que Afrodita había intentado matar a Psique, pero parecía que era por una cuestión de celos y de alejar a su hijo de ella. No tenía ni idea de que Deméter estaba involucrada, ni de que fuera necesario estar al tanto de los hábitos amatorios de Poseidón, ni de que Hermes fuera algo más que la criatura del caos que parece ser, ni de ninguna cosa por el estilo.

—Nos las arreglaremos —logro decir. Me duele el pecho, y desearía poder echarle la culpa a los puños de Héctor, pero el sentimiento es mucho más profundo que el dolor superficial de mis lesiones.

—Se van a meter en problemas antes. —Helena niega con la cabeza despacio—. Aprender todo el rollo de seguridad es pan comido en comparación con ese nido de víboras. ¿Pueden decir lo mismo de la política?

No, no podemos.

Aquiles es un genio en lo relacionado con las batallas, y es capaz de anticipar los movimientos de su oponente y asegurar la victoria de su equipo. Pero esta clase de batalla es muy distinta a las que ha librado, y nunca se ha visto en ella. Ni él ni yo, a pesar de que mis dos madres pertenecen a familias con historial de conspirar para obtener los títulos disponibles de los Trece. Creo que antes de mudarnos del centro de la ciudad acostumbraban a ser mucho más ambiciosas, pero lo cierto es que mi vida ha sido inquietantemente normal. No puedo decir lo mismo de la de Aquiles, con una ambición tan desmedida que no parece ni caber en Olimpo. Ni tampoco de la de Helena, que es una guerrera de buena pasta.

La necesitamos.

«¿Seguro que no lo dices por decir?»

Ignoro la voz de mi cabeza del mismo modo que llevo ignorándola desde que hablé con Helena la noche antes de que anunciaran a los campeones. Da igual cómo me sienta, porque la lógica y los hechos mandan siempre, y ahora mismo apuntan en una misma dirección.

Hecho: Aquiles va a ganar el torneo y a convertirse en Ares.

Hecho: Casarse con Helena es una incidencia inevitable de esto último.

Hecho: Ni Aquiles ni yo hemos tenido que relacionarnos con los círculos de los Trece más allá de nuestro contacto con Atenea, que es un caso aparte en cuanto a cómo trata con su gente.

Hecho: Helena sí ha tenido que hacerlo, y ha salido airosa, desde que nació.

Conclusión: No basta con que Aquiles se case con ella cuando se convierta en Ares. Necesitamos que esté de nuestro lado, dispuesta a echarnos la mano con su experiencia. Visto así, parece muy simple. Incluso lógico, y no una decisión impulsiva que tomo solo porque no soporto la idea de que esto que tenemos los tres se vaya a acabar en unos días. Puedo culpar a Aquiles y sus miradas intensas todo lo que quiera, pero mis propios sentimientos son igual de complicados... y de irracionales. Es un alivio poder apoyarme en una visión estratégica que respalde el resultado final que deseo de forma egoísta, pero es que realmente lo respalda.

Nada de esto me sorprende. Nada de lo que hemos hablado estos últimos días que hemos estado juntos me sorprende. Por mucho que discutamos, todo se reduce a los hechos, y los hechos no cambian.

No podemos escapar de esta situación por mucho que debatamos y razonemos.

Y no sé cuál es la solución.

—Patroclo. —Aquiles me da un golpecito en la frente, devolviéndome a la realidad. Están los dos mirándome fijamente, él con una expresión divertida y ella reflexionando. Aquiles me da otro golpecito en la frente—. Creo que ya basta por ahora.

A Aquiles se le da mejor que a mí mantener la mente fría cuando cada segundo cuenta. No le agobian las posibilidades ni se molesta en repasar los hechos a la hora de elegir un rumbo.

Se tira al agua, como se suele decir. Me gustaría rebatírselo ahora, porque no podemos hacerlo así, no cuando tantas cosas pueden salir mal, pero Helena dibuja una pequeña sonrisa.

—Tiene razón. Ha sido un día muy largo. Vamos a la cama.

Se mueven con una naturalidad pasmosa para llevarme a la puerta del dormitorio, Helena colocándose debajo de mi brazo y Aquiles manteniéndose unos pasos por detrás para vigilar que todo esté en orden. Todo sin decir ni una palabra. Niego con la cabeza. Esto no está bien. Deberíamos proteger a Helena, no deberían estar ellos ocupándose de mí por haber sido tan necio como para meterme en una pelea con Héctor en la segunda prueba.

Es curioso cómo en algún momento de las últimas veinticuatro horas se me han pasado los celos por lo que nos depara el futuro. Miro a Helena, esperando que el sentimiento vuelva, pero solo siento una alegría extraña mezclada con el estrés general y el dolor que hace acto de presencia con cada latido de mi corazón. No tengo claro cómo tomármelo.

—Desnúdense —nos ordena Aquiles en cuanto llegamos al cuarto.

Helena arquea una ceja y lo mira.

—Das muchas cosas por hechas.

Él alarga los brazos hacia arriba y se agarra al marco de la puerta como si nada, fingiendo que no está haciendo el numerito solo para que lo veamos.

—No tengo ningún problema con meterlos en la cama, arroparlos y quedarme vigilando si me prometen que no se van a quedar ahí tumbados en la oscuridad mirando al techo preocupados. —Se dirige a mí y me pregunta—: ¿Puedes con ello o le has mentido a la buena de la doctora?

—No he mentido. —No tengo nada roto, estoy convencido. Me duele una barbaridad y voy a estar lleno de moretones un tiempo, pero estoy bien. He tenido lesiones mucho peores, por mucho que me sienta como si me hubiera atropellado un camión.

Helena se cruza de brazos y observa a Aquiles.

—No pasa nada por usar un poco la cabeza, deberías probarlo algún día.

Él sonríe.

—Paso, eso se los dejo a ustedes. Yo estaré aquí para ayudaros a salir del bucle cuando lo necesiten.

—En verdad tienes razón. —Se le alzan las comisuras de los labios, pero niega con la cabeza—. Solo que somos rivales. Seguir acostándonos a estas alturas es...

—Una idea buenísima. —Aquiles suspira y baja los brazos—. También éramos rivales anoche, y hoy durante la prueba. No ha cambiado nada. ¿Vas a tratarme diferente en la última prueba solo por haber estado montándome?

—Ni de broma.

—Bien. Yo tampoco. Pues, una vez aclarado eso... —Se inclina hacia ella y baja la voz, y las palabras que pronuncia a continuación suenan casi como un gruñido—: Quítate la ropa, princesa. Me muero de celos por que Patroclo haya podido probarte y yo no. Ahora me toca a mí.

Ella pestañea.

—Mmm...

—Aquiles —intervengo—. Estás siendo demasiado insistente.

—Vamos, dime que estás demasiado herido para querer hacer esto. —Me clava la mirada—. Anda, carajo, dime que no la deseas.

Todo esto ya es lo suficientemente complicado sin que me involucre aún más emocionalmente, que es justo lo que va a pasar. Apenas he logrado hacerme a la idea de lo que está por llegar, de cómo ha cambiado todo desde que conocemos a Helena... o, más bien, desde que nos hemos acostado con Helena. ¿Cómo voy a poder aceptar que Aquiles siga su vida sin mí si insiste en incluirme en esta situación?

—No estoy demasiado herido, pero tampoco dejo que el deseo gobierne mi vida.

—Como dice Helena, deberías probarlo algún día. Es divertido.

—¿Cómo puedes pensar en divertirte en un momento así? —replico.

Aunque ya nos ha explicado lo que está haciendo, ¿no? No está siendo imprudente porque sí, sino que está cuidando de nosotros de esa manera tan suya. Es un hombre de acción, y está en lo cierto cuando dice que voy a pasarme horas dándole vueltas a todo, repasando los eventos del día y preguntándome qué podría haber hecho de otro modo, pensando en el futuro y preocupándome por lo que está por venir.

Siempre ha usado el sexo para ayudarme a salir del bucle. Y siempre ha funcionado.

Ahora está incluyendo a Helena, simplemente.

Aunque antes le molestaba mi relación con ella, parece haber dejado ese sentimiento a un lado ahora que él también está involucrado. Ahora que ha creado fantasías en su cabeza con nosotros tres. Si fuera un poco más valiente, le preguntaría adónde pretende llegar, pero no estoy seguro de estar preparado para oír la respuesta.

Aquiles se encoge de hombros.

—Necesitan dormir, y unos cuantos orgasmos les van a ser de gran ayuda. Estoy encantado de brindárselos.

Toda esta situación sería un desastre si no fuera tan propia de Aquiles. Sabe que existen los grises, pero prefiere ver el mundo en blanco y negro: lo que sirve a sus propósitos y se puede llevar a cabo de inmediato, y luego todo lo demás. Esto último, por supuesto, no le podría importar menos.

En su mente, no hay nada que podamos hacer hasta la próxima prueba. Además, Helena está con nosotros, así que tenemos que protegerla hasta entonces. Por lo tanto, nos cogerá hasta que no podamos más y nos quedemos dormidos, y luego se quedará vigilando, probablemente hasta por la mañana. Suspiro.

—Tú también has competido hoy. Debes de estar agotado.

—Me sorprende que dudes de mí. Tengo muchísimo aguante. —Luego le hace un gesto con la cabeza a Helena—. Sigues vestida.

—Sí que te resulta fácil, sí... —Suena casi maravillada—. Y yo que pensaba que se me daba bien separar las cosas... Lo tuyo está a otro nivel.

—Qué bonito, princesa, ¿te estás enamorando de mí?

Helena se sonroja un poco, pero niega con la cabeza.

—Ni de broma. Ni siquiera me gustas.

—Qué mentira, te gusto un montón. —Aquiles se desviste en un abrir y cerrar de ojos.

He estado con este hombre casi la mitad de mi vida, y aun así me sigo quedando sin respiración cuando veo toda esa piel morena, la promesa que encierra ese cuerpo robusto. Es una obra de arte perfecta, siempre lo ha sido. Con dieciocho años yo era un rarito y me sentía inseguro con mi cuerpo, pero Aquiles nunca ha tenido ese problema. Siempre ha sabido quién es y adónde quiere llegar.

A lo más alto.

Pasa por nuestro lado y se mete al baño. Unos pocos segundos más tarde sale vapor del baño. Me doy la vuelta. Tengo que hacerlo, porque mirar a Aquiles mientras se baña es uno de mis vicios favoritos. Si no mantengo el control, acabaré desnudándome y yendo con él. Y ahora no es momento de hacer eso. No se me puede olvidar. Tengo que...

Helena me coloca las manos en el pecho con cuidado. Veo cierta fragilidad en sus ojos, pero por lo demás no parece molestarle que Aquiles esté comportándose como... como Aquiles.

—Siempre es así, ¿verdad? —pregunta.

—Sí.

Sus labios se curvan.

—Debe de volverte loco. Tú eres tan lógico, y él es tan... él.

—No tienes por qué acceder —suelto de repente—. A nada. Es muy insistente, pero, si le dices que no, lo va a respetar.

Es una de las muchas cosas que me encantan de Aquiles. En la vida en general siempre va para delante con todo, por muchos obstáculos que se le presenten, en lugar de detenerse a buscar una alternativa, pero en la cama lo más importante para él es asegurarse de que todo el mundo se la está pasando bien. En cuanto no es así, se para todo.

—Lo sé. —Sonríe con ternura y se pone de puntillas para darme un beso igual de tierno en los labios—. Pero es lo que has dicho, nos está cuidando a su manera, ¿no?

Aquiles y Helena son muy distintos a mí. Yo no entiendo que las peleas y el sexo les sirvan más de alivio que encontrar una solución. Que no se me malinterprete: me gusta discutir con Aquiles, sobre todo cuando se pone cachondo y acabamos cogiendo como animales. Y no puedo negar que el sexo siempre me ha servido para salir del bucle mental. Pero el sexo no arregla nada. Solo es un parche, una tirita, un desvío temporal.

En cambio, dar con una solución te brinda una seguridad duradera.

Aunque quizá no tengan por qué ser excluyentes ambas opciones, a lo mejor podemos cada uno satisfacer nuestras necesidades por muy distintas que sean. Helena ya se mantiene en pie sin problemas y vuelve a ser más ella misma. Asiento despacio.

—Sí, nos está cuidando a su manera. —Eso es justo lo que está haciendo.

Helena tira de mi camiseta.

—Ven a jugar con nosotros, Patroclo. Iremos con cuidado. Y cuando nos cansemos, puedes contarnos qué ideas están pasando por tu cabeza.

Me siento tentado a aceptar, pero, por mucho que digan, el sexo sí que cambia las cosas. Ya las ha cambiado. Desearía creer que saldremos todos bien parados de esto. Lo deseo tanto que casi estoy dispuesto a ignorar toda la evidencia que apunta a lo contrario.

—Esto solo puede acabar mal. O Aquiles termina siendo Aquiles y destroza tus sueños, o lo logras tú y acabas con los suyos. O, peor, gana otra persona y se hunden los dos. —Por partida doble, porque, al menos si Aquiles o Helena ganan, hay una ínfima probabilidad de que se puedan arreglar las cosas y lleguemos al futuro que tanto anhelo de repente: estar los tres juntos.

Pero eso no va a pasar si Helena se casa con otra persona.

—Patroclo... —Se acerca a mí y me besa de nuevo, esta vez durante más tiempo—. Podemos seguir dándoles vueltas sin parar a todas las cosas que pueden salir mal, pero eso no va a cambiar lo que pase en la próxima prueba, ni lo que vaya a ocurrir después. O también podemos hacerle caso a Aquiles y disfrutar del tiempo que nos queda juntos.

—Pero...

—Hablaremos más detenidamente luego si quieres —dice justo delante de mis labios—. Cuando la vida no es más que una serie de malas experiencias, aprendes a sacar alegría y placer de donde puedes. Estoy cansada, me duele todo y apenas me mantengo en pie. Tal vez me equivoque, pero me parece que tú te sientes igual, aunque por motivos diferentes.

Me sobresalto.

—¿Por qué dices eso?

—Por nada, solo es una sospecha. —Se inclina hacia atrás para mirarme—. No sé qué está pasando entre ustedes, pero, si yo tengo algo que ver, lo siento. —Helena se mordisquea el labio superior—. Y soy consciente de que estoy siendo tan insistente como él, pero, en serio, no pasa nada si no lo deseas.

¿Si no lo deseo?

Me dan ganas de reír. Claro que lo deseo. Pero no todo es tan simple como ver algo que quiero y agarrarlo sin más. A no ser... ¿que quizá sí? A lo mejor solo por esta vez puedo mandar al diablo las consecuencias y dejarme llevar un rato.

Si de todos modos vamos a acabar estrellándonos igual, ¿por qué no hago lo que me proponen e intento sacar algo de alegría y placer de donde puedo?

—Helena...

—Dime.

—Después de esto... —¿Por qué es tan difícil decir las palabras? Me aclaro la garganta y lo intento de nuevo—. Después de esto, te contaré qué es lo que me tiene tan turbado, pero solo si me prometes que tú harás lo mismo.

De alguna forma me espero que se ría de mí o que me mienta y me diga que sí solo para callarme. Nos conocemos lo suficiente para saber que Helena no se abre a la gente. Es muy distinta de la niña que recuerdo, y también de la persona que finge ser en público. Aun así, no soy tan ingenuo como para pensar que nos está dejando ver todo. Es demasiado lista, y demasiado astuta, para exponerse de esa manera.

Helena me dedica una pequeña sonrisa que se siente igual que un puñetazo en el estómago.

—Dudo mucho que realmente quieras eso. Soy un desastre.

—Me gusta tu desastre. —Es la verdad. Cruda y descarnada.

Ella vacila, pero al final asiente.

—De acuerdo, pero solo si lo haces tú también.

—Hecho. —Le devuelvo una sonrisa—. Anda, quítate la ropa.

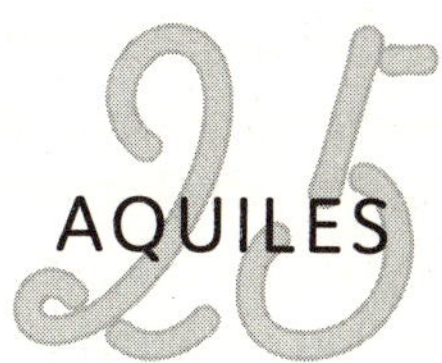

AQUILES

Para cuando Helena y Patroclo vienen a la regadera conmigo, he logrado calmarme un poco. No suelo mentirme a mí mismo, no tiene sentido, lo único que conseguiría sería ponerme obstáculos para llegar a donde quiero llegar, así que me limito a asimilar la información nueva y a adaptarme a ella.

El sentimiento que empecé a abrigar ayer por la mañana, la seguridad de que con Helena nuestra pareja va a pasar a ser un trío, se ha consolidado en mi interior tras la segunda prueba. Lo ha hecho de puta madre en la prueba, y no me importa que el hecho de pasar los tres a la final no hace sino complicar aún más las cosas. También significa que tendremos más tiempo juntos antes de tener que lidiar con el asunto de ser Ares.

Me gusta tenerla cerca. Me gusta ella. Sí, tiene razón con el tema de la política y todo el rollo, pero eso solo refuerza mi certeza de que debemos colaborar los tres en lugar de enfrentarnos entre nosotros. Helena sería una aliada excelente. Es lista y tiene mucha más experiencia que yo en este nuevo campo de batalla. Además, me ha encantado ver cómo nos lo ha hecho saber, sin ningún tipo de rodeos. No hay nada más sexy que una persona segura de sus conocimientos, y esta mujer es muy competente en este aspecto.

No me cuesta imaginarme un futuro en el que estoy casado con Helena. Las largas y perezosas noches en las que Patroclo y ella estén urdiendo estratagemas hasta que yo me canso de tanta palabrería y los arrastro a la habitación. Las insoportables fiestas que no lo serán tanto cuando vea a Helena desenvolverse a la perfección, vestida elegantemente de blanco con oro y diamantes, una guerrera que se sirve de palabras y de maquinaciones veladas. Las mañanas en las que Patroclo y yo nos levantamos y hacemos nuestra rutina de ejercicio habitual, y Helena se despierta justo a tiempo para tomar el café y desayunar rápidamente con nosotros antes de que cada uno empiece con su día.

Se siente real. Solo es cuestión de llegar a eso.

Está el problema de que ella también quiere ser Ares, pero se le pasará. No parece del tipo de persona que se aferra a cómo deberían ser las cosas en lugar de adaptarse a cómo son en realidad. Puede que me lleve algo de tiempo ganarme su perdón, pero ya sé cuáles son sus debilidades.

Solo tengo que provocarla para que empecemos una pelea y acabemos cogiendo. Si lo hago las veces suficientes, tarde o temprano nos saltaremos la pelea y pasaremos directamente al sexo. No veo nada de malo en eso. Además, no me hace falta ser Patroclo para darme cuenta de que su conocimiento sobre las triquiñuelas políticas de los Trece es un recurso inestimable.

Helena se coloca bajo la regadera que hay a mi lado. Cuando vi las regaderas de estas habitaciones por primera vez, me parecieron una cosa ridícula. Soy un tipo grande, pero ni siquiera yo necesito cuatro regaderas y todo este espacio. Ahora ya lo entiendo.

Observo con el rabillo del ojo cómo se lava el pelo mientras Patroclo se coloca a mi otro lado. Sigue teniendo esa arruguita tan sexy que le sale entre las cejas y que me da ganas de besársela para que desaparezca. Se angustia demasiado. Tenemos esto bajo control, y ahora que no me preocupa que huya con la princesita hacia el atardecer, creo que todo está saliendo a pedir de boca.

No me puedo olvidar de la última prueba, pero no me parece que los contrincantes que quedan sean nada del otro mundo. Aun así, nada de esto importa durante los próximos dos días, así que rodeo la cintura de Helena con el brazo y la aprieto contra mi pecho. Se resiste un poco, pero no como si quisiera apartarse de veras.

—¿Cómo tienes la pierna? —Luce un moretón muy feo donde la ha golpeado Teseo. Al verlo ahora, desearía haberle dado una buena patada mientras estaba en el suelo.

—Parece peor de lo que es. —Me clava las uñas en el pecho, y me excito aún más en respuesta.

También me gusta esto de ella, que no le asusta jugar con fuego y no se anda con tonterías. ¿Es consciente del halago que eso supone para mí? Tal vez sí, tal vez no. Cuesta saberlo con ella.

La miro y sonrío.

—¿En la regadera o en la cama?

Helena alza los brazos y se echa el pelo para atrás, apretando sus pechos contra el mío.

—¿Por qué no piensas más en grande, Aquiles? Que sean las dos.

—En ese caso... —No vacilo. Le doy la vuelta, la agarro de las muñecas y se las levanto para ponérselas contra mi pecho a ambos lados de su cabeza—. Échame una mano, Patroclo.

Aprovecho la oportunidad para echarle una mirada a sus lesiones también. Se mueve bien, así que creo que no mentía al decir que solo eran contusiones. Gracias a los dioses. No sé qué haría si le pasara algo. Se le va a poner el cuerpo entero de color morado, azul y verde mañana, pero está bien.

Nos observa mientras se enjabona el cuerpo moviendo las manos lentamente por esos músculos en los que me encantaría hundir el diente. Siempre le ha gustado provocar, y como soy demasiado impaciente suelo ser yo quien toma la iniciativa, pero ahora no tengo esa opción. A menos que deje libre a Helena, y no pienso hacer eso, ni ahora ni nunca. Solo que ella aún no lo sabe.

Patroclo se empapa de la visión de Helena que le ofrezco mientras termina de lavarse despacio. No creo que se dé cuenta del amor con el que la mira. Es increíble cómo desea este hombre. Me hace tener ganas de ser mejor, de merecérmelo. Saber que se siente así respecto a Helena no hace sino reforzar mi determinación por lograr que lo nuestro funcione. No pierdo el tiempo pensando en las típicas tonterías de si vamos demasiado deprisa. Si sabes lo que quieres, ¿para qué darle tantas vueltas?

Quiero a Patroclo.

Quiero a Helena.

Quiero tenerlos para siempre.

—Cómo te gusta provocar —murmura Helena. Apoya la cabeza en mi pecho y arquea la espalda, exhibiendo sus pechos—. Suéltame la mano, Aquiles; yo me encargo de esto.

—No. —Patroclo sacude la cabeza con severidad—. A ninguno de los dos les vendría mal aprender a ser algo pacientes. —Se coloca bajo la regadera y se enjuaga deprisa.

Observo el líquido transparente mientras se desliza por su cuerpo y se me hace agua la boca. Lo de ayer apenas fue suficiente para satisfacer la curiosidad de lo que quiero hacer con estos dos, y la preocupación que he sentido por ellos en la prueba de hoy solo ha aumentado mi deseo. Pero no vamos a hacer esto en la regadera. No es el lugar más seguro donde coger ni aunque todo el mundo estuviera en perfectas condiciones. Entre las lesiones de Patroclo y la pierna de Helena al borde de ceder, ni lo considero. Los deseo, pero no quiero que se hagan daño.

Carajo, qué cursi me he puesto.

Por fin Patroclo se voltea hacia nosotros y reduce la distancia en un paso. Pone las manos en las caderas de Helena y se inclina hacia delante... saltándose la cara de Helena para besarme a mí. Patroclo siempre ha tenido una pequeña vena sádica cuando nos acostamos con otras personas, pero con Helena es diferente. A ninguno nos importaban ni en lo más mínimo esas otras personas, más allá de hacer que se vinieran como nunca. Con Helena, en cambio, hay... algo más. Celos o posesividad o algo totalmente distinto. No sé, pero me fascina.

Patroclo me besa como si estuviéramos solo nosotros dos, como si siempre fuéramos a ser solo nosotros dos. Una especie de recordatorio, o de promesa, ¿quién sabe? Le devuelvo el beso con la misma intensidad.

Después pasa a Helena, y toma su boca con el mismo dominio con el que tomó la mía. Se me acelera la respiración cuando Patroclo la aprieta aún más contra mí con la fuerza de su beso. Ella intenta alargar una mano hacia él, pero la agarro bien de las muñecas. Helena es fuerte, pero yo más, y creo que eso le gusta, porque gime un poco. O igual lo que le gusta es que no la trate como si estuviera hecha de porcelana.

Patroclo recorre su cuerpo hacia abajo hasta terminar de rodillas ante nosotros. Le besa la parte baja del vientre, justo por encima de su monte de Venus.

—Agárrala de las piernas, Aquiles, y ábrela para mí.

—Estoy aquí —protesta ella, jadeando más deprisa que nosotros—. Dejen de hablar de mí como si fuera un juguete.

—¿No quieres ser nuestro juguete, princesa? Tiene muchas ventajas...

Ella refunfuña un poco y mueve las caderas, restregándome el culo contra el pene.

—Todo lo que se parezca a la sumisión queda restringido al sexo, no se confundan.

Los ojos de Patroclo arden.

—Entendido.

—No se me ocurriría ni soñar que te arrodillaras para otra cosa que no fuera para chupármela. —Sonrío contra su pelo—. Ahora pórtate bien y pásame los brazos por el cuello. No vas a poder mantenerte de pie cuando Patroclo se ponga manos a la obra.

—Qué arrogante.

—¿Qué le voy a hacer? —Le suelto las muñecas y espero a que obedezca mis órdenes.

No me hace esperar mucho. También me gusta esto de ella, que a veces se queja y a veces obedece, y su parte salvaje es igual de sexy que la tierna. Es como la mejor rosa del invernadero: demasiado preciosa para ser real y con unas curvas que me tientan a agarrarla con mis propias manos hasta tal punto que resulta fácil ignorar las espinas hasta que una se te clava bien dentro.

O quizá les resulta fácil ignorar las espinas a los demás, porque ven solo lo que quieren ver. Yo no. A mí me gustan las espinas. ¿Para qué sirve una flor indefensa más que para ponerla en un jarrón y dejar que se marchite hasta que se le caigan esos pétalos que en otro tiempo fueron hermosos?

Quieren hacerle eso a Helena.

Maldición, nosotros también queremos hacerle eso a Helena.

Darme cuenta de ello es un golpe enorme. Patroclo y yo no somos como los otros campeones, como el resto de los Trece.

Sí, pretendo destruir el sueño de Helena para cumplir el mío, pero eso no significa que quiera ver cómo se marchita. No tiene por qué ser Ares para tener lo que desea. Lo verá en cuanto termine este torneo.

Está todo bien. No tengo por qué conocer cada etapa del camino si sé adónde quiero llegar. Para eso está Patroclo. Y no me cabe duda de que él también desea a Helena. Encontrará la manera de proceder.

Agarro a Helena de los muslos, con cuidado de no tocarle la parte herida, y la abro para Patroclo. Él emite un sonidito grave de admiración, y yo me río.

—No sé cómo has hecho para tenerla tú primero mientras yo estoy aquí haciendo todo el trabajo.

—Es bueno no tener todo lo que quieres cuando lo quieres.

No espera a que responda para agacharse y pasarle la lengua por todo su sexo expuesto. Soy muy alto, así que disfruto de unas vistas privilegiadas. Helena tiene una vulva tan perfecta como todo lo demás. No estoy seguro de creer en los dioses, pero si existen, se han lucido a la hora de crear a esta mujer.

Ella se retuerce en mis brazos y, a pesar de que está mojada por el baño, consigo mantenerla inmóvil mientras Patroclo se afana con su clítoris. Le pone a esto el mismo empeño que a todo en la vida: es preciso en extremo y se esfuerza por hacerlo mejor que nadie. Los pechos de Helena suben y bajan con cada respiración, y la impaciencia se apodera de mí.

—Date prisa y haz que se venga. Luego me toca a mí.

Helena voltea la cabeza y yo acepto su oferta tácita, besándola en la boca mientras Patroclo la besa ahí abajo. Sabe un poco a él, y darme cuenta de eso hace que se me ponga tan dura que casi me duele. A Helena no le gusta recibir placer pasivamente, y este beso es como una batalla, igual que todo lo que hay entre nosotros.

Y entonces se empieza a venir, gimiendo contra mi lengua y contorsionándose. Le agarro las piernas con más fuerza, disfrutando de cómo se le contraen los músculos y luchan contra mis manos. Es tremendamente atlética, y en las dos pruebas se ha visto de lo que es capaz. Seguro que podríamos probar unas cuantas posiciones locas los tres...

Pero ahora no. Cuando se haya acabado el torneo y todos estemos sanos y curados.

Dejo de besarla cuando Patroclo se pone de pie y alarga la mano por detrás de nosotros para cerrar el agua.

—A la cama. Vamos —nos ordena.

—No hace falta que me lo digas dos veces. —Dejo a Helena con cuidado en el suelo, pero solo el tiempo suficiente para agarrarla de las caderas y cargármela al hombro. El chillido que suelta es música para mis oídos, y no puedo evitar reírme y darle una palmadita en el culo—. Cállate, vas a hacer que vengan los guardias y echen la puerta abajo.

—¡Si no me sueltas, te corto los huevos!

—No, eso no, pero, si me lo pides por favor, igual te dejo chupármelos. —Sonrío cuando suelta otro chillidito.

A Patroclo y a mí nos gusta hacerlo duro a veces, pero nunca jugamos así, no nos peleamos hasta ponernos cachondos y acabar cogiendo. No había hecho esto hasta conocer a Helena.

Patroclo sale del baño después de mí con una expresión extraña mientras lanzo a Helena a la cama con cuidado. Rebota en el colchón, pero es rápida, así que rueda en el aire antes de volver a caer. La agarro de las pantorrillas y le doy la vuelta para ponerla bocarriba.

—No me digas que con un orgasmo has tenido suficiente. —Esquivo una patada dirigida a mi cara—. Pórtate bien y abre las piernas.

—¡Vete al diablo! —Sus palabras suenan severas, pero tiene una mirada divertida y se nota que se esfuerza por reprimir una sonrisa.

Yo me río. Dioses, qué divertido es esto.

—Si no lo haces por las buenas, voy a tener que pedirle a Patroclo que te mantenga quieta.

Lleva los ojos ámbar hacia él y veo el momento exacto en el que se da cuenta de que eso va a hacer que se venga más aún.

—Ah, no —dice despacio—. Eso no. —Cuando ve que no me muevo, suelta una maldición y trata de patearme la cara de nuevo.

Malcriada...

—Patroclo. —No tengo ni que levantar la voz porque está a solo unos metros—. Sujétala.

Lo observo con detenimiento mientras se acerca a la cama. En cuanto vea el menor signo de que las heridas de alguno de ellos son más serias de lo que dicen tanto ellos como la doctora, paro todo esto.

Patroclo se pone de rodillas en el colchón por encima de la cabeza de Helena, le sujeta las muñecas y se las aprieta contra la cama. Ella se revuelve, pero es evidente que no se está esforzando demasiado. La atrapo mirándole las costillas a Patroclo, y me conmueve que se esté preocupando por él aun sin decirlo explícitamente. Buena chica. Me coloco entre sus muslos y los empujo a los lados y hacia arriba, dejándola obscenamente expuesta.

Vaya espectáculo que estamos dando.

Patroclo está respirando con más esfuerzo del que debería suponer mantener a nuestra princesa agarrada, y está tan excitado que será un milagro si no se viene solo con los preliminares. Por mí bien si lo hace. Tenemos toda la noche y todo el día de mañana. Pretendo arropar a estos dos para que descansen como es debido cuando les haya quitado las preocupaciones a base de sexo, pero no me voy a apresurar.

Cada músculo del cuerpo de Helena se tensa por el ahínco con el que trata de vencer nuestra fuerza superior, pero al mismo tiempo está mojadísima, prácticamente goteando. Me relamo y ella suelta un gemidito que va directo a mis huevos. Dioses, no puedo esperar a volver a pasarle la lengua por todas partes a Helena Kasios. Echo un vistazo a Patroclo. Está cachondo y se siente mal por ello.

Pero primero dejemos claras unas cuantas reglas.

—Si quieres parar, dínoslo.

Helena parpadea hacia mí y se le curvan un poco hacia abajo las comisuras de la boca.

—Pero me excita pedir que paren.

—Pues di: «Esperen» —propone Patroclo—. Y entonces te preguntaremos si estás bien.

Lo piensa unos segundos y al fin asiente.

—Está bien, lo veo justo. Lo mismo les digo a ustedes dos.

No me molesto en señalar que para mí no va a ser un problema, pero valoro el gesto. Hay cierto nivel de cuidado al que solo he llegado con Patroclo, y en este momento estoy demasiado cachondo como para pararme a pensar en ello. Quizá luego, cuando no esté contemplando la perfección del cuerpo desnudo de Helena, que me extiende una invitación que no pretendo rechazar.

—Claro.

—Sí. —La voz de Patroclo se ha vuelto ronca.

No aviso antes de pasar a la acción, deslizándome por la cama y soltándole los muslos. Solo le doy un segundo de respiro antes de apoyar el antebrazo en la parte de atrás de sus muslos para levantarlos aún más. En esta postura no está tan abierta como antes, pero da igual. No necesito que lo esté para hacer lo que quiero hacer. Le paso la punta del dedo por su entrada.

—He cambiado de opinión sobre ti —comento.

—Como si me importara. —Las palabras cortantes no se corresponden con su tono aterciopelado.

—Te importa. —Le sostengo la mirada mientras le introduzco un dedo. Es lo justo para provocarla, pero, ¡maldición!, cómo se siente de bien—. ¿Quieres saber por qué?

—Ilumíname.

—Porque solo juego con la gente que me gusta. —La penetro con un segundo dedo.

Es divertidísimo ver cómo van cambiando sus expresiones. Deseo, confusión, urgencia...

—¿De qué estás hablando?

—Voy a jugar contigo, princesa. —Le hago un gesto de asentimiento a Patroclo mientras giro la muñeca y la exploro hasta que encuentro el punto que la hace soltar otro de esos deliciosos gemidos—. ¿Cuántas veces crees que podemos hacer que se venga antes de quedarnos fritos, Patroclo?

Él parpadea.

—Querrás decir antes de que no pueda más.

—Carajo...

Sigo estimulándole el punto G con las yemas de los dedos y finjo pararme a pensarlo.

—Claro, hasta que no pueda más o hasta que nos quedemos fritos, lo que ocurra primero.

—Lo que primero va a ocurrir es que Helena se va a venir. —Patroclo cambia de posición para apretarle aún más las muñecas contra la cama—. Creo que puedes superar nuestro récord.

—Reto aceptado.

HELENA

Me sigue costando asimilar que estoy aquí de verdad, entre estos dos hombres, cuando Aquiles empieza a comerme. Patroclo es metódico cuando está entre mis piernas, pero Aquiles me acomete como si nunca tuviera suficiente, como si le preocupara menos hacer que me venga que probar cada centímetro de mí. Es mucho más excitante de lo que podría haberme imaginado, y además mantiene el ritmo firme con sus dedos todo el tiempo.

No recuerdo haber cerrado los ojos, pero, cuando los abro, Patroclo me está mirando desde arriba. Estudia mi rostro como si estuviera empeñado en memorizar cada parte de mí. Como si pudiera ver lo que hay bajo mi piel: una mujer ambiciosa, mezquina, egoísta.

Los labios de Patroclo me rozan la oreja.

—Te esfuerzas tantísimo, Helena... Por que te tomen en serio, por que vean la persona que eres, por olvidar lo raro que es que esto ocurra. —Habla en un murmullo suave que no se parece en nada a cómo me está chupando Aquiles el clítoris.

Me pongo tensa. No quería esto. Ya estoy atrapada y abierta para ellos, pero ¿que me expongan así? Es demasiado.

—Para.

Aquiles se detiene un segundo entre mis piernas, pero «para» no es «espera». Tras una breve vacilación, sigue con lo que estaba, ajustándose de nuevo al ritmo de su lengua contra mi parte más sensible. Todo el cuerpo se me contrae en respuesta.

—Por favor... —No sé qué estoy pidiendo en realidad. Que Patroclo pare antes de decir algo que no pueda soportar. Que Aquiles me haga venirme tanto que no pueda ni pensar. Las dos cosas. Ninguna.

Patroclo, como un demonio posado en mi hombro, continúa susurrándome palabras al oído.

—¿Alguna vez han cuidado de ti, Helena? No como un trofeo del que alardear, sino como mujer.

Bien podría haberme abierto la caja torácica y sacado el corazón del pecho. Se suponía que esto era solo sexo, una vía de escape para olvidar lo feas que están las cosas en mi mente en este momento. No se trataba de que Patroclo ni Aquiles me vieran de verdad.

—Para —susurro.

—¿De veras quieres que pare? —Me besa el cuello y luego me mordisquea el lóbulo de la oreja—. Podría ser así. No tienes que fingir conmigo..., con nosotros. No pretendemos que seas perfecta. Te queremos a ti.

Me escuecen los ojos, así que parpadeo deprisa, odiando las lágrimas que terminan rodándome por la cara. No puedo concentrarme, no puedo pensar siquiera.

—No tienen... —Cualquier protesta que tratara de articular desaparece cuando Aquiles aprieta su lengua contra mi clítoris con una presión que me hace arquear la espalda.

Se mueve para morderme primero un muslo y después el otro.

—Estás haciéndola llorar —comenta. No me queda claro si le gusta o si le molesta.

—Solo le estoy diciendo la verdad. —Patroclo me besa el cuello y luego pasa al hombro—. Quieres quedártela. —Patroclo se queda callado como esperando que Aquiles lo niegue. Como no dice nada, Patroclo continúa—: Queremos quedárnosla.

«Quedarse conmigo.»

La sola idea debería enfurecerme. Nadie puede «quedarse» conmigo. Justo ese es el motivo por el que estoy aquí, para evitar ese destino...

Solo que cuando Patroclo habla de quedarse conmigo, no parece que lo diga como si quisieran meterme en una jaula de oro, como si fuera una mujer trofeo a la que sacar en fiestas y eventos para demostrar lo machos que son, que han conseguido domesticar a Helena Kasios y todo eso.

No, cuando lo dice, suena mucho como si...

—Estás torturándote. Deja de hacer que se torture. —Aquiles suena tan irritado que no puedo evitar sonreír.

—Quizá es que no lo estás haciendo bien.

Él alza una ceja y pone una expresión extremadamente arrogante.

—Mmm... Pues supongo que tendré que pasar al siguiente nivel. —Busca la mirada de Patroclo y mantienen otra de esas conversaciones mudas que tanta envidia me dan.

Esta vez noto algunas cosas. Aquiles le hace una pregunta. Patroclo gruñe como respuesta. No sé cuál era la pregunta, pero estoy absurdamente contenta de haber atrapado aunque solo sea eso.

Tan contenta que no me da tiempo a reaccionar cuando se mueven como si fueran uno solo. Patroclo me toma de las axilas y me levanta mientras se incorpora. Se tumba de espaldas y me monta sobre él, pero mirando a Aquiles.

—¿Qué...? —Pierdo el hilo cuando Aquiles cierra la mano alrededor del enorme pene de Patroclo.

Me dedica esa sonrisa pícara que promete diversión y placer a raudales.

—Arriba.

Es imposible malinterpretar sus intenciones. Me alzo un poco y me muerdo el labio inferior mientras me pasa el glande de Patroclo por los pliegues, adelante y atrás, una y otra vez. Lo deja apretado contra mi entrada y empiezo a hundirme poco a poco, pero Patroclo me agarra de las caderas y me mantiene donde estoy.

—Aún no.

—Pero es que quiero hacerlo...

—Ni siquiera una princesa tiene siempre lo que quiere. —Aquiles zanja la discusión agachando la cabeza y metiéndose a Patroclo en la boca. Veo que se le ahuecan las mejillas y él gime con evidente placer.

Me quedo paralizada cuando me doy cuenta de lo que está pasando. Me está saboreando a mí en el miembro de su novio. Y salta a la vista que le encanta, porque le succiona con fuerza una vez más y luego pasa a comerme a mí de nuevo. Esta vez, las vistas son aún mejores que antes.

Las manos de Patroclo se hunden en la piel de mis caderas mientras lucha contra mí y contra la gravedad para mantenerme en alto, con su erección húmeda por la boca de Aquiles prácticamente palpitando de puro deseo. Los ojos de Aquiles me sostienen la mirada mientras se afana con mi clítoris justo de la manera que necesito para venirme.

Jamás en mi vida olvidaré el tiempo que he pasado en la cama con estos hombres.

«¿Que no lo olvidaré?» Me reiría si el orgasmo que se empieza a apoderar de mi cuerpo me permitiera respirar. Más bien escandalizaré a mis nietos con anécdotas de la época en la que me dejé seducir por dos guerreros.

Patroclo me agarra las caderas con más fuerza, el único aviso antes de que me baje de golpe para hundirme en su grueso miembro. No me había dado ni cuenta de que Aquiles lo había colocado en mi entrada.

Me vengo con tanta intensidad que no puedo evitar chillar, pero el movimiento de la lengua de Aquiles en mi clítoris no cesa. Patroclo empieza a mecerme encima de él, un movimiento sutil que me hace apretar los dedos de los pies.

—¡Dioses!

—No exageres. —Aquiles se aparta y se relame.

Tiene la barba empapada de mí, y a una parte siniestra y posesiva de mí le encanta. Me va besando el vientre mientras sube a mis pechos para recrearse en ellos antes de ponerse de rodillas delante de nosotros. Durante todo este proceso, Patroclo no ha parado de mecerme, manteniéndome al límite. Aquiles me rodea la cara con sus grandes manos. Para variar, tiene una expresión abrumadoramente seria.

—Deja que nos quedemos contigo, Helena.

El shock de oír mi nombre de sus labios amenaza con hundirme. No puedo rendirme a esto. No aquí, no ahora, cuando hay tanto en juego. Debería haber sido fácil decir que no. Una palabrita, dos minúsculas letras. «No.»

Pero no..., no puedo decirlo.

No puedo acceder, pero tampoco puedo rechazarlo.

En su lugar, hago lo único que se me ocurre. Paso los brazos por el grueso cuello de Aquiles y tiro de él para conquistar su boca. Lo vuelco todo en este beso: todas mis dudas y mis miedos y mi tristeza. Porque esto no puede durar. Da igual lo que piensen ellos, el sentido que tengan sus palabras, lo segura que me hagan sentir. Simplemente no puede durar.

Pero aún nos queda esta noche.

Aquiles gruñe contra mi boca.

—Ya está bien. —Pausa el beso el tiempo justo para agarrar una almohada y decir—: Levántate.

Patroclo por poco me tira cuando obedece. Me apoyo en los hombros de Aquiles y durante un segundo me observa como..., bueno, como si quisiera quedarse conmigo. Después me coloca sus grandes manos en las caderas, me alza y me voltea para colocarme mirando a Patroclo.

—Pero quiero ver —protesto.

—En otra ocasión. —La certeza que tiene de que va a haber otra ocasión debería irritarme; en cambio, me derrite un poco por dentro. Me hunde poco a poco en el miembro de Patroclo y eso hace que me fije en el tercero en discordia.

Dioses, qué mirada tan llena de amor.

Muevo las caderas, cogiéndolo despacio mientras Aquiles se baja de la cama el tiempo justo para agarrar el bote de lubricante de la mesilla de noche. Patroclo me contempla como si fuera un rompecabezas, una maravilla, un regalo. Como si estuviera totalmente de acuerdo con Aquiles con lo de quedarse conmigo. Me debería enojar, y mucho.

Pero ya se sabe que nada es como debería ser con estos dos. Desafían toda expectativa.

Patroclo desliza las manos hacia mis pechos y me los rodea.

—Algún día.

Me cuesta respirar.

—Algún día ¿qué?

—Algún día dirás que sí. —Me acerca a él para darme un beso.

Me esperaba algo suave y dulce y quizá un poco considerado. Qué ingenua. Patroclo me besa como si necesitara el aire de mis pulmones para respirar. Como si conquistando mi boca pudiera conquistar también mis palabras, mi futuro, mi todo. No puedo pensar con todo el ajetreo mental, con todo el placer que me inunda, tan cerca de su fin.

La cama se hunde bajo el peso de Aquiles cuando se sube a la cama para colocarse entre las piernas abiertas de Patroclo. Las empuja a los lados y hacia arriba, y suelta un ruidito de satisfacción muy sexy.

—Me gusta verlos así. —Me recorre la línea del culo con un dedo. Patroclo se estremece, así que debe de estar haciéndole lo mismo a él—. Podría tenerlos a cualquiera de los dos —musita Aquiles—. Sí, me encanta esto...

Dejo de besar a Patroclo el tiempo suficiente para decir:

—Hablas demasiado.

—¡Para nada!, si te gusta cuando hablo.

Patroclo se tensa, y entonces sé sin atisbo de duda que Aquiles lo está penetrando. De un segundo para otro, ya no se trata de mi placer, sino del de Patroclo. Me echo un poco hacia atrás para poder moverme mejor... y para ofrecerle un buen espectáculo. Mira mi cuerpo de una manera... como si no estuviera seguro de que todo esto sea real, pero deseara con todas sus fuerzas que lo sea.

Yo tampoco estoy segura de que sea real.

Levanto los brazos por encima de la cabeza mientras muevo las caderas, y me resulta lo más natural del mundo enroscarlos alrededor del cuello de Aquiles. Es muy alto, así que me tengo que estirar, pero, por cómo maldice Patroclo al verlo, siento que vale la pena.

Patroclo baja una mano de mis caderas para presionarme el clítoris con el pulgar, y lo deja quieto para que yo me pueda frotar contra él como necesite.

—Quiero volver a sentir cómo te vienes en mi pene, Helena.

—Sigue así y lo haré —jadeo.

Aquiles me pone las manos en los pechos mientras aumenta el ritmo de sus embestidas, cogiendo a Patroclo tan duro que siento cada envite. Tan duro que parece como si quisiera asegurarse de que Patroclo está bien y esta fuera la única forma de hacerlo. Es casi como si el empellón empezara con él y fuera pasando de uno a otro: de Patroclo a mí, que me levanto y me vuelvo a hundir en él, y de vuelta a Aquiles. Es increíble, y tan excitante que no quiero que se acabe nunca.

«No quiero que nada de esto se acabe nunca.»

Pero es demasiado. La presión va cada vez a más, y quiero resistirme, pero no tanto como para parar o frenar. Aquiles me pellizca los pezones, y unos pinchacitos de dolor se suman al roce del pulgar de Patroclo contra mi clítoris y a su enorme pene llenándome entera. Abro la boca para pedir más, pero ya es demasiado tarde. Me vengo.

Estoy a punto de desplomarme hacia delante, pero entre los dos me sostienen. Aquiles aumenta aún más el ritmo, y me abruma darme cuenta de que se ha estado conteniendo hasta ahora. Pero ya no más. Sus acometidas hacen que el miembro de Patroclo se mueva dentro de mí y mi orgasmo no se acaba. Oleada tras oleada de extremo placer hasta que siento que se me derriten hasta los huesos. Aquiles me agarra con una delicadeza sorprendente teniendo en cuenta cómo se coge a Patroclo, y juraría que me da un beso en la sien.

Patroclo maldice.

—Carajo, voy a... —Me aprieta tanto las caderas que me duele, y se incorpora para tirar de mí hacia él mientras se viene con tanta intensidad que lo siento en mi cuerpo.

Aquiles me empuja ligeramente contra el pecho de Patroclo, que no tarda en volver a tomar mi boca, pero apenas tengo tiempo de deshacerme en el beso cuando siento algo húmedo caer en mi culo. Me echo para atrás.

—Aquiles...

—¿Mmm?

—¿Acabas de venirte en mi culo?

Él suelta una risita.

—Sí.

Espero enfadarme en algún momento, pero lo único que siento es un júbilo ridículo. Sonrío a Patroclo.

—Sí que le gusta marcar su territorio, ¿verdad? Parece un perro.

—Para nada. —Aquiles me da una palmadita en el trasero—. Solo marco mis intenciones.

Patroclo suelta una carcajada entrecortada.

—Detente, que estás haciendo que se contraiga a mi alrededor y me va a dar algo.

—A la regadera. Y luego a la cama.

—Acabamos de bañarnos, Aquiles.

—Sí, y yo acabo de ensuciarlos por completo. Vamos, será divertido. —Aquiles se desliza para salir de la cama, me rodea la cintura con un brazo y me carga en brazos.

Esta vez no chillo, estoy demasiado floja después del orgasmo y... puede que en realidad no odie que Aquiles me lleve a cuestas de aquí para allá. Me gusta la forma posesiva en que nos observa Patroclo mientras se levanta poco a poco de la cama y nos sigue al baño.

A los cinco minutos de estar en el baño, Aquiles ya está de rodillas haciéndole una mamada a Patroclo y metiéndome los dedos. En algún momento, regresamos a la cama, mojados y resbaladizos, más que dispuestos a seguir disfrutando. No paramos, como si fuéramos contrarreloj tratando de acumular todos los orgasmos posibles antes de que haya que volver a la realidad.

Pero, al final, como siempre, la realidad se impone.

Aquiles se estira, mira al reloj y suspira.

—Hora de dormir. —Rueda en la cama y agarra el celular.

No puedo evitar fijarme en cómo se le mueven los músculos. Sí que tiene un cuerpo de guerrero... A mi otro lado, Patroclo cambia de postura para poder deslizar la mano por mi costado hasta mis caderas. No lo hace de forma sexual, pero me da tanto gusto que estoy a punto de gemir. Voy a echar de menos esta intimidad tan natural, casi tanto como el sexo. Tanto Aquiles como él son tan pródigos con sus caricias, con sus palabras... Voy a echarlos de menos.

—Te acabas de poner tensa. ¿En qué estás pensando? —pregunta Patroclo.

Me gustaría mentir o hacer algo para eludir la pregunta, pero por lo visto estoy peor de la cabeza de lo que me imaginaba, porque contesto con sinceridad:

—Los voy a extrañar. No solo el sexo, aunque es muy divertido, sino... —Hago el intento de encogerme de hombros, pero cuesta un poco hacer el gesto tumbada—. Da igual.

—No da igual. —Me aparta el pelo de la cara.

Intento con todas mis fuerzas no pensar en cómo de patética deben de estar viéndome ahora mismo. Odio que lo que me hizo Paris me afecte tanto por mucho que trate de evitarlo. Sé que usaba las críticas para manipularme y controlarme, pero eso no impide que me regrese la inseguridad en los momentos menos adecuados.

Patroclo vacila, y se voltea hacia Aquiles, que se ha quedado callado y quieto a mi otro lado.

—No tienes por qué fingir nada con nosotros.

—Lo sé. —Y es verdad. No es ese el problema. Fingir y ponerme una máscara es algo instintivo, pero, por muy segura que me sienta con ellos para permitirme ser yo, eso no cambia lo jodidas que son las circunstancias—. Es solo que...

—¿Siempre te atormentas así? —Aquiles se incorpora y estira los brazos por encima de la cabeza—. La tercera prueba será lo que decida el futuro. No tiene sentido preocuparse hasta entonces.

—Aquiles...

Los miro a los dos, pero esta vez no tengo ni idea de qué se están comunicando. ¿Cómo debe de ser confiar en alguien tanto, tener tanto pasado común, como para poder hablar sin decir ni una palabra? A mí me pasa algo parecido con Eris, pero es más por los traumas compartidos que por otra cosa. Y mis conversaciones en silencio con Hermes y Dionisio se reducen a «¿Puedes creer lo que está diciendo esta?» cuando estamos en fiestas en la torre Dodona. Lo que tienen Aquiles y Patroclo es otro rollo.

Cuando acaban, Aquiles se voltea hacia mí.

—No estaba bromeando antes. Decimos en serio lo de quedarnos contigo.

—No pueden «quedarse» con una persona.

—Da igual.

No puedo mantener esta conversación otra vez mientras estoy tumbada. ¿Por qué estamos volviendo a esto? No ha cambiado nada, da igual cuántos orgasmos nos hayamos brindado, pero seguimos insistiendo. Me incorporo y me deslizo para atrás hasta apoyarme en la cabecera de la cama.

—Tú quieres ser Ares. Yo también quiero ser Ares. Estamos en bandos opuestos.

—Solo en eso.

Como si fuera tan sencillo.

—Cuando gane, tendrás que volver a ser la mano derecha de Atenea. Jamás me lo perdonarás.

—Tal vez. —Se encoge de hombros—. Y cuando yo gane, no podrás convertirte en Ares, pero serás mi mujer.

La idea no me repele tanto como la primera vez. Si fuera una persona distinta, quizá lo de esta noche bastaría para hacerme cambiar de opinión, para dudar de mis metas. No estaría tan mal dejar que Patroclo y Aquiles se queden conmigo.

Solo que son justo las dinámicas de ese tipo las que me asfixian. Por muy bonita que sea la jaula, el pájaro de dentro sigue estando encerrado. Estar casada con uno de los Trece no es lo mismo que ser una de los Trece. Si fracaso, me pasaré el resto de la vida mirando desde fuera.

—¿En serio piensas que voy a aceptar eso?

—Pienso que vas a aceptar los resultados del torneo, sí. —Vuelve a encogerse de hombros. ¿Cómo será estar tan absolutamente convencido de cuál es tu lugar en el mundo y del camino que debes seguir? Siento envidia, aunque no pueda comprender cómo le resulta tan fácil.

El estómago me da un vuelco, pero me obligo a mirarlo.

—Entonces entiendo que tú también aceptarás los resultados del torneo, ¿no? —Quizá debería callarme, pero no lo consigo—. Dicen que quieren quedarse conmigo, y cabe contemplar la posibilidad de que yo gane el título... Así que, si gano, o, más bien, cuando gane, seguirán queriendo... ¿qué? ¿Una relación? ¿Me estás diciendo eso?

Aquiles sonríe.

—Sí, princesa, justo eso. —Contesta con demasiada naturalidad, como queriendo contentarme aun sin creer ni un segundo en la posibilidad de que eso ocurra—. En eso suele consistir «quedarse» con alguien.

Suena demasiado bonito para ser verdad. Por muy fuerte que sea nuestra conexión, solo los conozco desde hace unos pocos días. Lo que está por venir podría desgastar incluso relaciones largas, de años. ¿Qué probabilidad hay de que nosotros salgamos airosos?

Aparto el pensamiento de mi cabeza. No me puedo permitir obsesionarme sobre cosas que no sé si van a pasar. O pasan o no pasan, pero echar a perder lo que tengo con Aquiles y Patroclo solo por teorías que me invento... Quizá sería lo más inteligente, pero no quiero hacerlo.

En su lugar, me estiro.

—Estoy cansada. Vamos a lavarnos los dientes, a cambiar las sábanas y a dormir. —Ignoro la vocecilla que me susurra que solo estamos jugando a las casitas y que esto va a acabar mal.

Todo en Olimpo acaba mal.

Hay que sacar alegría y placer de donde se pueda.

PATROCLO

Para bien o para mal, solo hay un lugar en el que vamos a acabar. No hay salidas, ni bifurcaciones, ni ninguna manera de alterar lo que va a suceder. Dentro de unos días se concederá el título de Ares al ganador del torneo. La realidad inundará este espacio seguro que hemos creado, y no hay modo de evitarlo.

Pero todavía no ha ocurrido.

—Me sorprende que hayas convencido a Belerofonte para que nos traigan el desayuno.

El desayuno no es nada del otro mundo (huevos, papas, fruta y pan), pero ya es más de lo que me esperaba.

Aquiles saca una silla para Helena, ignorando su mirada recelosa, y sonríe.

—Belerofonte está siendo todo lo prudente que puede de cara a la tercera prueba. Y con lo del intento de asesinato, creo que le gustaría mantenernos lo más alejados posible durante las próximas veinticuatro horas.

—No necesito que me den un trato preferencial —se queja Helena, que examina la comida a su disposición y se pone un poquito de todo en su plato—. No me gusta la idea de quedarme escondida en la habitación. Va a parecer que estoy asustada.

—Nadie va a verlo. No es como que pasen por televisión lo que ocurre en esta residencia. —Aquiles se detiene y su expresión se vuelve reflexiva—. Aunque Belerofonte me ha dicho que han cancelado las entrevistas que nos iban a hacer hoy. Es por seguridad, pero están contando otro cuento ante el público.

—Claro, no vaya a ser que demos una imagen no del todo perfecta —murmuro.

Me dejo caer en la silla que queda y empiezo a llenar mi plato. Estoy muerto de hambre. Pasarme la noche derrochando energía de esa manera no fue demasiado inteligente, pero no me arrepiento. No estoy preparado para decir que algunas veces los planes solo sirven para tirarlos a la basura, pero no puedo negar que no contaba con Helena. Da igual. Estoy al cien por cien de acuerdo con Aquiles en que encontraremos la forma de hacer que esto funcione.

Aunque ella tiene razón. No hay ni un solo escenario perfecto. Las probabilidades son bajas, pero...

—Patroclo. —Por la paciencia con la que Helena pronuncia mi nombre, sé que no es la primera vez que me llama.

Tiene esa sonrisita indulgente en la cara, y siento un calorcito en todo el cuerpo al verla. Dioses, no sé qué hace esta mujer conmigo. No termino de entenderlo, pero no pienso cuestionarlo.

—Dime.

—Tu madre, Esténele... Estuvo a punto de ser Afrodita, ¿verdad? Cuando éramos pequeños. Mi padre hablaba un montón de ella antes de que se mudaran. —Helena aparta la vista, y un atisbo de algo sombrío le recorre el rostro—. ¿Por qué se retiró?

Es una vieja historia, pero no me importa volver a contarla. Pero antes miro con el ceño fruncido el plato sin tocar que tiene delante.

—Come algo mientras te lo cuento.

—Qué mandón.

—Tu cuerpo necesita calorías.

Pone un gesto obstinado, pero le brillan los ojos.

—A Aquiles no le dices que coma.

Inclino la cabeza hacia él. Ha puesto una pila de comida en su plato y ya se ha zampado la mitad. Cuando nos descubre observándolo, se encoge de hombros.

—Tengo hambre.

Helena niega con la cabeza.

—Está bien, tienes razón. —Me sostiene la mirada y le da un pequeño mordisquito a su pan.

Contento de que esté comiendo, sirvo una taza de café para cada uno y empiezo desde el principio.

—Mis madres, Esténele y Polimela, han estado juntas desde que eran adolescentes.

—Como unos que yo conozco —murmura Aquiles.

Lo ignoro. Ha escuchado esta historia mil veces, por lo que sé cuándo va a interrumpirme y sabe cómo se desarrolla.

—Ambas son de familias en cuyo seno ha habido miembros de los Trece en varias generaciones y, como muchos de los títulos cambian de manos de vez en cuando, tenían muchas probabilidades de obtener alguno de ellos. Esténele trabajaba para la última Afrodita, y era una de las principales aspirantes para el puesto. —Además, me parece que la última Afrodita estaba un poco enamorada por ella, y como es la actual ostentadora de ese título quien nombra a su heredera, mi madre tenía todas las de ganar.

—¿Y qué pasó?

Espero hasta que come un poco más antes de apartar la vista y continuar:

—Querían más hijos. Polimela estaba embarazada. —Los

detalles son un poco confusos después de tanto tiempo, pero lo que sí recuerdo es lo emocionado que estaba de tener un hermanito o hermanita..., y lo rápido que esa alegría se tornó en miedo—. Hubo un, eh..., ataque.

—Lo que quiere decir es que la zorra de Peito orquestó un atentado contra Polimela para meterle presión a Esténele. —Aquiles alza las cejas cuando suspiro—. ¿Qué? Es la verdad. Lo hizo, aunque no se haya podido demostrar. Y sigue siendo una zorra, eso no lo han cambiado los años... Si no, no estaría en el exilio ahora mismo.

—Peito... —Helena abre mucho los ojos—. Así se llama la madre de Eros. Se me había olvidado que tenía otro nombre antes de ser Afrodita.

—Sí, bueno, pero ya no es Afrodita, ¿no? —Aquiles le da una mordida enorme a su bocadillo.

—Supongo que no —musita Helena.

Yo me recuesto en mi silla.

—Polimela sufrió un aborto. —Mis madres siguen poniéndose un poco tristes cuando sale el tema. Tuvo más abortos en los años que vinieron. A mí me llamaban «su milagro» y me sonreían, pero sé que el hecho de que sea hijo único es agridulce para ambas—. Esténele decidió renunciar al cargo y alejó todo lo posible a nuestra familia del círculo político de Olimpo.

Helena examina el plato que tiene delante.

—¿Por qué no contraatacaron? Si Peito desaparecía de escena, el problema se acababa.

—Bueno, ya sabes. —A pesar de haber crecido al margen de los Trece, sé cómo son las cosas. Siempre hay otra amenaza, otro enemigo. La gente que se mantiene en esa esfera y logra prosperar en ella está dispuesta a pagar el precio que eso conlleva... o a permitir que lo paguen las personas que la rodean. Mis madres decidieron que el precio era demasiado alto.

Ella suspira.

—Sí, supongo que sí lo sé. —Helena agarra el tenedor y lo vuelve a dejar en el plato—. Es muy romántico todo. ¿Se arrepienten?

Me encojo de hombros.

—El poder les importaba menos que mantener a la familia a salvo. Parecen muy contentas con los resultados.

Crecí en un hogar lleno de amor y seguridad. Dudo que esto último fuera cierto si mis madres hubieran decidido perseguir sus ambiciones. Aún recuerdo la tensión y las discusiones que tenían cuando yo era pequeño. Tengo muchas cosas borrosas, pero eso justo no. Se relajaron en cuanto nos mudamos, y empezaron a pelearse menos.

Helena asiente despacio.

—¿Y qué opinan de que estés compitiendo?

—Saben de qué se trata todo esto. —Aquiles se ríe con burla—. Patroclo y yo llevamos mucho tiempo detrás de esto. Sabían que apuntábamos a lo más alto, con todo lo que eso conlleva.

Sonrío a mi pesar. Aquiles a veces pone de los nervios a mis madres, pero lo quieren casi tanto como yo.

—Sí, tú te empecinaste con todo esto muy pronto. Es de las primeras cosas que me dijiste en el campo de entrenamiento básico. Me miraste y me dijiste: «Algún día, todo Olimpo conocerá mi nombre».

Aquiles ni se molesta en sonrojarse.

—Sé lo que quiero —se excusa.

Los hombros de Helena se tensan, una clara señal de que estamos a punto de volver a la discusión sobre el tema de Ares y lo que implica y lo que nos depara el futuro, que es una discusión sin fin, porque no hay solución. Ahora solo podemos teorizar.

Cambio el tema antes de que vayamos por ese camino.

—Ya te he contado mi parte. Ahora te toca a ti.

Su sonrisa es algo triste.

—Tuviste una infancia feliz, ¿verdad? Incluso antes de que se mudaran.

—Sí. —Es la verdad. Nunca me faltó de nada. Sabía que mis madres me querían. Tenía los típicos problemas de los niños, sobre todo por ser una persona que necesita tanto tiempo para pensar, pero nada digno de mención.

—Yo no. —Se retira el pelo de la cara—. Tuve todas las necesidades físicas cubiertas, sí. Ya lo sé, Aquiles, pobre niña rica, pero...

Él pone cara de sentirse un poco mal.

—Pero Zeus —completa Aquiles.

—Sí, Zeus. —Ella suspira y aparta el plato. Se ha comido medio pan y algo de fruta, ni siquiera lo suficiente, pero no quiero presionarla ahora, no cuando está bajando un poco las barreras para dejarnos ver lo que ha mantenido oculto hasta ahora—. Mató a mi madre. Sé que corre el rumor y que todo el mundo se lo toma casi como si fuera una leyenda urbana, pero es la verdad. Estaban discutiendo y él la empujó por las escaleras. Se partió el cuello.

Aquiles se tensa y me mira. No sé qué se supone que debo contestar a eso. Decir «Lo siento» suena ridículo. Sigo pensando en una respuesta cuando Helena decide continuar:

—No lo digo para que se aflijan. Solo es uno más de los muchos pecados que cometió mi padre. Era un monstruo, y él me crio, así que eso me convierte en una especie de monstruo a mí también. —Al fin alza la vista, y la determinación que transmite su rostro es apabullante—. Así que sí, soy una princesa mimada, pero no es lo único que soy. He sobrevivido a él. Y sobreviviré a lo que sea que estén tramando mis hermanos. Quizá en otro momento habría aceptado seguir sus planes, al menos en parte, para mantener cierta paz, pero ya no soy así. Me merezco algo más que ser un premio.

Siento una punzada en el pecho que no me esperaba.

—Helena...

—Necesito un poco de espacio. Voy a intentar echarme una siesta. —Se levanta de la mesa y recorre el pasillo hasta el dormitorio. El ruido de la puerta al cerrarse suena extrañamente alto en la habitación.

Miro a Aquiles y suspiro.

—Esto es un desastre.

—Se le pasará la decepción tarde o temprano —dice, pero tiene el ceño fruncido y aparta el plato sin terminarse la comida que antes disfrutaba tanto—. Puede que nos cueste ganarnos su perdón, pero lo conseguiremos. —No suena tan seguro como de costumbre—. Tiene que perdonarnos.

Dudo que Helena «tenga que» hacer nada, y mucho menos perdonarnos. Desde luego no por esto. Se me revuelve el estómago al pensar en todo. Claro que cualquiera que conociera la reputación de Zeus sabía que no era un buen tipo. Tres esposas muertas, unas cuantas acusaciones de abuso y un hijo al que echó de la ciudad por no lograr someterlo. Todo eso muestra una imagen muy desagradable. No sé por qué no había pensado hasta ahora cómo debió de ser crecer en esa casa. Si no recuerdo mal, la madre de Helena murió cuando ella era adolescente. Su madrastra no duró más que unos pocos años después de que Zeus volviera a contraer matrimonio.

Se me pone la piel de gallina.

—¿Y si esto la destruye?

—¿Cómo la va a destruir? —Aquiles niega con la cabeza—. ¿Tú la has visto? Es fuerte, y jodidamente terca. Puede que dude de sí misma a veces, pero es lo que ha dicho ella misma: es una superviviente. Va a hacer falta algo más que una pequeña decepción para destruirla.

Me gustaría creerlo. De verdad. Pero las personas son más que un problema que hay que resolver. Las emociones a veces son totalmente ilógicas. Si no lo fueran, no estaríamos en esta situación, para empezar.

—Eso espero.

Aquiles se estremece levemente, pero se recuesta de nuevo en su silla.

—No quiero destruirla, pero es que...

—Llevas mucho tiempo queriendo esto —completo.

Sus razones para luchar por el título de Ares son tan válidas como las de Helena, y también tienen su origen en un pasado de dolor e inseguridad. Ya no es el niño indefenso que creció en uno de los orfanatos de Hera y al que metieron a ser un soldado de Ares. No cuesta entender que busque consolidar su posición a base de poder y ambición. Si no logra ganar el título, no creo que se desmorone tampoco, pero Aquiles nunca ha sufrido un contratiempo importante una vez que se empeña en algo. No sé cómo le va a afectar perder.

—No tengo una solución para esto —murmuro.

—Hay una primera vez para todo —dice con una sonrisa cansada, y se pone de pie. Me da una palmada en el hombro—. Anda, vamos a limpiar todo esto, a guardarle algo de comida a Helena en la nevera por si se levanta con hambre y a hacer un poco de yoga restaurativo. Se te está dando fatal ocultar lo tenso que estás, y seguro que te hace bien. —Sonríe con los labios apretados—. Pase lo que pase, nos las arreglaremos.

—¿De verdad? —Es una súplica infantil que no se fundamenta en la lógica, pero aun así no puedo evitar hacerla. Quiero que estén felices los dos. No quiero que se acabe aquí. Qué ingenuo soy.

—Sí, Patroclo. Pase lo que pase.

Metemos parte de los restos de la comida en la mininevera y llamamos a uno de los subordinados de Belerofonte para que tire lo demás. Aquiles cierra la puerta con llave y yo doy una última vuelta por la habitación. Como se han cancelado las entrevistas, no tenemos que ir a ningún sitio hoy, pero sigue existiendo la posibilidad de que vuelvan a intentar asesinar a Helena. Quienquiera que estuviera enojado con que hubiera pasado la primera prueba debe de estar furioso viendo que ha llegado a la final.

La única luz que alumbra en la oscuridad del dormitorio viene de un resquicio entre las cortinas. Helena está acurrucada en medio de la cama, con las sábanas casi tapándole la cabeza. Parece mucho más pequeña de lo que es en esta postura, y siento otra punzada desagradable en el pecho. No, no en el pecho. En el mismísimo corazón. Aquiles no para de hablar de lo blando que soy, pero no es cierto. Puedo ser frío cuando la situación lo requiere. Pero en este momento no. Helena ha logrado ocupar un espacio importante en mi interior en unos pocos días. No debería haber ocurrido tan rápido, pero mi madre siempre cuenta el momento en el que vio a mi otra madre desde la otra punta de la habitación y simplemente lo supo.

Yo también lo supe cuando vi a Aquiles. Quizá no sabía que me enamoraría de él en tan solo una semana y que nos pasaríamos doce años juntos, pero sí que sería importante para mí. Porque ya era importante para mí.

Con Helena no ha sido tan repentino. Ni cuando éramos pequeños ni mucho menos cuando nos hemos vuelto a encontrar de adultos. Ha sido más como la marea viniendo, cada interacción entre nosotros una ola que me acercaba a ella, hasta llegar a este instante. Es como si me estuviera ahogando pero al mismo tiempo no necesitara el aire. Quiero esta nueva realidad. Quiero estar tan seguro como Aquiles de que es posible aunque en este momento no vea cómo.

Regreso a la sala de estar para descubrir que Aquiles ha echado el sofá para atrás para hacer espacio. Me observa con detenimiento mientras me tumbo en el suelo, los ojos entrecerrados.

—¿Nos pasamos de la raya contigo anoche?

—Si se hubieran pasado de la raya, les habría dicho algo.

Anoche el placer se impuso a mis dolores y mis lesiones, pero es cierto lo que ha dicho Aquiles de que se me ha tensado el cuerpo de un día para otro. Le sostengo la mirada.

—No son más que un par de contusiones y músculos doloridos. Me quejaré un poco, pero voy a estar bien.

—Te tomo la palabra. —Agarra un cojín y me ayuda a hacer la primera postura.

El yoga restaurativo consiste básicamente en mantener una postura en la que todo tu cuerpo está apoyado durante unos cuantos minutos. Es lo único a lo que puedo aspirar ahora, lo cual me fastidia mucho.

Me pondré bien, lo sé. Pero no estoy seguro de que me vaya a recuperar antes de la tercera prueba.

—Sé que te estás torturando otra vez. En serio, nos las arreglaremos. —Aquiles se lleva los codos a las rodillas y se inclina contra el sofá—. Confía en mí.

—Ya lo hago. —Y no miento. Si alguien puede salir de este problema a base de pura terquedad es este hombre.

Se instala un silencio agradable cuando cambio a la siguiente postura. Para cuando he terminado, sigo muy dolorido, pero tengo la mente más tranquila. Dejo que Aquiles me ayude a levantarme y le rodeo el cuello con los brazos para tirar de él y darle un beso rápido.

—Te quiero. Siempre.

—Yo también te quiero. —Me da una palmadita en el culo—. Anda, vamos a darle mimos a nuestra princesa. Necesita un poco de cariño.

—De acuerdo.

Últimamente tiene razón en muchas cosas, y percibe lo que necesita Helena antes de que yo pueda deducirlo. Son parecidos en muchos sentidos, puede que eso influya, pero no estoy seguro. Eso sí, no pienso quejarme de ir a compartir cama con estos dos.

—Yo me encargo del primer turno —propongo.

—En el cuarto.

Vacilo, pero no quiero discutir. Rebatirle esto solo porque es «lo correcto» es una tontería.

—Claro —convengo.

—Vamos.

Lo sigo a la habitación y apago la luz del pasillo. Él se mete entre las sábanas a un lado de la cama y yo me quedo al otro lado sentado con la espalda apoyada en la cabecera.

Helena se tensa.

—¿Los he invitado?

—Ay, princesita... —Aquiles le pasa un brazo por la cintura y la atrae hacia sí—. No vas a hacernos dormir en el sofá, ¿no? Tienes un tercio de culpa de que apenas durmiéramos anoche. Y además, según tú, el sofá es incomodísimo.

Ella suspira.

—Solo quieres provocarme.

—No, más bien quiero darte arrumacos mientras Patroclo se queda vigilando. —Le da un beso suave en la sien—. Cierra los ojos. Nosotros te protegeremos.

Ella cambia de postura y casi me sobresalto cuando sus dedos rozan mi codo. Me acaricia todo el brazo hasta la mano y entrelaza los dedos con los míos. Me da un vuelco el corazón. No sé bien qué está pasando, pero creo que me estoy enamorando de Helena Kasios.

AQUILES

Cuando atravesamos el túnel para salir al estadio es como entrar en otro mundo. Creo que es por el ruido que hace el público desde las gradas, que me retumba en el cuerpo y me llega hasta los huesos. El laberinto ha desaparecido como si nunca hubiera estado ahí, y en su lugar se ve la palestra ovalada de arena que había en la ceremonia de apertura. Sí que se han inclinado por el estilo gladiador, que es lo que me esperaba, ya que la prueba final es un combate.

La última persona que quede en pie ganará el título de Ares.

Miro a Patroclo. Tiene esa expresión de pura determinación en la cara, sin dejar ver ningún tipo de emoción. Va con su ropa de deporte habitual y cojea un poco, pero se mueve mejor que ayer. No pasa nada. No tiene que estar en plena forma para esta prueba. Ha venido para echarme una mano, con lo que no es necesario que se juegue el pellejo.

Y yo me voy a encargar de que no sienta que tiene que hacerlo, aunque tenga que eliminarlo yo mismo.

Yo llevo un traje similar al de las dos últimas pruebas, negro y dorado, que me da una apariencia como de príncipe de la oscuridad. O eso es lo que me dijo el diseñador de Atenea cuando decidió el vestuario que iba a usar en los eventos y las pruebas.

Helena se ha engalanado con su modelito de reina guerrera. Me le he quedado mirando mientras se ponía el traje de una sola pieza dorado, y ha sido muy divertido y sexy oírla soltar palabrotas intentando subírselo por el cuerpo, pero no puedo negar que el efecto es deslumbrante. Es un body que le deja los brazos al aire y que le llega unos centímetros por encima de las rodillas. Es muy elástico para que se pueda mover bien, pero la superficie es resbaladiza, similar a la del traje que se puso para la segunda prueba. Va a ser prácticamente imposible agarrarla o inmovilizarla. Se ha recogido el pelo en una trenza que tiene sujeta alrededor de la cabeza, con lo que desaparece otro potencial foco de peligro, y, como siempre, lleva purpurina dorada por toda la piel.

Me descubre mirándola, y aparta la vista de mí. Ha estado así toda la mañana, esquiva. Ya no nos andamos con tonterías. Cuando termine esta prueba, uno de los dos no tendrá más que sueños rotos, y los otros tendrán que recoger los pedazos.

Me recorre un escalofrío ante este pronóstico. Tendremos que recoger los pedazos. Los tres juntos. Y eso es algo tan especial que no estoy dispuesto a renunciar a ello sin luchar. Me gusta Helena, mucho. Tarde o temprano me perdonará. Tiene que hacerlo.

El público empieza a dejar de hacer ruido cuando los focos apuntan a Atenea. Lleva otro traje, esta vez uno de un ámbar intenso, que es lo más elegante que está dispuesta a ponerse. Pero le queda muy bien. Levanta las manos, atrayendo la atención de todo el estadio. Cuando se ha hecho el silencio suficiente, comienza a hablar:

—La última prueba es la prueba de combate. —Hace una pausa cuando la gente se vuelve loca. Esta vez se vuelven a callar más deprisa—. Los campeones lucharán hasta que solo quede uno. Quedarán eliminados cuando se rindan o cuando derramen sangre. —Mueve una mano grácil para abarcar la palestra—. Elijan sus armas, campeones. La prueba comienza en tres..., dos...

Patroclo se tensa.

—Las porras. —Señala a la derecha con la barbilla, y veo a qué se refiere. Hay tres porras extensibles colgando de un exhibidor bordeando casi la mitad de la palestra. Significa dejar pasar muchas otras opciones, pero tiene razón. Deberíamos ceñirnos a lo que conocemos.

—De acuerdo.

—No me esperes, yo te sigo.

Se voltea hacia Helena, pero ya es tarde. La voz de Atenea dice:

—Uno. Adelante.

Los gritos de la multitud ahogan todo lo demás.

Yo no dudo. Salgo corriendo por la palestra hacia las porras. Puede que no sean muy vistosas, pero pueden romper huesos con mucha facilidad y tienen un alcance más que decente. Pero, lo más importante, las usamos a diario en nuestras labores. La dura empuñadura me resulta cómoda y familiar en la mano.

Me sorprendo al sentir a alguien justo detrás de mí. Patroclo no ha podido seguirme el ritmo ni de broma. Me volteo, esperando verlo a mi lado, pero no está. En su lugar, es Paris quien se abalanza sobre mí con un puñal en la mano. El cabrón intenta clavármelo justo entre los omóplatos. Logro esquivarlo, pero la arena se revuelve bajo mis pies y amenaza con hacerme perder el equilibrio. Maldición, deberíamos haber practicado peleas en una pista de arena. Es un inconveniente que no habíamos previsto.

Paris arremete de nuevo con el rostro contraído por la ira.

—¡Sé que te estás cogiendo a Helena!

Levanto la porra justo a tiempo y el filo del puñal se desliza por su superficie. El tipo este no va solo por sangre, sino que pretende matarme. El sentimiento es mutuo, la verdad. Doy otro paso hacia atrás, tambaleándome para que crea que me tiene contra las cuerdas.

—¿Fuiste tú quien mandó al asesino?

Él se detiene.

—¿Qué?

Parece genuinamente confundido, pero yo qué sé. No me había planteado que Paris pudiera ser una amenaza hasta que lo vi a través de los ojos de Helena. Podría estar mintiendo. En última instancia, da igual. Me habría encantado eliminarlo yo mismo antes incluso de saber que le había hecho daño, que la había asustado, que la había hecho dudar de sí misma. Ahora es algo personal.

Doy un paso a un lado para esquivar su siguiente acometida. No lo hace mal, pero yo lo hago mejor. Extiendo la porra de repente, tan rápido que se oye un silbido. Paris intenta apartarse, pero agarro la punta de la hoja de su puñal y lo lanzo por los aires lejos de nosotros.

Él se estremece y empieza a retroceder con las manos extendidas.

—Aquiles, espera.

—Le hiciste daño. —Ataco de nuevo. Y él, de nuevo, me esquiva por poco—. Ella confiaba en ti y tú le hiciste daño.

—¡Jamás le puse la mano encima! Está mintiendo. —Trata de escabullirse hacia un lado—. Son todo patrañas.

Se tuerce el tobillo y me abalanzo sobre él para tirarlo al suelo contra la arena.

—La porra no es la mejor opción para hacer sangre. —Le

doy la vuelta de una patada para que quede de espaldas—. Supongo que voy a tener que sacudirte unas cuantas veces para asegurarme de que estás eliminado.

—¡Aquiles!

Levanto la porra por encima de mi cabeza.

—Cállate ya, Paris. Solo vas a enfurecerme más.

—¡Patroclo! —exclama, y señala con un dedo tembloroso detrás de mí.

Sé que no debería hacerlo. Lo sé. Pero aun así volteo para mirar a mis espaldas.

Encuentro a Patroclo de inmediato. Estoy seguro de que siempre lo encontraré cuando lo busque, sin importar la gente que haya entre nosotros, así que en una palestra con solo cinco personas, nada me impide ser testigo de la escena que se desarrolla ante mí.

El Minotauro lo persigue por la arena, muy ágil a pesar de su enorme cuerpo. Patroclo ha encontrado una navaja en alguna parte, pero en su mano parece más bien un juguete. El Minotauro tiene una putísima espada. Es de las grandes, de las que hay que blandir con dos manos. Lo suficientemente grande como para partir a Patroclo en dos. Levanto la vista hacia Atenea, pero no se ha movido del lugar desde donde ha anunciado el inicio de la prueba. No nos van a salvar a ninguno en el último segundo.

Patroclo podría con el Minotauro en una pelea justa. Creo. Pero ahora, con el tobillo jodido y las costillas hechas polvo limitándole los movimientos... Va a ser una carnicería. Minotauro arremete con la espada como si no le importara dejar a Patroclo sin alguna extremidad para hacerle derramar sangre.

Lo va a matar.

Mientras ese pensamiento cruza mi mente, Helena aparece como una diosa vengadora por detrás del Minotauro. Levanta un par de puñales y se le ven las ganas de matar en su precioso rostro. Nuestra princesa no duda, y va por su espalda desprotegida.

El Minotauro debe de sentir que está detrás, porque se voltea para esquivar la estocada y le devuelve el ataque con un espadazo que le habría cortado la cabeza si la hubiera alcanzado. Ella se agacha sin problemas para sortearlo, pero eso no impide que me quede sin respiración. Los dos... Los dos están en peligro, y en desventaja con respecto a su oponente.

Si el Minotauro acierta un golpe...

Me muevo de inmediato con ese pensamiento en mente, dejo a Paris atrás y me dirijo a toda prisa hacia ellos. Me importa una mierda si en las reglas no se contempla matar a nadie. Alguien ha intentado asesinar a Helena mientras dormía, y Patroclo está lesionado. Ver cómo el Minotauro trata de asestar golpes con la espada hace saltar todas las alarmas en mi cabeza. Acomete como si quisiera hacerles daño de verdad. Helena es implacable y muy ágil, pero es demasiado pequeña. Un solo espadazo la dejaría sin un brazo o sin una pierna, y eso en el mejor de los casos.

¿Y Patroclo? Se sacrificaría por ella, el muy idiota. No tengo la menor duda.

Intento ir más rápido, y la arena se agita bajo mis pies mientras corro por la palestra. Si no puedo llegar, no puedo detenerlo. Soy mejor que este hijo de puta, lo sé.

Helena agarra ahora el puñal como si fuera a lanzarlo, pero parece pensarlo mejor. Buena chica. Nunca te deshagas de un arma que te puede seguir resultando útil. Debería habérselo dicho. Maldición, debería haberle dicho un montón de cosas.

Y sigo estando demasiado lejos. No voy a llegar a tiempo.

El Minotauro aprovecha la inercia y da un espadazo con una soltura que parece que lo ha hecho antes. Helena y Patroclo dan vueltas a su alrededor, pero están demasiado atentos al otro, demasiado empeñados en salvar al otro. Es un punto débil muy fácil de explotar, y el Minotauro es lo suficientemente inteligente como para aprovecharlo.

Parece que se centra en Helena, y avanza hacia donde está. Ella trata de escabullirse para esquivar la hoja, pero la arena es una superficie muy inestable. Patroclo se lanza para apartarla, con la mano alargada y el pecho al descubierto.

El Minotauro no pierde un segundo. Cambia de posición y revierte la dirección del espadazo.

—¡No!

Pasa muy deprisa. Demasiado deprisa.

La espada desciende. La sangre de Patroclo sale a chorros y le tiñe la camiseta blanca de rojo. Cae de rodillas casi como a cámara lenta, con una expresión de puro desconcierto en su bello rostro, y se desploma.

—¡¡No!!

Por encima de nosotros, en las pantallas, se ve su cara con la palabra *eliminado* escrita por encima. No me importa. Atravieso la palestra a toda prisa, moviéndome más rápido que nunca en mi vida. Demasiado lento. Tanto entrenamiento, tantos años de entrenamiento, para, a la hora de la verdad, ser demasiado lento. Derrapo para detenerme justo delante de Patroclo, pero no hay tiempo que perder. No puedo arrodillarme teniendo al enemigo a nuestro lado.

—Ahí estás. —El Minotauro blande la espada de nuevo. No parece contento con el daño que ha causado. No parece sentir ninguna emoción, tiene una expresión chocantemente neutra—. Cuánto has tardado en llegar. —Da un paso hacia delante, preparando la espada para una nueva estocada—. Me imaginaba que vendrían los dos corriendo cuando su novio estuviera en peligro.

¿Qué iba a hacer si no? Patroclo está aquí solo porque yo

me he empeñado. Jamás habría elegido esto por sí mismo. Levanto la porra, que en estos momentos parece una defensa ridícula frente a su espada.

—Vamos, acabemos con esto de una vez.

—Con gusto —respondo.

Se abalanza sobre mí como un tornado, demasiado rápido, y la espada parece estar en todos lados al mismo tiempo. Consigo darle en el muslo, pero apenas lo frena. Maldición, este hombre es un monstruo.

No... no sé si puedo vencerlo.

El pensamiento me deja atónito. No había dudado de mí ni una sola vez hasta ahora, cuando más importa. Si no puedo lograrlo... Esquivo un revés amenazante. Debería bajar el ritmo en algún momento, esas espadas pesan mucho, y no ha escatimado en energía ni movimientos desde que ha empezado la prueba. Pero no baja el ritmo.

En cambio, yo sí.

¿Adónde diablos ha ido Helena?

Como si la hubiera invocado con mi mente, distingo un movimiento detrás de él, un destello dorado bajo las intensas luces del estadio. Es el único aviso antes de que Helena salte a su espalda. Blande el puñal con un agarre mortífero, y durante un segundo eterno, creo que pretende cortarle el cuello. En vez de eso, hunde la punta de la hoja en el lateral de su cara y la desliza hacia abajo, y la sangre que le sale se mezcla a sus pies con la de Patroclo.

—Estás fuera, idiota.

Él se la sacude de encima sin apenas esfuerzo. Helena cae de pie, pero por poco, y ese ínfimo fallo le puede costar la vida. El Minotauro se da la vuelta para quedar frente a ella y levanta la espada por encima de su cabeza. El shock está a punto de paralizarme. ¿Qué diablos está haciendo? Si te eliminan, tienes que dejar de luchar de inmediato. ¿Por qué diablos sigue?

El instinto toma las riendas de mi cuerpo antes de que a mi cerebro le dé tiempo a reaccionar. Me abalanzo contra su espalda y lo derrumbo con un placaje algo tosco. Nos caemos con fuerza contra la arena, pero a los pocos segundos él ya está propinándome puñetazos en los costados.

Debería apartarme de él, debería dejar que los árbitros se hicieran cargo de la situación, porque es su puto trabajo. Pero no lo hago. No paro de verlo atacando a Helena, hiriendo a Patroclo... Pretendía matarlos.

No voy a permitir que pueda volver a intentarlo.

Cada puñetazo en la cara que le dé es una oportunidad menos que va a tener de hacer daño a las personas a las que quiero, y también un paso más para que deje de ser una amenaza. No va a volver a tocarlos. Me pienso asegurar de ello.

Unas manos me sujetan por los brazos y veo que dos árbitros me alejan a rastras del Minotauro. Él empieza a incorporarse, pero otro árbitro lo agarra y lo empuja al suelo de nuevo. Yo trato de zafarme, pero la árbitra de mi derecha se planta delante de mi cara.

—Estás eliminado. Estate quieto.

—¡¿Qué?!

—Has derramado sangre. —La árbitra me señala la pierna.

Sigo la dirección de su dedo y me quedo paralizado. Tengo una flecha saliéndome de las pantorrillas. Ni la he sentido. Levanto la vista para ver a Paris a unos cuantos metros con un arco en las manos y una sonrisa de satisfacción en la cara.

—Maldita sea.

Mis rodillas tocan la arena, aunque no recuerdo haber decidido arrodillarme. No..., no puedo creer que esté eliminado. Gateo hacia donde está Patroclo. Se aprieta el abdomen con las manos, pero hay demasiada sangre. Fulmino con la mirada a la árbitra.

—¡Necesitamos a un médico!

La mujer hace un gesto de contrariedad, pero niega con la cabeza.

—Nadie puede entrar en la palestra hasta que termine la prueba.

Me inclino sobre Patroclo y pongo mis manos encima de las suyas.

—Lo siento muchísimo.

—Culpa mía. He sido... demasiado lento. —Voltea la cabeza hacia mí, extremadamente despacio, con demasiado esfuerzo para el movimiento tan pequeño que es—. Aquiles...

—No, no es esto lo que tiene que pasar. —No acabo de asimilar estar eliminado. No debería ser así. Teníamos un plan. Carajo, tenía un plan. Primero el Minotauro y luego Paris—. ¡Helena!

La he perdido de vista al placar al Minotauro, pero no puede estar eliminada. Como gane Paris... Se lo prometimos. Maldición, se lo prometimos y, aun así, he perdido la perspectiva de todo en los últimos minutos.

Me volteo para buscarla. «Ahí.» Helena se dirige hacia Paris con la ira surcándole su rostro perfecto. Sigue sin tener más que esos putos puñales, y él en cambio tiene un maldito arco tensado apuntando hacia ella.

Podría dispararle. Podría matarla.

Paris lanza una flecha y Helena se aparta a un lado, esquivándola en el último instante. Ella entrecierra los ojos y corre hacia él. Paris da un paso atrás y tantea para agarrar otra flecha. Las tiene incrustadas en la arena a sus pies como si de veras fuera un guerrero de antaño y no un insignificante cobarde que se ha quedado al margen mientras todos luchábamos para solo tener que deshacerse del ganador. Tensa el arco de nuevo y dispara, pero Helena se agacha y la flecha vuela por encima de su cabeza.

Echo un vistazo a Patroclo. Aún respira, y me ha rodeado las muñecas con las manos. La fuerza con la que se aferra a mí me da esperanzas.

—Lo conseguirá —murmura.

Sigo su mirada hasta donde está Helena. Quiero que gane. Claro que lo quiero. No hay ni punto de comparación entre ella y Paris. Pero no puedo pensar con claridad ahora. No cuando tanto ella como Patroclo todavía están en peligro. No cuando se han trastocado todos mis planes.

Una tercera flecha vuela. Ella da un giro para apartarse de su trayectoria como si fuera una bailarina, con ligereza y aprovechándose del giro para tomar velocidad y seguir corriendo por la arena.

Ya está muy cerca. A menos de tres metros de él. Paris agarra otra flecha, pero está aterrorizado y sus movimientos son muy torpes. Por poco se le cae. Y esa es la oportunidad que necesitaba Helena. La necia de ella le lanza uno de los puñales. Con suerte, hay un cincuenta por ciento de probabilidades de que le alcance.

Pero ocurre.

Le da en el hombro, apartando a Paris de sus putas flechas, y se va a clavar en el muro que rodea la palestra. Él se desploma en el suelo, agarrándose el hombro y gritando algo que no se oye por encima de las ovaciones de los miles de personas que nos rodean.

Helena da un paso más antes de tomar conciencia de la situación. Entonces se endereza y se voltea hacia Atenea. Desde este ángulo no puedo ver su expresión, pero noto una violencia en su postura que es casi como si retara a Atenea a atreverse a hacer cualquier cosa que no sea declararla vencedora del torneo.

Atenea se le queda mirando unos cuantos segundos, tiempo suficiente para que se extinga el clamor del público y se instale un inquietante silencio. Finalmente, alza las manos.

—Tenemos una ganadora. Enhorabuena..., Ares.

El estadio se vuelve loco.

En la palestra, salen médicos de uno de los arcos y se dividen en grupos para encargarse de cada uno de los heridos. Yo rechazo al mío; apenas si me han herido, solo un puto rasguño. Y con eso ha bastado para arrebatarme mis sueños. He estado tan cerca..., tan jodidamente cerca...

Pero se acabó.

He perdido.

Mis sueños han pasado a mejor vida, y no puedo culpar a nadie más que a mí.

29 HELENA

No puedo dejar de temblar. Necesito ver a Patroclo, asegurarme de que está bien. Los médicos se lo han llevado en camilla, han pasado a mi lado para sacarlo de la palestra. Apenas he logrado ver su rostro pálido antes de perderlo de vista.

Después, los árbitros escoltan al Minotauro hasta la salida. No paran de echar miradas a ese gigante, como si no estuvieran muy seguros de que se vaya a marchar sin causar problemas. Sus palabras aún resuenan en mis oídos. «Me imaginaba que vendrían los dos corriendo cuando su novio estuviera en peligro.» Ha usado a Patroclo para atraernos a Aquiles y a mí hacia él. La culpa me forma un nudo enorme en la garganta.

Si fuera más fuerte...

Si hubiera eliminado al Minotauro antes de darle la oportunidad de casi matar a Patroclo...

En fin.

Aquiles cojea hacia la salida. Apenas me mira al pasar. Debería darle algo de espacio, dejarle asimilar lo que ha pasado. Ni yo he asimilado aún lo que ha pasado, así que no me puedo imaginar él.

Pero no puedo. El miedo me abruma, es mucho peor de lo que había previsto.

—Aquiles...

Él no me mira, no se detiene, ni siquiera disminuye el paso. La sensación no hace sino empeorar.

—Aquiles, por favor, dime algo.

—Ya tienes lo que querías, Helena. Deja de poner esa cara de tristeza —dice sin titubear. Sigue sin mirarme, solo me ofrece ese perfil perfecto que tiene—. Celébralo.

Se me cae el alma a los pies.

—¿Todo era mentira? ¿La charla sobre el futuro y lo de quedarse conmigo?

Él sacude la cabeza.

—Tengo que ir con Patroclo al hospital. Hablamos luego.

No suena sincero. Suelta las palabras como si estuviera dispuesto a decir lo que fuera para poner fin a esta conversación. Para poner fin a todo esto.

No vuelvo a llamarlo. Me quedo ahí parada observando cómo se va, llevándose consigo un buen pedazo de mi corazón. ¿En qué momento ha pasado esto? He dicho desde el principio que no teníamos futuro. Ni yo con él, ni yo con Patroclo, ni mucho menos los tres juntos. Da igual lo bien que encajáramos durante las pruebas o que pareciera que me veían tal y como era o...

Un sollozo se me atraganta en el pecho, pero me niego a soltarlo. Esto es lo que quería, lo que tanto he luchado por conseguir. Estoy haciendo realidad mis sueños, ahora todo el mundo en Olimpo va a tener que tomarme en serio.

Aquiles tiene razón, debería estar celebrándolo y dando una vuelta de honor. No debería estar aquí esforzándome por no llorar.

Belerofonte aparece a mi lado como por arte de magia con una expresión cuidadosamente neutra.

—Necesito que vengas conmigo, Ares.

Ares.

Lo he conseguido. He ganado. Ya nadie puede mirarme y pensar que no soy más que una cara bonita, un peón que mover por el tablero al antojo de los poderosos. Debería estar exultante, satisfecha y más orgullosa que nunca.

En cambio, solo quiero comprobar que Patroclo está bien, hablar con Aquiles tranquilamente y que me asegure que lo que dijo ayer no era mentira, que sigue pensándolo ahora que ya tenemos el futuro delante de nuestras narices.

—Ares... —insiste Belerofonte.

Tomo aire e intento calmar mi corazón desbocado, intento pensar. Mis acciones tienen consecuencias: tanto entrar en el torneo como ganarlo. Por mucho que quiera ir detrás de Aquiles y Patroclo para que me curen esta horrible herida que tengo en el pecho, ser Ares conlleva unas responsabilidades que están por encima de mis necesidades personales.

Mis hombres van a tener que esperar. Con un poco de suerte, seguirán a mi lado aun después de todo lo que ha sucedido.

Apenas me paro a reflexionar sobre el hecho de que es muy posible que realmente fueran míos antes y que eso ahora se haya acabado. Cierro los ojos, respiro profundo de nuevo y, cuando los abro, pongo una expresión neutra y decidida. «Soy Ares y no me van a subestimar.»

Sonrío a Belerofonte.

—Te sigo.

No dice nada hasta que cruzamos uno de los arcos, uno distinto al que hemos usado para entrar y salir para las pruebas, y subimos unas escaleras.

—Esta noche habrá un evento formal en el que se te presentará como Ares, pero el título es oficialmente tuyo desde el momento en que has ganado la tercera prueba.

No puedo descifrar en su tono de voz qué opina sobre que haya ganado. Pero bueno, da igual. A mucha gente le fastidiará, y voy a tener que acostumbrarme. Eso no significa que no pueda ser amable ahora.

—Gracias por cuidar de los campeones. Sé que no ha sido tarea fácil.

Belerofonte no responde a eso. Subimos otro tramo de escaleras. Aún estoy con el golpe de adrenalina, pero siento que está a punto de acabarse. Ha sido demasiado y ha pasado muy rápido. Esto es justo lo que quería, así que debería estar contenta, ¿no? No entiendo este extraño sentimiento de pérdida que se siente como si me hubieran envuelto en mantas y me hubieran lanzado por un precipicio.

Abre la puerta tras este último tramo de escaleras y se aparta.

—Te están esperando.

No sé por qué me sorprendo cuando veo a mi hermano al lado de Atenea. Puede que no se le viera cuando ella hablaba, pero no es de los que se perderían algo tan importante como este evento.

Perseo lleva puesto un traje gris carbón con una camisa beis. Lo único que le quita un poco el aspecto de total pulcritud son los sutiles pliegues en sus pantalones, como si hubiera estado agarrándose a la tela como hacía cuando era pequeño y se esforzaba por no mostrar ninguna emoción. Pero eso sería ridículo. Perseo no ha mostrado ese tipo de ausencia de control desde que murió nuestra madre. O incluso antes.

Atenea espera a que se cierre la puerta tras de mí para suspirar.

—Bueno, la has cagado pero bien.

—¿Perdona?

—Ya es demasiado tarde para preocuparse por ello. Eres Ares, nos guste o no. —Consulta su celular—. Tengo que ir a ver a mis hombres.

—Espera. —La palabra me sale antes de que pueda callármela—. ¿Patroclo se va a poner bien?

Los ojos oscuros de Atenea emiten un destello, el único indicio de lo furiosa que está.

—Lo están llevando al hospital. Los daños eran demasiado graves para que se pudieran encargar los médicos aquí, así que ahora queda en manos del cirujano. Más le vale salvarlo.

Salvarlo. Porque podría morirse.

—No. —El pánico se apodera de mí y me hace tambalearme. Me volteo hacia la puerta—. Yo también voy.

—Quieta ahí, Ares —me espeta. Espera a que la mire de nuevo para continuar—. Acabas de ingresar en los Trece, así que voy a dejar pasar esa afrenta a pesar de que siendo una Kasios deberías saber controlar tus palabras. Ahora eres Ares. —Habla despacio, pero no de forma condescendiente—. Yo soy Atenea. Y esos hombres, Aquiles y Patroclo, son subordinados míos, lo cual significa que están bajo mi responsabilidad. Espero que no se te ocurra inmiscuirte en mis asuntos en tu primer día, porque lo lamentarás.

Abro la boca para contestarle, pero logro reprimir las palabras en el último segundo. Tiene razón. Dan igual las promesas que nos hayamos hecho... ¿Fueron promesas siquiera? Daba esa impresión cuando Aquiles hablaba con esa seguridad y esa confianza, pero eso fue antes de que me rechazara, antes de que se marchara sin mirar atrás.

«No va a perdonarte nunca. Fue un sueño bonito mientras duró, pero se ha acabado.»

Inhalo despacio. Si ignoro la advertencia de Atenea y me presento en el hospital, es muy probable que ninguno de los dos quiera verme siquiera. No creo que mintieran, solo que sé bien que la gente deja de decir lo que quieres oír cuando tú dejas de darles lo que quieren.

Aquiles pensaba que él conseguiría el título. Cuando me hizo todas esas promesas era con la intención de que, a la hora de la verdad, yo cediera. En ningún momento pensó que yo pudiera ganar, se veía claro en su actitud y en su seguridad en sí mismo. Pero ahora que sus sueños se han roto...

No me va a perdonar.

Y desde luego no me va a dar un trato preferencial por que yo sea Ares.

Trago con dificultad. ¿Cómo me sentiría yo si fuera al revés? Es fácil hacer como que a mí se me habría pasado ya y que estaría contentísima con nuestro pequeño trío, pero el sentimiento de haber perdido algo que deseaba con cada célula de mi ser... Dudo mucho que fuera capaz de mirarlo a la cara, estuviéramos casados o no.

Cuando hablo, uso un tono cordial y procuro que no se refleje en mi voz la pérdida que me atenaza el corazón.

—Por supuesto, Atenea. Disculpa.

—Así está mejor. —Pasa a mi lado y se marcha.

Puedo ver la tormenta desatándose en los ojos azules de Perseo, y lo que más querría en el mundo sería poder seguir a Atenea y marcharme para evitar lo que está por venir, pero no he llegado hasta aquí para acobardarme a la primera de cambio. He conseguido lo que quería, y eso conlleva enfrentarme a las consecuencias de mis actos.

Al fin y al cabo, ahora soy una de los Trece. Alzo la barbilla.

—Zeus.

—No. No te pongas a llamarme Zeus ahora. —Se pasa las manos por el pelo—. ¿Qué diablos has hecho, Helena? ¿Te das cuenta de lo que has ocasionado? Llevo apagando fuegos toda la puta semana mientras tú te portabas como idiota...

—Voy a tener que detenerte ahí. —Hago el intento de rodearme con los brazos, pero me contengo y me enderezo—. No te pongas moralista conmigo, Perseo. Sí, me postulé como campeona sin tu permiso, pero, cuando trataron de asesinarme, porque eso es algo que ha pasado, tú ni te molestaste en venir a ver si estaba bien.

Se queda helado de inmediato, tratando de ocultar más emociones aún. Somos todos unos mentirosos en mi familia, yo incluida.

—Tenía mis motivos —dice finalmente.

—Cuéntame. —Espero a que hable, pero no parece desear compartirlo conmigo. Está bien. Me enderezo y digo—: Como nueva Ares, a partir de ahora yo me encargaré del prisionero. Es la clave para descubrir quién es el responsable del atentado y para asegurarnos de que no se lleven a cabo más ataques contra otros miembros de los Trece o sus familias. Como Ares, esa es mi labor, y ni siquiera tú puedes impedírmelo.

—Ha pedido la inmunidad diplomática.

Me quedo atónita.

—¿Perdona?

—El agresor. Es uno de los subordinados de Minos. —Lo dice con naturalidad, de una forma totalmente distinta de cómo me mira, como si en cualquier momento fuera a estallar—. No es un ciudadano de Olimpo y, por lo tanto, Minos ha pedido que lo dejen ir para ser él quien le imponga el castigo pertinente. Se lo ha llevado de la ciudad.

Me esfuerzo por no reaccionar, por quedarme quieta el tiempo suficiente para asimilar lo que está diciendo... y lo que no.

—No puedes creerte en serio que Minos no sabía nada del atentado. No tiene sentido. ¿Qué probabilidad había de que uno de los súbditos que lo han acompañado decida así porque sí colarse en mi habitación y tratar de matarme?

—No hay nada que pueda hacerle.

—¿Por qué? —Como no me responde de inmediato, insisto—: Eres Zeus. Puedes tomar decisiones en lo referente a la entrada y salida de forasteros en Olimpo. No tiene sentido que estén aquí ahora que el puesto de Ares ha sido ocupado. No tienes por qué dejarlos quedarse. Échalos.

Durante unos segundos veo a Perseo tan agotado que, si fuéramos una familia cariñosa, puede que tratara de abrazarlo. Pero, como el resto de sus momentos de debilidad, no dura mucho. Niega con la cabeza y se endereza.

—Hay circunstancias atenuantes. —Al principio me da la impresión de que lo va a continuar, pero suspira y añade—: Supongo que se te informará al respecto mañana, junto al resto de los Trece. Minos ha venido a comunicarnos que una amenaza creíble se cierne sobre Olimpo. Quiere hacer un trato a cambio de la información.

Me río con burla.

—Suena a cuento chino.

—Sí. —Perseo muestra una sonrisa efímera—. Pero debido a la gravedad de la situación no puedo decidirlo por mí mismo. Se someterá a voto qué hacer con él. Si dice la verdad y tiene información relevante al respecto..., no podemos permitirnos ignorarlo.

—Pero ¿por qué? Estamos separados del resto del mundo. ¿Qué podría ofrecernos que haga que valga la pena correr el riesgo de permitirle estar dentro de los límites de nuestra ciudad?

Echa una mirada al estadio y luego me mira a mí.

—La barrera está empezando a desmoronarse.

Me quedo helada.

—Me estás tomando el pelo. —Niego con la cabeza, pasmada—. ¿Cómo? ¿Por qué?

—Si lo supiera, ya estaría arreglándola. O al menos intentándolo. —Sonríe fugazmente—. Es más fácil colarse que hace una generación, incluso que hace una década. Nos hemos esforzado por mantenerlo en secreto, así que solo lo saben los Trece y algunos de los subordinados de Poseidón, pero no tardará en correrse la voz. Ya no podemos asegurar que estaremos protegidos de ataques del exterior.

Me recorre un escalofrío de puro miedo. Esto es un problema. Una un problema muy grande. Si tenemos que entrar en guerra, gran parte de la responsabilidad de los soldados y el combate recaerá sobre mí y, como Aquiles señaló acertadamente, aún tengo que aprender mucho antes de estar preparada para algo de estas características.

—Perseo, tiene que haber información sobre la barrera en los archivos. —Ya lo he mirado yo, pero hay partes a las que solo tiene acceso Apolo, y no es muy dado a compartir. Eso sí, a Zeus debe responderle. No le queda otra opción—. Hay...

—Ya hemos estado mirando. —Mi hermano niega con la cabeza—. Se destruyeron todos los documentos en algún momento, y, si existen copias, no las encontramos. Es lo primero que le encargué a Apolo cuando tomé posesión del cargo. —Frunce la boca—. A nuestro padre no le parecía importante investigar al respecto.

—No tenía ni idea... —murmuro.

—Tampoco es como que lo estemos gritando a los cuatro vientos. —Se vuelve a pasar las manos por el pelo—. No sé cuánto aguantará la barrera ni si podrá resistir una ofensiva seria. Por muy desagradable que sea tener que hacer tratos con Minos, no podemos permitirnos dejar escapar la información que pueda tener. —Me mira a los ojos—. Independientemente de que sospeche que pueda estar detrás del atentado contra tu vida.

Me gustaría enfadarme, pero no puedo. No me gusta que me mantengan al margen, pero lo cierto es que mi hermano está haciendo todo lo que puede por el bien de Olimpo. Trago con dificultad.

—Ya veo.

—Como te he dicho, repasaremos las opciones que tenemos en unos días, cuando nos reunamos todos los Trece.

En este instante me doy cuenta de por qué todo esto me resulta tan distinto.

—Nuestro padre nunca reunió a todos los Trece. Se limitaba a tomar decisiones por sí mismo y a dar por hecho que todo el mundo pasaría por el aro.

—Sí. —Perseo aparta la vista—. Yo no soy como él, Helena. Puede que sea un monstruo también, pero soy el monstruo de Olimpo. Todo lo que hago es por el bien de esta ciudad y de sus habitantes. Necesitamos a los Trece unidos si de veras hay una amenaza externa. —Se queda callado unos segundos—. ¿Puedo contar contigo?

¿Qué clase de pregunta es esa? Aunque, cuando me paro a pensarlo, cuando me pongo en su piel, soy consciente de que no me da por sentada. Me ha tratado como una pieza en su tablero de ajedrez, me ha usado. Nuestro padre afirmaba que la lealtad a la familia era lo más importante, pero sabemos que no era más que palabrería. Carajo, Perseo ni siquiera me ha pedido perdón como los dioses mandan, y, por mucho que lo quiera, sé que no puedo esperar que lo haga. Podría, incluso debería, odiar a mi hermano por lo que ha hecho.

Pero estamos hablando de Olimpo.

Todos aquí somos monstruos.

Incluso los monstruos tienen que colaborar cuando los

amenaza una fuerza externa. Estoy segura de que Aquiles... Detengo el hilo de pensamiento antes de terminarlo. Da igual lo que hiciera o dejara de hacer Aquiles. No puedo tomar decisiones basadas en el lugar que supuestamente ocupan en mi vida él y Patroclo cuando está más que claro que no van a querer volver a verme.

Puede que Helena Kasios necesitara tomarse un tiempo y un espacio para llorar la pérdida que siento en lo más profundo de mi ser, pero Ares no. La seguridad de Olimpo pende de un hilo, así que voy a cumplir con mis obligaciones.

—Sí —contesto al fin—. Puedes contar conmigo.

Él asiente y pasa a mi lado para ir a la puerta, pero se para con la mano en el pomo.

—Helena.

—Dime.

—Que hayas conseguido el título de Ares es un problema. Nos va a complicar mucho ganarnos el apoyo de algunos de los miembros de los Trece, y hace que nuestra familia dé una imagen de avaricia y ansia de poder que no nos beneficia en absoluto.

Sus palabras me carcomen, pero me las arreglo para contestar algo que no sea sarcástico ni a la defensiva. Más o menos.

—¿Y?

Me mira por encima de su hombro. Por un segundo, noto un brillo cálido en sus ojos y su sonrisa se vuelve radiante, igual que antes de que nuestro padre le arrancara todo atisbo de emoción.

—Estoy orgulloso de ti. Lo has hecho increíble. —Abre la puerta y se marcha antes de que yo salga del shock y pueda responder algo con sentido.

Mi hermano está orgulloso de mí.

Ahora solo falta que los cerdos vuelen.

«Sigue sin pedirte perdón.» Sacudo la cabeza. Por lo visto, no puedo evitar pedirle peras al olmo aun cuando estoy consiguiendo todo lo que siempre he querido. Es sumamente frustrante tener que recordármelo cada dos minutos.

—Soy Ares. Lo he logrado. —Pero decirlo en voz alta tampoco basta para que desaparezca la sensación de pérdida.

El nudo en la garganta se vuelve más grande. Me llevo la mano al cuello, como si el contacto físico pudiera hacer algo para paliar el dolor emocional.

—Maldita sea...

Entiendo que Aquiles estaba preocupado por Patroclo. Yo también lo estaba. Pero... ¿no podría haberme ofrecido aunque sea una sola frase de consuelo? ¿Algo que me haga creer que sí que hablaremos más tarde y que no me va a volver a mandar al diablo?

No puedo ir con ellos. No sin enfurecer a Atenea. Y, aun sin eso, no está bien ir a donde no eres bienvenida. Si no quieren verme, no voy a obligarlos.

Antes de que pueda dar un solo paso, la puerta se abre de golpe y Eris, Hermes y Dionisio entran arrastrando a Eros y Psique tras ellos. Dionisio me levanta de un abrazo y me da vueltas hasta que me mareo.

—¡Ares! ¡Mírate, toda una guerrera!

—Bájala antes de que te vomite encima. —Eris me agarra de los hombros en cuanto toco el suelo con los pies—. Eres la hermanita más maravillosa que podría tener, pero lo has hecho increíble. ¡Vaya idea ir por encima del laberinto! ¡Y te has echado al Minotauro! —Niega con la cabeza—. Eres la reina del caos.

—Siempre —susurro.

Debería estar contenta de ver a mis amigos. Al fin y al cabo, esto es lo que quería. Ahora estamos en el mismo nivel, ya no estoy al margen. Solo que... no me esperaba sentir este vacío después de ganar.

Dionisio y Eris van directo a la barra que hay al fondo de la tribuna, y Hermes y Psique parlotean como viejas amigas. «Esto es lo que quería. Es todo lo que quería. Soy Ares.» Lástima que lo sienta como si me hubiera quedado sin un brazo.

—Ey. —Eros me da un golpecito con el hombro. Está tan guapo como siempre, y eso que va vestido con un pantalón de mezclilla y un suéter de punto. Debe de ser influencia de su mujer. Siento una punzada en el corazón solo de ver cuánto se quieren.

—Hola. —Intento ofrecerle una sonrisa, pero me tiembla en las comisuras.

Se queda mirando cómo Psique se ríe de algo que dice Hermes mientras Dionisio sirve seis copas.

—Hermes me contó un rumor un poco loco hace unos días —comenta con naturalidad, bajando la voz para que solo lo oiga yo—. Dice que estás enredada con Aquiles y con Patroclo, con los dos.

El temblor de mi sonrisa se vuelve más evidente.

—Me gustan. Me gustan de verdad. Quizá incluso más que eso. —No sé por qué le estoy confesando esto a él. Somos amigos, pero hay heridas que es mejor mantener ocultas. Por lo que sea, no logro hacerlo con él.

—A veces el amor te viene de forma inesperada. —Su mirada se llena de calidez cuando Psique vuelve a reírse.

Psique es una preciosa mujer blanca con curvas, con un gusto exquisito y una de las mentes más astutas que me he encontrado. Ella siempre se resta importancia y finge que no es más que la típica *influencer* guapa y tonta, pero es igual de peligrosa que su madre, Deméter. Me cae muy bien. Hace feliz a mi amigo, y le ha brindado la oportunidad de disfrutar del amor verdadero por primera vez en su vida.

—Tú tienes una visión idealizada de las relaciones, Eros. Lo que tienen Psique y tú es más difícil de encontrar que los diamantes rojos. No le pasa a todo el mundo.

—Tal vez. —Se encoge de hombros—. Pero si no lo intentas no puedes saberlo.

«Si no lo intentas no puedes saberlo.»

Ahora que soy Ares va a estar complicado intentarlo siquiera. No puedo ver a Patroclo y Aquiles sin pasar por encima de Atenea, y eso no es una opción. No cuando puedo arriesgarme a que se ponga en nuestra contra. Mi hermano tiene razón: si hay una amenaza externa, nuestras rivalidades no deberían impedir una alianza de los Trece. Por desgracia, sé bien que lo que debería o no debería ocurrir dista mucho de lo que finalmente ocurre. No puedo poner en riesgo esa unión. Ni por accidente.

Pero Eros no forma parte de los Trece.

—¿Te acuerdas de aquel favor que me debías? —Espero a que asienta para seguir—. Me gustaría cobrármelo ahora, si es posible.

—Te escucho.

Me acerco a él y bajo la voz.

—¿Puedes ir a ver cómo está Patroclo? Estaba muy malherido, y quiero asegurarme de que está bien. No puedo hacerlo sin pasar por encima de Atenea, y jamás me perdonará que empiece mis días como Ares haciéndola enojar.

Eros alza las cejas.

—¿Solo eso?

Sí, ¿solo quiero eso? Una parte cobarde de mí quiere dejarlo ahí, pero ya he llegado a este punto. Puede que lo que siento por mis hombres acabe estallándome en la cara, pero también va a pasar sí o sí si no lo intento. Respiro profundamente.

—Diles... —Dioses, ¿por qué me resulta tan difícil soltarlo?—. Diles que yo sigo queriendo ese futuro tan bonito del que hablamos. Si ellos también lo quieren, claro.

Se queda esperando, pero ¿qué más se supone que tengo que decir? ¿Que creo que estoy completamente enamorada de ellos? ¿Que quiero tener a Aquiles a mi lado apoyándome de esa manera suya tan maravillosa e insoportable para poder sobrellevar lo que sea que nos espera? ¿Que echo de menos la mente brillante de Patroclo y su obstinación por cuidar de nosotros? Eros no lo entendería, y exponerme como ya lo he hecho ya es casi más de lo que puedo soportar.

—Solo eso.

Él asiente.

—¿Quieres que vaya ahora?

Cuanto más tenga que esperar una respuesta, peor será. No solo por lo que nos espera, sino porque necesito saber que Patroclo está bien. Lo necesito.

—Si es posible, por favor.

—Dalo por hecho. —Eros me pasa un brazo por los hombros y me da un abrazo breve. Me besa la coronilla y dice—: Lo has hecho de maravilla. Estás hecha de otra pasta.

—Gracias. —Esta vez sí consigo sonreír, aunque a duras penas.

Da igual lo que dijéramos ayer, no hay ningún «felices para siempre» asegurado. Aquiles creía con todo su corazón que conseguiría el título de Ares. ¿Cómo va a estar a mi lado si lo más probable es que sienta que está a mi sombra? ¿Y Patroclo? Por muy fuerte que sea nuestra conexión y por mucho que compartamos un pasado, está profundamente enamorado de Aquiles. Si tiene que elegir entre los dos..., bueno, no tiene ni que elegir. Aparte, jamás le pediría eso.

Inhalo y exhalo despacio. Estoy sucia, sudada y agotada, y

solo quiero irme a casa y dormir durante tres días enteros hasta que esta nueva realidad se vaya instalando. Aunque eso quizá podía hacerlo Helena, pero para Ares no es una opción.

Me pongo firme, me pinto una sonrisa en la cara y me uno a mi hermana y mis amigos en la barra de la tribuna.

AQUILES

Voy directamente del estadio al hospital, siguiendo la ambulancia en la que han metido a Patroclo. Le van a operar, aunque los enfermeros no paran de decirme que no es nada grave, que el médico cree que va a ir bien y que se va a recuperar. Pero, claro, eso no me asegura nada. Doy vueltas de un lado a otro de la sala de espera hasta que encuentran una habitación vacía en la que ponerme.

Espero, espero y desespero. Me pongo nervioso con cada minuto que pasa sin noticias, y dos pensamientos se van repitiendo en mi cabeza.

«Necesito que salga de esta.»

«Helena debería estar aquí.»

Salvo que ya no es Helena. Es Ares. Ha conseguido lo que tanto quería, me lo ha arrebatado de las manos, aunque no haya sido ella quien me ha eliminado. ¿Por qué se iba a preocupar por mí o por Patroclo? Sé que no es justo que piense eso, pero es evidente que no tiene ninguna intención de venir. Ya estaría aquí si quisiera.

Y aparte... no estoy seguro de estar preparado para verla. El futuro que me había imaginado, por el que tanto había trabajado durante todos estos años, ha desaparecido. Independientemente de lo que ocurra a partir de ahora, una cosa está clara: ya no voy a ser Ares. Y sin ese título...

Me froto la cara con las manos. No sé qué diablos estoy haciendo. No soy capaz de concentrarme, de pensar en qué hacer ahora, y no voy a poder hasta saber que Patroclo está bien. Él se encargará de ver qué hacemos.

«A menos que no quiera seguir conmigo. No soy el ganador del que se enamoró. Está en el hospital por mi culpa. Ni siquiera habría participado en el torneo de no ser por mí. Me pidió que lo dejara atrás en la segunda prueba y lo ignoré.»

Maldigo entre dientes. Patroclo no me dejaría por no haberme ganado el título. No es así, por mucho que me diga mi repentina inseguridad. No, es más probable que se acabe lo que tengo con Patroclo si no encuentro la manera de arreglarme con Helena. Ya ha experimentado lo bien que se complementa con nosotros, ¿cómo va a contentarse solo conmigo ahora?

Me doy la vuelta de inmediato en cuanto oigo que llaman a la puerta, pero la persona que entra no es un enfermero y desde luego no es Helena. Es Eros. Lo conozco, y también sé lo que era su madre para las madres de Patroclo. Una enemiga. Una rival. Un peligro. Eros y yo nunca hemos tenido motivos para relacionarnos, él cumple el rol de conquistador empedernido, y yo, el de soldado. Al menos así era antes. Ahora Eros, por lo visto, ha sentado cabeza con Psique Dimitriou.

¿Y yo? Yo ya no sé quién soy.

—¿Qué estás haciendo aquí?

—Dejar que Hermes descanse un rato de hacer de mensajera. —Se apoya contra la puerta.

Tiene pinta de chico guapo, pero todo el mundo está al tanto de los rumores sobre él. Cuando su madre era Afrodita, él era el que hacía el trabajo sucio. Ella le decía a quién quería quitar de la ecuación y él apretaba el gatillo. ¿Qué diablos está haciendo aquí?

Me cruzo de brazos.

—Te escucho.

—Helena no puede venir. Ustedes son subordinados de Atenea, y no le haría ninguna gracia que se les acercara la nueva Ares. —Entrecierra los ojos—. Además, tengo la sensación de que no está segura de ser bienvenida.

—Eso no son más que excusas. —Si yo estuviera en el lugar de Helena, habría mandado a Atenea al diablo, sin importar cuánto la admire. Patroclo es más importante que cualquier otra cosa.

—Qué esperar de alguien que es más músculos que sesos.

Me dispongo a contestarle, pero no puedo evitar recordar la conversación que tuvimos con Helena después de la segunda prueba. Puede que no cuente con experiencia militar, pero tiene un cerebro más que preparado para los entresijos de la política de los Trece. Yo ya tengo relación con Atenea, lo cual podría haber allanado el camino si hubiera conseguido el título de Ares, pero sé bien que no se doblega ante nadie.

¿De verdad no me habría dejado venir con Patroclo?

La sola idea me da escalofríos.

—Vaya, vaya, parece que algo de cerebro sí tienes. —Eros se encoge de hombros—. No es asunto mío, solo he venido a transmitir el mensaje de Helena. Ha dicho, y cito textualmente: «Diles que yo sigo queriendo ese futuro tan bonito del que hablamos. Si ellos también lo quieren, claro».

Quiere un futuro con nosotros. No sé si enojarme o si echarme a reír. Esto debe de ser una especie de karma muy malo por haber estado tan seguro de que me perdonaría si le arrebataba el puesto de Ares, pero no es lo mismo. No lo es. Sin el título de Ares, Helena sigue siendo una Kasios. Puede que sea un peón en manos de su hermano, pero tiene poder. Solo un idiota lo negaría. Va a ser recordada, lo habría sido incluso si no se hubiera postulado como campeona.

Incluso si no hubiera ganado.

Yo sé quién soy como mano derecha de Atenea. No es el puesto que querría tener para siempre, pero entiendo los parámetros. Y se me da bien. Mejor que a nadie.

Si lo apuesto todo a Helena, sacrificaría mi lugar bajo el ala de Atenea. No le gusta que su gente sirva a dos amos, y si empiezo una relación sentimental con Ares, estaría haciendo justo eso. Si renuncio a estar bajo sus órdenes, no habrá vuelta atrás. Y si las cosas salen mal con Helena, me quedaré sin nada.

—Está pidiendo demasiado.

—Si tú lo dices... —Eros suspira como si lo hubiera decepcionado. No lo entiendo, apenas lo conozco—. Mira, Helena es una buena amiga mía, así que voy a ser inusitadamente franco contigo. Puede sonar superromántico que ignore Atenea para ir a su lado, pero cada acción que haga a partir de ahora tiene consecuencias. Están pasando cosas en Olimpo, cosas que se salen del politiqueo habitual, y no se puede permitir ganar enemigos ahora. Ni por ustedes ni por nadie. No es la vida de tu amante lo único que está en riesgo. —Empuja la puerta—. Voy a estar en la sala de espera hasta que Patroclo salga de la operación, porque quiere saber cómo le ha ido. Si prefieres responderle, puedes encontrarme allí. —Se marcha sin decir ni una palabra más.

—Idiota... —murmuro.

Pero no me puedo calmar. Me vienen a la cabeza una y otra vez las palabras de Helena sobre cómo yo no estaba preparado para lo que implica realmente ser uno de los Trece. Creía que exageraba, pero ¿cómo diablos es posible que te importe alguien y aun así dejes que un tema político te impida saber cómo se encuentra?

Yo tengo claro lo que habría hecho en su lugar.

Aun sabiendo que podría conllevar complicaciones graves, no habría hecho nada distinto a lo que estoy haciendo ahora si hubiera ganado el título de Ares. Patroclo es mío. Olimpo se puede ir a la mierda si eso significa que él estará bien.

De forma racional entiendo por qué Helena ha decidido esto, pero no sé si eso importa. El riesgo es demasiado alto para tan pocos beneficios garantizados. Por primera vez en mi vida, no sé qué hacer. No tengo esa seguridad interna de que voy a poder lograr lo que me proponga.

He... fracasado.

Sé que lo superaré, me conozco lo suficiente para ser consciente de eso, pero no voy a poder pensar con claridad hasta estar seguro de que la operación ha ido bien y pueda verlo con mis propios ojos. Todo lo demás puede esperar hasta entonces.

La puerta se abre de nuevo y esta vez es Atenea la que aparece. Parece tan impasible como antes en el estadio, solo la traiciona una ligera tensión alrededor de los ojos.

—Patroclo ha salido de la operación y está en la sala de recuperación. —Levanta una mano cuando hago el intento de moverme—. Necesita un rato para estar instalado del todo, pero, en cuanto sea posible, te dejarán entrar a su habitación.

No me termina de convencer, pero confío en Atenea. Si dice que ha salido bien de la operación, tiene que ser verdad. Exhalo de golpe. El alivio repentino casi hasta me marea, pero apenas me sirve; necesito verlo. Necesito que me guíe en medio de este caos. No sé hacia dónde ir, pero Patroclo seguro que sí.

—Esto es un fastidio.

—Sin duda. —Niega con la cabeza despacio—. Voy a ser franca contigo.

Me detengo unos segundos. Atenea no suele andarse por las ramas a la hora de mostrar su opinión; es sincera y va al grano, lo cual es una de las muchas razones por las que le somos tan leales.

—¿Cuándo no has sido franca conmigo?

Sonríe un poco, pero el gesto no se refleja en sus ojos.

—Estamos en peligro. Todo Olimpo. No conozco todos los detalles aún, pero Minos ha traído cierta información además de a sus súbditos. Se acerca una amenaza, y no estoy segura de que la barrera vaya a poder protegernos de ella. —Vacila unos segundos, pero al final añade—: Necesitábamos que tú fueras Ares.

Siento una acidez en la garganta al recordar mi fracaso. Atenea nunca me había hablado de una potencial invasión, pero no hace sino reforzar la idea de que, si yo fuera Ares, no desconocería tantas cosas. A pesar de los sentimientos encontrados que tengo en este momento, me sorprendo diciendo:

—Helena te sorprenderá.

—Tal vez. Pero habría preferido que hubieras sido tú.

Me encojo de hombros, pero no logro contener la tensión que se cuela en mi tono de voz.

—Eso díselo a Paris.

Es más fácil culparlo a él que admitir que la cagué. En cuanto he visto que Helena y Patroclo estaban en peligro, me he olvidado de encargarme de Paris y he ido corriendo hacia ellos. He seguido dándole puñetazos al Minotauro aun después de que estuviera eliminado porque quería que dejara de ser una amenaza para siempre, y eso no tenía nada que ver con el torneo.

Ha sido Helena la que lo ha eliminado, y no se ha quedado metiéndole una sarta de golpes después. Ha ido de inmediato por Paris. Por eso ha ganado ella y no yo. Si hubiera estado poniendo atención, yo también podría haber esquivado las flechas de Paris.

He perdido de vista mi objetivo.

Y Helena no.

—Mmm. —Atenea va hacia la única ventana de la sala y mira hacia fuera—. Siguen operándolo. Pasará un tiempo hasta que lo sepamos seguro, pero parece que Helena le ha causado daños permanentes en el hombro. No va a volver a tensar un arco en su vida.

—Teniendo en cuenta la frecuencia con la que se usan los arcos hoy en día, dudo que vaya a servir de algo. —Vaya mierda. Espero que el cabrón ese vuelva con el rabo entre las patas al agujero del que salió cuando entró en el torneo, porque, si lo veo por la calle, no estoy seguro de poder controlar el impulso de darle un puñetazo en toda la cara.

—Qué le vamos a hacer. —Se encoge de hombros—. Sea como sea, no nos enfrentamos a las cosas como querríamos que fueran, sino con las cartas que nos da la realidad. Helena se ha convertido en Ares en un momento en el que necesitábamos a alguien con experiencia militar. No es lo ideal, por así decirlo.

Tiene razón, pero, aun así, me fastidia oír hablar de Helena de esa manera.

—Puede que no tenga experiencia en combate, pero la política se le da muy bien. El puesto no le queda grande. Como ya te he dicho, creo que te sorprenderá.

—Es posible. —Atenea me observa durante unos cuantos segundos—. Belerofonte dice que Patroclo y tú... han congeniado mucho... con ella.

—A Belerofonte más le valdría dejar de chismear como si fuéramos adolescentes —espeto.

—Te creía más sensato. —Se nota que está cuidando sus

palabras, pero Atenea no tiene paciencia para andarse con rodeos—. Eres el mejor profesional que he tenido a mi lado, y voy a necesitar tus habilidades para lo que viene. —Vacila unos segundos—. Pero respetaré cualquier decisión que tomes respecto a tu futuro.

—Atenea. —Espero a que me mire de nuevo—. Si dimito y acabo cambiando de opinión...

Muestra una sonrisa agridulce.

—Ya sabes que eso no puede pasar, Aquiles. Lo que decidas será definitivo. Para bien o para mal, lo cierto es que las apariencias en esta ciudad son muy importantes. No puedo desprestigiarme aceptando en mis filas a desertores. —Va hacia la puerta—. Sea cual sea tu decisión, ten claro que eso es lo que quieres, porque vas a tener que vivir con ello. —Y entonces se marcha cerrando la puerta con cuidado tras ella.

Todo el mundo está haciendo salidas dramáticas hoy.

Pasa otra hora antes de que una enfermera venga a buscarme y me guíe hasta el elevador y luego por otra serie de pasillos hasta la habitación en la que se encuentra Patroclo tendido en una cama de hospital. Se ve muy pálido, muy delgado. El miedo de antes vuelve con fuerzas renovadas.

—¿Se va a poner bien?

—El médico se lo explicará todo. —La enfermera vacila, pero debe de notar el pánico que siento, porque se inclina hacia mí y me dice en voz baja—: Se recuperará por completo. Puede que cueste un poco en algunos momentos, pero se pondrá bien.

No sé si creerle. Tengo que creerle.

—Gracias.

—Se despertará cuando esté preparado. Tenga paciencia, por favor. —Y, tras una última mirada cargada de empatía, sale de la habitación.

Parece tan... pequeño. Está tendido en la cama, conectado a varias máquinas, con la piel más blanca que de costumbre. La culpa me atenaza. El único motivo por el que ha participado en el torneo es para cuidarme las espaldas. Debería haber dejado que quedara eliminado en la segunda prueba, como él quería; debería haberle hecho caso cuando me advertía de lo peligroso que era seguir adelante porque sí. Le insistí para que se presentara, y luego le insistí para que continuara aun estando herido. Quería que estuviera a mi lado, y ese deseo tan egoísta es la razón por la que está ahora en cama.

Puede que no fuera yo quien blandía la espada que lo ha herido, pero todo esto es culpa mía.

No hay tanto espacio aquí como en la otra sala, y me da miedo que si me pongo a dar vueltas de un lado a otro acabe chocando sin querer contra su cama y haciéndole daño o algo, así que no lo hago. Me obligo a serenarme y me siento en la silla que hay al lado de la cama.

Parece como si el idiota estuviera esperando a que dejara de moverme, porque abre los ojos casi de inmediato.

—¿Aquiles? —Hasta su voz está medio rota, suena áspera y demasiado baja.

Arrastro la silla hacia delante y le tomo la mano.

—Estoy aquí.

Tocarlo me calma un poco, aunque no me sirve para deshacerme de la culpa que me asola. Siento una presión horrible en el pecho. «Está bien. Eso es lo único que importa, que está bien.»

—La cagué.

—Creo que podemos decir sin miedo a equivocarnos que el único que la ha cagado de verdad soy yo. —El sentimiento instalado en mi pecho se me cuela en la voz, haciendo que las palabras me salgan pastosas—. Te he metido en este lío porque no podía soportar la idea de no tenerte a mi lado. Te han herido dos veces y no me ha importado una mierda nada más que mis propias necesidades. Lo siento. Sé que eso no basta, pero lo siento muchísimo, Patroclo.

—Aquiles... —Patroclo me aprieta la mano. Me agarra con menos fuerza que de costumbre, pero aun así entiendo su mensaje—. ¿Ha ganado Paris?

—No.

Él exhala y se le relaja todo el cuerpo.

—Gracias a los dioses. Si después de todo Helena acabara casándose con ese imbécil... Le prometimos que no pasaría. —Abre mucho los ojos de repente—. Espera, eso significa que Helena es Ares.

—Sí. —El resentimiento vuelve a mi voz, aunque no sé si me siento resentido por Helena o por la situación en general. Sacudo la cabeza despacio—. Deberías haberla visto. Ha esquivado tres flechas y le ha lanzado un puñal.

—Muy arriesgado.

—Pero le ha salido bien. —Me sorprendo sonriendo a pesar de todo—. Le ha dado justo en la articulación del hombro y lo ha dejado tendido en el suelo.

Patroclo me aprieta la mano de nuevo.

—Lo siento.

—No tienes nada que sentir. —Hablo con demasiada brusquedad, pero en esta habitación solo hay una persona que la ha cagado de forma espectacular, y esa persona soy yo.

Él sonríe levemente.

—Sé que querías ser Ares. Siento que no hayas podido cumplir tu sueño.

Vacilo un instante, pero a Patroclo también le afecta y no puedo ocultarle información, por mucho que las palabras de Atenea sigan dando vueltas por mi cabeza.

—Atenea se ha pasado por el hospital.

Él no contesta, así que me obligo a continuar:

—Dice que quiere que siga trabajando para ella. Supongo que Belerofonte le ha contado lo «íntimos» que nos hemos hecho con Helena, y quería dejarme claro que, si sigo manteniendo contactos con la nueva Ares, no podré continuar bajo su mando. Si hago eso, no hay vuelta atrás.

—Claro.

Me quedo esperando, pero Patroclo no me da su opinión.

—¿Y bien?

—Y bien, ¿qué? —Se recuesta y me da otro apretón en la mano—. No puedo decirte qué es lo mejor para ti, Aquiles. Es una decisión importante, y solo puedes tomarla tú.

—¿De qué diablos estás hablando?

Él sacude la cabeza.

—Tienes que decidir tú si el precio a pagar es demasiado alto.

Reflexiono sobre lo que ha dicho... y sobre lo que no.

—Tú vas a irte con Helena.

—No estoy eligiendo —dice Patroclo con firmeza—. Te quiero. Siempre te voy a querer. Pero no puedo ignorar lo que siento por ella.

—A Atenea no le van a gustar nada esas medias tintas.

Él se encoge de hombros.

—Pues entonces dimitiré y veré si Apolo está dispuesto a contratarme. Él valora mucho la información, así que no le va a parecer mal que tenga una relación con la nueva Ares y con la mano derecha de Atenea.

—Ya lo tenías todo pensado. —No sé si es una acusación o no.

—Creía que tú ganarías el título. —Aparta la vista—. A decir verdad, no había hecho planes alternativos hasta antes de la tercera prueba. Pero, Aquiles... —Me mira a los ojos—. Te conozco. No estabas de broma cuando hablabas de quedarnos con Helena. Si no fuera en serio, no habrías sacado el tema. ¿Ha cambiado tanto todo solo porque no has conseguido ser Ares?

No sé qué responder. No sé si hay respuesta siquiera. Me limito a decir:

—Si lo intento con Helena y me estalla en la cara, lo habré perdido todo. No es una decisión fácil para mí.

—¿En serio no lo es?

Abro la boca, pero me detengo antes de seguir discutiendo. ¿Tiene razón Patroclo? Sí, es un riesgo dimitir e ir con Helena. Igual y ha estado jugando con nosotros durante el torneo y nos ha manipulado para que seamos sus aliados y le cubramos las espaldas, pero...

Lo dudo mucho. Muchísimo.

La conexión que teníamos los tres era real. Y no solo eso, sino que siento que entiendo a Helena, que la entiendo de verdad. No hace falta ser brillante como Patroclo para entenderla. Se sentía segura con nosotros, nos mostró sus partes vulnerables... Todo eso era real. Estoy seguro.

Me recuesto en la incómoda silla de hospital, pero no suelto la mano de Patroclo. Como de costumbre, tiene razón. Si lo que hemos compartido era real, no hay nada que elegir. Confiaba en que Helena superaría la decepción de ver frustrados sus sueños si yo ganaba. Es sumamente hipócrita no estar dispuesto a hacer lo mismo por ella, por mucho miedo que me dé. Sacudo la cabeza con una sonrisa reticente en los labios.

—Eres un listillo insoportable.

Él me devuelve la sonrisa.

—Habrías terminado dándote cuenta tú solito, yo solo te he echado una mano. —Me da otro apretón, esta vez más vigoroso—. Tú siempre has tenido fe por los dos. Ahora me toca a mí. Todo irá bien con Helena, estoy seguro.

—Te creo.

La puerta se abre y entra un hombre alto y blanco en ropa de quirófano. El médico. Miro a Patroclo.

—Vamos, que nos digan ya cómo estás a ver si te dan el alta pronto y podemos ir por nuestra chica.

HELENA

Acudir a una reunión con todos los miembros de los Trece es una de las experiencias más surrealistas de mi vida. Mi padre se cuidaba de mantenerlos lo más alejados posible, más allá de las fiestas interminables, pero, aunque no lo hubiera hecho, a mí no me habrían aceptado en la enorme mesa oblonga a la que estamos sentados ahora.

Los observo uno a uno, plenamente consciente de que ellos también me observan a mí. Están mi hermano y Eris, claro, él presidiendo la mesa y ella justo enfrente de mí. Hermes y Dionisio están sentados juntos con las cabezas casi pegadas, susurrando y fingiendo que no ven cómo Poseidón los fulmina con la mirada a modo de reproche. Poseidón es un hombre blanco gigante con el cabello corto y pelirrojo, y una barba más pelirroja aún, y parece como si pudiera agarrar contenedores de carga con sus propias manos.

Luego está Deméter, sentada con los brazos cruzados, impasible. Es una mujer blanca de unos cincuenta y pico con un aura como de madre tierra que casi logra ocultar el brillo de ambición en sus ojos avellana.

El siguiente es Apolo. Apenas he interactuado con él, pero soy muy fan de Casandra, que trabaja para él. Es un hombre asiático más o menos de mi edad y no suele participar en los conflictos políticos tan comunes de este grupo. Sus ojos se encuentran con los míos y me dedica algo similar a una sonrisa de ánimo. Yo le devuelvo la sonrisa, aunque no confío del todo en él.

Hades y Calisto —Hera— están sentados juntos en el extremo opuesto de donde se sienta mi hermano. Calisto es la cuñada de Hades, así que tiene sentido que se lleven bien, pero aun así me desconcierta. Noto que a mi hermano le late una vena en la sien mientras los mira, pero aparta la vista y suaviza su expresión.

Hefesto y Artemisa son primos, y ambos comparten un tono de piel canela y un pelo negro brillante. También ponen idénticos gestos de recelo mientras me observan. No voy a encontrar ningún aliado en esa esquina, pero con suerte estarán dispuestos a colaborar para proteger Olimpo.

Se abre la puerta y llega el último miembro del grupo. Atenea viste un traje color crema y camina con intención hacia el asiento a la derecha de mi hermano. Cruzamos la mirada, pero no soy capaz de descifrar su expresión. No es cálida, pero tampoco fría.

Mi hermano se aclara la garganta.

—Es hora de que tengamos una conversación sincera.

Las siguientes dos horas son la fiesta de la frustración. Sabía que los Trece tenían posturas alejadas, pero verlo de primera mano hace que tenga que clavarme las uñas en las palmas de las manos para evitar ponerme a dar gritos. Mi hermano expone la información que tiene, pero Hefesto, Artemisa y Poseidón arguyen que está exagerando la amenaza para conseguir más poder. Dionisio y Hermes sueltan ocurrencias a diestra y siniestra, aunque analizan lo que ocurre con ojos de lince. Mi hermana tiene mucho que decir, pero no me queda nada claro si está apoyando a nuestro hermano o no. Juraría que solo está haciéndose la interesante para exasperar a todo el mundo y complicar aún más la situación.

Hades y Deméter, para mi sorpresa, no intervienen demasiado. Por cómo observan cómo derivan las discusiones que afloran y cambian de tercio, me imagino que habrá otra reunión entre ellos y quizá Hera en la que debatirán su posición al respecto.

Atenea apoya a mi hermano a ultranza, pero deja claro enseguida que no está del lado de Zeus, sino del de Olimpo.

En resumen, es un puto desastre.

Se levanta la sesión sin haber definido ningún plan, sin tan siquiera haber llegado a ningún acuerdo. Me detengo al lado de mi hermano.

—Ahora lo entiendo —le digo.

Él me dedica una sonrisa breve.

—Ven por aquí mañana y hablamos.

Más reuniones extraoficiales. Me imagino que habrá unas cuantas en el futuro, que las distintas facciones de los Trece conversarán por su lado en un foro de gente con ideas semejantes. No sé cómo podemos lograr ponerlos de acuerdo. No sé si es posible.

Pero la alternativa es dejar que Olimpo quede expuesto a posibles invasiones de enemigos desconocidos.

Me dirijo a mi nuevo despacho. Solo han pasado unos días desde que me nombraron Ares, pero el curso de iniciación en el puesto me ha dejado claro lo vago que era el último Ares. Nada está archivado donde corresponde. Su mano derecha pensaba que me podía interrumpir cuando hablaba debido a mi género. Lo despedí, claro, pero no sin antes estar a punto de estamparle la cabeza contra la pared cuando intentó darme un puñetazo. Es un caos.

Quizá sería más optimista si no estuviera tratando de sanar mi corazón roto.

Han pasado tres días y no sé nada de Aquiles ni de Patroclo. Eros volvió muy tarde esa primera noche para comunicarme que Patroclo había salido bien de la operación y se esperaba que se recuperara por completo. Ya está fuera de peligro, pero Aquiles no se ha puesto en contacto conmigo aún.

Es difícil malinterpretar eso.

A lo mejor iba en serio lo que dijeron durante las pruebas, pero, de todos modos, aunque en ese momento fuera verdad, los sentimientos no han sobrevivido después de que les haya alterado todos los planes. Y, carajo, eso duele muchísimo cada vez que lo pienso.

Así que procuro no pensarlo.

Tengo trabajo de sobra para mantenerme ocupada. A veces me escondo en mi despacho para llorar cuando las emociones me crean demasiada presión en el pecho; al fin y al cabo, soy humana.

Farfullo una maldición cuando oigo que llaman a la puerta.

—Te juro por los dioses, Diomedes, que si has venido otra vez a quejarte por el horario, te despido a ti también.

—¿Está siendo muy duro el trabajo nuevo?

Me quedo helada y clavo la vista en mi escritorio. Tengo que estar alucinando, porque no es posible que Aquiles esté aquí después de tres días de silencio. Cuando levante los ojos, se me va a volver a romper el corazón, y entonces sí o sí voy a tener que hacer algo con este dolor, porque necesito todas mis facultades al cien para desempeñar este trabajo.

Pero, cuando alzo la mirada, está aquí de verdad. Es más, no está solo. Tiene esa aura de dios intocable de siempre y empuja una silla de ruedas en la que está sentado Patroclo. Se ve bien, al menos teniendo en cuenta que la última vez que lo vi lo estaban llevando a urgencias en camilla. Está más pálido que de costumbre, y veo un vendaje asomándole por el cuello de la camisa, pero está aquí, sonriendo.

Los dos están aquí sonriendo.

Soy incapaz de moverme. No me esperaba en absoluto que se fueran a presentar así. ¿Han venido para dejarme claro que lo nuestro se ha acabado o...?

—¿Podemos pasar? —La voz de Patroclo es un poco rasposa.

—Eh... Sí, claro. —Hago el intento de levantarme, pero me detengo—. Cierren la puerta después de entrar. —Si esto va mal, lo último que necesito es que la gente del antiguo Ares oiga cómo me dejan oficialmente. Eso me quitaría aún más autoridad.

Aquiles y Patroclo fueron soldados del último Ares antes de irse con Atenea. Todavía tengo presentes los cuchicheos sobre que debería haber ganado Aquiles, porque es uno de ellos y un valor seguro. Me he resignado a añadir a mis soldados a la lista de hijos de puta a los que debo demostrarles que se equivocan.

Aquiles arrastra a Patroclo al despacho y se detiene para cerrar la puerta con suavidad. Abro la boca, pero me obligo a mantenerme en silencio. Han venido ellos a mí. Aquiles acerca un poco más a Patroclo y se deja caer en la silla vacía que hay a su lado. Suspira.

—Sentimos haber tardado tanto. El médico era un terco y...

—Si con *terco* te refieres a que hacía su trabajo... —le interrumpe Patroclo.

—Sí, eso. —Aquiles ignora la afirmación con un gesto de mano—. ¿Qué tal siendo Ares?

Pongo las manos en el escritorio, en gran parte para que no vean que estoy temblando.

—No voy a decir que no me alegro de verlos, pero me gustaría saber por qué están aquí. ¿En serio han venido solo para hablar de tonterías?

—Sí. Está bien. —Aquiles pone una expresión levemente culpable—. A ver, cuando acabó la última prueba viniste a mí buscando consuelo, y yo te di la espalda. Lo siento por eso. Fue mucho de repente, y no pensaba con claridad. Aun así, eso no justifica que te tratara así, y lo siento.

Una... disculpa.

Una chispa de esperanza prende en mi interior, con tanta intensidad que me estremezco.

—No pasa nada. Olvídalo.

Patroclo niega con la cabeza.

—Sí pasa, o no nos estarías mirando así. —Vacila unos segundos—. A menos que hayas cambiado de opinión respecto al futuro del que hablamos...

La esperanza se instala definitivamente en mi cuerpo. Podría parar esto y evitar exponerme solo para que me decepcionen de manera devastadora. Pero no puedo. Si hay aunque sea una posibilidad de estar con estos hombres, de hacer realidad el futuro que me pintaron, tengo que intentarlo. Me humedezco los labios.

—No, no he cambiado de idea sobre eso, ni sobre ustedes.

—Carajo, menos mal. —Aquiles se reclina en la silla. Sonríe y, por primera vez desde que ha entrado en mi despacho, parece el de siempre—. Hemos dimitido de las filas de Atenea, ahora mismo estamos libres. Hagámoslo oficial. —Se inclina hacia delante—. Haznos tuyos.

—Así, sin más —digo en voz baja. Está pasando todo tan rápido que me da vueltas la cabeza—. No lo entiendo. Querías ser Ares más que nada. ¿En serio vas a dejar al margen tu ambición así como así?

—No, claro que no. —Él vacila un momento, y una expresión extraña cruza su rostro—. A la hora de la verdad, tú quisiste ser Ares más que yo. Yo titubeé. Tú no. Te merecías la victoria, princesa. Te la has ganado.

—Pero... —Trago con dificultad.

—Pero eso no significa que vaya a quedarme de brazos cruzados el resto de nuestras vidas. —Aquiles muestra una sonrisita—. A veces los planes cambian. Hazme tu mano derecha. Los pondremos a todos en su sitio y yo me haré un nombre ayudándote a mantener Olimpo a salvo. En serio, es mejor así. En lugar de ser tan solo otro Ares más, siempre seré Aquiles.

Ese es mi hombre. El alivio me deja alelada. Debería haberme imaginado que nada le para los pies a Aquiles durante demasiado tiempo.

—Qué ambicioso, ¿no?

—Eso sí que no va a cambiar.

«Gracias a los dioses.»

Patroclo se aclara la garganta.

—Aquiles y yo... hacemos muy buen equipo, Helena. Y creo que seríamos un equipo aún mejor si estuvieras tú.

La decepción que me hacen sentir esas palabras supera a la ingenua esperanza que albergaba.

—Un... equipo.

Aquiles le da una palmadita a Patroclo en el hombro.

—Te estás pasando de cuidadoso. Piensa que le estamos ofreciendo un trato de negocios. —Su sonrisita se ensancha—. Seremos un equipo en público y un trío con todas las de la ley en privado. Patroclo tiene que tomárselo con calma unas semanas, pero no hay razón para no jugar un poquito con él mientras tanto.

—¡Aquiles! —La exasperación en el tono de Patroclo queda amortiguada por el cariño con el que habla. Después se voltea hacia mí—. Queremos que estés con nosotros, Helena. Con todo. ¿Aceptas?

Ya estoy asintiendo.

—Sí. ¿Cómo puedes preguntarlo siquiera? Sí, claro que acepto.

—Bien. —Aquiles se pone de pie de un salto—. Pues vamos a casarnos.

Me quedo boquiabierta.

—¡¿Qué?!

—¡Estoy bromeando! —Suelta una carcajada, pero después se pone serio de nuevo—. Al menos por ahora. Eso ya lo veremos.

Patroclo y yo intercambiamos una mirada, y esta vez no tengo que descifrar el significado. Estamos los dos ilusionados con el futuro, felices de los años que nos esperan al lado de este hombre. No sé si creo en los felices para siempre, pero estos dos se están esforzando a su modo para convencerme.

Y no querría que fuera de otro modo.

AGRADECIMIENTOS

Esta serie no habría podido despegar de no ser por el apoyo de mucha gente. Antes que nada, quiero darles las gracias a todos los lectores. Gracias por seguirme la corriente y por tener fe en esta reinterpretación tan heterodoxa de sus mitos griegos favoritos. Gracias a todas las librerías independientes, personas que escriben reseñas, *influencers* y lectores que han apoyado de forma entusiasta esta serie desde el principio.

Toda mi gratitud también para Mary Altman, por decirme que sí cuando le envié un email aleatorio tipo: «Hola, sé que habíamos quedado que este sería de Aquiles y Helena, pero me gustaría meter a Patroclo también». No podría imaginarme una editora mejor, que estuviera tan en sintonía con mi caos personal y que me diera tanta libertad para permitir que ocurriera la magia. Este libro es mil veces mejor gracias a tu apoyo y a tus observaciones.

Muchas gracias a Christa Désir por decirme lo que no quería oír pero necesitaba desesperadamente que me dijeran. Gracias por ayudarme a encontrar la trama y a desarrollarla para que este libro no consistiera solo en tres personas siendo dramáticas e insistiendo una y otra vez en la misma discusión.

Un agradecimiento infinito a Stefani Sloma por estar a mi lado en todo el proceso de marketing y publicidad. Esta serie tiene alas gracias a tu apoyo y tu entusiasmo, y no podría imaginarme una publicista mejor que tú.

Gracias al resto del equipo de Sourcebooks, incluyendo a Jessica Smith, Dawn Adams, Rachel Gilmer, Jocelyn Travis, Katie Stutz y Susie Benton.

Mil gracias a Piper J. Drake, Asa Maria Bradley, Jenny Nordbak, Nisha Sharma y Andie J. Christopher por estar ahí en las buenas y en las malas, y en todo lo que hay en medio. Mil gracias también a K. Sterling, Reese Ryan, Fortune Whelan, Ali Williams, Amanda Cinelli y Brina Starler por hacerme compañía en esas mañanas de escritura a tope.

Por último, pero no por ello menos importante, gracias a ti también, Tim. Sí, sé que has estado ojeando los agradecimientos en busca de tu nombre. Gracias por ser mi mayor apoyo, por ponerme en mi sitio cuando lo necesitaba y por no dudar nunca en recordarme que estás orgulloso de mí. ¡Te amo!